KB156233

미국 횡단 빛두렁길

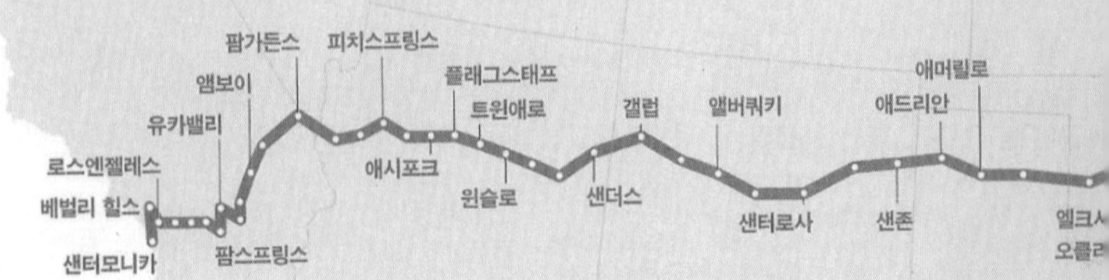

로스엔젤레스
베벌리 힐스
샌터모니카
유카밸리
앰보이
팜스프링스
팜가든스
피치스프링스
애시포크
플래그스태프
트윈애로
윈슬로
샌더스
갤럽
앨버쿼키
샌터로사
샌존
애드리안
애머릴로

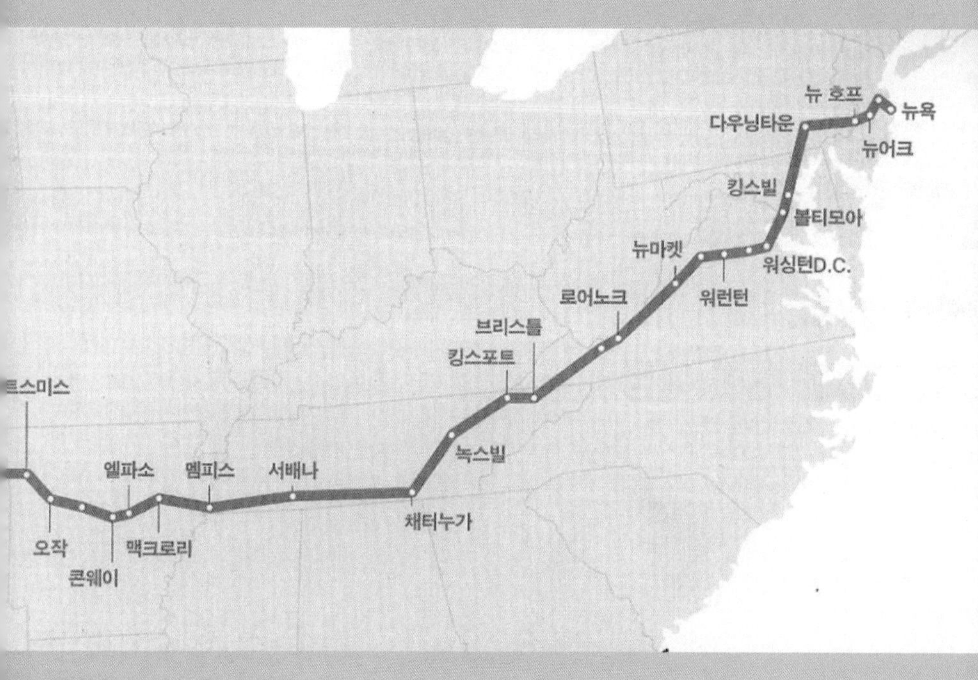
뉴 호프
뉴욕
다우닝타운
뉴어크
킹스빌
볼티모아
뉴마켓
워싱턴D.C.
로어노크
워런턴
브리스틀
킹스포트
트스미스
녹스빌
엘파소
멤피스
서배나
채터누가
오작
맥크로리
콘웨이

지구 한 바퀴 발로 뛴

여행문학

나는 달린다

글 강명구
송인엽

나는 달린다

초판 1쇄 발행 2020년 09월 01일
초판 2쇄 발행 2020년 10월 28일

지은이 강명구 송인엽
총괄 배용구

편집국장 김홍중
편집부국장 손귀분
교정교열 전금주, 장서희, 이영복
표지디자인 삼아기획 정현진
인쇄책임 송영호 02.2277.1853
출력 · 인쇄 삼진프린텍 02.2277.1841
제본 남양문화사 02.2271.2049

펴낸곳 NEXEN MEDIA
우편번호 04559
주소 서울시 중구 마른내로 102
전화 070 - 7868 - 8799
팩스 02 - 886 - 5442

출판등록 제2017-000017호(2009년 한터미디어로 등록)
ISBN 979-11-90583-34-3-03810

※ 값은 뒤표지에 표시되어 있습니다.

평화의 길이다

유라시아 사만 리 비단 차 오가던 길
우리가 달리니 평화의 길이다
나가자 손잡고 우리는 친구다
헤이그에서 이스탄불 평양 찍고 서울로

통일된 코리아 세계평화 앞장선다
세계는 하나다 푸른 별 우리 지구촌

It's Peace Road

Eurasia 16,000km, silk and tea came and went
You and I running all through, now it's Peace Road
Let's forward hand in hand, we're friends
From Hague, Istanbul, Pyongyang to Seoul

Thank you, Unified Korea, you lead world peace
World is only just one, Green Planet, Global Village!

추천사

국회의원 **송영길**

두 발로 뿌린 평화의 씨앗, 알알이 열매 맺을 그 날을 향해

강명구 씨를 만난 것은 2017년 여름, 뜨거웠던 광화문 한복판에서였다. 사상 초유의 대통령 탄핵이 가결된 후 국민의 손으로 새로운 대통령을 선출했다는 흥분과 기쁨이 아직 가라앉지 않았을 무렵, 세월호 유족들은 여전히 광화문을 지키고 있었고 내 아내 남영신은 노란 세월호 리본 수십 만 개를 만들며 마음을 보태고 있었다.

유모차를 밀며 뛰어서 미국 대륙을 횡단했다는 그의 말이 장난처럼 들렸다. 내가 보기에 강명구는 그런 엄청난 일을 해낼 만큼 특별한 체구는 아니었다. 우리나라 국토를 종단하는 마라톤도 보통 사람이 도전하기는 쉽지 않은데 하물며 5,200km에 달하는 미국 대륙이라니. 게다가 이 사람은 마라톤 선수도 아니지 않은가. 그런데 이번엔 유라시아 대륙 16,000km를 뛸 준비를 하고 있다고? 그리고 '평화 마라토너?' 허풍쟁이라도 이 정도 스케일이면 대단하다 싶던 차였다. 그런데 그와 이야기를 나누는 동안 새까맣게 탄 그의 얼굴에서 빛나는 두 눈이 점점 또렷이 보이기 시작했다. 보통 사람을 뛰어넘는 강인한 의지와 순수함이 나를 꿰뚫듯 했고 광화문 광장에 내리쬐던 햇볕보다 더 뜨거운 심장박동이 귓가에 요동치는 것 같았다.

유라시아 대륙 16개국 16,000km를 14개월에 걸쳐 뛰었다. 그에게 우리 부부는 완벽히 매료되었다. 네덜란드 헤이그를 출발해 유라시아 대륙을 지나 북한을 통해 서울까지 오겠다는 것이었다. 평화라는 기치를 내걸고 말이다. 성공한다면 그야말로 평화 대장정이 따로 없는 것이다. 역사상 그 누구도 해보지 않았던 일에 대한민국의 사내 강명구가 뜨거운 열정과 결연한 의지로 도전장을 낸다니!

걱정되는 것은 적은 예산 탓에 도와줄 사람이 동행하기는커녕 단출하기 그지없어 허술해 보이기까지 한 장비로 그 엄청난 모험을 감당해야 한다는 사실이었다. 우리 부부는 현재 살고 있는 24평 아파트의 전세금이 오를 것을 대비해 모아 두었던 현금의 거의 대부분을 강명구를 위해 내놓았다. 아까운 마음이나 망설임은 전혀 일지 않았다. 우리를 대신해 유라시아 대륙을 뛰며 평화의 씨앗을 뿌릴 이에 대한 가장 최소한의 배려처럼 느껴질 뿐이었다.

나는 오늘도 강명구와 함께 뛴다. 비록 몸은 서로 떨어져 있을지라도 한반도 평화에 대한 간절한 마음과 열정을 늘 공유하면서 매일 강명구의 힘찬 심장 박동 소리를 듣는다. 그렇게 강명구가 발로 뛰며 뿌린 평화의 씨앗이 유라시아 대륙 곳곳에 뿌려져 알알이 열매 맺는 날을 꿈꾸고 있다. 나처럼 강명구의 열정과 진정성에 반해 이 꿈을 함께 꾸는 사람들이 계속해서 늘어나고 있는 이상 결코 헛된 꿈은 아닐 것이다.

유라시아 대장정을 처음부터 끝까지 앞장서서 응원해 준 송인엽 교수님이 강명구 선수와 함께 『나는 달린다』를 발간하게 된 것을 축하하며, 많은 청년들이 읽고 그들과 같이 평화통일의 꿈을 키우기를 바란다.

분단으로 꽉 막힌 한반도를 뚫어내고 서러운 역사를 청산하는 그 날을 앞당기기 위해 나는 오늘도 강명구와 함께 뛴다.

2020년 8월

국회의원 송영길

▸ 추천사

평화를 위해 달리는 사람

정동영

여기, 달리는 한 남자가 있습니다. 그리고 그를 묵묵히 따르는 사람이 있습니다. 그는 한 치의 망설임도 없었습니다. 미대륙 L.A에서 뉴욕까지 5,200km에 이어, 네덜란드 헤이그에서 중국 단동까지 16개국 총 15,000km 유라시아 대륙 횡단길 완주, 지구를 한 바퀴 오롯이 두 발로 내달렸습니다. 이것은 인간은 물론 생명체로서도 유일한 도전이었습니다. 아무도 도전하지 않았던 길을 가는 사람들, 인간의 한계를 기어이 극복하며 끝까지 해낸 사람들에겐 언제나 이야기가 있습니다. 반드시 뜨거운 이야기입니다.

강명구 선생의 가슴과 그를 응원하는 사람들에게는 '평화'가 있습니다. 한민족의 평화에 대한 열망이 한 걸음 한 걸음으로 역사와 대륙과 꿈의 대장정을 완주했습니다. 혹독한 추위나 모래폭풍도 유라시아 한민족의 힘을 모아 '평화의 길'을 열고 싶다는 그의 신념을 막지 못했습니다. 1년 3개월, 그 긴 도전에서 그를 앞으로 나아가게 만들었던 힘은 세계평화를 원하는 민중들의 열망과 '한국인'이라는 자부심이었습니다.

이 책은 평화를 위해 달리는 열망의 기록입니다. 네덜란드 헤이그의 이준 열사 기념관에서 시작된 이야기에서 유라시아 역사와 문화를 관통하며 한민족의 평화를 향한 열망이 알알이 맺혀 있습니다. 유라시아 횡단은 압록강을 넘어 평양 판문점 서울 부산을 달리는 우리 국토의 구간만이 남아 있고, 그만큼 그의 평화를 향한 여정은 끝나지 않았습니다.

미대륙과 유라시아에서 평화와 우리 역사와 꿈을 생생하게 만나게 해주신 강명구 선생과 그 여정을 늘 곁에서 응원하며 기록으로 함께 남기는 영원한 세계의 친구 코이카맨 한국교원대학교 송인엽 박사에게 감사드립니다.

이 책은 우리를 대륙으로 이끌 것입니다. 뜨겁게 평화와 통일과 한민족의 미래를 다시 꿈꾸게 할 것입니다. 많은 분들께서 이 책을 통해 대륙으로 가는 우리들의 꿈을 함께 나누었으면 좋겠습니다.

2020년 8월

정동영(전 통일부장관, 전 국회의원)

▸ 추천사

송하진

반드시 이룰 꿈을 향하여

이 책은 미대륙 5,200km와 네덜란드부터 중국까지 16개국, 15,000km를 526일 동안 쉼 없이 달려온 강명구 평화마라토너와 그를 응원하는 송인엽 교수의 이야기가 담겨 있습니다. 범인凡人이라면 상상하기도 어렵고, 혹 도전에 나서더라도 쉽사리 이룰 수 없는 이 대장정을 이끌어 온 원동력은 오직 하나, 바로 그들의 남북평화통일을 향한 염원이었습니다. 그리고 그들의 염원은 여기서 끝이 아니었습니다. 평화마라토너는 두 다리로 북녘 땅을 밟고 서울까지 내달려 평화의 사절이 되겠다는 꿈을 안고 여전히 달리는 일을 멈추지 않고 있습니다.

불가능해 보이는 이 대장정을 생생히 담아 낸 이 책을 보며 돈키호테와 산초를 다룬 뮤지컬 〈맨 오브 라만차〉의 '이룰 수 없는 꿈(The impossible dream)'이라는 노래를 떠올렸습니다.

'그 꿈 이룰 수 없어도 싸움 이길 수 없어도 / 슬픔 견딜 수 없다 해도 길은 험하고 험해도 / 정의를 위해 싸우리라 사랑을 믿고 따르리라 / 잡을 수 없는 별일지라도 힘껏 팔을 뻗으리라 / 이게 나의 가는 길이요 희망조차 없고 또 멀지라도 / 멈추지 않고 돌아보지 않고 오직 나에게 주어진 이 길을 따르리라.

강명구 평화마라토너와 송인엽 교수는 쉽게 이룰 수 없는 꿈을 향해 돌격하는 돈키호테와 산초인지도 모르겠습니다. 그러나 우리는, 세상이란 멈추지 않고 도전하는 이들에 의해 바뀌어 왔음을 모르지 않습니다. 멈추지 않는 사람은 운명도 뛰어넘을 수 있음을 알고 있습니다. 그렇기에 남북평화라는 민족의 꿈, 어렵지만 반드시 이뤄야 할 꿈을 향해 달리는 저자들의 열정과 도전정신이 언젠가는 분단을 극복하는 커다란 물결로 분명 돌아올 것임을 기대해마지 않습니다.

달리기 하나로 세계평화와 통일조국의 비전을 향한 위대한 여정을 펼쳐주신 강명구님과 그 감동의 여정을 다양한 지식과 아름다운 시로 더욱 풍성하게 만들어주신 한국교원대학교 송인엽 교수님에게 격려와 감사의 뜻을 전합니다.

같은 꿈을 꾸는 사람들이 많아질수록 꿈은 현실로 이뤄지는 법입니다. 이 책을 통해 많은 분들이 저자들과 함께 남북통일과 세계평화를 꿈꿀 수 있게 되길 바랍니다. 그리하여 백두에서 한라까지 우리 모두가 마음껏 자유롭게 달릴 수 있는 날이 빠르게 다가오길 기대합니다.

2020년 8월

전라북도지사 송 하 진

차례

제2장 달려온 유라시아 열여섯 나라 이야기(15,000km)

제3장 달려야 할 한 나라 두 이야기(1,000km)

평화마라토너여

나는 누구인가
무엇을 위해 사는가
아니 정녕 살아 있기는 한가

그래 한 번 찾아보자
참 나를
내가 무엇인지를

세계평화 외쳐보자
평화통일 깃발도 올리자

그래 지구는 둥글다 노래했으니
앞으로 앞으로 달려가 보자
지구를 한 바퀴
뻥
돌아보자

나야, 너 도대체 누구냐
정체를 밝혀라

알고 싶구나

2015년 2월 1일
태평양 파도소리 들으며
천사의 도시 L.A를 출발하니

나를 막는 모하비여
그대는 누구인가
폭풍과 열사는 무엇이며
어찌 한혈마의 발을 잡는가

이를 앙다물고 밀며 달리자
내가 죽나
네가 물러서나
갈 때까지 가보자

표범을 물리치니
호랑이로구나, 너 록키산맥이여

오르락 내리락

오르기도 힘들지만
내리막은 더 힘든데
눈폭풍은 웬말이냐

길을 잃고 쓰러지니
나바호 인디안 인정이 따스하고

징검다리 건너며
아메리카 방방곡곡 구석구석
천천히 찬찬히
내시경 여행

폭풍우를 뚫으니
태양은 다시 떠오르고

두 개의 강이 휘돌아
미시시피강은 위대하구나

태극기 휘날리며
쉐난도 백악관 아미쉬를 지나며
평화통일 어서 오라
제사의 춤사위 날개짓 하고

꿈에도 소원은 통일이구나
대동강변 울 아빠 첫사랑 보고 싶어요

아리랑 아리랑 아라리요
뉴욕 하늘 아래 울려 퍼진다
멀리 멀리 머~얼~~리~~~

대서양을 건너니
너 구라파 유럽이구나

달린다 달린다 오늘도 달린다

42km하고도 195m

헤이그 이준열사님 안녕하세요
못다한 독립의 꿈 저희가 이루겠소이다

독일통일 훌륭해요
프라하의 봄날은 따뜻하구요
비엔나의 왈츠엔 사랑이 흐르고
헝가리 광시곡에 민족이 깨어난다

전쟁의 아픔에서 일어나
평화를 꿈꾼다 세르비아여

소피아의 천사 가족
지친 나그네 보듬고
을사늑약 무효다
담벼락이 아름답다

보스포러스 대교 건너니
이곳이 오리엔트 아시아로구나

길고 긴 흑해 달라고 또 달리니
서울서 온 응원객
반갑고 고마워요

조지아에 들어서니
프로메테우스는 떠났어도
독수리는 여전히 하늘을 날고
나그네는 한 잔 와인에 외로움을 달랜다

불의 나라 아제르바이잔
눈 내리는 시골길에서
문화강국 외치던 백범 선생 그리며
바람 부는 바쿠에서 카스피해 맞는다

페르시아 왕자님, 여기가 이란인가요?
집집마다 거리마다
이영애 송일국 방탄소년 열풍
그것보다 더 좋은 건
전 국민의 한국사랑
고마워요 장미와 석류의 땅이여

가도가도 모래언덕 카라쿰인가
그래도 운하가 흐르니
생명이 깃들고
염소 양 기르며 사랑을 노래한다
생명의 강인함이여 아니 거룩함이여

벌써 8,000km 이만 리, 딱 반인가
타쉬켄트 시민들
한 많은 고려인들 반갑소
우리 함께 손 잡아요
그리고 하늘까지 외쳐요
세계평화를 그리고 인류공영과 조국통일을

달리고 또 달리니
자원 부국 카자흐스탄 지나고
맑고 푸른 키르기즈스탄도 넘었구나

위그르 들어오니 왜 이리 덥느냐
여기가 화염산이라고?
손오공아 파초선은 어디에 두었느냐
아무리 더워도 나는야 달린다
평화통일 세계평화 멈출 수 없다

천산산맥 넘으며 혜초스님 뒤를 밟고
고선지 마르코폴로 넘던 길은 여기이고요
백범 선생 준하 선생 가던 길은 저기로구나

만리장성 넘으니 베이징이구나
한걸음에 심양 넘어 단동이니 압록강이 흐른다

코앞이 신의주인데 …
아아 내 나라 가는데 비자가 웬 말이냐

백두산에 올라 천지에서 천지신명께 기도한다
평화통일 세계평화 인류공영을
앞장서는 배달민족에 길을 열어 주세요

유라시아 4만 리 비단길 실그로드
과거에는 군사의 길
대상의 길 그리고 동서문화 교류의 길
선구자 달리니 이제는 평화의 길이다

압록강아 기다려라 대동강도 기다려라
부벽루에서 손잡고 거닐던
울아빠 첫사랑 그 소녀도 기다려요

DMZ이 별거더냐
이리 훌쩍 넘으면 하나인 것을
너와 나 넘으면 통일인 것을

신의주에서 평양 개성 거쳐
서울 그리고 부산 천리 길
과거에는 침입의 길 전쟁의 길
선구자 달리면 통일의 길이다

한글창제 세종대왕이시여
촛불시민혁명 명예혁명
지켜주어 고마워요

그 힘으로 그 열망으로
8천 만 하나 되어 이루겠소이다
세계평화 인류공영 앞장서는 통일 한국을 …

세계인과 손에 손잡고
자유와 평화가 흐르고
사랑과 광명이 넘치는
따뜻한 지구촌 건설을 …

두고 온 강, 대동강 / 유라시아횡단 마라톤을 떠나며

내 아버지는 시인이었다. 두고 온 강 대동강가의 송림松林을 노래하는 시인이었다. 아버지는 같이 못 온 누이와 아름다운 대동강과 그 강가 송림 숲과 수양버들 그늘과 그곳의 명물 황주사과를 그리다가 미국에서 돌아가셨다. 잠시 피난 내려왔다가 살아서는 다시 못 밟은 땅, 육신의 무게를 벗어 던지고서야 비로소 고향으로 갔을 피안의 땅. 아버지의 시 '두고 온 강'이다.

내 고향은 송림
38선을 넘고서 반 백년이 지났어도
내 고향은 못 가는 곳

이역 만리
미국에 와 있어도
미국보다 먼 곳

날개를 달까
통곡을 할까

어렸을 적 친구들 지금은 남남이 되었어도
두고 온 강 대동강은
내 핏줄에 흐르고 있다

고향이란 나하고는
핏줄을 나눈 사이
눈물이 있어
두고 온 강, 내 선창에서는
지금도 뱃고동 소리
목이 메인다

피 맺힌 소리!

내가 기억하는 아버지는 늘 어깨가 쳐져있었고 길을 걸을 때도 언제나 고개를 숙이고 걸어서 늘 지나가는 사람을 먼저 알아보지 못해 핀잔을 듣곤 하였다. 지독한 그리움은 시인에게는 훌륭한 양식이었겠지만 나와 어머니에겐 애정결핍으로 다가왔다. 분단分斷은 아버지와 자식 사이로 흐르는, 부부지간에 흐르는 애정의 강물마저도 막아서 나는 아버지가 돌아가시고 지금까지도 아버지와 화해를 하지 못했다.

내가 두렵고 고통스럽기까지 할 유라시아대륙횡단 평화마라톤에 나서는 것은 아버지와 화해를 하는 엄숙한 시간을 가지고 싶기 때문이다. 핏줄이란 것이 무서운 것이어서 아버지의 핏줄에 흐르던 대동강의 푸른 일렁임이 내 핏줄에서 이렇게 요동搖動을 치고 있다. 아버지의 귓가에 환청으로 들리며 늘 아버지의 어깨를 짓누르던 대동강의 뱃고동 소리가 내게 이제는 희망의 행진곡이 되어 들려오는 것 같다.

나의 달리기의 시원始原이, 내가 평범한 체력을 가지고 이리도 미친 듯이 달리는 이유가 아버지와의 화해에 있는지도 모르겠다. 나는 아버지의 그 퀭한 눈동자가 미치도록 싫었다. 어릴 때는 태산 같은 존재였지만 곧 고집이 세고 정이 없고 병약한 사람이었다. 많은 시간 아버지는 어색한 존재였다. 무뚝뚝한 아버지는 "사랑한다."는 말 한마디 허공에 띄우지 못하고, 또 그를 쏙 빼 닮은 나도 "사랑합니다."란 말 한마디 입 안에 우물거리질 못했다. 이제 내 머리에 흰 머리가 생기면서 아버지는 가슴 먹먹하게 그리워지는 존재로 환생했다.

"하필이면 우리 시대냐/ 왜 우리들이냐/ 바람결에 빨래는 말라도/ 눈물은 마르지 않는다."고 또 다른 시에서 아버지는 한탄을 하며 눈물을 흘린다.

나는 아버지의 속으로 흐르는 눈물을 헤아리지 못했다. 아버지의 절규 속에는 대동강변 송림의 어느 골목집에 살았을 어느 소녀와의 이루지 못한 사랑도 있을 것이다. 아버지는 그 이루지 못한 첫사랑을 평생 가슴앓이 했음에 틀림 없다. 그러므로 나의 오이디푸스적 콤플렉스는 어머니를 향하는 것이 아니라 아버지의 첫사랑의 소녀에게 향해 있는 것이다. 그것은 내게 무의식 속에서 치명적으로 자리 잡고 있어서 내가 늦게까지 결혼을 못한 원인이 됐었을 수도 있겠다 싶다.

분단의 아픔을 온몸으로 흐느껴 살다간 할머니와 아버지! 할머니는 시집간 딸을 못내 아쉬움 속에 잠시의 이별이라고 여기고 올망졸망한 다섯 아들의 고사리 손을 번갈아 잡고 야음夜陰을 틈타 38선을 내려와서 돌아가실 때까지 북한 땅을 밟아보지 못했다.

할머니가 얼마나 한이 맺혔으면 한반도에 있는 모든 용하다는 종교의 신령님들께 기도를 드렸을까. 어린 나는 할머니의 손을 잡고 교회도 가봤고 천주교, 그리고 절에도 따라다녔다. 어린 나는 할머니가 아침이면 정화수 떠놓고 북녘 하늘을 향해서 기도하는 모습도 보았고, 신주단지 모셔놓은 것도 보았고, 심지어 일본식 종교인 남묘호렌게쿄까지 섭렵涉獵하는 모습을 지켜보면서 자랐다.

나는 할머니와 아버지가 살아서는 도저히 가지 못한 머나먼 길을 가기 위하여 세상 사람 아무도 달려보지 않은 16,000km를 달려서 간다. 그곳은 아버지의 영혼이 늘 머무르던 곳이고 내 오이디푸스적 콤플렉스의 원향原鄕이다. 아버지의 핏줄에 흐르다가 내 핏줄 속에서 거칠게 일렁이는 대동강에 발을 담그고 아버지 살아서는 이루지 못한 아버지와의 화해를 하고 내려올 것이다. 그곳에서 영혼으로 머무를 아버지를 만나 "사랑합니다. 아버지!" 소리 높여 외치고 눈물 한 무더기 대동강 물에 보태고 오겠다.

아버지의 화해 손길이 내 발걸음을 거칠고 험한 평화의 발걸음, 소통의 발걸음으로 나를 이끈다. 피리 부는 사나이를 따라나선 동화 속 아이들처럼 나는 아버지가 늘 환청으로 듣던 대동강의 뱃고동 소리를 따라 먼 유혹의 길을 떠나려한다.

제1장

아메리카 대륙 횡단 이야기

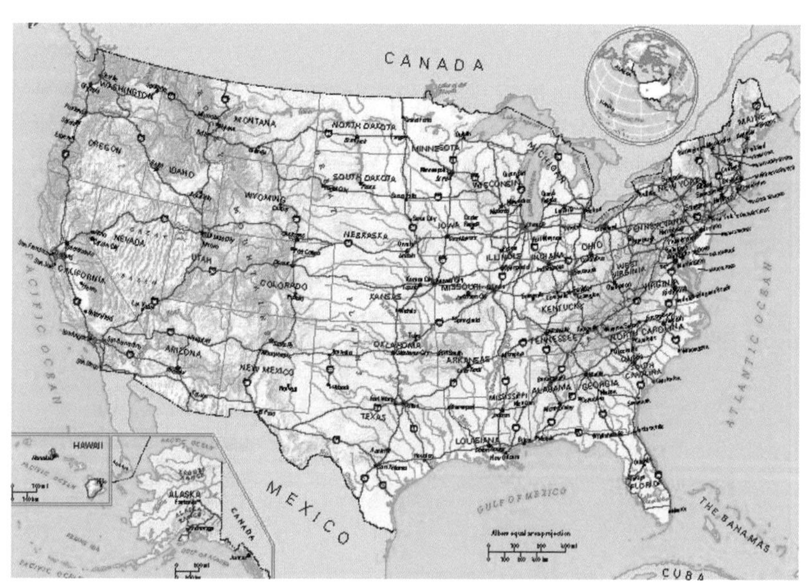

<국기>

백색과 적색은 통합을 50개의 별은 미국을 구성하는 50개의 주를 상징

<국장>

대머리독수리, 최초의 13개 주를 상징하는 13개의 화살과 올리브 가지고 구성.

<국가 개관>

미국(美合衆國)은 50개 주와 1개의 특별구로 이루어진 연방제 공화국이다. 태평양의 하와이 주를 제외한 모든 주는 북아메리카에 있다. 북아메리카 북서쪽에 있는 알래스카 주는 동쪽으로 캐나다, 서쪽으로 베링 해협을 사이로 러시아와 마주한다. 태평양과 카리브해에도 해외영토가 있다. 다문화 국가로, 많은 나라에서 이민자가 들어온다. 미국의 경제는 2010년 국내총생산이 15조 달러로, 세계 명목 총생산의 1/4이다. 아시아 대륙에서 건너온 아메리카 원주민은 오래 살아왔으나 유럽 식민지화 이후 전쟁과 질병으로 급감하였다.

The United States of America (USA), or America is a federal republic, situated mostly in North America. Alaska is in the northwest of the continent. Hawaii is an archipelago in the mid-Pacific. It also possesses several territories in the Pacific and Caribbean. It is one of the world's most ethnically diverse nations. Paleoindians migrated from Asia around 15,000 years ago. European colonization began around 1600 and came mostly from England. On July 4, 1776, delegates from the 13 colonies issued Declaration of Independence, which established USA. The Civil War ended legal slavery.

- 국명(Country) : 미국(United States of America)
- 수도(Capital) : 워싱턴 (Washington D.C)
- 면적(territory) : 9,833,520㎢
- 인구(Population) : 330,500,000명
- 국민소득(GNI) : US$67,200불
- 언어(Language) : 영어 (English)
- 독립일(Independence) : 1776.7.4

세계 최강, 미국

풍요로운 땅이여
대서양에서 태평양까지 2만 리
남북으로 1만 리
알라스카 하와이 괌
어! 태평양 카르브해에도 점점이…

청교도 메이플라워호
근면 검약 용기
서부를 개척하라

제퍼슨 애덤스 프랭클린은 묻는다
자연법과 천부의 권리
생명, 자유, 행복추구의 권리
영국은 아는가

눈물겹다 엉클 톰 오두막집
남북전쟁 아픔 딛고
인류는 다 평등하다
꿈이 있다 절규하는 킹목사
드디어 버락 오바마 세계에 우뚝 섰다

하늘을 만진다 뉴욕 마천루
물소리 굉장하다 나이아가라 폭포
웅장하다 그랜드캐넌

용솟음친다 옐로우스톤
장엄하다 요세미티
꿈이 있다 디즈니월드

달나라를 다녀왔다
금성 화성도 내일은 이웃이다
뽐내는 세계 최강 미국이여

그대는 아는가
관타나모 돌려주고
쿠바와 친구할 때
진정 세계의 친구가 되리라

흰머리수리 구름 뚫고
황금빛 찬란히 날아가는 것
세계가 환호하리라

The Most Powerful, USA

Blessed and abundant Land,
8000km from coast to coast
4000km from the north to the south
Alaska, Hawaii n Guam
Eh, more little ones in the Pacific n the Caribbean, too.

Puritans by the May Flower
Who bring Diligence, Frugality and Bravery
Bring the West under cultivation

Jefferson, Adams and Franklin ask
Natural law, god given right
Pursuit of life, liberty and happiness
Do you, UK, know the Laws above?

How heartbreaking, Uncle Tom's cabin!
Overcoming the scars of the Civil War
Equality of humankind was achieved
It's Rev King that cries out, I have a dream
At last, Barack Obama leads the world

Skyscrapers in NY, touching the sky
Niagara Falls, How majestic, the water falling sound
How grand, oh, Grand Canyon

How impressive, Yellow Stones sprout up
How magnificent, Yosemite Mountains
How promising, the Disney World

We've already been to the moon
Venus and Mars will be our neighbors, soon
Americans, so full of pride

Why don't you know, Americans?
Only when you return Guantanamo
And embrace Cuba as your friend
You will become a true friend to all

All world will applaud with joy
That the bald eagle
Soars high through the cloud to the sky!

처음 내딛는 발걸음에는 설레임이 담겨 있다

처음 내딛는 발걸음에는 설레임이 담겨있다. 사람은 자기가 제어할 수 없는 어떤 힘이 융단처럼 깔린 길을 걷게 마련이다. 남들은 가시밭길로 보고 발을 디딜 엄두도 못 낼 때 나는 그것을 곱게 깔린 융단으로 알고 첫걸음을 시작할 마음이 생겼다. 잠시 뒤에 몰려들 피로감이나 불편과 고통은 생각지도 않았다. 여행의 로맨틱한 환상은 얼마 후면 여지없이 깨어지리라는 생각도 첫발을 내딛을 때는 아무 힘도 발휘하지 못한다.

들판에는 세찬 바람이 멈추지 않고 바다에는 언제나 파도가 일렁이고 내 가슴 한가운데에는 미지의 세계로 향한 열망이 끝없이 소용돌이친다. 우리가

어디서 온지 알지 못하는 것과 같이 어디로 갈지 알 수는 없다. 삶은 목적지가 없는 여행인지도 모른다. 이제 지구상에는 미지의 세계란 없다. 그러나 남들이 엄두를 내지 못하는 길은 있다. 남들이 불가능하다고 선뜻 나서지 못하는 길을 위험과 고통을 감수하며 뛰어들면 그것이 도전이고 탐험이다. 나는 이제 가슴 벅찬 도전가, 탐험가의 길을 나서고 있다.

나는 오십이 될 무렵 패러글라이딩을 배웠었다. 패러글라이딩을 타고 하늘을 나는 기분은 짜릿했다. 내가 이렇게 겁 없는 모험가의 길을 걷게 된 것은 아마 그때부터인 것 같기도 하다. 바람을 타고 하늘을 나는 꿈은 누구나 한번은 꿈꾸었을 것이지만 아무나 산 위에서 뛰어내리지는 못한다. 패러글라이딩을 하려면 바람이 불어야 하고 바람이 불어도 산 쪽으로 부는 바람이 불어야 하는데 뉴욕에서는 이런 날씨를 만나기가 쉽지 않았다. 그래서 일 년 내내 바다에서 내륙으로 일정한 바람이 부는 샌디에이고의 절벽은 패러글라이딩을 즐기는 사람들에게는 천혜의 장소이다. 샌디에이고의 모래절벽에서 바람을 타고 하늘을 날면서 누드비치가 아래로 보이고 부호들의 별장의 절경을 즐기다가 그만 절벽에 외로이 자라고 있는 소나무에 패러글라이딩이 걸리는 아찔한 사고를 치르고 말았다. 나는 침착하게 구조대가 올 때까지 모래절벽의 나무에 매달려 있었다. 하늘에는 헬기가 뜨고 수 십 대의 소방차와 경찰차가 왔고 신문기자와 방송기자들이 몰려들었었다.

비행기가 케네디 공항에서 이륙하자 뉴욕 시내가 한눈에 보인다. 하늘에서 내려다보이는 뉴욕은 사뭇 다른 느낌으로 다가온다. 아마도 자기 본래의 모습을 확실히 보려면 지금 내가 딛고 서 있는 현실보다 훨씬 높은 곳으로 솟아오르든가 오지 속 깊은 곳으로 들어가야 할지도 모른다. 조금은 비현실적인 느낌까지 들게 하는 초현실 위에 올라서면 선연히 보이는 것이 있을 것이다. 내가 하려는 여행은 지금의 시점에서는 초현실적인 것이다.

나는 내가 되기 위하여 인디언들이 살점이 뜯기는 아픔을 인내하며 성인식을 치르듯이 이모작 인생의 성인식을 이런 형태로 치루고 있는지도 모르겠다. 이번 여행은 나의 새로운 삶의 성인식이며 아직 나도 내가 누구인지 모르는 나라는 미확인 생명체를 탐구하는 여행이다.

이번 여행은 SNS가 많은 도움을 줄 것 같은 예감이 드는 최현대식 여행이 될 것이다. 나같이 아날로그적인 사고를 가지고 디지털 시대의 끈을 살짝 잡은 사람이 큰일이 있을 때마다 디지털의 신세를 지는 것도 참 얄궂다. 아는 사람은 알지만 나는 컴퓨터에서 다운로드 받은 여자와 결혼했다. 아날로그 방식으로 연애를 하는 것에는 재주가 없어서 50세까지 총각신세를 못 면하다가 내가 만날 수 있는 최고의 여자를 인터넷에서 만났다. 인터넷 판매망을 통해서 장사를 해서 10년 이상 밥 먹고 산 것도 그렇다.

LA에서 페이스북에서만 알고 있던 사람들이 강명구라는 사람이 대륙횡단을 한다는 소식을 나누었나 보다. 최성권 씨는 나와 함께 뉴욕에서 달리던 사람이다. 함께 달리고 몇 번 저녁자리를 같이 했지만 여기서는 그리 친분을 쌓지 못해서 LA로 갔다는 소식도 한참 후에 다른 사람을 통해서 들었다. 그렇게 잊혀진 친구였는데 강명구라는 귀에 익은 이름을 들은 그는 반가운 마음에 바로 내게 연락을 해왔다. LA 일정은 공항에서 차로 마중을 나오는 일부터 일체의 모든 일정은 자기가 다 책임지고 돌봐주겠다는 것이다. 시작부터 좋은 징조이다. 기대하지도 않은 귀인이 나타난 것이다. 나는 유모차 먼저 그의 집으로 부쳤다.

LA에 도착하자 더운 기운이 코를 막는다. 공항에서 오랜만에 만난 우리는 최고의 반가움을 표시했다. 사실 반가움이라기보다는 나로서는 고마움을 표시해야 했다. 나처럼 무뚝뚝한 사람도 상황에 따라 필요 이상의 행동을 해야 할 때가 있다. 그러나 오늘은 필요한 만큼도 제대로 감정표시를 했는지도 잘 모르겠다. 그만큼 이번 여행이 내게 의미하는 것은 크다. LA에서의 일정은 일사천리로 진행될 터이고 출발에 동력을 얻을 것이다.

LA에는 몇 개의 한인 마라톤 클럽이 있다. 워낙 지역이 넓으니 몇 개의 지역으로 나뉘어서 모이는 것 같다. 토요일 아침에는 이지 런너스 클럽에 나가 함께 달리고 맥도날드에서 아침을 먹고 다시 최성권 씨와 함께 KAAT 클럽에 나가서 인사를 했다. LA와 뉴욕에서 나를 바라보는 시각은 다른 것 같다. 뉴욕에서는 매일 같이 뛰던 사람들이라 내가 보통의 마라토너라는 것을 너무나 잘 알아서 보통의 마라토너가 이런 엄청난 일을 저지르는 것에 회의적이었는데 LA에서는 상대적으로 나를 잘 몰라서 그런지 내가 도전하는 엄청난 일 자체에 갈채를 보내주는 분위기였다. 나는 익숙하지 못한 갈채에 머쓱했지만 어쨌든 나는 그들의 긍정적인 반응이 맘에 들었다.

출발 전날은 LA에서 식량과 연료 그리고 여벌의 운동화도 장만하면서 모자란 보급품을 채우고 최성권 씨와 삼겹살과 맥주로 만찬을 하고, 다음날 새벽 4시 반에 일어나 6시에 헌팅턴 비치에 도착하였다. 처음에 뉴욕에서 출발할 때는 이 헌팅턴 비치를 출발지점으로 예정하고 왔는데 현지 사람들이 역사적인 의미가 있는 산타모니카 비치에서 출발하는 것이 좋다고 하여 그렇게 하기로 하였다.

산타모니카 비치는 66번 국도가 끝나는 곳이다. 66번 국도는 미국 최초의 동서를 잇는 고속도로이며 서부개척 시대의 중요한 길이었다. 1946년 밥 트루프가 만든 '66번 국도'란 노래는 이렇게 시작한다. "만약 서부로 드라이브를 하신다면 내가 권하는 하이웨이를 지나가 보세요. 그것은 시카고에서 로스엔젤레스로 곧장 뚫렸어요. 약 4,000km는 충분히 되지요!"

2월 1일, 아침이 밝았다. 마침 헌팅턴비치 마라톤대회가 열리고 있어서 출발하기 전 거기에 가서 먼저 마라톤 대회에 참가하는 한인 마라톤 클럽회원들과 인사를 나누었다. 나의 여행의 취지를 설명하고 분에 넘치는 격려를 받고 다시 출발지점인 산타모니카에 도착했다. 헌팅턴은 아름다운 해변으로 유명하고 철도 부호 헨리 헌팅턴의 이름을 따서 지명으로 삼았다. 석유가 생산되는 곳이기도 하다.

아열대 지중해성 기후로 연중 건조하면서도 햇살이 풍요롭게 내리는 캘리포니아의 낭만적인 해변 산타모니카는 오늘 아침 구름은 잔뜩 끼고 날씨는 쌀쌀하다. 태평양의 바다 냄새는 아직도 잊혀지지 않는 옛사랑의 냄새처럼 아련하게 펴져온다. 저 바다의 끝에는 우리 조국이 70년 째 아직도 두 동강이 난 채 놓여 있다. 무슨 이유인지 전쟁의 포화가 멈춘 지 오래되었건만 평화협정조차 체결되지 않고 있다.

드디어 첫 발자국을 뛰었다. 태평양의 이쪽 끝 산타모니카 해변에서 시작하여 거대한 미대륙을 가로질러 대서양의 저쪽 끝까지 화석연료를 사용하지 않고 오로지 내 몸의 근육만을 의지하여 뛰어서 가는 것이다. 동쪽에서 떠오르는 태양과 마주 서서 끝없이 뛰어간다. 새로운 삶을 찾아 서부로 이동하던 그 옛날 서부 개척자들처럼, 나는 서부에서 동부로 59세에 새로운 인생을 설계하러 달린다. 동부지역의 노동자들과 중부지역의 농민들이 꿈을 찾아 서부로 달리던 길 66 번 길을 거슬러 달린다.

달리면서 이모작 인생의 새로운 설계를 하고, 달리면서 남북통일이 내가 가는 길보다 더 험하고 멀지라도 남북한 모든 시민들 가슴 속에 작은 불씨로 잦아들어 있는 통일의 꿈을 되살리고 싶다. 불씨는 바람과 만나 커지고 불씨는 불씨와 서로 만나 들불처럼 번져갈 것이다. 나는 앞으로 닥칠 모진 고통과 외로움을 만나서 더욱 성숙해질 것이다.

길을 떠난다는 흥분이 태평양의 파도처럼 일렁인다. 가족과 친구들과 격리되어 익숙하지 않을 뿐 아니라 공포스러운 환경 속으로 뛰어든다는 두려움도 함께 찾아왔다. 공항에서부터 LA 일정의 침식 등 모든 편의를 제공한 최성권 씨, 그리고 KART 클럽 회장 피터 김, 헌팅턴 마라톤에 등록하고도 일정을 취소하고 동참해준 박상천 씨. 헬렌 박, 또 시카고에서 내려오신 김평순 님이 첫 출발을 같이하면서 59세에 떠나는 특별한 여행을 격려해주시며 서툴고 외롭고 힘든 첫 출발을 도와주려 같이 뛰어주었다. 최성권 씨 말고는 모두 처음 보는 사람들이 한국인이라는 단 한 가지 이유로 이렇게 뜨거운 마음으로 첫 출발하는 어려운 발걸음을 도와주는데 우리 모든 한국인들의 가슴 속에 유전자처럼 가지고 있는 통일의 작은 불씨를 모아서 합치면 통일의 열망은 금방 다시 훨훨 타오를 것이다.

저 멀리 산타모니카 산맥의 동쪽 끝, 할리우드산의 남쪽 산 중턱에 있는 그리피스 파크 언덕에 우뚝 서 있는 '헐리웃' 사인이 크게 보인다. 베버리힐스로 들어서니 루이뷔통 등 명품매장들이 줄지어 있었다. 할리우드가 가까이 있어서 유명 영화배우들이나 사업가들이 호화주택을 짓고 살기 시작한 곳이다. 이곳도 원래는 인디언들이 살던 곳이다. 길가에 늘어서 있는 가로수마저도 부촌의 향기가 난다.

그리고 곧 우리는 LA의 한인 타운을 거쳐 한인들이 상권을 장악하고 있는 자바시장을 통과하여 지나갔다. 자바시장 한편에는 홈리스들의 텐트촌이 끝없이 늘어서 있다. 이리저리 나뒹구는 쓰레기와 깨진 술병 조각, 딱히 목적지도 없이 어슬렁거리는 사람들, 시궁창 썩는 냄새 속에 섞인 마리화나 냄새 그리고 마약에 동공이 게슴츠레한 저 처연한 눈동자들, 택시운전자도 가지 않으려는 곳에 천진난만한 아이들이 뛰어 놀고 있다는 사실은 가슴 아픈 미국의 현실이다. 이곳에도 빈부의 격차는 있어서 텐트라도 치고 어엿한 자신만의 공간을 가진 사람은 부자 축에 든다고 한다.

미국의 정치인들이 이런 현실에서는 눈을 돌리고 다른 나라의 인권에 핏대를 올리고 있다는 것도 새삼스럽다. 전 세계 거의 모든 사람들의 선망의 대상인 베버리힐스를 방금 지나왔는데 그 얼마 멀지 않은 곳에 이런 곳이 있다는 것도 놀랍다. 미국의 한가운데로 풍덩 뛰어들다 보니 첫날부터 이런 적나라한 보습이 보인다. 미국에서 도시의 빈민가를 보는 것은 놀라운 일도 아니지만 어떻게 저렇게 많은 사람들이 미국 같은 풍요로운 나라에서 집을 잃고 집단으로 도시의 한구석에 거주할 수 있을까? 단순히 저 사람들이 천성이 게으르고 모자라서 그럴까? 부와 가난의 적나라한 대비를 한눈에 보면서 내 눈이 믿겨지지 않을 정도로 커다란 미국의 환부를 대륙횡단 첫날 바라보는 마음은 착잡하다. 미국은 정령 아무런 해결책을 가지지 못한 것일까?

캘리포니아란 이름은 스페인 탐험가들의 소설에 등장하는 낙원 또는 환상의 섬이라는 의미이다. 캘리포니아는 실제로 따스하고 온화한 날씨와 풍부한 자원과 자연경관이 낙원의 모습을 갖추었다. 그러다 골드러시가 시작되면서 골든 스테이트란 별칭으로 불리기도 한다.

'이 낙원의 주인이었던 인디언들에게는 희망이 없었겠구나.' 하는 생각이 들었다. 모든 것이 갖추어진 낙원에 살면서 무엇을 더 바라겠는가. 희망은 절망 속에서 피어나는 장미와 같은 것이라고 했던가. 낙원에서 추방되어 인디언 보호구역에서 처참하게 지내는 그들은 이제 엄청나게 많은 희망이 있겠구나 생각했다. 지금 나도 큰 희망을 가슴에 품고 달린다. 언제나 광대한 낙원으로 들어가는 길은 멀리 있는 것이 아니고 바로 눈앞에 있다.

길 떠나 사람들의 인정과 만나다

어둠을 걷어버리고 떠오르는 찬란한 태양을 보고 어찌 희망이 없다고 하겠는가? 저 태양처럼 따뜻한 사람들의 온정을 받으며 어찌 삶이 고달프기만하다고 하겠는가? 온정은 기본이고 친절까지 덤으로 얻고도 여정길이 힘들고 고달프다고 엄살을 부리겠는가?

첫 야영지로 선택한 곳이 얄궂게도 기찻길 옆이었다. 태평양을 건너서 LA항에 도착한 모든 물품이 미국인들의 엄청난 소비 욕구를 채우기 위해서 중남부 동부로 가는 유일한 철도이다. 지나가는 시간만 10분도 더 걸리는 긴 기차가 모르긴 해도 10분 간격으로 계속해서 지축을 흔들며 지나가는 데는 지친 나그네의 엄습하는 피로감도 어쩔 수가 없었다. 밤 12시가 넘어서자 잠자는 것을 포기하고 다시 짐을 꾸렸다. 70kg이나 되는 짐은 넉 달간 생존하는데 꼭 필요한 것들이어서 하나도 잃어버리면 안 되고 제자리를 벗어나면 찾느라 한참을 헤매곤 한다. 텐트를 걷고 짐을 다시 꾸리는데 시간이 꽤 걸렸다. 새벽 2시의 밤공기는 차가왔지만 한낮의 더운 날씨에 뛰는 것보다 훨씬 상쾌하고 좋았다.

닭 우는 소리가 들리면서 샌안토니오 산맥 너머로 먼동이 터온다. 닭똥 냄새가 진동을 한다. 근처에 양계장이 있나보다. 캘리포니아에는 오렌지가 지천에 널렸다. 바닥에 떨어진 오렌지를 몇 개 주어서 하나는 먹고 비상식량으로 비축을 했다. 평소에 오렌지를 즐겨 먹는 편은 아니었는데 한 입 베어 물으니 입안에서 오렌지 주스가 터져서 달콤하고 상큼하고 시원한 맛이 목젖을 타고 넘어간다. 금방 갈증도 해결된다. 이제 모래산을 타고 넘어가는 가파른 여정이 시작되었다. 산 중턱에 말 목장을 지나는데 말똥 냄새가 진동을 한다. 소목장을 지나는데 소똥 냄새가 또 진동을 한다. 사람이 모여 사는 곳에는 인분 냄새가 진동을 한다. 어느 곳이든 몰려서 살면 이런 냄새는 피할 수가 없다.

여행은 닭장 속에 갇혀 사는 것 같은 답답함을 피해서, 그렇게 사람들이 모여 살면 필연적으

로 나는 인분 냄새를 피하여 자연의 향내를 맡으러 떠나는 일탈 행위이다. 이번 여행을 시작하면서 나는 역설적이게도 사람의 향내를 진하게 맡으면서 시작하게 되었다. 최성권 씨가 LA 일정을 처음부터 도움을 주었고 이곳 마라톤 클럽의 피터김, 그리고 첫 출발을 함께하며 내일처럼 자랑스러워하며 기뻐하며 함께 하여주었던 박상천, 헬렌박 또 나를 집에 초대하여 환대해주었던 닥터 박, 그들에게서 아주 잊을 수 없는 향기를 맡았다. 물론 출발하기 전부터 여러 가지 배려와 그리고 염려까지 아끼지 않았던 뉴욕에서 함께 달리던 권혜순 씨와 동료 친지들에게서도 잊을 수 없는 향내가 아직도 코를 간질인다.

꼭두새벽에 잠도 자지 못하고 일어나 달리며 중간중간 쉬면서 쉴 때마다 운동화를 벗고 양말을 벗어서 양말과 발을 말려준다. 이런 열악한 여행에서 청결을 유지하기란 보통 어려운 것이 아니지만 최대한 노력은 한다. 모자를 벗으면 땀으로 머리가 해초처럼 엉겨 붙었고 얼굴과 팔뚝에는 염전처럼 소금기가 덕지덕지하다. 물티슈로 잘 닦아주었다. 달리다가 아름다운 공원이 보이면 들어가서 나무 그늘 아래 요가메트를 펴고 곤한 낮잠을 청하기도 했다.

광업도시이자 오렌지 재배로 유명한 샌 버너디노에 도착했을 때 이미 날은 어두워지고 지도에서 표시하는 길이 고속도로라 들어가지도 못하며 구글맵과 내비게이션을 번갈아 찍어가며 찾아가도 자꾸 막다른 골목이 나와서 이리저리 헤매는데 한 여자가 다가와 "아까도 당신을 보았는데 진짜로 뉴욕까지 걸어가세요?" 하며 말을 건넨다. "아니요! 걸어가는 것이 아니라 뛰어가는 것이에요." 나는 사람들이 걸어가느냐고 물으면 꼭 뛰어간다고 정정해주곤 하였다. 그녀는 다시 "뉴욕까지 가면 비행기를 타고 LA로 다시 오나요? 아니면 다시 걸어서 오나요?" 하고 물었다. "걸어가는 것이 아니고요 뛰어가는 거예요. 저는 뉴욕에 살아요. LA에 올 때 원웨이 티켓만 끊어서 비행기를 타고 왔지요." 나는 다시 걸어가는 것이 아니라 뛰어간다고 정정을 해주었다. 그녀는 머쓱해하면서 나에게 행운을 빈다고 말했다.

그 여자와 헤어지고 조금 더 가려니 어떤 남자가 집 앞에 서 있다가 나를 부르며 정말 멋진 젊은이라고 사진을 같이 찍자고 한다. 이것저것 많은 대화를 나누다 날이 저물도록 잠자리를 구하지 못한 나는 혹시 당신 집 마당에 텐트를 쳐도 되냐고 물으니 흔쾌히 그러라고 한다. 마당으로 들어가 텐트를 치려하니 다시 나와서 빈방은 없지만 밖에서 자는 것보다는 나을 거니까 불편하더라도 응접실을 쓰라고 한다. 그는 자신을 "리차드"라고 했고, 나는 "명구"

이지만 발음이 어려우니 그냥 "강"이라고 불러달라고 했다. 그러나 그는 "명구"라는 이름을 정확하게 발음하였다. "명구! 저녁은 당신이 가진 음식을 먹을 거예요? 아니면 우리가 저녁을 준비할까요?"하고 물어본다.

몇 일만에 샤워까지 하고 나니 기분마저 상쾌해진다. 나는 부엌에서 조금 전에 마켓에서 산 스테이크 한 조각을 굽고 쌀을 씻어서 스토브에 올렸다. 식탁에는 그의 아내와 그의 딸 르네가 둘러앉아서 내게 귀를 기울였다. 그가 "강, 당신은 왜 그렇게 힘든 미 대륙횡단 마라톤을 하는 거예요?" 그는 처음에 정확하게 내 이름을 "명구"라고 불러주더니 그새 잊어버렸나보다. 나를 강이라고 부르고 있다. "나는 막연히 끝없이 달려서 광활한 미대륙을 달리는 꿈을 꾸다가 어느 날 갑자기 참을 수 없는 그 무엇에 이끌려 이렇게 길을 나섰어요. 남북한이 통일이 되면 세계는 더 평화로워진다는 신념을 미국시민들과 남북한 모든 시민들과 나누고 싶기도 하고요." 이렇게 대답을 하고는 왜 한국이 통일이 되어야 하는지를 부연 설명하였다. 나의 할머니가 거의 70년 전 시집간 딸 하나를 북에다 남겨놓고 어린 다섯 아들 손을 잡고 야음을 틈타 남으로 내려와서 돌아가실 때까지 북한 땅을 밟아보지 못한 이야기와 할머니가 얼마나 한이 맺혔으면 한반도에 있는 모든 용하다는 종교의 신령님들께 기도를 드렸다는 이야기를 했다. 어린 나는 할머니의 손을 잡고 교회도 가봤고, 천주교, 그리고 절에도 따라다녔다. 어린 나는 할머니가 아침이면 정한수 떠놓고 북녘 하늘을 향해서 기도하는 모습도 보았고, 신주단지 모셔놓은 것도 보았고, 심지어 일본식 종교인 남묘호렌겡교까지 섭렵하는 모습을 지켜보면서 자랐다. 나는 우리 가족사에서 시작한 이야기를 했고, 그는

2년 전에 약물 과다복용으로 죽은 자기 아들에 대해서 이야기 했다. "어느 날 아침에 일어났는데 늦게까지 아들의 기척이 없어서 문을 열어보니 아들은 주사바늘이 꽂힌 채 싸늘한 주검으로 변해있었어요! 약물남용이었지요. 그것이 재작년이었지요. 아들은 언제나 착한 아이였거든요. 평소에는 문제가 없어 보였어요." 이렇게 말하는 그의 눈에는 눈물방울이 맺혀있었다. 고개를 돌려 돌아보니 그의 아내의 눈에도 르네의 눈에도 눈물이 고였다. 눈물은 전염성이 높아서 금방 내 눈가에도 눈물이 맺혔다.

나는 꼭 완주하려는 결연한 각오를 하고 길을 나선 것은 아니지만 만약, 진짜 만약 내가 완주를 한다면 아시안 최초의 무無 도움 단독횡단이라고 하니 그는 너는 충분히 완주할 만큼 강하다고 말해주었다. 나는 그 말을 들으니 진짜 내가 강해지는 느낌을 받았다. 말 한마디는 사람을 강하게 하기도 하고 나락으로 빠트리기도 한다. 나는 정말이지 완주에 대한 확신은 가지지 않았다. 그저 지금 내가 하는 일이 처음 하는 일이고 매일의 발걸음이 지금까지 내가 달려본 최고의 거리가 될 것을 알 뿐이다. 나는 내가 다른 사람에 비하여 강한 사람이 아니라는 것을 안다. 이 여행을 하기로 결심한 것은 다만 내가 약하지 않다는 것을 스스로 확인하고 싶었다.

자기 아들의 그런 죽음 때문에 나 같은 젊은이들이 건강하게 도전하는 모습이 멋지게 보여서 말을 걸었다고 한다. 그래서 자기가 뭐든 도와줄 수 있는 일이 있으면 조그만 것이라도 도와주고 싶다고 했다. 그런데 그는 나보다 세 살 아래였다. 내가 평소에 운동을 열심히 하고 자기 관리를 좀 하니까 젊어

보이기는 한 모양이다. 리차드씨와 그의 가족은 낯 모르는 나그네에게 할 수 있는 최대의 온정을 베풀어 주었다.

먼 길을 떠나면서 만나는 인간의 향기가 벌써 집으로 향하는 발걸음을 빠르게 만든다. 좋은 세상은 인간의 향기가 진동하는 사회이다.

태양은 떠오르고

저 산 너머에서 해가 떠오르기 시작할 무렵 한 무리의 새들이 마치 태양의 둥지에서 자고 일어나 솟아오르듯이 태양의 방향에서 날아온다. 날개가 황금빛으로 빛나는 새들은 내 머리 위를 날아갔지만, 그 잔상은 눈으로 들어와 가슴에 깃들었다. 이토록 아름다운 잔상을 얼마나 오래 품고 살 수 있을까?

해가 떠오르기 시작할 때 아주 잠시 해를 마주 볼 수 있다. 매일 아침 해를 마주 보면서 뛰며 해와 정분을 나눈다. 눈을 열면 마음이 열린다.

우리는 사랑을 시작하는 사람에게 사랑에 눈이 떴다고도 하고 사랑에 눈이 멀었다고도 한다. 사랑하는 사람을 마음으로 받아들이는 것을 사랑에 눈을

떴다고 하고, 사랑하는 사람 이외에는 눈을 감아버리는 것을 사랑에 눈이 멀었다고 말한다. 열린 마음으로 불덩이 같은 태양이 들어와 자리를 잡는다. 태양도 보통 태양이 아니라 이글거리는 사막의 태양이다. 태양을 품은 마음은 무엇을 해도 할 수 있을 것 같은 자신감이 생기고 힘이 넘친다. 사랑에 빠져버렸을 때 그렇다.

태양은 늘 바라보아도 아름답고 신비하고 가슴이 설렌다. 오늘도 나는 태양의 애무를 온몸으로 느끼며 환희에 젖는다. 새벽에 떠오르는 봄 햇살과 마음껏 사랑을 나눈 발길은 고무공처럼 통통 튄다. 오십이 넘어 육십이 가까운 나이에도 몸에서 고무공의 탄력이 느껴지는 것은 신나는 일이다. 달리며 나는 깃털처럼 가벼워져 팔랑팔랑 나는 상상을 한다. 달리면 어깻죽지 밑에서 깃털이 나오는 느낌을 받는다. 끝없이 달리면 깃털이 다 자라 자유로이 하늘을 훨훨 날을 것 같은 꿈을 꾼다. 나는 지금 새처럼 자유로이 이 대지 위를 달리고 있다.

마라톤에는 리듬이 있다. 뛰는 발걸음에 리듬이 있고 숨쉬기에 일정한 리듬이 있다. 심장박동 소리에 환희의 리듬이 있다. 달리면서 상쾌해진 선율을 길 위에 오선지를 삼아 두 다리로 악장을 적어내며 뛰는 것도 멋진 일이다. 이제는 발길이 대지와 정분을 나눈다. 이렇게 탄력을 받으면 한동안 나의 달리기는 어떤 음악적 리듬을 타면서 춤사위에 가까워진다. 나는 사막을 달리면서 마치 구름 위를 뛰는 것 같은 가뿐함을 느낀다. 바람이 내 몸으로 들어와 공명하는 최고의 음악 소리가 들리는 듯하다. 봄의 대지 위에 펼쳐지는 신명나는 춤은 대지를 즐겁게 한다. 봄 햇살을 받은 대지도 겨우내 움츠렸던 몸을 기지개를 펴기 시작한다. 이 때 내 발길이 통통 통 두드려주면 대지도 움찔움찔하는 느낌이 온다. 태양과 나 그리고 대지가 하나가 되는 합일의 환희를 맛본다. 나무처럼 나의 삶도 대지에 뿌리를 두고 사람들과 대자연의 사랑의 수분을 목말라하며 태양의 온기를 받아 광합성작용을 하면서 생장하며 번식하며 살아가는 것이다.

봄 대지를 달리는 것은 나만이 아니었다. 저 앞에 야생마 네 마리가 무리를 이루고 길에서 서성이고 있는 것을 발견했다. 나는 그들과 소통을 꿈꾸며 살금살금 다가가지만 내 기척 소리를 듣고 앞으로 달아난다. 어느 정도 거리가 유지되면 멈추어 선다. 그리고 또 내가 다가가면 또 달려서 앞으로 뛰어간다. 나는 금방 녀석들과의 소통을 포기하고 그들이 나를 의식하지 않고 평화로워지기를 바랐지만 왼쪽 옆으로는 고속도로의 가로막이 있고, 오른쪽으로는 목장의 철조망이 있어서 녀석들은 어디로 가지도 못하고 내 앞에서 계속 얼씬거렸다. 녀석들도 내가 불편했겠지만 나 때문에 불편한 것이 있다면 나도 마음이 편치 않았다. 들판에서 뛰어 놀다 길을 잘못 잡은 것 같다.

야생마들과 헤어져서 조금 더 달리고 있는데 젊은 인디언 부부가 지나가다가 차를 세우고 자기들 먹으려고 사가는 것이 분명한 햄버거 두 개와 차가운 음료수를 건네준다. 이 사막 한가운데서 햄버거를 사러 얼마나 먼 길을 다녀오는 걸까 생각하면서도 나는 망설이지도 않고 아직도 온기가 식지 않은 햄버거와 아이스박스에서 갓 나온 음료수를 받아들고 감동을 받는다. 아까부터 시장기가 돌았는데 정말로 맛없는 깡통음식을 먹기 싫어서 달콤한 복숭아 캔 하나와 도넛 한 조각을 먹으면서 지금까지 버티고 있었다. 생존의 본능이란 대단한 것이다. 나는 이제 길거리에서 음식을 받아먹는 일쯤은 아무렇지도 않게 하고 있었다. 사막에는 거의 비가 내리지 않았지만 이렇게 가끔씩 만나는 온정의 비가 자칫 '빛두렁길'의 길고 험한 여정 길에 메마를 수 있는 나의 영혼을 축축하게 적셔주었다. 이 햄버거는 햄버거 이상이 되어서 내 몸 안에서 녹아져 피가 되고 살이 되고 에너지가 된다.

거의 두 달을 한식을 먹지 못했다. 고통의 종류는 여러 가지의 형태로 내게 다가왔지만 그 중에서도 잘 먹지 못하는 고통이 제일 크다. 이런 극한의 체력을 요하는 도전 중에 맘껏 영양을 채우지 못하는 고통도 고통이지만 한식을 먹지 못하는 고통도 대단하다. 갈비와 삼겹살을 먹고 싶지만 김치찌개와 된장찌개에 하얀 밥을 비벼 먹고 싶어 미치겠다. 매일 몇 번씩 김치찌개와 된장찌개에 열무김치를 먹는 일을 상상한다. 상상은 점점 더 집요하고 치열해진다. 이 다스릴 수 없는 그리움을 어찌하면 좋을지! 이제 조금만 더 가면 텍사스에 사는 함인철 형이 김치찌개를 싸가지고 응원을 올 것이다. 뉴욕의 친구들도 반환점을 돌 무렵 한번 오겠다고 했지만 빠듯하게 살아가는 이민생활에서 쉽지는 않은 일이다. 하지만 함인철 형은 확실히 올 것이다. 나는 지금 어떤 목표를 향해 달려가는 것이 아니라 김치찌개를 먹기 위해 달리는 것 같다. 돼지고기가 듬성듬성 박히고 하얀 두부가 큼지막이 올라가 있는 새콤 구수한 김치찌개를 들고 올 선배와의 만남의 기대로 가득 찼다. 사람이 먼저인지 먹는 게 먼저인지 헷갈린다.

온전한 평화를 이루는 종교적 깨달음은 수도승이 아니면 이루어질 수 없는 줄 알았다. 그러나 달릴 때 큰 호흡을 하면서 자신의 육체에 온 정신이 집중될 때 큰 평화가 찾아온다는 하늘의 비밀을 알아내고야 말았다. 매일 아침 해가 떠오르기 전부터 해가 질 때까지 달리면서 너무도 맑고 깨끗해졌다. 가족과 은사와 친구들을 생각하며 눈물을 하염없이 흘렸지만 그것마저도 평화의 눈물이었다. 일정한 행동을 반복하면 행복에너지인 도파민이 생성된다고 한다. 달릴 때 큰 호흡을 하면서 달리는 그 자체에 정신이 집중되기 때문에 잡념이 사라지고 기쁨과 평화가 찾아온다. 몸이 편안하면 마음이 고달프고 몸이 바쁘고 힘들면 마음이 편안하다는 말은 만고의 진리이다.

달리는 그 절대의 침묵 속에서 큰 호흡으로 마음을 어루만진다. 일정한 속도로 반복 운동을 하는 두 다리의 움직임 속에서 절대자를 부르는 경건한 의식을 치른다. 끝없이 밀려오는 고통 속에서 자기 삶의 주인이 되고자 하는 간절한 염원을 담은 처절한 의식이다. 달리기는 내가 신에게 바치는 최고의 제천 의식이다.

앨버커키에서 해발고도가 1,379m로 내려가서 이제는 계속 내리막길을 가기를 기대했는데 모리아티Moriarty로 가는 길은 다시 해발 2,135m로 올라간다. 나는 다시 한 번 로키 산맥의 기세가 얼마나 대단한 지를 실감하게 되었다. 이제 거의 한 달을 달리고 달려도 로키 산맥의 자락을 벗어나질 못하고 있다. 산타로사Santa Rosa로 가서는 이제 고도가 내려가는가 싶더니 다시 고도가 올라간다. 언제나 길은 올라갔다가 내려가고 또 올라갔다. 무거운 짐수레를 밀고 맞바람을 맞으며 그런 길을 오르내리는 것은 최고의 형벌 같았다. 그래도 이제는 고도가 조금씩 떨어지는 것을 느낄 수 있다. 이제 뉴멕시코가 거의 끝나가고 텍사스가 얼마 남지 않았다.

삶의 고난과 역경이 오히려 생명을 튼튼하게 받쳐주는 기둥이 된다고 한다. 나는 이제 이 말을 믿게 되었다. 나의 거칠어진 피부와 깡마른 몸에 상관없이 나는 그 어느 때보다 왕성한 생명력을 보여주고 있고 매일매일 나의 한계를 넘나들며 거의 무한대의 힘을 쏟아 부우면서 달려도 나는 그 어느 때보다 강하다는 것을 스스로 느낄 수가 있다.

앞으로 내 그림자가 지평선에 닿고 뒤를 돌아보니 이제 석양의 노을이 붉게 물들어 가고 있다. 해가 질 무렵 다시 해를 마주 볼 수 있다. 지는 해를 마주보니 몸도 마음도 붉게 물들어가는 것 같다.

"우리의 소원은 통일"과 "아리랑"이 뉴욕 하늘 아래 울려 퍼지다

여느 때와 마찬가지로 새벽 일찍 일어나 어제 저녁 오랜 세월 선배로 알고 지내던 표순제 형이 사온 밥을 먹고 출발한다. 밥 한 그릇이 다 들어가니 든든함이 느껴진다. 이 길은 살아가면서 예상치 못하게 덤벼드는 어려움과 어떻게 마주서야 하는지 혹독한 훈련을 통해서 알고 돌아가는 마지막 길이다. 내 스스로를 돌아보며 지난 과거 속에 잊어버리고 싶고 도망치고 싶었던 삶의 질곡과도 떳떳하게 마주보며 화해를 하고 돌아오는 길이다. 이제 이 길의 끝에 서면 자신감을 잃고 주눅 들어 움츠리는 일은 없을 것이다. 그곳이 나의 새로운 출발지점인 것은 큰 의미가 있다. 새로운 출발은 아직도 어느 방향을 향해 달려가야 할지 숙제를 풀지 못했지만 말이다.

달리면서 나는 누구인가 묻고 그 길 위에서 해답을 구했다. 내가 무엇을 더 할 수 있는지, 무엇을 더 배워야 하는지, 무엇을 못 하였는지 해답을 구했다. 나는 길을 달리면서 용서와 치유의 힘을 얻었다. 끊임없이 한계에 도전하며 한계에 부딪쳤을 때도 그것이 진정 나의 한계가 아님을 스스로에게 각인시켰다. 내부 깊숙한 곳에 감추어져서 한 번도 사용해보지 않은 능력을 캐어내는 광부처럼 최선을 다했다. 그리고 마침내 한계를 극복했을 때에도 스스로를 돌아보며 우주의 티끌만도 못한 나를 알려주었다. 대단한 일을 멋지게 해냈어도 항상 더 대단하고 멋진 일은 남아 있게 마련이다.

125일 동안 나는 삶의 질량을 벗어던지고 마치 우주유영을 즐기는 우주인처럼 자유를 누렸다. 내 자신에게 최선을 다할 때 찾아오는 희열을 충분히 만끽

했다. 마음에 희열이 오면 몸이 유연해지고 사고가 유연해진다. 사고의 경직성이 사라지면 사랑이 찾아온다. 자신에 대한 무한한 사랑과 주위로 퍼져나가는 사랑을 느낀다.

오버팩으로 들어오는 길은 여러 친구들이 어깨를 나란히 함께 뛰어주어서 발걸음의 무게를 덜어주었다. 공원 안의 야회무대에서는 뉴저지 한인회장을 비롯하여 한인사회의 인사들과 교민들이 미리 나와서 환영행사를 성대히 치러주셨다. 우리는 '우리의 소원은 통일'과 '아리랑'을 합창했다. 우리의 합창은 아직은 작지만 은은하게 뉴욕 하늘 아래 은은하게 퍼져나갔다. 내 눈가에도 눈물이 촉촉하게 흘러내린다. 내가 길거리에 떨어뜨린 땀방울도 일어나 노래와 함께 퍼져나가는 것 같았다.

이 여정의 마지막 밤은 한영석이 오버팩 공원 옆에 있는 호텔을 잡아줘서 그곳에서 보냈다. 친구들과 막걸리를 곁들인 저녁이 마지막 만찬이 되었다. 모두들 나의 노고를 진심으로 위로해주었다. 나는 남자든 여자든 큰 포옹으로 인사를 나누었다. 내가 그들에게 줄 수 있는 최고의 선물은 여기까지 오면서 고농축으로 축적해온 긍정의 에너지였기 때문이다. 배터리 점프를 하듯이 가슴을 마주대고 힘차게 부벼대면서 선물을 한 사람 한 사람에게 나누어주었다. 내일 일정이 남아있긴 하지만 도를 넘지 않는 선에서 회포를 풀었다.

6월 5일, 마지막 날 아침도 습관처럼 일찍 눈을 떴다. 아침의 새벽 별빛이 사위어가고 비가 올 듯 구름 낀 하늘에 새로운 태양이 떠오른다. 오늘은 어제보다도 더 많은 친구들이 나의 마지막 길에 힘을 덜어주려고 평일인데도 이민

생활의 빠듯한 일상 중에 생업도 잠시 접고 함께 해주었다. 안정환이 커다란 태극기를 들고 앞장을 선다. 내가 지금껏 받아보지 못한 최고의 환대였다.

조지워싱턴 다리를 지나며 내려다보이는 허드슨 강물은 변함없이 정겹고 깊고 은은하게 흐른다. 4개월 전 뉴욕은 눈이 군데군데 쌓여있었고 지금은 초록이 군데군데 쌓여있다. 그때 나뭇가지는 앙상했는데 지금 나무에는 봄 꽃들로 만발해 있다. 강 언덕 사이로 흐르는 것은 물 뿐이 아니었다. 세월도 흘렀고 생각도 흘렀다. 그때 내 마음은 황폐했었는데 지금 내 마음은 희망의 꽃들로 만발해 있다. 지금 나와 같이 뛰는 친구들은 출발하기 전에는 나의 나약함만을 알고 있었을 뿐이다. 지금 이들은 나를 절대 나약하지도 무기력하지도 않다고 생각한다.

뉴욕이 가까워질수록 뉴욕이 다시 깊은 오지처럼 느껴지는 것은 왠지 모르겠다. 처음 사막 한가운데로 뛰어들 때와 기분이 별반 다르지 않았다. 그 모진 일들을 다 견뎌내고 이 다리를 건너는 나는 흙이 1,300도의 불가마 속에서 여러 번 구워지면서 찬란해지듯이 대륙을 가로지르며 끝없이 달리는 그 뜨거운 열기 속에 내 몸도 마음도 빛으로 가득 찼다.

나와 친구들은 커다란 태극기를 휘날리며 허드슨 강변도로를 달려 내려오다 다시 센추럴 파크로 들어섰다. 주말이면 늘 달리던 그 길이다. 내가 마라톤에 입문하던 날 달리던 길이다. 나는 그때 이 부근을 지나면서 숨이 턱까지 차오르면서 너무 힘들어서 거의 포기할 뻔했다. 그때 포기했으면 나의 마라톤은 없었을 것이다. 뉴욕마라톤의 골인지점이기도 한 그 길을 따라 달려 내려오다가 다시 브로드웨이 길을 따라 내려와 뉴욕의 심장과 같은 타임스퀘어에서 멈춰 기념사진을 찍었다.

불현듯 초등학교시절 내게 방정환의 동화책 한 권을 건네주신 선생님이 생각났다. 아무리 생각해도 선생님의 이름이 기억나지 않지만 그때 그 책을 읽으면서 생겨나던 꿈들이 슬그머니 다시 기어나와 뉴욕으로 들어가는 내 발걸음에 보조를 맞추며 달려가고 있다. 그렇게 한참을 어릴 때 꿈과 어깨를 나란히 뛰다보니 내가 원하는 것이 무언지 확연하게 보인다.
나는 이제 또 다른 익숙하지 않은 환경 속으로 뛰어들기로 결심했다. 어찌 보면 대륙횡단 마라톤보다 더 큰 모험이 눈앞에 기다리고 있다. 인간은 사회적인 동물이면서 모험하는 동물이기 때문이다. 나는 이제 26년간 정들어 살던 뉴욕을 떠나 조국으로 돌아가야겠다. 익숙하던 모든 것들을 떠나는 것은 내가 사막으로 뛰어들었던 것보다 어찌 보면 더 무모할 수도 있다. 더 큰 위험이 도사리고 있을지 모르는 더 큰 도전이 될지도 모르는 일이다.

나는 조국으로 돌아가 어려서 잠깐 꿈꾸다 내 안에 천재성을 발견하지 못해서 포기했던 문학을 하려고 한다. 천재적인 능력이 없이도 대륙횡단 마라톤 완주한 나의 마라톤 이력과 천재적인 능력이 없어서 오래 전에 포기했던 별 볼일 없는 나의 문학적 재능이 결합하면 창조적인 마라톤 문학이 될 것이다. 천재적이지 않아도 내가 할 수 있는 독특한 일이 남아 있다는 것이 통쾌하다. 세상에는 남들이 밟지 않은 오지가 아직도 널렸다.

59세의 나이는 아직도 꿈을 품기에 넉넉한 시간을 가졌다. 달리면서 튼튼해진 심장은 이상의 날개를 펼치기에 알맞다. 달리면서 생겨난 은근과 끈기와 담력으로 새로운 인생을 출발하는 거다. 채워도 채워도 채워지지 않는 욕망은 사라졌지만 조금만 부어도 넘치는 넉넉한 마음이 생겼다. 중년이 건강하고 활기차면 세상은 새로운 부흥을 이룩할 것이다. 이제 세상은 오십 대와 육십 대에 의해서 새로운 활력을 얻을 것이다.

맨해튼에 들어서면 나의 동공은 언제나 여행자의 그것으로 바뀐다. 쉴 새 없이 지나가는 볼거리를 담아내기 위하여 마음이 얼마나 분주해지는지 모른다. 뉴욕은 여행자들의 혼이라도 빼앗아갈 볼거리와 먹거리, 패션이라는 이름의 입을 거리를 끝없이 제공한다. 그 수많은 사람들의 서로 다른 모습 속에 나도 나만의 모습을 하고 달려간다. 이제 방향을 바꿔 유엔본부로 향한다.

세상은 빠른 속도로 변해간다. 출산율은 떨어지고 평균수명은 늘어간다. 축복으로 다가와야 할 장수사회가 생산인구는 줄어들고 노인 의료비는 증가해서 자칫 인류의 재앙이 될 수도 있다. 59세의 나는 이모작 인생을 꾸려가기에 충분한 힘을 스스로 증명해냈고, 거기에 알맞은 경험도 있다. 꿈을 품기에 넉넉한 시간도 있다. 뽀송뽀송한 피부의 탄력과 양 볼의 붉은 빛은 사라졌지만, 이마엔 잔주름이 하나 둘 생겨나고 머리에 흰 머리는 늘어나지만, 새롭게 도전하는 용기, 일상의 평범함을 거부하는 자유로운 상상력은 바람 부는 날 파도처럼 거세게 밀려온다.

유엔본부 앞 함마슐트 광장으로 달려드는 나의 발길은 먼 길을 달려와서 모래톱으로 잦아드는 파도처럼 잦아들 것이다. 나는 결국 해냈다. 광활한 미대륙을 제 몸의 근육만으로 횡단하는 일은 대단한 일이다. 그런 대단한 일을 나 같은 평범한 사람도 할 수 있다는 발견은 더 대단한 발견이다. 작은 물방울이 모여서 강물을 이루며 흐르듯 아주 작은, 하찮은 몸짓 하나하나가 모여서 대모험을 완성했던 일은 통쾌하다. 가장 치열하게 보낸 이 봄을 나는 영원히 기억할 것이다. 이 일은 대자연의 정령이 도와주지 않았으면 도대체 가능이나 했겠는가 생각해본다. 가족 친구들이 도와주지 않았으면 도대체 가능이나 했겠는가? 내가 뉴욕에 들어와서 가장 먼저 한 일은 모하비 사막을 안전하게 통과하게 도와준 리처드씨에게 전화한 일이다. "탱큐, 당신 덕분에 무사히 완주할 수 있었어요. 정말 고마워요! 당신도 지금 내가 무슨 일을 해냈는지 알지요?" 달리면서 내 안에 생긴 연어 알 같은 새 희망의 씨는 다시 수많은 다른 희망으로 부화되어 더 먼 바다로 퍼져나갈 것이다.

제2장

달려온 유라시아 열여섯 나라 이야기

(15,000㎞)

네덜란드(헤이그)	독일
체코	오스트리아
헝가리	세르비아
불가리아	터키
조지아	아제르바이잔
이란	투르크메니스탄
우즈베키스탄	키르키즈스탄
카자흐스탄	중국(단동)

01 네덜란드 The Netherlands

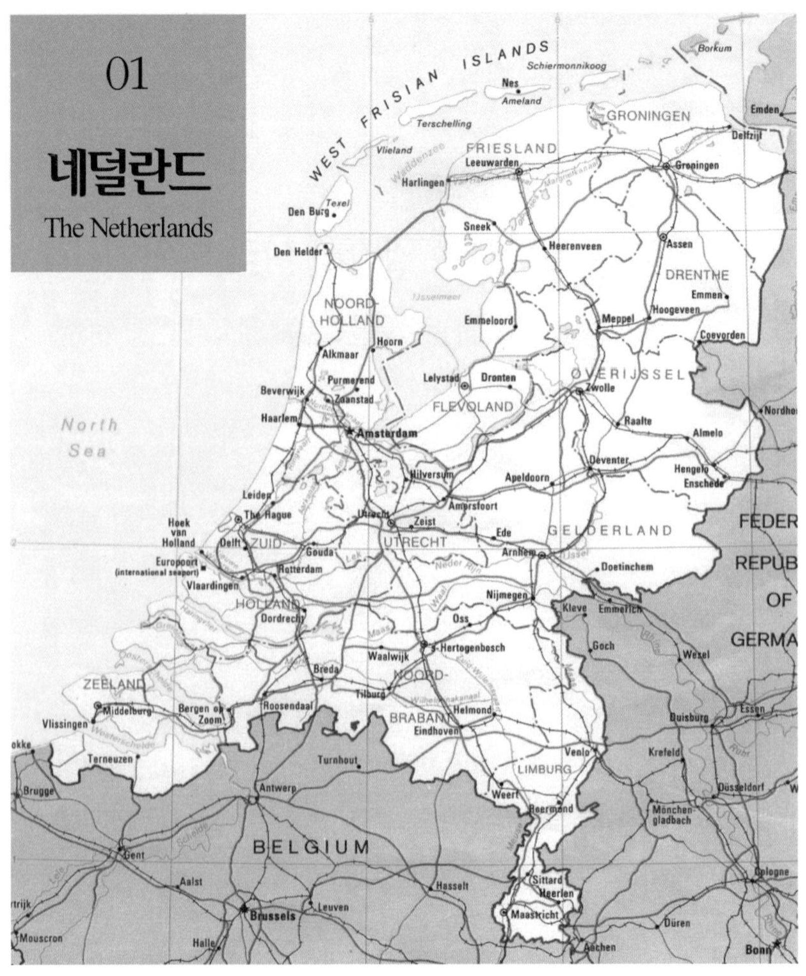

<〈국기〉>

적색, 백색, 청색의 같은 두께의 띠로 구성

〈국장〉

사자가 그려진 방패와 왕실을 상징하는 왕관을 사자가 받치고 있는 모습

〈국가 개관〉

'낮은 땅'을 뜻하는 네덜란드는 서유럽에 있는 입헌 군주국으로 수도는 암스테르담이다. 홀란드, 화란으로도 불린다. 인구밀도가 높고 국토의 25%가 해수면보다 낮다. 제방과 풍차, 튤립으로 유명하다. 독일, 벨기에와 접하고 있다. 북해에 면해 있는 국토는 라인강, 마스강, 스헬더강 등이 만드는 삼각주를 중심으로 저지대가 펼쳐져 있고 최고 지점도 321미터에 불과하다. 현재 식민지인 아루바섬과 네덜란드령 안틸레스도 포함한다. 과거에는 '네덜란드령 기아나'라는 이름을 가진 수리남은 물론 본국의 100여 배도 넘는 인도네시아도 식민지였다. 난류와 편서풍의 영향을 받는 해양성 기후로 1년 내내 온화하다. 한국전쟁 때 보병 1개 대대와 군함 2척을 파병한 우리의 혈맹국이다.

The Kingdom of the Netherlands is located mainly in North-West Europe and with some islands in the Caribbean. Its mainland borders the North Sea to the north and west, Belgium to the south, and Germany to the east. It is a geographically low-lying country, with about 25% of its area below sea level and 50% of its land lying less than one metre above sea level. The Netherlands, one of the first countries to have an elected parliament, is well known for its progressive stance on many issues. Netherlands dispatched one battalion army and two warships during Korean War.

- **국명** : 네덜란드(the Netherlands)
- **면적** : 41,543㎢
- **국민소득** : US$55,485달러
- **독립일** : 1581.7.26
- **수도** : 암스텔담(Amsterdam)
- **인구** : 17,300,000명
- **언어** : 화란어(Dutch)

풍차와 튤립의 나라, 네덜란드

땅이 바다보다 낮은 나라
주먹으로 둑 구멍을 밤새 메운 소년아

최고 높은 언덕 겨우 321m
풍차가 도는 나라, 네덜란드여

17세기 무역 강국 동인도회사
뉴욕 수리남 인니를 소유했네

라인강, 마스강 북해로 흘러
평탄하다 남녘의 구릉지대
물밑이다 해안지대

온 땅에 튤립 향기 그윽하고
자애 명예 가득하다
온 땅이 평화로다

1907년 헤이그 만국평화회의
원통하다 이준 이상설 이위종열사
애달프다 고종황제의 꿈

금색 왕관 찬란하다 무장한 사자여
신앙과 용기로 충성을 다 바치자

우리는 영원히 지키리라
조국의 영광을
그 이름 네덜란드여

Land of Windmills and Tulips, the Netherlands

Land under sea level
Boy who filled bank hole with his arm

Highest hill is 321m only
Land with wheeling windmills, the Netherlands!

Nation of strong trade in 17C, EastIndi Corp
Possessing NY, Surinam and Indonesia

Rhine and Mass flow to the North Sea
How flat, the southern hilly district under 321m
Eh, it's under the sea level, the land along seashore

Pretty land full of sweet tulip fragrance
Affectionate land full of love and honor
Bright land full of overflowing peace

1907 Hague World Peace Conference
How mortified, the Patriots three Lees
How heartbroken, Emperor Gojong!

How bright, armed lions with golden crown
Devote yourselves with faith and valor

We shall defend forever
The glory of our fatherland, the Netherlands!

분단의 상처를 안고

출발선에 서니 이제 1만 6천여km 정도밖에 남지 않았다. 이 정도면 좀 힘들겠지만 해볼 만한 거리이다 싶다. 처음 두어 주일은 신체의 각 기관이 이런 터무니없는 육체적 고통에 적응하느라 몹시 힘들어하겠지만, 육신은 생명을 위해 잘 적응할 것이다. 몸이 이 고통을 잘 적응할 때까지 최대한 부드럽고 예의 바르게 몸을 사용하여야 한다. 지금부터 얼마간은 몸의 조그마한 응석도 다 받아주어야 한다. 그러고 나면 꾀를 부리던 육신도 이 최고의 움직임을 즐기게 될 것이다.

첫발을 내딛자 내 속 깊은 곳에서 똬리를 틀고 있던 억압된 것들이 소리 없는

외침으로 솟구쳐 오르며 환호한다. 첫발자국이 대지에 닿자 그 소리가 대기를 미세하게 흔들었다. 대지의 반사 탄력이 발끝에 전해지며 전율이 온몸을 훑었다. 관절이 이완되고 수축했다. 두 발이 번갈아 대지를 차고 하늘로 가볍게 솟구치는 기분은 황홀했다. 내 안에서 생겨나서 스스로 뜨거워지고 폭발할 것처럼 팽창膨脹해서 나를 망가뜨리고야 말 기세로 덤벼들던 것들이 징징대고 떼를 쓰던 어린아이가 사탕을 받아 들었을 때처럼 고요히 잠들고 말았다.

어쩌면 이 일은 아주 오래 전, 내가 어린 소년이었을 때부터 시작되었는지 모른다. 어쩌면 이 일은 운명적으로 마련되어 있었던 일인지도 모른다. 한겨울에 나무 안에 자리를 잡고 있다가 봄이 되어 터져버리는 꽃망울같이 말이다. 나는 이제 비로소 인생의 봄을 맞는지도 모르겠다.

첫발자국은 첫사랑처럼 조심스럽게 놓여지고, 모든 사랑하는 사람들의 첫 고백 뒤에 마른 침을 꾹 삼키며 찾아오는 침묵의 시간이 첫발자국을 뛰자 거룩하게 찾아왔다. 다만 그 성스러운 침묵의 시간에 모든 사랑하는 연인들이 그랬던 것처럼 달콤한 환상에 빠질 수 없는 것이 탈이었다. 나는 그 여백餘白의 시간에 앞으로 다가올 아주 위험한 순간과 시시때때로 다가올 고통과 난처한 순간들을 떠올리며 단호한 결의를 다져야 했다.

돌베개를 베고 풍찬노숙을 하며 어떤 미스터리한 지점을 헤매다 버뮤다의 삼각지점 같은 곳을 만나 흔적도 없이 사라져버릴 것 같은 두려움에 빠지기도 한다. 하지만 한 치의 두려움도 없이 금지된 사랑에 뛰어든 여인처럼, 혼신의 힘을 다해 연주하는 연주자처럼, 이제 막 활주로를 이륙한 비행기처럼 나는 미지의 세상을 향해 아무런 두려움도 없이 달려갈 것이다. 매일매일 뜨개질하듯이 한 발 한 발 정성을 다할 것이다.

서쪽 끝에 서서 태양이 솟아오르는 동쪽 끝으로 향했다. 그러나 그것은 내게 방향이 아니었다. 다만 부조리의 끝을 향해 달리고 싶을 뿐이다. 지구의 끝을 향해 달리며 전쟁의 끝, 분쟁과 대립의 끝, 인류의 오랜 수치羞恥와 오욕汚辱의 끝으로 달리고 싶었다. 부조리한 세계의 끝까지 달려가서 전환의 시대에 앞장서 가고자 하는 것이다. 그곳에 평화가 있으리란 믿음이었다. 그곳은 내가 온 곳이다. 아마도 인류의 원형이 그러했으리라! 인류의 시작이 그러했으리라! 그러니 끝을 향해 달리면서 시작점으로 다시 달려가고픈 염원을 발걸음에 고스란히 담았다.

나의 첫 발걸음의 무게를 조금이라도 덜어주려고 서울에서 동창생 민형성 부부와 이은수 부부가 와서 함께 해주었다. 그리고 파리에서 생면부지의 임남희씨가 나의 유라시아횡단 평화마라톤 소식을 듣고 7시간이나 넘게 기차를 타고 와주었다. 그것으로도 충분히 힘이 나고 과분한데 이준열사 기념관 관장님이 네덜란드 경찰을 불러 의전까지 갖추게 하여 주시니 고마워해야 할지 오지랖이 넓다고 해야 할지 모르겠다. 끌끌! 이준열사 기념관 앞에서 출발하는 것이 이준열사의 숭고한 정신에 어긋난다고 허가를 안 해준다는 것이다.

안에서 간단한 행사를 하고 출발하는 것을 허락할 수 없다고 해서 길거리에서 사진만 찍고 가려고 했는데 10시 반에 문을 열 사람이 8시 반부터 나와서 지키고 있다가 길거리에서 사진만 찍는 것도 안 된다고 난리를 쳐서 첫 출발부터 얼굴 붉히고 싶지 않아 저만치 떨어진 광장에서 사진을 찍고 있는데 경찰들이 출동했다. 기동진압대가 출동하여 작전을 펼치듯 신속하게 차에서 내렸지만 그들이 사태파악을 하는 데는 그리 오래 걸리지 않는 것 같았다. 곧 그들은 숨을 고르며 우리에게 다가와 공손하게 우리가 왜 여기에 모여 있는지 물었다.

경찰들은 내가 유라시아대륙을 달려서 횡단할 사람이라고 하자 놀라워하며 기념사진까지 같이 찍고 오히려 출정식을 멋지게 장식해주었다. 제복 입은 사람이 함께하니 사진이 멋지게 구색이 맞는다. 그들은 혹시 모를 충돌을 염려하여 어느 정도 에스코트까지 해주니 유라시아횡단 마라톤은 네덜란드 경찰의 에스코트를 받는 최고의 행사로 품격을 갖춘 모양새가 되었다.

우리는 함께 헤이그 거리에서 평화의 행진을 하는 것으로 뜻깊은 출발을 하였다. 학창시절 악동들이 40년 후 함께 세계의 평화와 조국의 통일을 위해 행진하는 모습이 새삼 속으로 웃음을 짓게 만든다. 악동들일수록 추억은 많다. 천천히 헤이그의 시내를 걸으며 지난 어린 시절을 회상하며 앞으로 길 위에서 만날 어려움을 걱정해주었다. 시내를 벗어나자 민형성과 이은수 부부는 1시간 같이 행진을 하고 아쉬운 이별을 했다. 친구들과 친구들 부인들까지도 먼 길 떠나는 나를 포옹해주었다.

공교롭게도 9월 1일은 1939년 독일의 히틀러가 폴란드를 침공하면서 시작된 제 2차 대전 발발 80년째 되는 날이다. 독일군은 이듬해인 1940년 4월 전격적으로 덴마크와 노르웨이를 침공했고 5월에는 벨기에와 네덜란드를 점령했다. 6월 14일에는 파리를 점령하여 프랑스의 항복을 받아내며 유럽을 석권했다. 이렇게 시작한 전쟁은 1945년 8월 15일 일본도 연합군에 항복하면서 끝났지만 엉뚱하게도 독일의 지구 반대편에 있는 우리나라에 아직도 2차 대전의 유산인 휴전선이 남아 있으면서 사실상 2차 대전은 아직도 끝나지 않았다. 이 비극적이며 터무니없는 2차 대전의 흔적을 없애기 위해서 탱크 대신 유모차를 밀며 진격의 평화마라톤을 시작한다.

임남희씨와 둘이 남자 이제 서서히 달리기 시작했다. 달리기 시작하자 곧 유모차의 골격이 부러졌다. 미국횡단을 하고 곧 대한민국 일주를 하고 부산에서 광화문까지 달려오는데 혁혁한 공을 세운 유모차이지만 사실 임무를 마

칠 때도 되었다. 그런 줄 알면서도 빠듯한 예산으로 그걸 그냥 가지고 유라시아 대륙을 달리려고 나섰으니 처음부터 사단이 난 것이 오히려 천만다행이다. 사막이나 인적이 드문 곳에서 사단이 났으면 큰 곤욕을 치를 뻔했다. 급한 대로 끈을 찾아서 묶어서 밀며 갔다.

곧 하늘에 구름이 끼더니 비가 올 것 같다. 운하 옆으로 펼쳐진 자전거 길을 따라 가는 길은 아름다웠지만 길을 찾는 것은 쉬운 일이 아니었다. 물어보고 또 물어보며 방향을 잡았다. 시작부터 이렇게 길을 찾는 것이 어려운데 앞으로 이 길을 어떻게 찾아 내가 떠나온 지구의 반대편까지 무사히 달려갈 수 있을까? 평화의 길 통일의 길은 또 얼마나 미궁처럼 찾기 힘들까?

중간에 햄버거로 점심을 때우고 나니 추적추적 가을비가 내리기 시작했다. 임남희씨는 비를 맞으며 약 20km 정도를 같이해주었다. 그녀는 다시 7시간을 기차를 타고 파리로 돌아갔다. 그녀와 헤어지고 홀로 되어 운하를 따라 자리 잡은 예쁜 집들이 눈에 들어온다.

네덜란드의 집들은 아담하고 예쁘다. 그런 집들에서 탐욕의 흔적들은 볼 수가 없다. 그저 한 가족 아늑하게 살만한 적당한 공간을 잡아서 집주인 스스로가 예쁘게 집을 꾸미고 살고 있다. 이곳에서 게으른 집주인의 너저분한 집을 발견하기란 쉬운 일이 아니다. 어느 집이든 마당과 창가에 잘 가꾼 화분들이 가지런히 놓여있다. 집 안에는 얀 베르메르의 또 다른 작품인 '우유를 따르는 여인'에서 나오는 풍만한 여인이 가족을 위해서 빵과 우유로 저녁상을 준비하고 있을 것 같다.

구도시인 하우다에 들어서니 빈티지 시장이 오래된 뾰족한 첨탑이 수도 없이 있는 고딕 양식의 시청청사 주위에 열렸다. 붉은 창문 덮개가 인상적으로 열려있는 오래된 고성의 청사가 매혹적인 자태로 광장 한복판에 서 있다. 그 주위에는 전통복장을 갖춘 악대연주자들의 연주가 길거리에 울려 퍼졌고 노천 식당에는 맥주를 마시는 사람들이 붐볐다.

어제 예약한 숙소를 내비게이션을 따라 찾아갔지만 미로 같아서 고성 주위를 몇 번 왔다 갔다 해도 찾을 수가 없었다. 수도 없이 길을 물으며 마침내 모텔을 찾아 여장旅裝을 풀었다. 땀을 씻어내고 간단하게 손빨래를 하고 다시 그 고성의 시청 앞 광장의 식당으로 나와 저녁과 함께 시원한 암스테르담 비어도 한 병 주문했다.

자리에 누워 오늘 하루 여정을 생각해보니 분단의 모순은 시작부터 적나라하게 나타났다. 평화마라톤을 응원해주러 서울에서, 파리에서 찾아와준 사람이 있는가 하면 이준열사의 업적을 기리는 일에 평생을 바치다시피 한 사람은 평양을 거쳐서 서울로 들어온다는 소리에 핵실험을 하고 미사일을 쏘는 세력과 무슨 통일을 하냐고 혈압을 높이고 있다. 이것은 누구의 잘못도 아니라 분단이 가져다 준 깊은 상처이며 모순이다.

아직 끝나지 않은 이준 열사의 드라마틱한 여정을 내가 이어받기 위해 오늘 이 자리에 섰다. 그때나 지금이나 사정이 녹록치 않은 것은 마찬가지이다. 북은 수소폭탄 실험에 성공하고 대륙간탄도미사일 발사에 성공했다. 미국의 트럼프 대통령은 언제든지 책상서랍에 있는 핵단추를 누를 수 있다고 엄포를 놓고 있다. 전쟁의 공포는 모든 것을 움츠러들게 만든다. 그러나 꽁꽁 언 얼음장 밑에서도 새싹이 움트듯 지금 희망의 빛이 한반도로부터 떠오르고 있는 것이 그때와 다르다.

1905년 일제의 강압으로 을사늑약이 맺어졌고, 이 조약으로 일체의 외교권이 박탈되었고 통감부를 설치해 왕권과 정부를 무력화시켰다. 이 터무니없는 조약을 무력화시키려는 고종의 노력은 좌절되었고 마지막 수단으로 대한제국 1호 검사였던 이준, 마지막 과거급제자 이상설, 러시아 상트페테르부르크에 있던 서기관 이위종에서 밀서를 주어 네덜란드 헤이그에서 열리는 만국평화회의에 가서 직접 세계인들에게 호소하도록 하였다.

이준은 고종의 밀서를 가슴 깊이 품고 시베리아 횡단열차를 타고 만국회의가 열리던 헤이그로 와서 이상설 이위종과 함께 세계인들에게 을사늑약의 부당성을 알리다가 의문의 죽음을 당했다. 나는 우리 시민들이 보내준 평화통일의 밀서를 가슴깊이 품고 민형성, 이은수, 임남희와 함께 세계인들에게 2차 세계대전의 잘못된 결과물인 휴전선의 부당함을 알리고 평화통일을 지지해줄 것을 호소하기 위해 길을 나섰다.

1907년 7월 14일 이준은 헤이그의 초라한 호텔에서 죽음을 맞이했다. 그의 죽음을 확인한 의사는 단독丹毒에 의한 사망이라고 적고 있을 뿐이다. 그 후 1945년 일본으로부터는 해방이 되었지만 해방이 된 후 72년이 지나도록 우리는 자주통일독립국가라고 말하기 부끄러운 상태에 머물고 있다. 그의 사후 110년이 지났어도 우리는 또 다른 이준이 필요했고 나는 그의 분신이 되고자 한다. 이준의 임무는 끝나지 않았다. 110년이 지난 오늘에도 이준 기념관을 찾는 발걸음이 멈추지 않는 것은 또 다른 이준이 필요하기 때문이다. 나는 다시 그의 바통을 이어받았다. 그리고 또다시 110년이 지나도 자주 독립 평화 통일을 이루지 못하면 누군가가 다시 나의 바통을 이어받을 것이다.

나는 이 여행의 주제곡이 필요하다고 생각했다. 좋은 영화에 걸맞은 테마음악이 필요하듯이 말이다. 내가 정한 주제곡은 베토벤의 '환희의 송가'이다. 그 음악은 페르시아 왕자가 양탄자를 타고 신라 공주의 손을 잡고 하늘을 나는 듯한 환희를 묘사한다. 누에에서 가늘고 빛나는 실을 뽑아내듯 다소 절제한 듯 빛나는 저음으로 시작하여 어둠과 같은 고요 속에서 듣는 이들의 감각을 실로 간지른 뒤 순간 폭발적인 음으로 순간 모든 감각을 한꺼번에 휘어잡는다.

고통과 고뇌를 넘어서 희망찬 평화의 세계로 들어서는 힘찬 행진곡의 리듬이 어려운 고비마다 나에게 힘을 불어넣어 줄 것이다. 폭풍구름 몰아치는 황량한 벌판을 내달리는 한혈마의 거친 숨소리가 들리는 듯하다. 강강수월래, 열정적인 사랑, 온 세상이 형제가 되어 하늘을 향해 팔을 뻗치고 평화의 함성을 지른다. 온 세상이 함께 환희에 젖어 새 세계를 향해 힘껏 뛰어오른다. "백만 인이여 서로 포옹하라! 전 세계의 입맞춤을 받으라!"

유라시아 대륙 항해

가슴 속에서 펑펑
샘솟는 사랑으로 바다를 이루자

처음 사랑에 빠졌을 때의 가슴 설렘으로
넘실넘실 파도를 치게 하고
날카로운 이성으로 나무를 베어
범선을 만들어 띄우는 거다

상상의 나래를 마음껏 펼쳐 돛을 달고
이해와 배려로 번갈아 삿대를 저으며
꺼지지 않는 뜨거운 열정으로 터빈을 돌리자

터질 것 같은 가슴으로 함포 사격하면서
한 권의 경전으로

밤하늘의 반짝이는 북극성 삼아
평화의 길로 항해를 하면
세상은 우리의 순풍이 되리라!

혹여 끝없이 길고 외롭고 거친 항해 중에
라일락 꽃 향기 가득 담은 꽃잎 보면
그건 나의 이웃과 친지들의 따스함이 가까이 있음이라…

02 독일 Germany

〈국기〉

바이마르공화국 때 흑(보수), 적(진보), 황색(자유주의) 이 국가의 대표 색으로 결정

〈국장〉

황색바탕의 그려진 검은 독수리는 성로마제국의 검은 독수리로부터 만들어짐

〈국가 개관〉

독일연방공화국은 서유럽에 있는 나라로 덴마크, 폴란드, 체코, 오스트리아, 스위스, 프랑스, 룩셈부르크, 벨기에, 네덜란드와 국경을 접한다. 10세기부터 게르만족의 땅은 1806년까지 신성로마제국의 중심부를 이루었다. 16세기에 북독일은 루터교회가 종교 개혁의 핵심부로 자리 잡았다. 1871년 프랑스-프로이센 전쟁 중에 최초로 통일을 이루어 국민국가가 되었다. 제2차 세계대전 후 1949년에 연합군 점령지를 따라 동독과 서독으로 분단되었으나, 1990년에 통일을 이루었다. 남쪽에서 북쪽으로 차츰 낮아지며, 알프스 지대, 중앙 구릉지대, 북부 평야의 4대 구역으로 나뉜다.

The Federal Republic of Germany is located in west-central Europe. Beginning in 10th century, German territories formed a central part of the Holy Roman Empire. During 16th century, northern German became the centre of the Protestant Reformation while southern and western parts remained dominated by Roman Catholic. After surrender in World War I, the Empire was replaced by the parliamentary Weimar Republic in 1918. After 1945, it was divided by East Germany and West Germany. In 1990, the country was reunified.

- **국명** : 독일(Federal Republic of Germany)
- **수도** : 베를린(Berlin)
- **면적** : 357,386㎢
- **인구** : 82,800,000명
- **국민소득** : US$50,845달러
- **언어** : 독일어(German)
- **통일기념일**(Unification) : Oct 3

라인강의 기적, 독일

마스강에서 메멜강까지
에치강에서 릴레벨트해협까지
알프스에서 구릉지대 지나
그리고 북부 평야까지
세계에서 빼어난 독일이여

황금머리 아가씨 고운 목소리
저기 가는 뱃사공아 무시하여라
로렐라이 급물살 암초가 많다

높구나 라인강가 쾰른 대성당
힘들다 둥글둥글 종탑계단 533개
저기 모젤강가 빌헬름 황제 보인다

바트부르크성 어두운 골방
비밀리 책 쓰는 자 그 누구냐
루터신부 반박 95조 쓰고 있구나

괴테선생 '파우스트 어떻게' 거닐던 다리
황태자 첫사랑 영글어 가고
하이델베르그성에 울린다, 축배의 노래

베토벤이 태어난 곳

베를린에 수도 되돌려주네
브란덴부르크 개선문!
제몫하게 되었네

20세기 세계대전 두 차례
뼈저리게 반성하네
이웃이 용서 하네
모두의 친구 되고 세계 평화 앞장 서네!

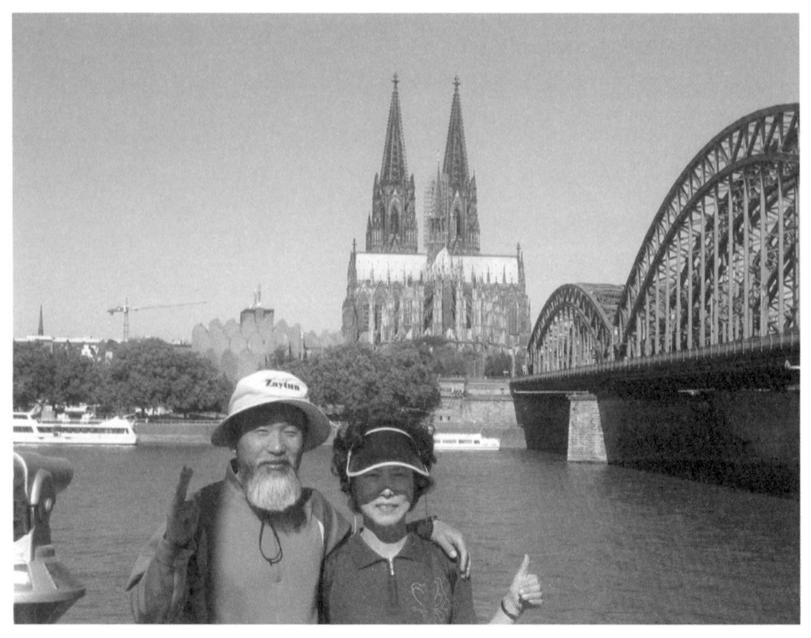

(Kolner Dome)

Rhine's Miracle, Germany

From River Mass to River Memel
From River Echi to Strait Lelibelt
From Alps in the south thru the Cental Hilly District
And to Plain in the north
How outstanding in the world, Germany!

How charming, golden haired lass' voice!
Despise it, boatman over there
So many sunken rocks under swift currents at Lorelei Hill

How high Kolner Dom at Rhine River
How laborious going up 533 round stairs to Bell tower
Emperor Wilhelm at Moselle is over there

The dark attic at Warboug Eisenach
Who is he who writes something secretly?
It's Monk Martin Luther writing his 95 theses.

Look Goethe on the bridge thinking Faust's future
Look Student Prince meeting his first love there and falling into love
Castle Heidelberg sounded with his Drink Song

Bohn where Beethoven was born
Returns its capitalship to Berlin

How commanding Brandenburger Tor is!
What a good part it is doing
Two World Wars in the 20th century
How earnestly and bitterly Germany repents!
Neighbors forgive the past

Now, Germany is a friend to all and leads world peace.

가을빛에 물든 독일의 고성古城

국경선에는 군인도 없고 경찰도 없고 보안요원도 없었다. 당연히 검문소檢問所도 없었다. 뭉게구름이 넘나들고 바람이 넘나들고 자전거를 탄 사람들이 마치 이웃 동네 마실 다녀오듯 넘나들었다. 그리고 유모차를 밀며 내가 한때 치열한 전쟁을 치렀던 네덜란드와 독일의 국경을 평화롭게 넘고 있다. 시리도록 푸른 하늘, 그 아래 흰 구름 떠가고 라인 강물은 소리 없이 길옆으로 흐르고, 강기슭에 백조가 평화롭게 노닐고 있다. 하얗고 보드랍고 우아한 생명체가 유유히 떠다니고 있다.

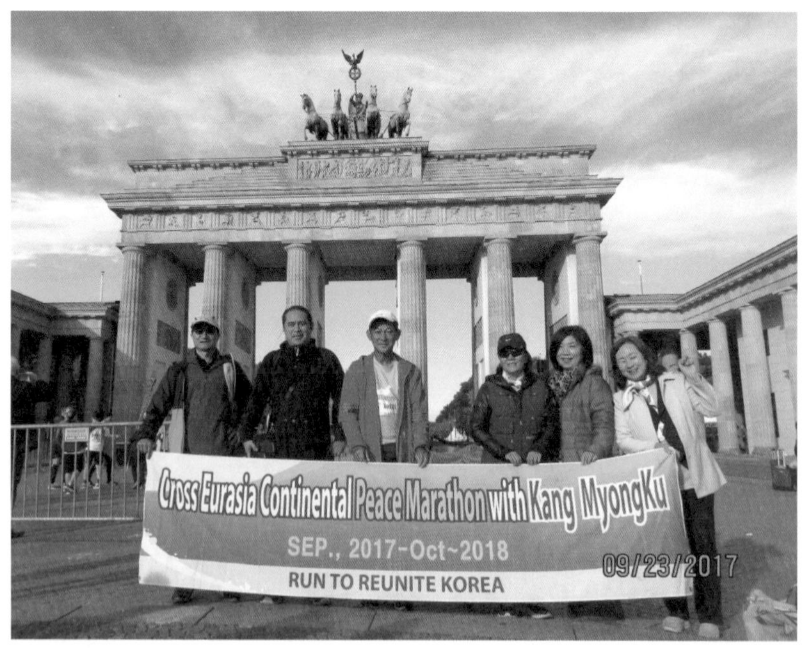

오래달리기는 내 안에 새로운 힘을 불어넣어 주고 있다. 달리는 발걸음은 꿈과 새 세상을 바라보는 안목眼目을 넓혀준다. 달리기는 상상력을 확장하는데 도움을 준다. 달리는 것은 역동적으로 공간과 공간을 넘나들고 시간과 시간을 넘나드는 움직임이다. 새로운 세계로 뛰어들면 시시각각으로 변하는 풍광, 변덕스러운 날씨, 땀을 식혀주기도 하고 옷깃을 여미게도 하는 바람이 다 사랑스럽다. 새소리에 귀를 기울이기도 하며 돌부리에 걸려 넘어지기도 하면서 심연深淵과도 같은 깊은 고독 속에서 내 몸의 오감五感이 최고로 활동을 하는 것을 즐긴다.

그리도 열흘 가까이 비가 내리더니 어제오늘은 아침 하늘이 얼마나 맑고 깨끗한지 가슴이 다 시원하다. 이런 화창한 날씨라면 메피스토펠레스도 기분을 들뜨게 할 것 같다. 미세먼지라고는 없는 독일의 맑고 깨끗한 하늘과 공기가 부럽다. 저 끝없이 펼쳐진 평평한 밭과 숲이 부럽다. 왠지 바쁘고 분주할 것으로 생각했던 독일인들의 일상이 안정되고 고요하기까지 한 것이 부럽다. 이런 곳에선 경쟁에 잠깐 낙오를 해도 크게 뒤처질 것 같이 숨 막히지 않겠다.

숙소를 찾아 이동하다 보니 거의 매일 50km가 넘는 강행군強行軍을 해왔다. 잠시 가는 길이 너무 힘들어 지름길로 간다고 자칫 길이라도 잘못 드는 날은 60km까지 달려야 했다. 지난번에 지도에 표시된 길보다 옆길로 가서 조금 덜 뛰었는데 오늘 다시 그렇게 하다가 길을 잘못 들어서 곤혹을 치뤘다. 마치 내가 소금 자루를 짊어지고 가다 물에 빠져 무게가 줄어서 자꾸 물만 보면 빠져버리는 당나귀가 된 것 같았다. 이번에는 내 등에 소금 자루가 아니라 솜 자루가 있는 줄도 모르고!

아무튼 강행군 덕분에 이젠 예정보다 하루 앞서서 베를린에 도착하게 됐다. 베를린에서 달콤한 휴식이 기대된다. 내 손목 GPS 시계는 원래도 배터리가 8시간밖에 안 가는데 오래되어 대여섯 시간 밖에 안 간다. 쉬는 시간이나 식사 시간의 시계를 꺼 놓아도 8시간을 훌쩍 넘겨 내가 간 거리를 측정할 수 없다. 지도상으로 나온 거리로 미루어 짐작할 수밖에 없다.

마그데부르크에서 아침 호텔 식사를 하고 7시 반이 안 되어 출발하여 힘겹게 목적지 숄스도르프에 6시가 다 되어 도착했는데 그 큰 호텔에 정문은 잠겨있고 안에는 아무도 안 보인다. 문에는 전화번호와 함께 전화하라는 쪽지만 적혀있는데 내 전화는 어떤 이유에선지 전화가 안 된다. 그냥 인터넷만 사용하는 것으로 감지덕지感之德之다. 아날로그 세대의 한계이다. 한참 문을 두드리고 소리를 질러봤으나 소용이 없었다. 대책 없이 그 자리에 주저앉고 말았다. 몸은 완전히 파김치가 되어 숙소에 도착했는데 들어갈 수가 없다.

숲속에 있는 호텔이라 주위에 식당도 없다. 이 순간적인 좌절은 안 당해본 사람은 모른다. 먼 길을 날아온 지친 새가 숲속 나뭇가지에 내려앉았는데 나뭇가지가 부러진 순간 같았다. 새는 더 이상 균형을 잡을 힘이 없었다. 그 짧은 순간 살기 위해 머리는 내 짐 속에 무슨 비상식량이 있나를 계산하고 있었다. 생존을 위해서 난 참 영악하다. 어제 점심을 제때 못 먹어 서브웨이 샌드위치 큰 것을 두 개를 사서 한 개 반을 먹고 반을 버리지 않고 가져왔다. 그리고 우유 한 병, 바나나 하나, 도너츠 두 개가 있다. 충분하지는 않지만 굶주릴 염려는 없었다.

한참을 그렇게 앉아 있는데 사람 소리가 안에서 나는 것 같았다. 망망대해에서 조난당한 사람처럼 아무리 소리를 쳐도 밖을 내다보지 않는다. 나는 긴급 조난자처럼 소리를 쳤고 방에 있는 두 사람의 남녀는 나의 존재를 충분히 인식하고 있는 것 같은데 애써 모른 체하는 것 같았다. 불청객쯤으로 생각하는 것 같다. 필사적으로 소리친 지 2, 30분 만에 드디어 안의 남자가 시끄러워 못 견디겠다는 듯 밖을 내다본다. 그가 전화를 해주어 10분 후에 종업원인지

매니저인지 차를 타고 나타나서 일요일은 사람이 없고 열쇠를 함에 넣고 전화하면 비밀번호를 가르쳐준다고 한다. 독일은 정말 일요일은 모든 가게가 문을 닫는다. 관광지가 아닌 모든 도시의 식당도 문을 닫는다. 슈퍼마켓까지 문을 닫아버리니 개인의 삶보다는 한 푼이라도 더 벌어야 하는 우리는 상상도 못 하는 일이다.

브란덴부르크에 도착했을 때는 조금 이른 시각이었다. 빨리 씻고 누적累積된 피로를 풀고 싶었는데 이번에도 구시가의 오래된 건물의 호텔 문이 잠겨 있다. 전화를 하라고 쪽지가 정문에 붙어있는데 전화를 할 수 없다. 새로운 환경 속에서 나는 어린아이처럼 신출내기에 지나지 않았다. 길거리에는 인적이 드물다. 한참을 기다리다 지나가는 중년 신사를 붙들고 전화를 부탁하니 자기는 전화가 없단다. 또 한참을 기다리는데 이번엔 금발 머리의 여자가 바쁜 걸음으로 지나간다.

그건 순간이었지만 신뢰감과 더불어 유혹적인 친밀한 분위기를 가진 금발 여인의 필요 이상의 친절을 받을 때 사람들은 어떤 설명할 수 없는 감정이 생기는 건 확실하다. 그녀는 나를 위해 전화를 걸어 비밀번호를 받아 정문을 열고 호텔 방에 올라가 방문을 열고 들어온다. 그녀는 수도꼭지를 틀어 따뜻한 목욕물이 나오는 것과 잠자리까지 확인해준다. 그 짧은 시간이 비 내리는 저녁 산사를 찾은 황진이와 지새는 승려의 밤처럼 길기만 했다. 긴 듯 짧은 시간 은밀하고 끈적한 시선을 던지다 급히 거둔다. 다시 내려와서 정문의 비밀번호로 내가 문을 열고 닫을 줄 아는지 확인까지 해준다.

독일 사람들은 무뚝뚝하다는 생각을 한 방에 날려 보내주었다. 그녀가 아니었다면 나는 독일 사람들은 무뚝뚝하다는 말을 이 나라 저 나라를 다니면서 떠벌일 판이었다. 내가 너무 피곤하지만 않았다면 같이 저녁이라도 하자고 말하고 싶었다. 사실 피곤함보다는 용기가 없었다고 말해야 옳을 것이다. 고독한 여정에 친절하고 아름다운 여자와 조금 더 시간을 보내고픈 마음이야 어쩔 수 없었다. 뒤돌아 가는 그녀의 치맛자락이 바람에 흔들려 일렁였다. 바람이 불 때 스커트 안에 감추어졌던 그녀의 종아리가 살짝 보였다. 1년여가 넘도록 내 긴장감을 잘 유지하여야 이 여정을 무사히 마칠 수 있다는 압박감은 여러 가지 행동에 제약을 가져다준다.

독일은 성(castle) 의 영주를 중심으로 도시가 발달하였다. 독일어 발음 부르크(-burg) 는 성, 돌, 산이라는 의미이다. 내가 지나온 마데스브르크라든가 여기 브란덴부르크, 또 함부르크 같은 곳은 영주가 다스리던 공국으로 보면 맞을 것이다. 또(-furt) 라는 지명도 많다. 푸르트는 샘이라는 뜻이다. 프랑크푸르트 같은 도시는 샘을 중심으로 발달한 도시이다.

유럽에서 가을비에 씻긴 담쟁이덩굴이 덮고 있는 고성古城이 숲 사이에 솟아 있는 것을 마주 보고 서 있는 일은 멋진 일이다. 옛 모습을 그대로 간직한 고풍스러운 성과 성벽으로 둘러싸인 구시가를 달리며 처음 와 본 도시의 감회에 젖는 것도 좋다. 그러나 잠시 후면 머리가 복잡해진다. 이 멋진 건물들이 선망의 대상이던 동화 속의 왕자들이 보통사람들을 지배하며 핍박逼迫하던 본거지라는 생각이 머리를 스친다. 이 거대한 건물을 짓기 위해 얼마나 많은 노동력이 착취를 당했을까? 인간의 끝없는 욕망을 채우기 위하여 피 튀기는 전투를 벌이고 그것을 막기 위해 저 웅장한 건물들이 서 있는 것이다.

지배자는 늘 백성을 위한다는 말을 달고 살지만 오로지 한 사람의 권력자와 그의 일족을 위한 건물이라는 상념을 지울 수가 없다. 어디 건물뿐이랴. 법도 지배자의 권리를 안전하게 보호하기 위해서 만들어졌다. 인류의 위대한 문화유산이라는 것을 바라볼 때마다 마음이 복잡해지고 답을 찾을 수 없는 것은 어쩐 일인가? 권모술수와 무자비한 폭력이 난무하며 힘없는 시민들의 원성怨聲이 성을 쌓은 돌처럼 켜켜이 쌓여있는 듯하다. 세월은 흘러 모든 것은 덮이고 아름다움만 빛이 바랜 채 남아 후세의 관광객들에게는 예술적 가치와 인간의 뛰어난 능력으로만 남아 탄성을 자아내게 한다.

중세 한때 유럽은 거대한 바스티유 감옥이었던 때가 있었다. 성직자의 무리가 종교적 미친 짓을 하며 마녀사냥에 나섰던 때가 있었다. 곳곳에서 화형장의 불길이 올랐고 책과 사람을 삼켜버렸다. 까마귀와 올빼미도 불안해 울부짖었다. 성스러움과 어리석음과 사악함은 한 몸이었다. 높이 치솟은 성탑은 억울하게 착취당하고 고문받고 죽어가는 이들에게는 악마의 화신이었을 것이다. 그때 루터가 나타났다. 그는 소리 높여 "멈춰라!"라고 외쳤다.

다시 발걸음을 옮겨 포츠담으로 향했다. 독일이 항복하자 1945년 7월 26일 미국의 트루먼, 영국의 처칠, 소련의 스탈린이 포츠담에 모여서 정상회담을 했다. 이미 패망한 독일에 대한 처리문제와 곧 무너질 일본에 대한 처리가 주된 내용이었다. 이 협정에서 논의된 중요 내용 중 하나는 독일의 영토 축소에 대한 것이다. 당시 미, 영, 소는 독일이 다시 전쟁을 일으키지 못할 작은 나라가 되기를 원했다. 이 회담 결과 폴란드와 소련으로 넘어간 국토가 전체의 24%나 된다고 한다. 이 회담은 이주 문제도 포함되어 있다. 이웃 국가에 거주하던 독일인들을 강제로 독일로 이주하는 것이었다. 강제 이주 과정에서 독일인 200~250만 명이 추위와 굶주림과 병으로 목숨을 잃었다.

일본은 이 선언을 거부한 대가로 히로시마와 나가사키에 원자폭탄의 피해를 보고 말았다. 이로 인해 한국은 해방을 맞이하게 되었다. 그런데 해방인 줄 알았는데 그것은 진정한 해방이 되지 못하고 남북이 분단되어 지금까지 이어져 오고 있다.

오늘도 나는 점심을 제때 먹지 못하고 왔으므로 숙소를 찾았을 때는 이미 몸의 에너지가 방전된 상태였다. 한 시간 정도 자리에 누워 에너지를 모은 다음 호텔 옆 식당에서 저녁을 먹었다. 이곳에서 그리 멀지 않았으므로 석양이 뉘엿뉘엿 지는 상수시Sanssouci 궁전으로 발걸음을 옮겼다. 포츠담에는 독일에서도 아름답기로 유명한 상수시 궁전이 있다. 상수시 궁전이 있는 상수시 공원은 수천 그루의 포도나무와 드넓은 잔디가 융단처럼 깔린 바로크식 공원이다. 프로이센의 프리드리히 2세는 포츠담에 로코코 양식의 궁전을 지어놓고 예술에 심취해 포츠담에서 여름휴가를 즐기곤 했다. 상수시는 프랑스어로 걱정이 없다는 뜻이다.

드레스덴에서 알텐베르크까지는 계속 오르막길 45km다. 호텔에서 주는 아침이 다른 곳보다 이른 아침 6시 반이라 식사를 마친 후 바로 출발하였다. 70kg이 넘는 손수레를 밀며, 산길에 큰 바위를 밀며 오르는 시지포스처럼 온종일 올랐다. 알아서는 안 될 것을 알고픈 욕망을 쫓아 나는 세상을 만나러 길을 나섰으므로 무거운 수레를 밀며 산을 오르는 정도의 육체적 고행苦行은 각오가 되어있었다. 독일과 체코 국경은 산악지역으로 전나무 원시림이 무성하다. 산을 오르는 길은 가팔랐고 거의 45여km를 손수레를 밀며 가파른 고갯길을 힘겹게 넘었고 거의 15km를 다시 뛰었다. 손과 발에 경련이 났다. 드디어 정상에 이르렀을 때는 가슴이 벅차올랐다. 푸른 하늘 아래 매가 한 마리 원을 그리며 비행을 하고 있었다. 내려다보이는 구불구불한 길이 장엄하게 펼쳐져 있었다. 숲속에 통나무 오두막집이 보이는데 저것이 체코에 속하는지 독일에 속하는지 엄청 궁금하다. 차가 가끔 지나갈 뿐 인적은 드물다. 국경을 넘으면서 우리의 국경선 아닌 국경선의 군사적 긴장이 내 머리를 지배하면서 긴장감이 너무 없는 것이 오히려 나를 긴장하게 만든다. 이렇게 우리의 휴전선도 하나의 행정구역을 가르는 선 이상도 이하도 아닌 세상이 오기를 꿈꾸어 본다.

03

체코

Czech

GERMANY
POLAND
SLOVAKIA
AUSTRIA
HUNGARY
Magdeburg
Dessau
Cottbus
Zielona Góra
Halle
Leipzig
Legnica
Görlitz
Dresden
Jelenia Góra
Gera
Chemnitz
Děčín
Wałbrzych
Liberec
Most
Teplice
Ústí nad Labem
Trutnov
Plauen
Chomutov
Mladá Boleslav
Kłodzko
Karlovy Vary
SEVEROČESKÝ
Hradec Králové
Gliwice
Katowice
Bytom
Hof
Kladno
Prague
PRAHA
Cheb
Pardubice
Kolín
ZÁPADOČESKÝ
STŘEDOČESKÝ
VÝCHODOČESKÝ
Šumperk
Opava
Ostrava
SEVEROMORAVSKÝ
Plzeň
Svitavy
Olomouc
Český Těšín
Klatovy
Tábor
Prostějov
Přerov
Jihlava
Zlín
Strakonice
JIHOČESKÝ
Brno
Žilina
Regensburg
JIHOMORAVSKÝ
České Budějovice
Znojmo
Trenčín
Deggendorf
Gmünd
Břeclav
Hollabrunn
Landshut
Passau
Trnava
Linz
Sankt Pölten
Nitra
Vienna
Bratislava
Rosenheim
Salzburg
Sopron
Győr
Budapest
Liezen
Leoben
Székesfehérvár

〈국기〉

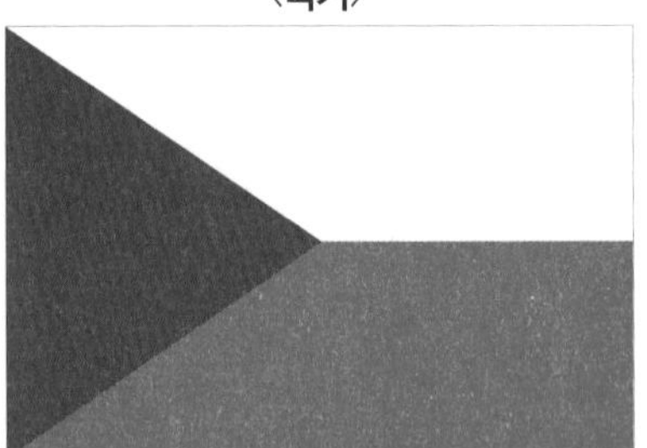

백색과 적색은 보헤미아지역의 색으로 후에 청색이 추가됨

〈국장〉

체코의 3개 지역(보헤미아, 모라비아, 실레시아)을 나타내는 문장으로 구성.

〈국가 개관〉

체코 공화국은 중앙유럽에 있으며 독일, 오스트리아, 슬로바키아, 폴란드와 닿아 있다. 수도는 프라하이다. 크게 체히, 모라바, 슬레스코 세 지방으로 나뉜다. 체히는 라틴어로 '보헤미아', 슬레스코는 영어로 '실레지아'다. 1968년에 프라하의 봄을 겪고 1989년 벨벳 혁명을 통해 공산체계를 벗고 자유민주제를 이뤘다. 체코는 1993년 체코슬로바키아로부터 분리되었다. 보헤미아 왕국, 합스부르크제국, 오스트리아-헝가리제국 시대를 거치면서 문화적 전통을 이어 왔으며, 프라하 구시가지 전체가 UNESCO에 문화유산으로 지정되었다. 1999년 3월 NATO, 2004년 5월 EU, 1995년 OECD의 회원국이 되었다.

The Czech Republic is located in Central Europe, including Bohemia, Moravia and Silesia. In 1948, Czechoslovakia became a communist state. In 1968, dissatisfaction culminated in attempts to reform the communist. The events, known as the Prague Spring of 1968, ended with an invasion by Warsaw Pact countries, the troops remained until the 1989 Velvet Revolution, when communist regime collapsed. On 1 January 1993, it peacefully dissolved into the Czech Republic and the Slovak Republic. It is a member of EU, NATO, OECD.

- **국명** : 체코(Czech Republics)
- **수도** : 프라하(Prague)
- **면적** : 78,866㎢
- **인구** : 10,820,000명
- **국민소득** : US$22,468달러
- **언어** : 체코어(Czech)
- **독립일** : 1993.1.1

프라하의 봄, 체코

산과 고원, 동굴과 협곡
넓은 평원, 습지 그리고 호수
다채롭고 아름다운 땅이여

우리는 체코 삼형제, 우리를 소개한다
금색 왕관에 은색 사자, 보헤미아다
금색 왕관에 빨간색 은색 체크 독수리, 모라바다
금색 왕관에 검은 독수리, 실레지아다

원래는 3남 1녀
자매 슬로바키아는 1993년 시집보냈죠

유럽의 심장 황금도시 프라하
블타강 라베강 양 옆에 끼고
건물마다 고딕 첨탑 백탑도시 이뤘네

브르노의 요새 수필베르크성이여
나찌, 게쉬타포 감옥으로 전락시켰다
1960년 박물관으로 거듭났다

그때 1968년 프라하의 봄,
너무 추워 꽃이 피다 지고 말았죠

드디어 1989년 벨벳 혁명,
44년 공산치하 떨쳐버리고
자유민주화 꽃 마침내 활짝 피웠죠

한국 고맙소 노쇼비체 자동차 생산 30만대
동구권 최고 부국 OECD 회원국
EU와 NATO 회원은 당연하다 하겠죠

진리가 승리하는 나의 조국 찾았다
영광의 체코 넘어 세계평화 앞장선다

Prague's Spring, Czech

Mountains and Plateaus, Caves and Canyons
Prairies and Swamps and Lakes
What a land of variety and beauty

We're three brothers of Czech, let me introduce ourselves
I'm Bohemia, Silver Lion with golden crown
I'm Moraba, Red-silver checked Eagle with golden crown
I'm Silesia, Black Eagle with gold crown

We have one sister, more, Slovakia
But she got married in 1993

Prague, the Heart of Europe, Gold City,
Having two rivers of Volta and Labe beside
Become city of one hundred Gothic towers at every building

Spilberk Castle, Bruno's fortress,
Nazi degraded it as a Geshtapo prison
But it was reborn as a museum for all

At that time in 1968, spring at Prague
Too cold to bloom, it faded and fell

At last, Velvet Revolution in 1989
Good bye to communism of 44 years

Democratic freedom bloomed bright

Thank you, Korea, Production of 300,000 cars at Noshoviche
Richest nation in eastern Europe, and OECD's Member
Of course, EU's and NATO's member, too

We established our nation where truth reigns
Now we'll lead for world peace beyond Czech's glory

프라하에서 민간외교사절로

여행을 떠나는 순간 나는 세상의 주인이 된다. 바다와 하늘, 강과 숲, 도시와 농촌, 황량한 사막과 푸른 초원, 끝없이 펼쳐지는 노란 유채꽃의 장관과 붉은 사암의 기암괴석, 떠오르는 태양과 지는 석양을 노래하는 시인이 된다. 흘러가는 구름과 새소리나 바람 소리까지 노래할 줄 알게 된다. 하늘을 나는 새도 호수에서 한가롭게 유영하는 오리마저도 내 나들이에 경의를 표한다. 그러나 모든 소유를 거부한 부처님처럼 나도 소유를 거부하고 오직 친구가 될 뿐이다.

나는 시인들이 거닐던 숲을 산책하고 병사들이 오르던 산등성이를 또한 힘겹게 오르며, 음악가들이 연주하던 음악당 앞을 지났으며, 왕이나 황제가

그랬듯 궁전의 앞마당을 거닐었다. 상인들이 일확천금의 꿈을 안고 지나던 길과 어느 지친 농부가 하루의 일과를 마치고 힘겨운 발을 끌던 밭두렁길도 지났다. 성당이나 사찰 그리고 이슬람 사원에서는 모든 정신적 지도자들이 그러했듯 두 손을 모아 경건하게 머리를 숙여 경배하며 기도를 할 것이다. 그리하여 모든 신에게 평화의 이름으로 축복받을 것이다.

일상의 편한 길을 떨쳐버리고 과감하게 두려움과 불안함, 편견의 구름이 짙게 드리운 낯선 길에 나선 나는 벌써 많은 것을 배우고 체득했다. 지나가는 나라의 역사와 문화, 문학, 지리와 생물학을 몸으로 부딪치며 배우고 삶의 지혜를 체득했다. 학창 시절에 왜 공부를 해야 하는지 몰라 흥미를 느끼지 못했던 공부의 필요성을 비로소 알게 되었다. 자연스럽게 철학과 예술까지 살아있는 공부를 하게 되었다.

점수 가지고 아이들을 평가하는 편협하며 부도덕하기까지 한 학교 교육이 아니라 배낭을 메고 세상과 맞부딪치며 왜 외국어를 배워야 하는지 왜 역사와 문화 철학, 도덕을 배워야 하는지 스스로 알아가는 산 교육의 필요성을 절감하게 되었다. 나는 이 여행이 끝났을 때 얼마나 깊은 지식과 폭넓은 지혜의 눈이 뜨이게 될지 자못 궁금하고 기대가 된다. 이 순례 여행을 통해서 얻게 되는 역동적인 지식과 그동안 경험을 통해서 얻은 지식이 상호 작용을 하며 날줄과 씨줄이 되어 엮어갈 비단 같은 새로운 세상이 금방 머릿속에 펼쳐진다. 이렇게 홀연히 떠나고 보니 내가 얼마나 편협하고 좁은 울타리에 갇혀있었나 알 수 있을 것 같다.

길을 나서면 내가 얼마나 무지했는지 얼마나 공부에 게으름을 피웠는지 깨닫고 겸손해진다. 그동안 상상했던 세계와 책에서 배웠던 세계 그리고 이렇게 길 위에 나서서 마주치는 세계가 엄청 다르다는 것에 충격을 받게 된다. 시시각각으로 변주되는 자연의 아름다움과 다르게 살아가는 사람들에 의해서 다르게 발전된 문화와 전통에 놀란다. 한편 우리가 상상한 이상으로 많은 것을 서로 공유하는 것에 다시 놀라게 된다. 문화란 주워진 환경을 어떻게 극복하며 살아왔는지를 보여주는 단면이다. 다른 환경을 극복하며 살아오면서도 그 안에는 보편성이 있다. 그 문화의 보편성과 개별성이 있다.

이렇게 길을 나서면 우리가 얻었던 파편 같은 조각난 지식들이 목걸이를 만드는 실에 의해서 하나의 보석으로 연결되는 것을 체감하게 된다. 날마다 만나는 헤아릴 수 없는 경이로움이 새로운 세상으로 인도한다. 이곳에서는 우리 자신마저도 해체되고 재결합되어 새로워지는 것을 날마다 받아들여야 한다.

평화마라톤은 나의 몸이 음표가 되어 고통과 환희의 음계를 자유자재로 넘나들며 사람들의 가슴 속에 묻혀있는 염원을 모아 신세계 교향곡을 연주하는 것이다. 고통과 즐거움, 불확실성과 확실성 그리고 보수와 진보를 인류의 보편적 가치 속에서 화해시킨다. 평화는 관악기와 현악기, 타악기를 서로 화해시키고 조화를 이끌어내며 서로 협력하게 하여 찢어진 마음을 기우고 삐뚤어진 인간 정신을 바로 세우는 장엄하고 성스러운 음을 만들어내는 그런 것이다.

그동안 현대교육이란 이름으로 학교에서는 유럽 중심의 세계관과 자본주의적 경쟁원리로 가르쳤다. 시장의 맹목적인 힘, 덧없는 유행, 여기에 따뜻한 인간애를 중심으로 한 평화공존의 정신은 발붙일 공간이 별로 없었다. 그러나 유럽이 인류 문명에 영향을 미친 것은 불과 500년 남짓이다. 그것은 유구한 인류 문명의 발전사에서 지극히 제한적인 시기였을 뿐이다. 이제 역사는 대전환기의 시대에 접어들고 있다. 그 중심에 아시아가 있고 통일될 코리아가 있다. 유럽의 도시 광장 여기저기에 있는 말을 탄 장군이나 위압적인 정치가가 있다면 이제 한국의 지하철에는 무명시인들의 시가 공간을 차지하고 있다.

나는 거기에서 세상의 변화를 감지했다. 칼과 총이 지배했던 서양 문명은 기울고 한국의 전통적인 재주인 비비고 섞는 문화의 총아 스마트폰 노트에 옮겨 적혀지는 시가 세상을 바꾸게 될 것이다. 그것이 노래가 되고 드라마가 되며 소설이 되고 상품이 되어 만들어지는 마음이 풍요롭고 평화로운 세상을 본다. 어느 정도 물질의 풍요를 바탕으로 하는 예술과 영성이 일상을 지배하는 세상을 본다. 세상을 이어 달리는 시간은 시공간을 현재뿐 아니라 과거와 미래로 연장시켜준다.

가도가도 이어지는 체코 산마루, 단풍은 길 따라 끝없이 이어지고, 하늘이 맑고 바람도 맑고 햇살 눈부시어 정신이 몽롱하다. 이 길을 따라가면 요정이 살고 있는 황금 궁전의 문이 열려있을 것 같다. 숲길을 꿍꽝꿍꽝 달리면 숲은 사각사각 교성을 쏟아낸다. 이럴 때면 내 달리기는 가학과 피학의 접신 행위가 되는 것이다. 그 소리를 듣노라면 육신의 고통도 기쁨으로 승화된다. 넬라호제베스는 블타바강 변에 있는 작은 마을이다.

넬라호제베스에서 프라하로 가는 길은 거리는 30여km밖에 안 되지만 아직도 산악지형의 수많은 고갯길을 넘어야 했다. 드디어 백탑도시 프라하이다. 광장에 들어서니 프라하의 봄을 꽃피운 평화의 봄기운이 내 몸에 감돈다. 소련의 탱크를 온몸으로 막아섰던 특별한 기운이 서린 곳이다. 1960년대 들어서면서 체코에 자유화 물결이 일기 시작하자 공산당은 개혁성향의 두부체크를 내세워 불만을 잠재우려 했다. 그는 서방세계와 관계개선을 통한 독자적인 경제발전을 약속했고 시민권을 대폭 보장한 '인간의 얼굴을 가진 사회주의' 강령을 채택했다. 역사 깊은 광장의 역사를 읽는 것은 참 흥미로운 일이다.

10월 3일은 우리의 개천절이고 독일의 통일 기념일이다. 난 그날 프라하에서 꿀 같은 휴식을 취하고 프라하의 이곳저곳을 여유롭게 구경하였다. 다음날 송인엽 교수의 친구인 문승현 체코 대사가 바쁜 일정 가운데서도 점심 초대를 해줘서 갔다. 점심을 나누며 대사는 나의 여정旅程에 대하여 세세하게 물어보면서 건강하게 일정을 마쳐 조국 통일의 계기가 되면 좋겠다고 덕담을 해주었다. 그리고는 오늘 저녁에 있을 개천절 기념 파티에 와서 각국의 외교 사절들이 모인 가운데서 나의 여정에 대하여 홍보를 잘 해보라고 권하였다.

점심을 먹고 아직 시간이 남아서 어제 들르지 못한 존 레넌 벽으로 이동하였다. 사실 이 벽은 존 레논하고 전혀 상관이 없지만 프라하의 봄이 실패로 끝나자 비틀즈의 음악으로 위로를 받다가 존 레넌이 총격으로 사망하자 그를 추모하기 위하여 저 벽에 그림을 그리고 민주화 운동에 참여를 독려하는 글을 쓰기 시작하였다. 이 벽이 공산 체코 정부의 골칫덩이였지만 수도원 벽이라 허물지도 못했던 것이 이제는 관광코스로 유명해졌다.

이제 시간이 거의 다 되었으므로 오늘의 행사장인 루돌프넘 콘서트홀로 발걸음을 옮긴다. 루돌프넘은 체코 필하모닉 오케스트라의 전용관이며 드보르작 홀이 있는 건물이다. 드보르작, 스메타나, 모차르트 등 수 많은 거장이 프라하를 무대로 활동했다. 모차르트는 프라하를 그리도 사랑하여 그의 고향 잘츠부르크나 그가 활동하던 비엔나보다 더 많은 공연을 했고 공연할 때마다 대성공했다. 그의 공연에 열광하는 프라하 시민들을 위해 프라하에 머물면서 그의 49곡의 교향곡 중 으뜸이라고 하는 현란하고 상쾌한 교향곡 '프라하'를 작곡하기도 했다.

행사장에는 500여 명의 각국 대사와 무관, 체코 정부 관료들, 각계의 인사들과 교포들이 모였다. 나는 정장 차림의 외교사절과 정복을 입은 각국의 무관들 틈에 낀 운동복 바지에 붉은 윈드자켓을 입은 생뚱맞은 민간 외교관이었다. 오미정 씨와 한인 인사들과 한 테이블에 자리를 잡았다. 그녀는 내가 서먹해할까 봐 이 사람 저 사람 인사를 시킨다. 소프라노 가수가 체코 국가를 독일에서 날아온 바리톤 가수가 애국가를 부르고 프라하 소년합창단이 체코 민요 몇 곡을 부르면서 자리는 무르익었다.

개천절 행사를 통해서 평창올림픽을 홍보하는 자리였지만 나는 한국에서 준비해간 영문 홍보 인쇄물을 돌리면서 내가 왜 유라시아대륙을 달리는가를 설명했고 우리나라의 통일이 세계의 평화와도 밀접한 관계가 있다고 이야기했다. 나는 마치 이 일이 세상 어떤 관심사보다 우위에 있어야 하고 모든 국가의 외교 정책에 첫 번째 고려 사항이 되어야 한다고 열정적으로 설명을 했다. 사람들은 엄지손가락을 치켜들었고 한국의 통일을 지지한다고 말해주었다.

저쪽에서 공군 정복을 입은 독일 무관이 내게 다가와 악수를 청한다. 보통의 독일 사람처럼 큰 키는 아니었지만 다부진 체격이었다. 며칠 전에 운전하고 가다가 내가 유모차를 몰며 달려가는 모습을 보았다고 하며 자기는 한국의 평화통일을 지지하며 나의 평화마라톤에 경의를 표한다고 말해주며 자신의 손에 든 와인 잔을 약간 들어 올리며 내 손에 든 맥주잔을 부딪쳤다. 조명이 과하지 않은 프라하의 밤은 우아한 귀공녀의 자태를 뽐내며 깊어가고 있었다. 이곳에는 어떤 초월적인 사랑의 신이 장난을 쳐서 누구라도 금방 사랑에 빠질 것 같다.

외교를 하는데 와인과 맥주가 빠질 수 없다. 처음엔 많이 어색했지만 맥주잔을 들고 부지런히 여기저기 옮겨 다녔다. 오늘은 독일에서 못한 맥주 이야기를 하고 싶다. 남북정상이 조건 없이 호프 미팅을 빨리 가졌으면 하는 바람도 있다. 한 번 호프 같이 마셨다고 무슨 일이 벌어지겠냐마는 그렇게 한 번 만나서 한 잔 마시고 두 번 만나서 한 잔 두 잔 마시다 보면 뭔가 실마리가 풀리지 않겠나 하는 기대이다.

나는 체코에 와서 필슨너맥주에 반하고 말았다. 오늘날 체코를 대표하는 필슨너맥주가 만들어진 것은 19세기에 들어서면서부터이다. 맥주는 5세기 독일의 바이에른에서 낮은 온도에서 오랜 기간 숙성熟成시켜서 맛이 그윽하고 입에 꽉 찬 느낌으로 유럽 사람들의 사랑을 받았다. 체코는 독일에서 부르마스타와 도제까지 스카우트하여 체코의 경도가 낮은 물로 은은한 황금빛의 맛이 깔끔하고 마시고 난 다음에 뒤끝이 무겁지 않은 훌륭한 맥주가 만들어졌다. 필젠맥주는 순식간에 숙성을 기본으로 하는 라거맥주의 대표주자로 유럽의 맥주 시장을 석권하였다. 맥주는 역시 물맛이 좋아야 좋은 맥주가 탄생한다.

체코사람들은 거친 파도의 거품 같은 맥주 거품이 입술 언저리에 번질 때 느끼는 황금빛 기쁨에 사로잡힌 것은 분명하다. 나는 끼니때마다 식당을 찾느라 애를 먹는다. 그러나 맥주를 마시는 바는 어디에도 있지만 식당을 찾기란 쉬운 일이 아니다. 체코에서는 술집에서 '마시는 빵'으로 저녁을 대신하는 사람들이 많다고 한다. 보헤미아는 독일의 바이에른과 맞먹는 맥주의 고장이다. 필젠 지방의 필젠우어크웰과 남부의 부드바가 대표적이다. 체코의 1인당 맥주 소비량은 독일을 능가한다고 한다. 호프 맛이 일품인 생맥주를 이들은 '흐르는 빵'이라고 부른다. 맥주는 체코인들의 유쾌한 삶의 동반자이다.

와인처럼 고급술이 되지는 못했지만 누구나 편안하게 그 시원하고 짜릿함을 맛볼 수 있는 술이 맥주이다. 이 글을 마무리하면서 시원하게 마시려고 맥주 한 병을 사왔는데 그만 숙소 문지방을 넘자마자 똑 떨어뜨려 깨뜨리고 말았다. 오늘 시원하고 짜릿한 맥주 한잔의 꿈은 깨어지고 말았지만 그 대신 나는 판문점에서 남북한 시민 십만 명쯤 모여 함께 맥주 축제를 벌이고픈 꿈을 꾼다. 거친 파도의 포말과 같은 거품과 함께 황금빛 기쁨이 내 가슴에 번져간다. 맥주는 평화이다!

04
오스트리아
Austria

〈국기〉

적색의 2줄과 백색의 1줄로 구성. 가장 오래 진(13세기) 부터 사용된 적백색 국기중 하나

〈국장〉

중앙에는 문장, 낫은 농업, 망치는 산업, 끊어진 사슬은 사회주의 독재로부터의 자유를 의미

〈국가 개관〉

오스트리아 공화국은 중앙유럽, 알프스 산맥 동부에 있는 나라로 수도는 빈이며, 독일어가 공용어이다. 9개주로 이루어진 연방국이다. 국토의 65%가 알프스 산지이며 바다가 없는 내륙국이지만 노이지들러호(Neusiedlersee), 아터호(Attersee), 트라운호(Traunsee), 독일 및 스위스와 함께 공유하는 보덴호(Bodensee) 등 큰 호수가 많다. 서쪽은 스위스와 리히텐슈타인, 북서쪽은 독일, 북쪽은 체코, 동쪽은 슬로바키아, 헝가리, 남쪽은 슬로베니아와 이탈리아 등 8개국과 국경을 맞대고 있다. 고전파 음악의 본고장인 음악의 나라이며 노벨상 수상자를 20명을 배출한 과학, 문화국이기도 하다. 우리와는 조선시대인 1892년 '조・오 수호통상조약'을 체결하여 외교관계를 수립하였다.

The Republic of Austria is a landlocked country in Central Europe. Austria's terrain is highly mountainous due to the Alps. The origins of modern-day Austria date back to the time of the Habsburg dynasty During the 17th and 18th centuries, Austria became one of the great powers of Europe. Austria was occupied by Nazi Germany. In 1955, the Austrian State Treaty re-established Austria as a sovereign state, Since then, Austria became permanently neutral.

- **국명** : 오스트리아(Republic of Austria)
- **수도** : 비엔나(Vienna)
- **면적** : 83,879㎢
- **인구** : 8,414,000명
- **국민소득** : US$53,764달러
- **언어** : 독일어(German)
- **독립일** : Oct 26, 1950

산과 강의 나라, 오스트리아

동쪽 왕국 오스트리아
유럽 심장
여덟 나라에 둘러싸여
역사의 소용돌이 온 몸으로 겪었네

바다가 없다고 가엽다 마오
우리에겐 노이지들러, 아터, 트라운호
그리고 보덴호도 있다오

신비롭다 알프스 영봉
상상봉은 그로스그로크너 3798m
3000m 고봉만 100여개이네

다뉴브강 동으로 흘러 전국을 적셔
라인강 엘베강은 북으로 가네

아름답다 빌렌도르프 비너스여
찬란한 할슈타트 켈트인이 이뤘네
로마 훈족 아바르 스라브 마갸르
그리고 게르만 바바리아 차례로 주인 되네

비엔나는 음악도시
낭만주의, 바로크, 궁정음악 꽃피우고

현대 음악 아우른다

베토벤, 슈트라우스, 슈베르트, 하이든, 체르니,
잘즈부르크의 모차르트, 카라얀 나도 있소.

자유와 경건함은 우리의 덕목
근면한 자 희망이 넘치나니
나가자 용감하게
새 시대를 향하여!

Land of Mountains and Rivers, Austria

East Kingdom, Austria
Heart of Europe
Being circled by eight countries
They've faced the turbulent tide of history without fear

Never look at us with sympathy for no sea
We have Neusidlersee, Attersee and Traunsee
More, Bodensee, too

How mystic, the superb Alps peaks
Highest Grossglockner being 3798m
More than one hundred peaks higher than 3000m

Danube flows east watering the whole land
Rhine and Elbe flows north, together.

How beautiful, Vinus at Bilendorf
How bright, the Hallstatt culture by Celts
Rome, Hun, Avar, Slav, Magyar
At last German Bavaria, they've been players

Vienne, the City of Music in the world
Romantic, Baroque, Court music bloomed
They are prominent at Modern music, too.

Beethoven, Strauss, Schubert, Hyden and Cherny
Mozart at Salsbourg,
It's me, Karayan, here I am, too

Freedom and devotion are our virtues
Diligence will bring hope to us
March on bravely
For a new era!

비엔나서 대동강 맥주 파티를 제의합니다

“슬프고 마음이 아프면 춤으로 풀자! 생각이 많으면 춤을 잃어버리고, 리듬을 놓친다.” 어느 무용수의 말이다. 완만한 내리막을 따라 요한 슈트라우스의 운율이 흘러내리는 듯하다. 내리막을 달리는 발걸음은 자연히 왈츠의 운율에 맞춰 경쾌해지고 있었다. 국토의 3분의 2를 차지하는 알프스의 꿈결 같은 경치와 중세 유럽의 품격과 예술적 영감이 가득한 땅. 영화 ‘사운드 오브 뮤직’의 무대가 되었던 곳, 요한 슈트라우스와 모차르트, 하이든 같은 음악가가 태어나고 활동하던 곳이다.

알프스의 그림 같은 경치와 중세유럽의 멋과 낭만이 가득한 땅. 지금은 영세중립국이지만 인류가 저지른 가장 야만적인 전쟁인 1, 2차 세계대전을 모두

잉태孕胎한 땅이라는 사실도 잊어서는 안 된다. 오스트리아에서 나고 자란 히틀러가 빈에서 미술 학교에 다닐 무렵 레닌이 이곳에서 활동했고 그 얼마 후 스탈린이 혁명의 영감을 얻으며 꿈을 키우고 있었던 억센 기가 흐르는 곳이기도 하다.

같은 게르만 민족이지만 오스트리아 사람들은 독일 사람들보다 덜 사색적이고 덜 철학적인 것 같다. 호기심 가는 것이 나타나면 캥거루의 눈처럼 동공瞳孔이 커진다. 오스트리아 사람들이 즐겨하는 농담 중 하나가 '오스트리아에는 캥거루가 없어요'라고 한다. 그러나 내가 보기에는 사람들의 눈동자가 캥거루같이 맑고 크다. 여정에서 마주치는 사람들은 나를 아주 특이한 사람으로 보는 것 같다. 그 사람들에게 나의 복잡한 내면은 설명해줄 방법은 없다. 다만 나는 한 번도 가보지 못한 할아버지 산소에 성묘하러 세상에서 제일 먼 길을 가는 중이라고 이야기하는 수밖에 없다.

신호등에 걸려 서있는데 자전거를 타고 가다 역시 신호등에 걸려 서 있는 여자가 내게 어디로 가냐고 물어서 네덜란드를 출발하여 이렇게 한국까지 달려간다고 설명해주었더니 엄지를 척 올린다. 하지만 표정은 내 말을 전적으로 믿는 것 같지는 않았다. 사람들은 놀라워하고 이것저것 물어보고 같이 사진을 찍자고 하기도 한다. 나의 행색이 평범한 행색은 아니어서 사람들이 쳐다보는 시선이 달라야 하는데 독일에서는 영 그걸 느끼지 못했었다. 이렇게 길 위에 나서면 새로운 생각과 버릇에 적응할 자세가 갖추어진다. 처음 생각했던 것과 달리 온전한 자유를 얻지 못한다는 것에 실망하게 된다. 그러나 그것은 육체에 관한 것일 뿐 영혼이 자유로워진다는 것을 곧 알게 된다. 길 위에서 호기심은 왕성해지고 직관은 날카로워지는 것을 알게 된다.

경찰을 만나는 일은 법을 어기지 않아도 반가운 일은 아니지만 여기까지 오는 동안 한두 번쯤은 나를 세웠어야 한다고 생각한다. 지금까지 그런 일이 없다가 오스트리아 경찰이 지나가다가 돌아와 저만치 차를 세우고 카메라로 나를 담고 있다. 당연히 그의 앞에 섰다. 그는 내가 어디로 가는지 어디서 자는지 왜 이렇게 달리는지 묻는다. 나는 충분히 준비된 답변을 했다. 우리 한반도의 통일을 위해 달린다고. 아마 그 경찰은 들어가 업무일지를 쓸 것이고 그의 상관이나 동료가 그것을 볼 것이니 나의 홍보 활동은 잘 된 것이 틀림 없다.

경찰뿐 아니라 도나우강도 유럽을 지나는 동안 자주 만날 것 같다. 도나우강은 유럽에서 두 번째 긴 강으로 독일의 바덴뷔르템베르크 주에 있는 검은삼림지대에서 발원하여 오스트리아, 슬로바키아, 헝가리, 크로아티아, 세르비아, 루마니아, 불가리아, 우크라이나 등의 나라를 유유히 지나며 흑해黑海로 흘러 들어간다. 비엔나는 아직은 강 상류에 해당하고 고색창연한 건축물이 신비로움을 더하는 오랜 전통의 도시이다. 질척한 평원을 지나고 좁은 계곡을 지나서 비엔나를 만났다. 여기서 오랜만에 갖는 휴식일에 이 세상에서 가장 아름답다는 도시를 구경하는 대신 단잠을 선택했으니 나의 선택이 언제나 옳은 것이 아님을 나는 이미 알고 있다.

도나우강은 왈츠의 경쾌하고 달콤한 선율旋律을 닮아 생기가 넘친다. 생기가 넘치는 것을 바라보면 시선을 타고 그대로 내 가슴에 전이轉移된다. 어디선가 호른으로 시작되는 그 음악이 흘러나오는 것 같다. 아침에 필러스도르프를 출발한 지 꼬박 한나절을 달리다 도나우 강변길로 들어섰다. 강을 마주하자 나는 댄스홀에 들어서서 적당한 파트너를 물색하는 눈으로 강 이쪽저쪽을 두리번거렸다. 푸르고 생기 넘치는 강물은 주위의 모든 경관을 더욱 돋보이게 만드는 묘한 마법을 부린다.

그 마법으로 아름다운 도시가 된 비엔나는 다시 찬란히 빛나는 진주 목걸이처럼 도나우강을 장식한다. 프라하가 고풍경이 홀로 무대에서 단독공연을 펼치는 도시라면 비엔나는 고풍경과 현대가 서로 부둥켜안고 왈츠를 추는 조화로운 도시이다.

호텔은 중앙역 근처로 잡았다. 나는 하루 종일 누워있는 날도 밥 세 끼는 챙겨서 먹는다. 아침은 호텔의 아침시간에 맞춰 일어나 먹고 다시 자리에 눕고, 점심은 식당에 가서 주문하고 기다리는 것이 내 정서에 맞지 않아 슈퍼마켓에서 이것저것 사서 저녁까지 호텔에서 나오지 않고 휴식을 취했으니 그것도 옳은 결정인지 확신이 가질 않는다. 그래도 에델바이스 스노후레쉬 맥주 한 병 사는 건 잊지 않았으니 다행이었다. 슈퍼에서 사 온 슈니첼을 전자레인지에 데우고 한 잔 하는 맛도 그리 나쁜 선택은 아니었다.

19세기 전반 동안 비엔나는 제국의 번영과 함께 최고의 전성기를 구가謳歌했다. 합스부르크 가문은 원래 스위스 북부에서 시작되었는데 차츰 세력을 오스트리아로 확장시켰다. 그 후 600년간 오스트리아를 지배했다. 그러다 카를 5세 때는 유럽 대부분의 땅을 다스리는 거대한 제국이 되었다. 그런데 오스트리아 제국은 대부분 전쟁의 결과가 아니라 정략결혼의 결과로 이루어졌다고 한다. 당시 비엔나에는 "아, 행복한 오스트리아여, 결혼하자!"란 말이 유행하기도 했다.

중세 유럽도 조선 시대처럼 첫날밤에 신랑, 신부가 누구인지 알게 되는 경우가 많았다. 첫날밤을 치르기도 전에 상대의 인물이 너무 못생겨서 줄행랑을 치는 경우도 속출했다고 하니 사람 사는 이야기는 어디를 가나 비슷하다. 귀족들의 결혼은 정략적인 경우가 대부분이었다. 합스부르크가家의 카를 5세의 여동생 마리아는 한 살 때 아직도 태어나지 않은 신랑과 혼약이 정해졌다.

다행히 미래의 시어머니는 1년 후 아들을 낳았다. 유럽에도 우리나라의 민며느리 제도 같은 것도 있었다. 오스트리아 제국은 정략결혼에 의해서 영토를 늘려갔으니 전쟁으로 영토를 늘려간 제국보다는 평화로운 제국이었던 것은 사실이다.

이런 화려한 도시에는 예나 지금이나 혹시나 잡을 수 있을 성공을 찾아 날아드는 부나비 같은 청년들이 수없이 많다. 그러나 그들 대부분은 빈민굴에서 서성일 뿐이다. 23세의 청년 히틀러도 그중의 하나였다. 비엔나에는 이런 청년들이 낙오落伍하여 거지로 전락하는 것을 막기 위해 시에서 마련한 허름한 숙소가 있었다. 그도 그런 곳에 거주하였다. 히틀러도 그곳에 거주하였지만 아무도 그가 어머니와 이모로부터 넉넉한 유산을 물려받아 좋은 집에 머물러도 될 좋은 형편이라는 것을 몰랐다.

그가 비엔나에 온 것은 1907년이었다. 미술학교 입학시험도 두 번이나 실패하였지만 크게 실망도 않고 푸른 도나우강이 내려다보이는 창가에서 그림만 열심히 그렸다. 여느 젊은이들과 달리 무도회나 술판에 어울리지도 않았다. 가끔 한 번씩 미친 사람처럼 자리를 박차고 일어나 주위 사람들이 놀랄 정도로 큰 소리로 도덕과 인종의 순수성, 게르만 민족의 사명과 슬라브족의 교활함에 대하여 열변을 토할 뿐이었다. 주위 사람들은 그것만 빼고는 참 좋은 사람이라고 생각했을 뿐 무관심했다. 그는 이곳에서 징집을 기피하며 세월을 보내고 있었다.

1913년과 1914년 오스트리아의 비엔나를 중심으로 세계의 역사는 급박하게 돌아가고 있었다. 그때 비엔나라는 멋진 무대 위에 한 세기에 하나 나올까 말까 하는 걸출傑出한 유명배우들이 여럿 등장한다. 제국을 지키려는 프란츠 요제프 황제, 제국을 바꾸려는 프란츠 페르디난트 황태자, 십 대 암살범 프란치프. 이런 배우만으로도 뭔가 긴박하고 최고의 영화가 될 것 같은 흥분을 자아내게 하는데 여기게 아직 연습생에 불과하지만 나중에 전 세계의 이목을 집중하게 될 초호화 성격파 배우들이 등장한다. 프로이트, 히틀러, 트로츠키, 레닌, 스탈린 등이 그들이다.

그때 그들이 비엔나라는 같은 무대에 연습생으로 있었지만 나중에 그렇게 인류 역사를 뒤흔드는 인물이 될지는 아무도 몰랐다. 세월이 많이 흘렀어도 그들이 남긴 나쁜 그림자가 세계 곳곳에 남아있다. 스탈린은 우리 38선의 직접 당사자이기도 하다. 그리고 100여 년이 지난 뒤 전쟁과 이념의 귀재들의 거친 기가 흐르는 이곳에 그들보다 더 거친 기를 몰고 그들의 기를 눌러버릴 기세로 내가 유모차를 몰고 들어왔다. 평화를 노래하면서 말이다. 제1차 세계대전의 발생지였고 제2차 세계대전의 격전지였던 이곳에서 나의 평화의 노래를 더욱 증폭增幅시켜야 할 이유는 충분히 많다.

전미자 한국문화원 관장이 나의 편의를 위해서 차를 숙소까지 보냈다. 차 안에는 전관장과 함께 금발의 미녀가 타고 있었는데 그녀는 폴란드 여자라고 한다. 남편은 일본사람인데 이곳에서 일식점을 하고 있다고 한다. 그녀는 남편이 해주는 음식을 먹어서 너무 행복하다고 웃으며 말했는데 덧니가 참 매력적이다. 시간 여유가 있어 셋이 함께 카페에 들어가서 우유 거품이 가득한 카페라떼 비슷한 멜랑체를 한 잔 시키고 초코렛스폰지케이크 자허토르테를 주문했다. 때마침 비치는 따뜻한 햇살은 많은 사람이 움직이는 광장을 금방 기분 좋은 공간으로 바꾸어놓았다. 무도회장의 사이키 조명처럼 햇살이 비치니 사람들의 발걸음이 금방 왈츠의 리듬을 타듯 경쾌해졌다. 비엔나의 잔잔한 시간이 도나우강의 물결 따라 그렇게 흐른다.

비엔나의 한국문화회관은 시내 중심가에서는 많이 떨어진 도나우 성내에 있었다. 보통은 중심가에 있어서 한국을 알리는 전초기지로 정부 기관에서 운영하는 경우가 많은데 이곳은 순수 교민들의 모금으로 오스트리아 정부의 건물을 60년간 임대를 받아 운영한다고 한다. 그래도 세계에서 가장 아름다운 곳에 위치한 한국문화회관이라고 자랑한다. 거기에 나는 전적으로 동감한다. 도나우 공원의 경관景觀은 정말 빼어나다. 전미자관장의 차를 타고 그곳에 도착하니 이른 시간인데도 이미 10여 명이 와있었다.

시간이 되자 바쁜 가운데도 한인회장, 평통 관계자, 국제부인협회 관계자 등 30명의 교민이 모여 나의 강연에 귀를 기울여 경청傾聽하고 꼭 평양을 거쳐 판문점으로 귀국하라며 굳게 손을 잡아준다. 처음에 혼자 상상하고 꿈꾸며 거의 무모하게 시작했지만 이제 나의 발걸음으로 사람들의 통일에 대한 염원을 눈덩이처럼 굴려 커지는 모습이 보인다. 몸은 외국에 와서 살지만 평화통일을 바라는 마음은 오히려 조국에 사는 사람들보다 크다는 것을 느낀다.

나는 "여러분과 제가 이렇게 마음을 모으면 우리들이 상상하는 이상의 일이 벌어지는 기쁜 날이 곧 올 겁니다. 그리고 만약 제가 평양을 통과해서 판문점으로 입국하게 되면 나는 북한 당국자들에게 남한 시민 5만 명, 북한 시민 5만 명, 그리고 재외교포와 평화를 사랑하는 세계시민 5만 명이 함께 어우러지는 맥주, 막걸리 축제를 대동강 가에서 열 것을 제의할 것입니다."라는 말로 마무리를 했다.

이제 내 삶은 뜨거워졌다. 처음엔 내 속 깊은 곳에서 용솟음치는 무엇으로 뜨거워졌고 차츰 그것은 사람들의 호응으로 더 뜨거워졌다. 그리고 나는 곧 그것을 충분히 즐기기 시작했다. 나로서는 대단한 성공이었다. 히틀러나 레닌, 스탈린도 이곳에 머무르는 동안 30여 명 앞에서 말하는 기회는 갖지 못했다. 나는 그들이 남긴 100년 넘는 검은 그림자를 발걸음으로 뚜벅뚜벅 지우고 있는 중이다.

05 헝가리 Hungary

〈국기〉

적색은 힘, 백색은 신념, 녹색은 희망을 상징

〈국장〉

방패의 좌측 은색은 4개의 강, 우측에는 쌍십자가와 3개의 산과 그 위에 왕관

〈국가 개관〉

헝가리는 중앙유럽에 있는 내륙국이며 수도는 부다페스트이다. 오스트리아, 슬로바키아, 우크라이나, 루마니아, 세르비아, 크로아티아, 슬로베니아와 국경을 접한다. EU, OECD와 NATO 회원국이다. 주민은 대부분 우랄족에 속하는 헝가리인이다. 국토는 헝가리 평원이라 불리는 평원을 중심으로 하여, 예로부터 다양한 민족이 침입하여 정착하였다. 국토의 중앙에 다뉴브강이 관통하여 2등분하고 있다. 한·헝가리는 1892년 조선왕국과 오스트리아·헝가리 제국 간 우호통상조약 체결로 공식관계를 시작하였으나, 1910-89년 동안 제국주의, 동서냉전으로 관계가 단절되었고 1989.2월 외교관계를 복원하였다.

Hungary is a landlocked country in Central Europe. Its capital is Budapest. It is a member of EU, NATO, OECD. The official language is Hungarian. After 158 years of Ottoman occupation(1541-1699), Hungary was integrated into the Habsburg Monarchy, and later constituted half of the Austro-Hungarian dual monarchy(1867-1918). It was a great power until World War I. It was succeeded by an authoritarian regime, and then a Communist era(1947-1989). Upon collapse of Eastern Bloc in 1989, it became a parliamentary republic.

- **국명** : 헝가리(Hungary)
- **수도** : 부다페스트(Budapest)
- **면적** : 93,030㎢
- **인구** : 9,982,000명
- **국민소득** : US$16,016달러
- **언어** : 헝가리어(Hungarian)
- **건국일**(St. Istvan Day) : Aug 20, 975

광시곡의 나라, 헝가리

유럽 한 가운데 위치하여
동서남북 일곱 나라에 빙 둘려있네

바다는 언감생심
벌러톤호로 만족하네

다뉴브강 잔물결 천리를 흘러
부다페스트 가르고
국토를 양분하네

로마 몽골 오스만 오스트리아 나찌 소비에트
역사의 소용돌이 온몸으로 받았네
묻지 마라, 나라의 흥망성쇠
저 강이 알고 있네

망치를 버려라
자유경제 민주정치
우리의 갈 길이다

온 땅이 뜨거운 물
친구들아 다 와라
온천욕하자

헝가리 광시곡 15번을 틀어라
라코치 행진이다
힘차게 나가자

빨강 하양 초록 삼색기를 흔들어라
힘 성실 희망은 우리의 표상

힘차게 전진하자 라코치에 맞춰
평화와 자유를 향해

우리는 헝가리인이다 !!!

Franz List's Land, Hungary

Being situated in the center of Europe
Being circled fully by seven countries

Sea is never ours
Lake Balaton is only enough

Flowing down 415km, Danube ripples
Separating Budapest into the east and the west
Dividing the land into two parts, too

Rome, Mongolia, Osman, Austria and Soviet came here in turn
Hungary has directly faced the wave of history
Never ask up and down of this land
Only that Danube River has watched it

Throw away hammers and sickles
Free market and Democracy
That's what we are heading for

All lands are full of hot springs
Friends, come to my land, all of you
Let's take a hot spring bath for healing, together

Listen to No. 15 of Hungarian Rhapsodies
It's March Rakoczi

Let's march in strength to the tune of it

Wave our flag of Red, White and Green
Power, integrity and hope are our ideals
Let's forward in strength to the rhythm of Rakoczi
For peace and freedom

We're Hungarians !!!

헝가리 평원에 눈부신 평화의 햇살

오스트리아에서 헝가리로 넘어서는 길은 산도 없고 강도 없고 햇살만이 들판에 축복처럼 가득하였고, 햇살에 날리는 거미줄이 수도 없이 얼굴에 와서 걸리곤 하였다. 또 하나의 국경 너머에는 얼마나 다른 삶이 펼쳐질지 자못 기대가 된다. 1번 국도를 따라가는 길은 헝가리어로는 두나강이라 불리는 도나우강과 평행을 이루며 뻗어있다. 국경을 넘어서자 사람들의 모습이 왠지 친근하다. 독일이나 오스트리아인들 같은 체격이 아니라 갈색 눈동자에 검은 머리카락, 그래서 그런지 여자들이 더 귀엽고 예뻐 보인다. 마을 앞에 여러 형태로 서 있는 짚으로 만든 허수아비도 어디서 많이 본 듯 친근감이 간다.

이곳 도나우강 중, 하류에서 시작되는 유라시아 초원은 중앙아시아를 거쳐 동쪽 몽골까지 8,000km에 이르는 지상 최대의 초원을 일컫는다. 이 광대한 초원에서 모든 생명은 살아남고 종족을 번식하기 위하여 저마다의 생생한 음표를 변주곡變奏曲으로 찍어내며 살아가고 있다. 그것들이 나그네의 마음을 기분 좋게 자극하여 두나 강물처럼 넘실거리게 한다. 끝없는 들판에서 한가로이 풀을 뜯던 노루들이 나를 저 멀리서 보고 놀라 질주하는 모습들이 유난히 많이 보인다. 간혹 놀란 토끼들도 보인다. 평화로운 초원에 침입자가 된 것 같아서 미안한 마음이 든다.

초원은 고대 인류의 문명이 오고간 고속도로와 같은 곳이다. 지금껏 밟아보지 못했던 거대한 초원의 서쪽 끝에 서니 좁은 땅에서 바둥바둥 살았던 삶 자체가 드넓게 펼쳐지는 것 같고 가슴이 찌지직 펼쳐지면서 내 자신이 거인이 된 것 같다. 거친 땅 초원에서는 유목민, 가축, 야생동물 모두가 강인한 것들만 살아남아 세대를 이어간다. 점심에 들어간 식당에서 메뉴판을 뒤지다 붉은 색깔의 뜨거운 국물 같은 것이 있어서 그것을 주문하였다.

이곳이 그 옛날 훈족들의 말발굽 먼지가 천하를 덮을 것 같이 일어났던 곳이다. 역사는 언제나 승자의 기록이라고 말하지만 유목민에 관한한 그것은 맞지 않다. 그들에 관한 기록은 거의 남아있지 않다. 승자는 그들이었지만 역사는 그들이 얼마나 무섭고 야만적이었는지를 묘사한 것이 전부이다. 헝가리인들로서는 억울하기 짝이 없는 노릇이었다. 그들이 어디서 왔는지 아는 사람들은 아무도 없다. 그들조차도 자신이 어디서 왔는지 몰랐으니까. 다만 이들은 우리와 마찬가지로 이름을 쓸 때 성을 먼저 쓰고 연월일 표시도 그렇고 주소도 우리와 같은 순서로 쓴다. 음악도 우리와 같은 5음계로 구성되어 우리의 전통가락과 비슷한 음률을 느낄 수 있다.

그들은 살아남기 위해서 끝없이 초원길을 따라 이동하며 자손을 낳고 그 자식들이 이어서 서쪽으로 이동해왔을 뿐이다. 다만 중국의 만리장성이 그들의 침략으로부터 보호하기 위해 지어졌다는 설이 전해질 뿐이다.

동서양을 막론하고 역사서에는 그들을 언급하기를 꺼려했지만 유목민족들은 유라시아 대륙을 가로질러 인류 역사에 막대한 영향을 미쳐왔다. 그들은 문화의 전파자였으며 한때 세계를 지배하고 지금은 중앙아시아에 대부분을 차지하고 있다. 흉노는 기원전 4세기에 처음 중국 역사에 등장한다. 이 중앙 유라시아 유목민들이 세계 문명을 형성하는데 가장 결정적인 역할을 한 것은 분명하다.

훈족의 세력이 강대해지면서 로마로부터 조공租貢을 받고 로마의 장군의 아들 아이티우스는 훈족에 볼모로 가 살게 된다. 볼모로 훈족들과 함께 살면서 훈족의 왕세자인 루빌라이와 친하게 지냈다. 성인이 되어 볼모에서 풀려난 아이티우스는 훈족과 동맹을 맺고 훈족의 병사들을 이끌고 전쟁에서 승승장구했다. 433년 그는 전쟁 때 도와준 대가로 훈족에게 정착할 땅을 주었다. 그곳이 헝가리이다. 헝가리의 국명도 '훈'에서 유래했다.

이제 훈족은 약탈하고 조공을 받는 것으로는 만족하지 않고 유럽의 문화를 받아들였다. 더 이상 불안정한 유목 생활은 필요 없어졌다. 그들은 안정된 정착생활을 영위하기 시작했다. 새로 왕위에 오른 아틸라는 더 이상 동방에서 온 약탈자의 무리를 이끄는 지도자가 아니었다. 그는 명실상부한 제국의 황제였다. 이제 훈제국의 영토는 동쪽으로는 아랄해, 서쪽으로는 대서양해안에 닿았고 남쪽으로는 도나우강, 북쪽으로는 발트해까지 이르렀다. 아틸라가 죽자마자 네 명의 왕자들이 왕위를 놓고 싸우고 피지배 민족들이 반란을 일으켰다. 훈족은 분열했고 분열된 나라는 오래가지 않았다. 훈족은 이제 역사에서 사라졌지만 훈족이 헝가리나 유럽에서 사라진 것은 아니었다. 훈족은 그곳에 녹아들어 존재하기 시작했다.

헝가리에서 둘째 날 묵은 곳은 죄르이다. 죄르는 부다페스트에서 비엔나로

가는 중간 무역지로 번영을 누리던 중세의 모습을 잘 간직한 조그만 도시이다. 마자르인들이 정착을 시작하던 곳이며 마자르인들의 민족적 자존심이 녹아있는 도시이기도 하다. 죄르 대성당은 헝가리 최초의 국왕인 이슈트반 1세의 명령에 의해 건축되기 시작하였는데 내부에 헝가리 국왕 중 가장 존경받는 라슬로 1세 국왕의 무덤이 안치安置되어 있다고 한다. 이곳은 오스만 튀르크가 오스트리아로 진격하기 위한 전초기지로 이용하던 슬픈 도시이기도 하다.

우리의 민족 정서가 한이라면 헝가리인들도 마찬가지일 것이다. 자살률이 한국 다음으로 2위이고 알코올중독자 수가 늘어난다고 한다. 건물은 지으면 파괴되고, 그 잔해 위에 다시 지었고 또 전쟁이 터졌다. 전쟁의 트라우마로 치면 우리보다 몇 곱절 더 할 헝가리의 하늘에 이젠 전쟁의 먹구름이 싹 가신 청명하고 평화로운 가을 하늘이 얼마나 부러운지 모르겠다. 이들에게는 이제 슬픈 역사를 끝내고 평화를 구가謳歌하며 새로운 역사를 써가는 일만 남은 것처럼 보인다.

우리도 평화협정이 빨리 체결되고 조속히 한반도에서 전쟁 재발을 막는 모든 조치가 하나씩 이루어지기를 희망한다. 그렇게 되면 한반도는 평화의 성지聖地가 되는 것은 자명한 일이다.

도나우강은 헝가리와 슬로바키아를 두 개의 나라로 나누며 유유히 흘러가고 있다. 코마롬이라는 도시는 도나우 강가에 있는 휴양도시이다. 헝가리는 유럽의 보물寶物이라고 불린다. 수천 년 동안 도나우강을 따라 여러 도시가

흥망성쇠興亡盛衰를 거듭했다. 옥수수밭이 끝나고 감청색의 숲이 시작되었다. 헝가리의 숲은 지금까지 독일, 체코, 오스트리아에서 보던 뻴쭘하게 키가 크고 위압적인 전나무 숲하고는 다르다. 나무들도 아기자기하다. 숲에는 떨어진 낙엽을 밟고 달리는 내 발자국 소리가 전부인 줄 알았다. 내 기침 소리에도 스스로 화들짝 놀랄 만큼 한적한 곳이다. 그 숲속에서 인적人迹 소리가 들린다.

수풀 속에서 공터가 시작되었다. 공터는 좁은 숲을 지나 사람의 발길이 닿아 본 적이 없을 것 같은 태고의 모습처럼 울창한 잡목 사이에 있었다. 요정들이 나타나야 할 것 같은 숲속에 이른 아침인데 간이 테이블에 네댓 사람이 마주 앉아 이야기를 나누고 있다. 사람들은 개구쟁이 스머프에 나오는 캐릭터보다 작아 보였다. 혼령이나 엘프의 영역에 들어온 것 같았다. 내 감각이 열려 있나 확인해보고 싶었다. 팔등을 꼬집어보았다. 아픈 것 같기도 했고 아프지 않은 것 같기도 했다. 여전히 꿈결인지 현실인지 아득하기만 하다.

정말이지 이런 한적한 곳에서 사람을 만나는 것은 반가움보다 무서움이 앞선다. 말로만 듣던 집시들이다. 숲속의 작은 사람과 눈이 마주쳤다. 그의 눈에서 야행성 동물의 광채가 났다. 모든 것에 감동할 준비가 되었던 나는 숲속에서 같이 기념촬영이라도 하자고 말을 거는 대신 빠른 걸음으로 그 자리를 피해 달음박질을 쳐왔다. 감동을 안 한 것도 아니었지만 꿩처럼 소심해졌다. 모든 두려움의 외투를 담대하게 벗어 던지고 나선 길이지만 내가 그렇게 소심한 사람이다. 이런 근거도 없는 두려움을 효과적으로 벗어나는 길은 유모와 해학을 발휘하는 일이지만 그것은 최소한 두 사람은 있어야 한다. 그 근처에는 지저분하게 쓰레기가 널브러져 있을 뿐이다.

터너바녀 시내를 지나는데 갑자기 어떤 차가 앞을 가로막더니 차에서 급하게 사람이 내린다. 나의 달리기 명상 시간이 깨지는 순간이었다. 깜짝 놀랐다. 자신을 피터 팔라스티라고 소개하고 신문기자인데 아침에 코마롬에서 달리는 나를 보고 인터넷을 검색해 보았는데 좋은 기삿거리가 될 것 같았는데 지금 다시 보게 되어 쫓아왔다고 한다. 그리고 나의 일정, 달리는 거리, 목적 등을 세세히 물어보고는 사진 촬영도 부탁한다. 신문에 기사가 나가면 알려주겠다고 나의 이메일 주소까지 적어갔다. 내일 아침이면 터너바녀 시민들은 출근 시간에 버스에서 내 평화마라톤 소식을 읽으면서 출근할 것이다.

칭기즈칸은 세계를 하나의 제국으로 통일하려는 꿈을 가졌었다. 그러나 그의 방법은 잔인한 전쟁이었다. 칭기즈칸의 후예들이 다져놓은 '팍스 몽골리카'는 한동안 낙타의 등에 비단을 싣고 안전하게 동서양을 왕래하게 되었다. 나도 세계가 하나가 되는 꿈을 꾼다는 의미에서 그와 동급이다. 나는 '유라시아 평화의 시대'에 고속열차를 타고 한국에서 아침을 먹고 출발해서 헤이그에서 저녁을 먹는 날을 꿈꾼다. 나는 평화가 그 일을 해줄 거라고 믿는다.

10월 19일, 길 떠난 지 한 달 20일이 지났다. 거침없이 네덜란드를 출발하여 독일, 체코, 오스트리아를 지나 헝가리의 부다페스트에 들어왔다. 내게 들이닥치는 육체적인 고통에 어느 정도 적응할 수 있게 되니 몸의 기름기가 다 빠졌다. 피부는 짐승의 가죽처럼 검고 눈은 야수의 그것처럼 빛을 뿜어내고 있었다. 몸무게가 줄어 가벼움이 느껴졌다. 길 위에서도 많은 부조리를 만나지만 삶의 부조리보다는 훨씬 점잖은 편이어서 마음도 가볍다. 유라시아 대륙, 헝가리 평원이 내가 이 여정에서 기대했던 알 수 없는 기쁨의 일부를 제공하여주는 건 확실하다. 나는 이런 기쁨들을 가을 들판의 농부가 추수를 하듯 한 톨 한 톨 정성스레 거둬들여 삶의 양식으로 쓸 것이다.

1번 국도를 타고 부다지역의 도나우강 서안까지는 잘 찾아왔는데 페스트지역으로 넘어가는 다리 입구를 찾는데 애를 먹었다. 이 사람 저 사람에게 묻고 물었지만 확신이 가지 않아 가다 되돌아오곤 하였다. 그러다 뿔테 안경을 쓴 여학교 기숙사 사감 같은 인상의 만삭의 배를 한 여인에게 길을 물었다. 도시인의 바쁜 발걸음을 멈춰 세우는 일은 아무리 머나먼 동방에서 온 손님일지언정 쉬운 일은 아니었다. 그러나 그녀는 만삭의 배를 한 손으로 받쳐 들고 앞장서며 유창한 영어로 길을 안내해 주었다. 덕분에 나는 어렵사리 페스트 지역으로 건널 수 있었다.

9개의 멋지고 개성 있는 다리가 강서의 부다와 강동의 페스트를 하나의 도시로 엮어준다. 다리로 인해 강은 분단과 단절의 강이 아니라 평안과 풍요를 선사하는 화합和合의 강이 되었다. 그중에서도 가장 오래된 세체니 다리는 이곳의 상징과도 같은 것이다. 이 다리가 생기기 전까지는 두 도시를 이어주는 다리는 없었다. 언덕이 많고 전망 좋은 부다 지역에는 왕족과 귀족이 그 강 건너편의 평지인 페스트에는 서민들이 살았다. 부자들은 가난한 사람들과 마주치는 것이 싫어서 다리를 놓지 않았다.

헝가리에서 가장 존경받는 사람 중의 하나인 세체니 백작은 부친의 부음訃音을 듣고 급히 비엔나로 가야할 때 갑자기 불어난 강물의 물살이 거세 나룻배를 띄울 수가 없었다. 그때 백작은 강 양편을 자유로이 드나들 수 있는 화합의 다리를 세우겠다고 결심을 했다. 1849년 다리가 완공되자 부다와 페스트는 부다페스트로 통합되었다. 다리는 세체니 다리로 명명되었고 '사슬 다리'라고도 불린다.

'도나우강 의 진주'로 불리는 부다페스트는 부다와 페스트가 그 사이에 다리가 생기자마자 정분이 나서 한 살림을 차리면서 부르기 시작한 이름이다.

과연 서울이와 평양이는 로미오와 줄리엣처럼 이루어질 수 없는 사랑을 하고 있는 것인가? 서울이와 평양이가 연분緣分이 날 수 있도록 전 세계에 흩어져 사는 교포들과 한반도에 사는 남, 북 시민들과 세계인들의 작은 마음 하나하나를 엮어서 오작교烏鵲橋를 만드는 일이 무엇보다도 중요한 일일 것이다. 서울과 평양을 잇는 고속전철이 놓여지면 멋진 청춘남녀처럼 바로 서울이와 평양이는 정분이 날 것 같다.

세체니 다리는 뿔뿔이 흩어져 돌아다니는 돌들을 모아 다듬고 차곡차곡 쌓고 이어서 만들었다. 뿔뿔이 흩어져 돌아다니는 작은 마음들을 쌓고 잇는 일, 그것이 이념의 분단을 이어주는 다리가 될 것이고, 강대국들의 거칠고 험한 자국 이기주의를 넘어서 우리 민족이 하나가 되는 다리가 될 것이다. 나는 바람 좋은 오늘도 그저 사이먼 앤 가펑클의 '험한 세상 다리가 되어'를 흥얼거리면서 묵묵히 걸음을 옮길 뿐이다.

나도 그렇지만 헝가리 사람들도 내게 친근감이 느껴지는 모양이다. 흘끔흘끔 쳐다보기도 하고 엄지손가락을 치켜세우기도 하고 나를 세워서 이것저것 물어보기도 하고 한국 유명배우의 이름을 대고 아느냐고 묻기도 한다. 어떤 이는 음료수도 주고 먹을 것도 주며 격려를 아끼지 않는다. 아침 일찍 숙소를 나올 때 주인 여자가 골목길까지 배웅을 나오더니 "나도 당신처럼 훌훌 털고 떠나면 여행을 하고 싶다."고 말한다. 나는 웃으면서 지금 당장 나와 함께 떠나자고 했더니 대답이 "나는 바보가 아닙니다." 였다. 바보의 의미를 하루 종일 생각했으나 답을 얻지는 못했다.

언제부터인지 모른다. 내 가슴에 조그만 불씨 하나 날아든 것이. 어디서 왔는지도 모른다. 아마도 시집간 딸 하나 남겨놓고 어린 다섯 아들 북어 엮듯이 엮어 손잡고 피난 내려와 돌아가실 때까지 다시는 고향 땅을 밟아보지 못한 내 할머니의 한숨에서 날아왔는지. 아니면 고향에 두고 온 내 어머니보다도 더 그리웠을 아버지의 첫사랑의 고개 숙인 그림자로부터 인지도 모른다. 혹시 그것은 한반도 구석구석 어디에도 민들레 홀씨처럼 날아다니는 것인지 모른다.

내 마음에도 있고 너의 마음에도 있는 통일의 소망을 활활 타오르도록 달리면서 풀무질을 한다. 도공陶工이 정성껏 빚은 흙을 불가마 속에 넣고 1,300도의 푸른 불꽃이 일어나도록 온 정성을 다해 풀무질하듯 통일의 불꽃을 일으켜보겠다고 혼신의 힘을 다해 달린다. 흙은 어디에나 널려있다. 통일의 염원도 어디에나 널려있는지 모른다. 어디에도 있는 흙을 빚어 도자기가 완성되려면 수십 차례 정성스러운 과정을 거쳐야 한다.

명품 통일을 이루기 위해서는 수십 번도 더 불구덩이 같은 고통과 고난 속에 들어갔다 나와야 할지 모른다. 그럼에도 불구하고 우리가 평화통일을 이루기 위한 노력을 지속적으로 하여야 하는 이유는 우리가 안고 있는 수많은 부조리不條理와 모순矛盾, 불공정不公正의 대부분이 남북분단으로부터 오기 때문이다.

한반도의 휴전선은 유전자 변이變異이다. 한반도가 앓고 있는 모든 병의 원인은 휴전선으로 말미암은 것이다. 통일운동의 가장 큰 오류도 어떤 하나의 현상에 일희일비하면서 또 다른 분열과 갈등을 양산하는 악순환에 있다. 남북평화통일을 이룩하면 지금 우리가 안고 있는 거의 모든 부조리와 모순 그리고 불공정으로부터 자유로워질 것이다. 지금 우리가 겪고 있는 불의와 일일이 대응하기보다는 전체를 아우르고 통합하고 소통하는 통일운동이 절실하지 않을까 생각한다. 휴전선을 걷어내고 건강한 사람 몸에서 혈액순환이 활발하게 이루어지듯이 사람들이 남북을 자유롭게 오간다면 한반도는 바로 건강을 되찾을 것이다.

어쩌면 우리는 아라비안나이트의 거인 지니처럼 호리병에 갇혀서 누가 우리를 꺼내 주기만을 기대하면서 시간을 낭비하고 있는지도 모른다. 우리를 가두고 있는 호리병은 생각보다 훨씬 약해서 조금만 힘을 줘도 깨져버리는 달걀 껍질 같은 것인데도 말이다. 우리를 감싸고 있는 4대 강국은 어쩌면 달걀껍질보다 약할지 모른다. 발길질 한번 힘을 모아 제대로 하면 깨질 텐데 우리는 아무것도 하지 않았다. 발길질 한 번 멋지게 해보자!

헝가리는 오스트리아처럼 우아하지도, 체코처럼 뇌쇄적惱殺的인 매력도, 독일처럼 고상하지도, 네덜란드처럼 사교적이지도 않으면서 뭔가 설명할 수 없는 끌림이 있다. 헝가리의 일정을 마치고 세르비아로 넘어가는 발걸음이 왠지 무겁다. 마음 같아서는 며칠 더 머물고 싶다. 그러나 일은 생각지도 않은 곳에서 꼬이기 시작하듯 생각지도 않은 곳에서 풀릴 것이며 이별 다음엔 언제나 새로운 만남이 기다리고 있고 한 세계가 닫히면 다른 세계가 열릴 것이니 바람 같은 나그네에게 미련을 가지고 집착을 가질 일도 그리 많지 않다.

06

세르비아

Serbia

〈국기〉

범슬라브색인 빨강, 파랑, 하양의 가로 줄무늬 바탕에 왼쪽으로 소형 국장이 있음

〈국장〉

망토 위에 권위의 왕관이 있고, 은색 쌍두 독수리의 소형 국장이 중심에 있음

〈국가 개관〉

세르비아 공화국은 유럽 중앙의 발칸반도 중앙 판노니아 평원에 자리 잡고 있는 내륙국이다. 수도인 베오그라드는 오랜 역사를 지녔으며, 남유럽에서 가장 인구가 많은 도시다. 다뉴브 강이 북쪽 지방을 흘러간다. 북쪽으로 헝가리, 동쪽으로 루마니아와 불가리아, 서쪽으로 크로아티아·보스니아 헤르체고비나·몬테네그로, 남쪽으로 마케도니아 공화국과 국경을 접하며, 남쪽의 코소보와 분쟁 중에 있다. 국민은 세르비아아인(66%), 알바니아인(17%), 헝가리인으로 구성되며, 종교는 주로 세르비아정교(85%), 로마카톨릭(6%), 이슬람교(3%)이다.

The Republic of Serbia is situated at the crossroads of Central and Southeast Europe in the southern Pannonian Plain and the central Balkans. It borders Hungary to the north; Romania and Bulgaria to the east; Macedonia to the south; Croatia, Bosnia and Herzegovina, and Montenegro to the west. The country claims a border with Albania through the disputed territory of Kosovo. Its capital, Belgrade, ranks among the oldest and largest cities in southeastern Europe.

- **국명** : 세르비아(Serbia)
- **수도** : 베오그라드(Belgrade)
- **면적** : 77,474㎢(코소보 제외)
- **인구** : 8백만 명(코소보제외)
- **국민소득** : US$7,000달러
- **언어** : 세르비아어(Serbian)
- **독립일** : June 5, 2006년

발칸의 심장, 세르비아여

발칸반도 중앙에
여덟 나라로 둘러싸여
바다가 없는 땅

그리고 20세기 최후까지
초연이 자욱했던 너

이제는 평화를 이야기 한다
사랑을 노래한다

사바강과 도나우강이 만나는 곳에
하얀 도시 지키려
우뚝 선 황혼녘의 칼레메그단이여

전쟁의 아픔은 다 잊어라
노을 속에 거니는 연인들아
내일을 꿈꾸자

스카다리아 거리인가 보헤미안 거리인가
작가 배우 가수 시인 그리고 청춘들
자유로운 영혼 다 모인다

테라스엔 와인 잔이 은은하고

록이 흐르고
애정이 넘친다

아름다운 꽃, 화려한 색, 고풍스런 건물은
나그네에 덤이다

공화국 광장엔
1867년 오스만은 물러가라
미하일로 오브레노브치 3세 말탄 기상은
길손을 맞고

화사한 쇼핑가 매력적인 여인들
활기찬 분위기
마음도 너그러워지는데…

강명구 달려오니 TV가 맞이한다
세계평화 뿌리는 세계최장 마라토너여

정의로운 하나님이 지켜주신다
세르비아 민족을 세르비아 땅을
영원히 영원히 여어어~~~엉원히 !!!

Balkan's Heart, Serbia

At the center of Balkan Peninsular
Surrouned by eight countries
The land which has no sea

Until the 20C's end
you who suffered from the severe war

Now you talk 'peace'
Now you sing 'love'

At the place meeting Saba and Donaue
To protect White City, Belograde
Oh, you, Kalemegdan, who stands high at the sunset

Foget all, war's pains
Lovers who stroll under the moonlight
Dream for tomorrow

Is this Skadariya or Bohemian Street?
Writers, actors, singers, poets and all youths
All with free spirit gather here

Two glasses of wine shine in the terrace
There flows a rock music
Love is overflowing

Look at pretty flowers, bright cololrs, antique buildings
They are bonus to a stranger

At the Republic Square in front of National Theatre
In 1867, Get away, Osmans, this is Serbia
Look at Mihailo Oblenobichi III on the horse
He welcomes all travellers here

Attractive ladies at fancy shopping malls
Active surrounding
Our hearts are becoming generous

MyongKu runs here, TV welcomes him
The longest marathoner for World Peace

The righteous God protects and will do
Serbian people and Serbian land
Forever Forever For~~~eee~~~ver !!!

‘하얀 도시’는 어둠침침했다

세르비아에 여행하고 싶다고 생각하는 사람은 드물다. 당연히 세르비아에 대하여 아는 체 할 수 있는 사람도 드물다. 나라고 다르지 않다. 유라시아대륙횡단 루트를 짜다가 루마니아로 통과하려니 루마니아에는 높은 산악지역이 많아서 할 수 없이 세르비아를 통과하게 되었다. 내가 테니스를 즐겼으므로 노박 조코비치가 세르비아 출신이라는 것은 알았지만 그것이 다였다.

어렵사리 국경을 넘으니 무대가 확 바뀐 것 같았다. 1막이 끝나고 2막으로 바뀐 것 같았다. 마치 내가 경험해보지 못한 세계에 들어온 것 같아서 긴장도 되었다. 집들은 오래되어 무너져 내려도 손볼 여력이 없는 것 같았고, 대부분의 마을은 사람들이 못 살고 떠났다. 허물어진 지붕 위에는 칡넝쿨이 덮어버렸

다. 도로에 갓길은 없고 차들은 쌩쌩 달린다. 이런 곳은 보행자보다 차가 우선이다. 시궁창은 차에 치여 죽은 개의 주검이 썩는 냄새가 진동한다. 길 양옆에는 젊은 날 사망한 망자의 사진과 십자가가 전봇대보다 많이 보였다.

세르비아의 들녘에 어둠이 내려앉으니 쌩쌩 달리는 자동차의 위험 속에서도 자연과 깊은 교감에 빠져든다. 자연의 주파수에 귀 기울이는 안테나가 심장에 생겨나기 시작한다. 그러자 들판의 벌레들 합창 소리에 맞춰 흥겹게 춤을 추듯 내 삶도 즐겁고 풍요로워진다. 가을바람에 낙엽이 떨어지듯이 젊은 날의 욕정은 다 떨어져 나가고 사람들과 자연과 평화롭게 교류하며 공존하

고픈 마음이 가을 들판의 바람처럼 밀려온다. 평화에 대한 간절한 소망이 생겼다.

한반도가 '이념의 충돌'의 희생양이었다면 발칸반도는 기독교 세력과 이슬람 세력이 맞붙은 '문명의 충돌'이 빚은 희생양이었다. 세르비아는 외세의 침략과 파괴와 학살, 이데올로기와 냉전, 민족, 종교, 인종 등의 갈등으로 인한 내전을 치른 나라이다. 인류가 겪을 수 있는 모든 부조리不條理의 어두운 역사를 지나서 이제야 새로운 도약을 꿈꾸는 곳이다. 파란만장하고 굴곡진 역사를 갖고 있는 동유럽의 화약고라고 불리던 발칸반도가 시작하는 곳이다. 남부 슬라브계 민족이 슬라브어를 쓰며 동방정교를 믿는 나라이다.

그날 샤워를 마친 후 그 호텔 식당에서 저녁식사를 하고 있는데 두 남녀가 테이블로 다가오더니 남자는 베체이 방송 카메라맨이고 여자는 기자라고 소개를 하면서 인터뷰 좀 할 수 없냐고 해서 깜짝 놀랐다. "내가 누군 줄 알고 인터뷰를 하자고 하냐?" 고 물으니 기자들은 동물적 감각으로 안다고 농담을 하면서 내일 아침 몇 시에 출발하는지 출발하기 전에 인터뷰하고 출발하는 장면을 촬영하고 싶다고 한다.

아침 일찍 호텔에서 10분 거리의 티자강가의 전쟁 기념비로 촬영을 위해서 갔다. 그들은 나의 평화마라톤의 의미에 자기들이 치룬 참혹한 전쟁의 역사를 되새기며 다시는 전쟁이 일어나지 않았으면 하는 소망을 담았다. 인터뷰는 잘 됐다. 나는 유라시아 대륙횡단 평화마라톤을 하는 이유와 특히 전쟁의 상처를 안고 사는 세르비아 국민들이 우리나라에서 전쟁이 일어나지 않고 평화를 지키는 노력에 지지해 줄 것을 호소한다고 강조하였다. 방송의 효과는 그 다음 날로 바로 나타났다. 길을 달리는데 자동차 경적 소리가 음악처럼 자주 들려오고, 사람들이 흔들어주는 손들이 얼마나 아름다운지 모르겠다.

'하얀 도시', 베오그라드의 의미이다. 하얀 도시의 첫인상은 검고, 어둡고, 칙칙했다. 식당에 가면 하얀 담배연기 속에 밥을 먹어야 하는 걸 각오해야 하는 것만이 '하얀 도시'의 이미지와 맞다면 맞지만 말이다. 다뉴브강에서 올라온 우윳빛 안개에 휩싸인 베오그라드는 때마침 동터오는 태양빛에 반짝반짝 빛났다. 베일을 쓴 신부의 모습처럼 신비롭고 아름다워서 그리스와 불가리아를 넘어 노도와 같이 진격하던 오스만제국의 군대는 세르비아의 베오그라드에 이르러 넋을 잃어버렸다. 새벽녘 기습공격을 감행할 무렵 마력의 아름다움에 군인들은 전의를 상실하고 멈칫했다.

이 도시는 도시가 가질 수 있는 모든 악취 나고 구역질 나는 그늘을 다 가지고 있을 뿐 아니라 전쟁의 상흔도 그대로 남아 있다. 가게마다 손님은 없지만 친구들은 얼마든지 있었다. 물건을 사는 것이 아니라 가게에 찾아와서 무료함에 빠진 친구들과 이야기를 나누는 인간적인 관대함은 세르비아의 소중한 가치이다. 부족한 것이 많은 사람이지만 얼굴에 웃음은 가득하다. 이들이 전쟁의 상처를 말끔히 치유하고 다시금 일어나는 날 이곳은 유럽의 심장이 될 것이다.

지나가는 나라마다 도나우강을 만나니 이젠 도나우강이 오래된 친구인 양 반갑기도 하고 정감이 간다. 내가 다시 도나우강변을 달릴 때는 정오 무렵이었다. 강 물결이 가을 햇살을 받아 잠자리 날개처럼 은빛으로 찬란하게 빛나는 시각, 가족과 연인끼리 한가로이 강 언덕을 걷고 있었다. 중부 유럽에서 수많은 예술가에게 영감을 주었던 낭만의 아름다운 도나우강의 흐름은 여기서도 생기발랄하건만 이곳의 역사의 흐름은 어둠침침하니 안타깝기만 하다.

이곳에는 아직도 크고 작은 민족 간의 분쟁이 끊이지 않는데 배후에는 언제나 국가 이기주의의 늪에 빠진 강대국들이 있다. 나는 이곳까지 오면서 세르비아 사람들의 정감 넘치는 유혹에 넘어가 정분이 난 상태라 사랑에 빠진 청춘들이 늘 그렇듯 나쁜 것에 눈이 멀고 좋은 것만 보인다. 어쩔 수 없이 보이는 검고 칙칙한 가운데서도 그들의 희망을 보았다. 그들이 얼마나 평화를 흠모하는지 보았다. 이곳의 모든 소멸과 폐허는 융기하는 신생의 징후이기를 빌어본다. 상대방이 나를 좋아하면 나도 상대방이 좋아지는 것이 인지상정이다. 상대방이 하나를 주면 열을 주고픈 건 내 마음이다.

오늘도 들판을 달리는데 이제 겨우 젖을 뗐을 정도의 강아지 두 마리가 포격으로 생긴 웅덩이에서 나오다 나와 눈이 마주쳤다. 뒤뚱 걸음으로 그리 깊지 않은 고랑을 건너와 나를 또 쫓아오고 있었다. 이번엔 정이 들기 전에 단번에 쫓아버렸는데 영 마음이 편치 않다. 들판의 개들은 유난히 크다. 거기에도 약육강식이 존재하여 강하고 큰 놈들만 살아남고 힘없는 놈들은 도태된다고 한다. 세르비아에 주재하는 어느 외교관 부인이 야생 개한테 물리는 사건이 일어나 외교적인 문제로 비화되어 들개의 70% 정도를 없앴다고 한다. 그래도 이곳엔 야생 개들이 넘쳐난다.

이 '하얀 도시'는 자존심이 강한 발칸의 고도이며 수륙교통의 요지일 뿐 아니라 전략적 요지로 옛 유고연방의 수도이기도 했었다. 이미 기원전 4세기부터 켈트족이 요새와 도시를 건설했고, 기원전 1세기에 이곳을 점령한 로마 제국은 수상 요새를 세웠다. 나토의 무차별 공습을 되새기겠다는 의미인지 복구할 경제력이 없었던지 파괴된 관공서나 큰 빌딩은 내팽개쳐 있다. 마치 머리끄덩이를 움켜쥐고 조금 전에 피터지는 싸움을 마친 여인의 모습이었다. 힘든 싸움을 마치고 가쁜 숨을 몰아쉬는 베오그라드는 지난 200년 동안 40번이나 파괴되고 다시 건설된 비운의 역사를 가지고 있다. 아마 세계에서 이보다 더 고난을 당한 도시는 없을 것이다.

다리를 건너 언덕 위에서 찾은 호텔은 족히 200년은 됐을 석조건물이었다. 한 층만 호텔로 쓰는 주상복합의 건물이라 복잡하고 어수선했다. 안으로 들어서면서 육중함이 몸으로 느껴져 온다. 잘 씻지 못한 늙은이 몸에서 나는 냄새가 건물에서 풍겨져 나온다. 커튼을 걷어내고 하늘을 보니 북쪽 하늘에 에메랄드 빛으로 가을밤이 다가오고 있었다. 가난한 곳일수록 하늘의 별들은 더욱 반짝인다. 언덕의 건물들에서 나오는 네온사인 불빛도 이곳에서는 슬프게 번져온다.

시내 곳곳에 아직도 파괴된 건물들이 참혹한 전쟁의 상처를 그대로 보여주고 있다. 다음날 대사관 서기관들과 점심을 먹으러 가면서 본 폭격당한 옛 중국 대사관 자리가 웅변으로 증명하여주고 있다. 당시 뉴스에는 미군이 주축이 된 나토군의 오폭이라고 나오지만 당시 중국 대사관에는 코소보 전쟁 당시 참전한 미 공군 F-117A 스텔스 전폭기 잔해를 입수해 보관하고 있었고, 중국의 스텔스기인 젠-14는 그 잔해를 입수해 연구한 결과라는 홍콩 일간지의 보도도 나중에 있었다. 국제 뉴스는 언제나 기자들이 전해주는 것을 그대로 믿기에는 의심 가는 곳이 많다.

세르비아의 가장 큰 실수는 보스니아가 유고연방에서 이탈하는 것을 막기 위한 침공에서였다. 시민들은 78일 동안 나토군의 크루즈미사일 정밀폭격으로 그 악몽 같은 나날들을 방공호에서 지내야 했다. 대부분의 사회기반 시설은 파괴되었고 3천 명 이상이 사망했다. 나토의 지상군이 투입되자 세르비아는 항복하고 코소보까지 내주어야 했다. 이제 베오그라드 시내는 한창 공사 중이라 길마다 차가 막히고 보행자들은 여러 가지 위험에 노출되어 있지만 전쟁을 겪은 사람들에게는 그건 아무것도 아니어서 불평을 하는 사람은 없는 것 같다.

나는 대사관에서 마련해준 점심 오찬에 참석하였다. 한국대사는 일정이 있어서 못 나오고 조상훈, 최종희 두 서기관과 평통위원 신인근씨와 한식당은 없어서 중식당에서 좋은 자리를 가졌다. 밥 한 끼 먹는 일 사소한 일 인 것 같지만 밥 한 끼 먹는 일 대단한 의미가 있는 일이다. 귀한 시간 내어야하고 그럴 마음을 가지려면 정성이 필요하다. 그것으로 한국인이라는 자부심을 갖게 하고 더더욱 내가 하는 일의 무게감을 느끼게 되었다.

그리고 오후에 남는 시간에 잠시 성 사바 성당에 들렀다. 성 사바 성당은 세계 최대의 정교회이다. 세르비아 정교회의 창시자이자 초대 대주교인 성 사바를 모시기 위해 지어졌다. 세르비아 왕국의 스테판 네마냐 왕은 비잔틴 제국의 종교를 받아들였고, 그의 아들 사바 네마니치(성 사바) 는 정교의 기틀을 마련하고 세르비아의 독립 정교회를 수립해 세르비아의 정신적 지주가 되었다. 안에 들어가 보니 내부는 수리 중이라 어수선했다.

사실 아름다운 자연의 경관이나 문화유산을 찾아다니는 관광객에게는 별로 매력적이지 못한 도시가 베오그라드이다. 베오그라드의 아침 안개가 그렇게 아름답다고 한들 그것을 보기 위해 먼 길을 여행하는 사람은 없을 것이다. 그러나 평화의 가치가 얼마나 소중하고, 전쟁의 상흔이 얼마나 쓰라린

가를 보고, 또 따뜻한 인정을 만나고 싶거든 베오그라드로 오라! 베오그라드가 당신을 반가이 맞이할 것이다.

11월 2일, 길 떠나온 지 두 달이 넘었다. 내 마음은 지금 헬륨을 채운 풍선처럼 높은 가을 하늘을 두둥실 떠오른다. 고단한 여정旅程속에서도 감격을 먹은 육신은 중력을 잃고 높이 떠오른다. 내가 세르비아 사람들과 사랑에 빠져 세르비아의 들판을 달리고 있는데 김수임씨 어머니를 포함하여 아이들까지 가족 8명이 불가리아의 소피아에서 6시간을 운전해서 먹을 것을 바리바리 싸들고 또뽈라까지 찾아왔다.

위로받은 절망은 다시 일어설 수 있고, 갈채 받은 고단한 육신은 다시 생기를 얻을 수 있다. 길거리에서 매일 수많은 사람을 만나 악수하고 사진 찍고 인사를 나누지만 사람이 그리웠다. 한국 사람이 그리웠다. 가끔 때를 놓치는 경우는 있었지만, 오늘 점심은 통돼지 바베큐를 먹었고, 매일 배불리 먹고 다니지만 하얀 쌀밥에 고추장찌개가 그리웠다. 마침 묵는 호텔은 주방시설이 갖추어진 호텔이었고 금방 김이 모락모락 나는 밥이 되었고 상에는 고추장찌개, 배춧속, 소고기 장조림, 고추, 오이지 등 한 상 잘 차려졌다. 나는 밥을 먹으면서 감격을 먹었고 깊은 책임감을 먹었다.

사실 불가리아를 지나면서 한인을 만나지 못하고 지나칠 줄 알았는데 며칠 전에 김수임 씨한테 연락이 왔다. 불가리아 통과할 때 국경까지 마중 나와서 불가리아 통과하는 내내 차량 지원을 해주겠다고 해서 얼마나 기뻤는지 모른다. 내심 불가리아가 산악지형山岳地形이 많아서 무거운 손수레를 밀며 홀

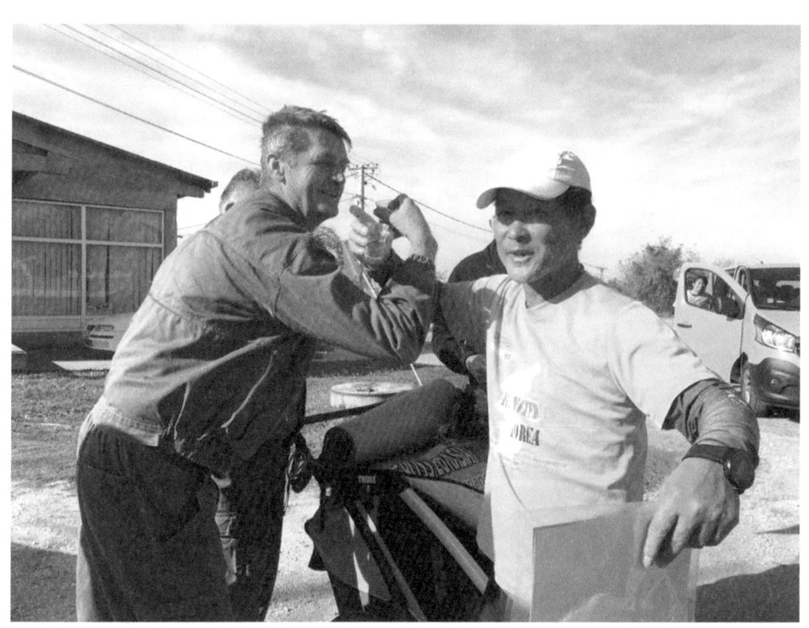

로 험한 산을 오르내릴 생각에 두려웠는데 너무 잘 됐다 싶었다. 그런데 맘이 급해서 그때까지 못 기다리고 오늘 나를 만나러 이곳까지 온다는 것이다.

평화를 위협하는 강고强固한 마음을 움직이는 나의 천일야화는 두 다리를 붓으로 삼아 쓰일 것이고 나의 심장이 확성기가 되어 세상을 향해 이야기할 것이다. 정보와 기술로 가득한 디지털 시대에 이야기가 가치를 만들어 내고 이야기로 자신을 표현하는 소통의 방식은 더욱 더 가치를 발휘하고 있다. 내 앞으로 마차가 하나 지나간다. 지금까지 서유럽에서는 못 보던 정경이었다.

천천히 그리고 경쾌하게 달리는 말발굽 소리에서 왈츠의 경쾌한 음이 연상

되듯이 나의 달리는 발자국 소리에 가슴을 울리는 진한 평화의 메시지를 담아보겠다.

아침에 눈을 뜨니 창밖으로 어둠 속에 안개가 꿈처럼 아련하게 깔렸다. 추꼬바츠라는 강변의 작은 마을은 안개에 덮여서 잠에 빠져있는 이른 새벽이다. 나는 오늘 평소보다 긴 거리를 달려야 했으므로 일찍 일어났다. 어제 호텔 주인이 아침 일찍 떠난다는 나를 위해 미리 특별히 만들어놓은 영양식 샌드위치를 먹고 힘차게 출발하였다. 아직도 깨어나지 않은 눈꺼풀을 비비고 길을 나설 때 밤은 충분히 어두웠지만 밤새 교대자를 기다리듯 나를 기다리다 바로 안개 속으로 사라져갔지만 앞이 구분이 안 되기는 마찬가지였다. 밤은 긴 시간 어두운 길을 달려오며 피로를 쏟아냈으므로 휴식을 가질 자격이 있었다. 호텔은 안개 속에 강 위에 방주처럼 떠 있는 멋진 호텔이다. 어제 이 호텔을 찾느라 무진 애를 먹었다. 큰 도시에 있는 호텔이 아니라 작은 휴양지의 강가에 있는 곳이라서 외진 곳이다.

어떻게 알았는지 아침 일찍 보스포로스 TV방송국에서 인터뷰하러 나왔다. 지난번 베체이 TV는 지방방송이었는데 이번에는 전국 네트워크를 가진 방송국이다. 인터뷰하고 그들이 원하는 포즈와 달리는 장면을 촬영하느라 출발이 약간 지체되었다. 똑같은 장면을 반복해서 연출하느라 시작도 하기 전에 피로감이 몰려왔지만 불만을 표시할 수는 없었다. 아무튼 이렇게 세계 언론이 나의 평화마라톤에 관심을 갖고 보도해주는 것은 좋은 신호이다. 우리의 통일은 우리의 문제이기도 하지만 국제적인 문제이기도 하기 때문이다.

어느 나라를 가던 내가 남한 사람인지 북한 사람인지 묻고는 김정은 이야기를 한다. 어디를 가나 유명하기로 따지면 김정은은 어느 한류 스타보다도 더 유명하다.

여행이 끝나고 여행 가방을 정리하면서 가장 기억에 남는 것은 경관이 좋은 관광지나 문화유산이 아니라 사람들과 만나서 주고받는 눈 맞춤과 섬세한 감정의 교류이다. 흔히 아름다움은 피상적인 것이라고 생각하지만 아름다움은 꼭 그런 것만은 아니다. 보이지 않고 느껴지지 않고 만져지지 않는 감동이 얼마나 많은가. 세르비아에서는 일기예보에 없던 천둥번개가 몰아치듯이 느닷없이 만나는 기쁨이 있다. 아름다움은 늘 가슴 설레는 경이이다. 사람들과 눈 맞추고 마음 맞추었을 때 맺어지는 영롱한 진주알 같은 감정의 조각들이 그렇다. 세상을 바꿀 수 있는 것은 상상력과 아름다움과 모험이다.

07 불가리아 Bulgaria

〈국기〉

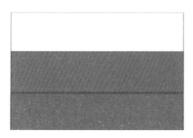

위로부터 하양 · 초록 · 빨강의 3색기. 하양은 자유와 평화를, 초록은 삼림을, 빨강은 자유를 위해 목숨을 바친 피를 의미

〈국장〉

빨강 방패 안에는 왕관을 쓴 금색 사자, 위는 왕관, 양쪽에는 왕관을 쓴 금색 사자, 아래에는 참나무 가지와 열매

〈국가 개관〉

동부 유럽 발칸반도의 남동부에 있는 나라로서 북쪽은 루마니아, 서쪽은 세르비아와 마케도니아 공화국, 남쪽은 그리스와 터키, 동쪽은 흑해에 접해 있다. 수도는 소피아다. 터키의 동유럽 진출 통로에 입지하고 있기 때문에 1396년부터 500년간 오스만투르크의 식민지배를 받았다. 1878년 러시아· 투르크 전쟁 결과 자치공국이 되었고 1908년 불가리아 왕국으로 독립하였다. 1945년 공산당이 집권하고 1946년 왕정제를 폐지하여 불가리아 인민공화국이 되었다가 1989년 동유럽 민주화의 영향으로 1991년 신헌법을 채택하여 불가리아 공화국이 되었다. 불가리아 정교회가 82.6%, 무슬림이 12.2%, 개신교가 1.1%, 가톨릭이 0.8%이다.

The Republic of Bulgaria in Southeast Europe is bordered by Romania to the north, Serbia and Macedonia to the west, Greece and Turkey to the south, and the Black Sea to the east. The capital and largest city is Sofia. Bulgaria is a member of the European Union, NATO, and the Council of Europe. The topographical features are the Danubian Plain, the Balkan Mountains, the Thracian Plain, and the Rhodope Mountains. The southern edge of the Danubian Plain slopes upward into the foothills of the Balkans, while the Danube defines the border with Romania.

- **국명** : 불가리아(Bulgaria)
- **면적** : 110,994㎢
- **국민소득** : US$9,120달러
- **독립일** : Sept 22, 1908년
- **수도** : 소피아(Sofia)
- **인구** : 7,250,000명
- **언어** : 불가리아어(Bulgarian)

발칸반도의 붉은 장미, 불가리아여

동유럽 남단에
흑해를 동쪽에 끼고
중앙에 발칸산맥 동서로 달려
국토를 남북으로 가른다

북은 다뉴브강 동서로 흘러
도브루자평원 적시고
남은 로도피산맥 무살라산 품고
삼림지대 푸르구나

681년 볼가불가스왕국 건설
동로마 터키 독일 쏘련 오간 후
드뎌 1989년 푸른 혁명
불가리아공화국으로 거듭 나다

숲정원도시 소피아
거리마다 악사들 우릴 반기고
비토샤광장에 레닌 대신 성 소피아
오른손에 월계수 왼손엔 올빼미
지혜 평화 승리를 외친다

싸빠레바바냐에서 리프트 반시간
천하절경 세븐레이크

호수 7개 길 트레킹
금강산 상팔담만이 나의 친구다

중세도시 벨리코 투르노보에 가보자
무너진 성터, 옛 영광 말해주고
랄라수도원 예수탄생교회 성모승천교회를 품고
불가리아정교를 고고히 지켜왔다

비만 물렀거라 불가리스 요구르트 여기 있소
장수촌 여기저기 건강백세 기본이요
90세 처녀 붉은 장미 머리 꽂고
100세 총각 사랑노래 부른다

영원하라, 발칸반도 붉은 장미, 불가리아여!!!

Balkan's Red Rose, Bulgaria

In the southern tip of Europe
Holding Black Sea to the east
Mts Balkan runs east to west in the middle
Dividing the land, south and north

River Danube flows east to west
Watering Plain Dobrudja in the north
Mts Rodofi hugging Mt Musala of 2925m
How thick, the forests in the south

In 681, Kingdom Volgabulgas established
Since then, East Romans Turks Germans and Soviets came
In 1989 at last Green Revolution brings Bulgaria Republic

Sofia, City of Forest Gardens
Where street musicians greet travellers
St Sofia instead of Lenin at Vitosha Square
With laurel in right hand and owl in left hand
Shouting wisdom peace and victory

Half hour lift-riding at Sapareva Banya
What a picturesque sight, Seven Lakes there
How fantastic Trekking along it
Only Mt Diamond in Korea is my match

Let's go to Veliko Tarnobo, the medieval city
Fallen forts tell the old glory without words
Monastery Rila with Nativtiy Church and Mary's Assumption Church
Having kept Bulgarian orthodox loftly

Get away fatness, Bulgarian yogurts are here
Longevity villages here and there
Healthy 100 years is a basic
100-years lad sings a love song to 90-years lass with a red rose in the hair

Be forever, Rose of Balkan Peninsular, Bulgaria!!!

마리차 강변의 추억과 대동강변의 추억

아침에 통일흥부가족(가진가족) 이 이리로 온다고 했는데 한 시간이나 지났는데도 못 만난 것이다. 길이 어긋난 모양인데 큰일이 났다. 질주하는 트럭이 우선권을 갖는 곳, 갓길도 없는 길에서 멈췄으니 그 공포는 이루 말할 수가 없다. 거기다 나는 지금 발에 부상이 와서 달리지도 못하고 절름걸음으로 걷고 있었다. 다리에 온 신경을 써야 하는 차에 수레까지 말썽을 부린 것이다. 우선 그 무거운 수레를 공간이 있는 곳으로 옮기는 것이 급선무였다. 바퀴가 부러진 70kg이 넘는 손수레를 이동시키는 것은 거의 불가능에 가까운 것이었다. 한참을 막막한 상황에서 기다리고 있는데 저쪽에 낯익은 차가 지나간다. 마치 나는 망망대해에 표류하고 있다가 지나가는 선박 하나를 발견한 심

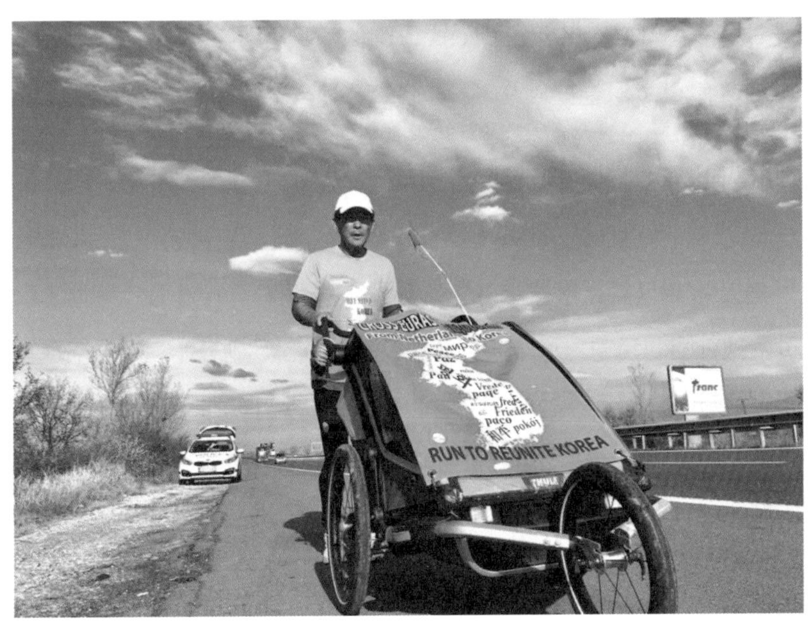

정이었다.

나는 이제 불가리아와 열정적인 사랑을 나눌 준비가 되었다. 국경을 넘어서 조금 가다가 고속도로 옆으로 시작되는 노란 단풍이 예쁘게 물든 박석이 깔린 옛길은 누구와도 금방 사랑에 빠지게 하고 조금이라도 예술적 감각이 있는 사람에게는 예술적 영감에 사로잡히게 할 만큼 아름다운 길이었다. 한적한 숲속에 이런 길이 있다니 옛날에 영화를 누리던 도시였다가 사라졌나 보다. 지금은 그저 어떤 일이 일어나도 놀랄만한 한적한 숲속이었다. 새들은 동경에 가득 차 노래했고 통증으로 고생하던 나의 발걸음도 희망에 가득 차 춤추듯 살랑거렸다. 그 길에 마음이 홀려 무아지경에서 달리고 있는데 아이들 둘이 숲속이 요정처럼 "Welcome to Bulgaria!" 피켓을 들고 서 있었다. 내가 익히 알던 요정들이 왜 이 숲속에 나타났을까?

내가 어리둥절하여 사태파악을 하려고 애쓰는 순간 숲속에서 어른들이 우르르 몰려나왔다. 나는 달려가 아이들을 와락 껴안았다. 눈물이 왈칵 쏟아질 뻔했다. 최고의 환영은 놀라움을 선사하는 것! 가진이 가족이 두 팀으로 나누어 한 팀은 나를 차량 지원하고 다른 팀은 내가 국경을 넘어서 들어오는 멋진 길목에서 최고의 환영파티를 연출하였다. 불가리아는 장미를 닮은 열정과 자연이 만들어낸 신비한 풍광과 동서양 문명이 만나 만들어낸 특유한 문화가 있는 나라다. 이들은 자연을 숭배하고 그 속에 동화되어 살면서 건강과 장미를 선물 받았다.

이곳에 오기 전 불가리아에 대하여 아는 것이라고는 장수 나라라는 것과 불가리아 향수와 요구르트 맛이 특별하다는 것이 전부였다. 그리고 어려서부터 아름다운 불가리아 소녀에 대한 환상을 가졌을 뿐이다. 그러나 나는 장수라는 단어 하나로도 이미 많은 것을 눈치로 알아채야 했다. 맑은 물과 맑은 공기, 맘씨 좋은 인심, 그리고 건강한 먹거리에 걱정과 근심을 날려버릴 아름다운 전통문화 또 좋은 술이 있지 않겠는가?

소피아로 들어섰을 때는 거의 40km쯤 달렸을 때이다. 그때쯤이면 언제나 육신은 파김치가 되어 마지막 온 힘을 쏟아 부어 마무리하고는 하였는데 내 몸에 갑자기 신비로운 기운이 들어오는 것 같으면서 어떤 리듬을 타는 것 같은 느낌이 든다. 소피아를 감싸고 있는 비토샤산의 영험한 기운이 내게 들어오는지도 모르겠다. 나는 마치 신들린 무당이 작두 위에 올라선 것처럼 몸이 중력을 잃어버린 가벼움을 느꼈다. 지금껏 내 다리를 괴롭히던 통증은 싹 가셨다. 소피아에 특별한 기운이 있는 것이 틀림없다.

내가 불가리아에 오기를 기다렸던 나의 페친 이스크라(Iskra) 가 나를 불가리아 전통 음악과 춤이 있는 식당으로 초청하였다. 마침 결혼식 피로연까지 겹쳐 불가리아인들의 결혼 풍속까지 볼 좋은 기회였다. 식당은 발 디딜 틈 없이 만원이었다. 어느 나라이건 결혼식과 장례식은 큰 행사이다. 그래서 거기에 전통과 문화와 삶을 한눈에 볼 수 있는 요소가 많이 녹아있다. 서로 사랑하여 결혼하는 것은 멋진 일. 사랑하라! 노래 부르라! 춤추라! 인생의 최고의 보람은 그뿐! 나는 졸지에 결혼식 무대에 올라가서 인사를 하면서 오늘은 어릴 적 꿈이 현실이 되는 자리라고 말했다. 어릴 적 불가리아에 관한 TV 프로그램을 보면서 불가리아의 아릿따운 소녀와 춤을 추며 사랑을 나누는 꿈을 꾸었는데 오늘 나는 이 자리에서 불가리아 여자와 손을 잡고 춤을 추고 따뜻한 우정을 나누었다고 말했다. 나의 마라톤 여정을 설명하고 한반도의 통일이 우리의 문제이기도 하지만 국제평화에 중요한 문제이니 여러분들의 지지가 필요하다고 말하고 또한 오늘 결혼한 신랑·신부에게는 아이 셋을 점지해 주도록 기도하겠다고 말하니 큰 박수가 터져 나왔다.

그 다음날 나는 "Friday Chopstics" 이라는 불가리아 라디오의 인터뷰 요청이 있어서 인터뷰를 했다. 라디오 프로그램은 아시아의 문화를 주로 소개하는 곳이다. 나를 인터뷰한 보자나 기자는 한국말도 곧잘 하고, 작년에도 한국에 다녀갔었고 서울, 부산, 대구를 방문했는데 자기는 부산의 해운대 바닷가를 잊지 못한다고 한다. 내가 소피아에서 잊지 못할 추억을 만들었듯이 그녀도 부산에서 잊지 못할 추억을 만들었을 것이다. 그녀는 아마도 한국의 방탄소년단 같은 멋진 소년과 리듬을 타면서 사랑을 꿈꾸지 않았을까 생각한다.

그리고 한인회에서 마련한 환영행사가 한식당에서 있었다. 나는 이스크라에게 혹시 한국 음식을 먹어본 적이 있냐고 물었더니 한국 음식을 무척 좋아한다고 해서 그 자리에 이스크라도 초청하였다. 20여 명이 모인 환영행사는 극진했으며 나는 그들이 불가리아에서 어떻게 살아가고 있는가 궁금했고 그들은 내가 어떻게 이 일정을 소화해 내는지 궁금해 했다. 그들은 꼭 북한 통과를 해서 통일의 초석이 되었으면 좋겠다고 응원해주었다.

불가리아라는 국명도 여성스럽고 소피아는 더욱 그렇다. 대부분의 불가리아 사람들의 옷차림은 화려하지는 않지만 깨끗하고 맵시 있다. 그들의 표정에는 무시할 수 없는 기품 같은 것이 스며있었다. 서부 소피아 분지에 위치한 수도 소피아는 비토사산이 저 멀리 벌써 눈을 쥂어지고 있다. 산마저도 수려하고 기품이 느껴진다. 기후가 온화하고 푸른 숲이 우거진 공원이 많으며, 공원에는 그런 자연의 축복을 만끽하는 시민들로 가득 찼다. 중유럽과 서아시아를 잇는 교통의 요지로 '꽃의 도시'라 불린다. 발칸반도의 옛 도시들과 마찬가지로 소피아도 대부분의 오래된 건물들이 파괴되었다. 서기 29년 로마에 점령된 후 트라야누스 황제 치하에서 군사기지가 되었다. 소피아는 경치가 좋으며 온천이 많아서 로마제국의 공주 소피아가 이곳에 와서 질병을 치료한 후 '소피아'라 명명되었다고 한다. 1989년 공산주의 체제가 물러나고 레닌 동상을 허물고 그 자리에 소피아공주 동상이 세워졌다.

발칸의 붉은 장미 불가리아는 세계 최대 장미 산지이다. 최고의 장미 오일의 산지이기도 하다. 장미 오일의 1킬로그램이 황금 1.5 킬로그램에 맞먹는 가격으로 거래가 된다고 하니 놀랍다. 전 세계적으로 향수와 에센스에 쓰이는 장미의 80%가 불가리아에서 생산된다. 장미는 푸르른 6월 하늘 아래 붉은 꽃망울을 피워내며 세상을 아름답게 장식한다. 눈부시게 아름다운 것이 바람에 날리는 향기마저 천상의 냄새이다. 교태가 넘치는 것이 우아하기까지 해서 스스로는 꽃 중의 여왕이 되었고 많은 예술가의 혼을 자극하여 장미를 찬양하게 한다. 비 맞고 바람 맞으며 뜨거운 태양 견디며, 외로움을 이겨내며 끝내 아름다운 꽃을 피워낸다.

그런 것이 여자의 마음을 흔드는 데 최고의 수완을 보이기도 한다. 장미로 인해 말주변 없는 남자도 마음을 표시할 수 있었다. 덕분에 인류는 더 많은 사랑을 나누어왔고 그래서 더 자손이 번성했는지도 모르겠다. 겹겹이 싸인 많은 꽃잎 속에 삶과 사랑의 비밀을 간직하고 있을 것 같고, 뾰족한 가시는 이루지 못한 첫사랑처럼 아프다. 나는 지금도 달리는 순간순간 6월의 푸른 청춘의 어느 날 장미꽃다발을 내밀던 떨리는 손길이 아련하게 떠오른다. 누군가 가슴 깊이 심고 간 것은 사랑이 아닌 고통이었다. 서로가 얼퀴어 아팠으니까. 그리고 고통 너머에서 예술혼이 싹텄다.

장미 오일 한 방울 만드는데 1000장의 장미 잎이 필요하고 장미 오일 1kg 추출하려면 장미 송이 3천 톤이 사용된다니 한반도에 작은 평화를 추출하는 것에 얼마나 많은 촛불의 촛농이 필요한지 까마득하기만 하다. 1만 6천km를 달리는 나의 발자국 수만큼 필요하다면 참 좋겠다. 그것으로 부족하다면 붉은 장미 백만 육천 송이를 더하면 된다면 얼마나 좋을까! 우리 속담에 "구슬이 서 말이라도 꿰어야 보배"라는 말이 있다. 내가 달려갈 발자국을 선으로 이으면 유라시아대륙에 목걸이를 건 형상이 된다. "평화의 진주목걸이" 그렇다. 그 길이 평화의 진주목걸이가 되어준다면 세상은 얼마나 아름다울까?

장미는 보통 5, 6월이 계절이지만 이렇게 늦게까지 피어나는 종류가 있다. 나는 이곳 불가리아에서 장미보다 더 아름다운 사람들을 만났다. 더 정확하게 말하면 불가리아에 들어오기 전 세르비아에서부터였다. 장미보다도 더 붉은 통일의 열정을 가진 가족들이다. 이 통일 가족을 총지휘하는 마에스트로는 가진이 할머니다. 가진이 할머니의 조부 때인 구한말부터 독립운동을 한 독립군가족이다.

내가 이 가족의 불가리아 집을 방문했을 때 마당 한쪽 벽에 '1905년 11월 17일 을사늑약 무효'라는 큰 구호가 제일 먼저 눈에 들어왔다. 우리 역사가 진구렁으로 빠지기 시작한 해이다. 이 집을 살 때 토지대장에 1905년 지어진 집임을 확인하고 가격 묻지도 않고 흥정도 하지 않고 바로 샀다고 한다. 창문에는 '평화'라는 글자가 들어간 액자가 세워져 있다. 독립군 후예의 기상을 불가리아에 와서 만나는 기쁨은 결코 가벼운 것이 아니었다. 그걸 보면서 사랑하는 마음을 전하는 장미를 평화의 마음을 담아 평양에 보내는 것은 어떨

까, 소피아 분지를 달리는 내내 '백만 송이 장미'를 흥얼거리며 생각해본다.

소피아에는 알 수 없는 우울이 감돈다. 외세의 수없는 침략과 지배의 역사가 조개의 상처처럼 오늘의 아름다운 불가리아의 문화유산이 되었다. 유럽에서 가장 오래된 이슬람 사원 중 하나인 바냐바시모스크, 네오비잔틴 양식으로 황금빛 돔이 위용을 자랑하는 발칸반도 최대 동방정교 성당인 알렉산드르 네프스키 대성당은 러시아 알렉산드르 2세의 이름을 따서 지었으며 불가리아 독립의 계기가 된 러시아-투르크 전쟁에서 전사한 20만 명의 군인들을 기리기 위해 지어졌다. 거기다 플로브디프의 로마 유적 원형극장, 세계문화유산 릴라 수도원 등이 서로 다른 문화의 찬란한 흉터로 불가리아 전역에 남아 있다.

옛적에 한 화가가 살았네…
집과 캔버스를 가지고 있었네…
어느 여배우를 사랑했다네…
그녀는 꽃을 좋아했지…
그녈 위해 집을 팔고…
그림과 모든 것을 팔았지…
그 돈으로 샀다네…
꽃의 바다를…
수백만 수백만 수백만 빨간 장미를…

모든 걸 다 팔지 않아도 무기를 살 돈의 극히 일부만 가지고도 수백만 수천만의 빨간 장미에 평화를 염원하는 마음을 담아 전하면 어떨까, 안타까운 마음에 자꾸 생각해본다.

남북통일은 지나간 옛사랑을 추억하는 것이 아니라 매일 저녁 달빛 창가에서 목이 터져라 세레나데를 부르고 백만 송이 장미로 꽃의 바다를 만들어서라도 이루고야 말 운명적인 사랑이다. 남북통일은 오랜 기간 분단된 이질적인 것들을 한군데 버무려서 새로운 역사를 창조하는 담대한 도전이요 이 시대의 최고의 과제이기도 하다. 통일은 서로 다름을 인정하고 포용하고 화합하고 때론 이해가 되지 않는 것들은 덮어가면서 따뜻한 민주주의의 꽃을 피우는 것이다. 그 운명적인 사랑을 위하여 휴전선의 철조망을 걷어내고 수백만 수백 만 빨간 장미를 장식하며 평화를 구애해보는 것은 어떨까!

"라~~라~ 랄 라라라 라라라, 라~~라~ 랄 라라라 라라라."

실비 바르탕의 '마리차 강변의 추억'의 후렴구를 흥얼거리면서 이 글을 읽어주기 바란다. 내가 마리차강이 아직 계곡물에 불과할 때부터 그 아름다운 물길을 따라 며칠을 달리면서 흥얼거렸듯이 말이다. 이 노래를 전체적으로 따라 부를 수는 없었지만 이 후렴구를 흥얼거리노라면 언제나 기분이 상쾌해지곤 했었다. 실비 바르탕의 감미롭고 우수에 찬 목소리가 라디오에서 흘러나올 때 '마리차강'은 늘 몽상에 사로잡혀 살던 소년에게 피안의 강이었다. 그 소년이 머리가 희끗희끗해져서 아직도 소년 같은 체력으로 소년 같은 꿈을 안고 그 강변을 달리고 있다.

센강이 당신의 강이듯이 마리차는 나의 강이다.
내 나이 열 살일 때 내게는 아무것도 없었지,
그 흔한 인형도 없었고, 어린 시절 추억은
나에겐 아무것도 남아있지 않았지,
아버지가 낮은 소리로 흥얼거리는 후렴구 밖에는
라~~라~ 랄 라라라 라라라, 라~~라~ 랄 라라라 라라라…
내 강의 새들은 우리 모두에게 자유를 노래하고 있었지!

그녀는 불가리아의 소피아 외곽 산골 마을 이스크레츠에서 태어났다. 태어나던 해에 소련의 침공으로 불가리아는 공산화되었다. 8살 때 공산주의를 피해 가족과 함께 프랑스로 망명했다. 내 아버지의 가족이 공산주의를 피해 남한으로 야반도주하다시피 이주했던 것처럼. 그녀가 어린 나이에 고국을 등져야 했던 회한이 고스란히 묻어나는 음악이다.

그녀의 가슴에 마리차 강물이 언제나 애처롭게 흘렀듯이 공산주의를 피해 남한으로 온 내 아버지의 가슴엔 대동강물이 평생을 격랑을 일으키며 흘렀다. 잠시 피해 있으면 모든 것이 금방 제자리로 돌아갈 줄 알고 기다리다 못내 눈을 감았다. 아버지의 회상과 시詩를 통해서 대동강도 나의 마음에서 흐르며 나의 강이 되었건만 눈을 뜨면 대동강은 여전히 피안의 강으로 남아있다.

소피아를 벗어나서 3일 동안 매일 42.195km를 달려, 발칸산맥 산자락 깊숙이 들어와 있었다. 오르막길을 계속 올라왔고 이 마을은 모든 것으로부터 멀리 떨어진 마리차강이 시작되는 깊은 산속 마을이었다. 숙소를 찾느라고 동네 꼬마 아이들에게 물었더니 여남은 명이 쭈르르 앞장서 간다. 아이들을 따라 좁은 골목길을 몇 번 꾸불꾸불 갔더니 허름한 여인숙이 나타난다. 아이들은 먼 나라에서 온 손님이 신기한 듯 가지 않고 마당에서 빙글빙글 돌며 놀다 주인에게 쫓겨나간다. 아이들은 마리차강을 가슴에 품고 싱싱하게 잘 자라고 있었다.

녀석들의 얼굴에는 흙이 묻어있고 몇몇은 코를 질질 흘리는 아이도 있었다. 그중에 허름한 뉴욕양키스 모자를 쓴 아이가 골목대장인 것 같다. 녀석은 제법 위엄을 갖추고 있었다. 내가 그들에게 "One Korea!" "One World!"를 외치라고 제의하자 아이들은 무슨 말인지 못 알아듣고 멈칫했다. 골목대장이 뭐라고 아이들에게 말하고 선창하자 우리는 함께 "One Korea! One World!"를 함께 외치며 신나게 마리차 강변을 따라 한참을 달렸다.

나는 단풍이 곱게 물든 마리차 강변을 대동강을 가슴에 품은 또 다른 가족과 함께 달렸다. 지나가는 사람들의 어리둥절한 표정에 상관없이 "평화 통일"이란 구호를 외치며 달리고 있다. 석양 무렵 새들이 모두 희망의 나래를 펴고 힘차게 솟아오르며 지지배배 노래할 때 나도 이들과 함께 대동 강변을 힘차게 달리고 싶다. 내가 혼자 달리며 외롭고 힘들어 지쳐 쓰러져 갈 때 일으켜 세워주고 힘을 준 이들과 마리차 강변을 달린 일들이 추억이 되었을 때 그 후렴구를 같이 흥얼거리며 희망의 미래를 꿈꾸며 함께 달리고 싶다.

플로브디프는 마리차강의 운치를 품어 안은 불가리아 제2의 도시이다. 오랜 역사의 제2의 도시다운 풍모를 갖췄다고 느껴지진 않아 조금 아쉬웠다. 이곳에 원형극장 일부의 모습이 남아 있다고 하지만 나는 지금 고적 탐사대의 임무를 수행하는 중이 아니었으므로 미련 없이 지나쳤다. 이 도시는 기원전 342년 마케도니아의 알렉산더 대왕의 아버지 필리포스 2세에 의해 점령되면서 이름도 필리포의 폴리스라는 의미로 필리포폴리스로 불리다 플로브디프로 불리게 되었다고 한다. 2400년 전 고도의 무너진 산성에서 평화를 지키다 쓰러진 옛사람들의 절규가 들리는 듯하다.

이곳은 지리적으로 동양에 가까워 로마의 원형극장이 있는가 하면 오스만의 유적지인 금요 모스크와 성 엘레나 교회와 성 마라나 교회 등 동방정교의 교회들이 함께 있다. 이제 서양 평화 순례길이 마무리되어간다. 이제 며칠 후면 터키로 들어간다. 서양의 정신과 문화의 근간은 기독교이다. 기독교가 세계종교가 된 것은 시대적 배경이 영향을 주었다는 학설이 유력하다. 예수의 제자와 제자의 제자가 활동하던 1, 2세기는 로마제국의 황금시대였다. 그 시절 전 유럽과 지중해 지역에 평화가 찾아왔다.

누구나 가슴 속에 흐르는 강을 품고 살아간다. 센강이 에디트 피아프의 강이라면 마리차강은 실비 바르탕의 강이다. 대동강이 아버지의 강이라면 한강은 나의 강이다. 실비 바르탕의 아버지가 흥얼거리던 후렴구가 있었다면 나의 아버지가 흥얼거리던 긴 한숨 같던 후렴구도 있었다. 대동강이 그립던 아버지는 나와 내 동생을 데리고 가까운 한강을 가곤 했다.

마리차 강변을 달리면서 나의 발걸음이 대동강으로 흘러 들어가는 것을 나는 직감한다. 아버지가 살아생전 다시는 못 밟은 그 대동강의 솔밭 언덕을 대를 이어서라도 기필코 가야겠다는 것은 의지와는 상관없는 것이다. 아버지의 회상과 시詩를 통해 내 피 속에서 강물이 되어 흐르는 유전자인 것이다. 내가 그 길을 달리는 것은 실비 바르탕이 38년 만에 귀국하여 소피아 국립국장에서 공연하는 감동과 비견이 될 것 같다.

내가 이렇게 평화롭게 달리는 이 길로 마케도니아 군이 사람과 가축과 건물을 뭉개며 달려갔고, 로마군이 먼지를 일으키며, 그 뒤를 이어서 고트족이, 훈족이 그리고 몽골군이 오스만튀르크군이 일으켜 세우면 무너트리고 피바람을 일으키며 지나가던 그런 길이다. 이 길이 예수의 제자들이 복음을 들고 자유롭게 다녔듯, 모든 여행객들과 장사꾼들과 이민자들이 더 좋은 삶을 위하여 언제라도 자유롭게 오가는 평화가 영구히 깃들기를 축원하면서 오늘도 발길을 옮긴다. 이 지구상의 온갖 전쟁 무기를 사는 비용이면 이 세상의 모든 젊은이들이 배우고 싶은 만큼 무상교육을 시킬 수 있을 것이다. 교육이 평등해지면 세상은 더 풍요로워지고 아름다워질 것이다. 젊은이들이 이 길을 따라 꿈꾸고 상상하며 여행하고, 자기 적성에 맞는 직업을 찾아 자유롭게 이동하는 멀지 않은 미래를 꿈꾸어본다. 나의 발자국이 인류가 하나가 되는 발길에 힘을 보탰으면 좋겠다.

며칠 계속 비가 오더니 오늘은 화창하게 맑은 가을이다. 불가리아의 마지막 도시인 스빌렌그라드의 새벽 온도는 영상 1도의 쌀쌀한 날씨였지만 해가 나면서 지중해의 따뜻한 기후가 느껴지기 시작한다. 이제 터키 국경이다. 국경선을 넘기 위해 트레일러트럭들이 끝없이 늘어서 있다. 여행객들의 승용차도 통관절차를 밟는데 한참이 걸렸다.

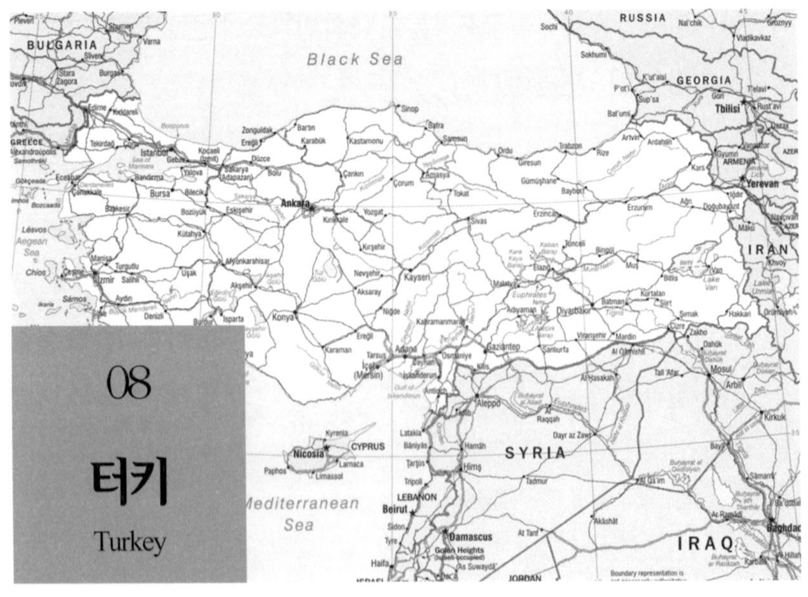
RUSSIA
BULGARIA
Black Sea
GEORGIA
Tbilisi
ARMENIA
Yerevan
GREECE
Aegean Sea
Ankara
Istanbul
Bursa
Konya
Kayseri
Sivas
Erzurum
Trabzon
Samsun
Sinop
Diyarbakır
Malatya
Gaziantep
Adana
IRAN
Lake Van
SYRIA
Aleppo
Hamāh
Himş
CYPRUS
Nicosia
Mediterranean Sea
LEBANON
Beirut
Damascus
Golan Heights
IRAQ
Mosul
Kirkuk
Baghdad
JORDAN

08

터키

Turkey

〈국기〉 〈국장〉

적색 바탕에 백색의 초승달과 별이 그려져 있음

공식 국장은 없고, 공공기관들은 초승달과 별을 표현한 각각 고유 문장을 사용

〈국가 개관〉

터키 공화국은 서남아시아의 아나톨리아와 유럽 남동부 발칸 반도에 걸친 나라로 수도는 앙카라이다. 터키는 여덟 나라와 국경을 맞대고 있다. 북쪽에는 흑해, 아나톨리아와 발칸반도의 동트라키아 사이로 마르마라 해와 다르다넬스 해협, 보스포러스 해협이 있고, 이 바다는 유럽과 아시아의 경계이다. 터키인이 대다수를 이루며, 그 다음으로는 쿠르드인이 있다. 터키의 주요 종교는 이슬람이며, 공용어는 터키어이다. 6.25 발발 직후부터 휴전 직전에 파병된 제4여단까지 연인원 23,000여 명의 전투 병력을 파병하여, 724명의 전사자 등 3,160여 명의 사상자를 낸 우리의 혈맹국이다. 아름다운 자연과 문화유산을 찾아 2011년 15만 명 이상의 우리 국민이 터키를 방문하였다.

Turkey is a Eurasian country, located on Anatolian Peninsula in Western Asia and on East Thrace in Southeastern Europe. It is bordered by eight countries. The Sea of Marmara, the Bosphorus and the Dardanelles separate Europe and Asia. The numerous ethnic group is the Turks(75%) . Kurds are the largest ethnic minority. The Seljuk Sultanate of Rûm ruled Anatolia until the Mongol invasion in 1243. Turkey is a democratic republic with a diverse cultural heritage. Turkey dispatched 23,000 soldiers during Korean War.

- **국명** : 터키(Republic of Turkey)
- **수도** : 앙카라(Ankara)
- **면적** : 783,356㎢
- **인구** : 81,110,000명
- **국민소득** : US$10,126달러
- **언어** : 터키어(Turkish)
- **독립일** : 1923.10.29

유라시아의 교량, 터키

보스포러스 해협을 두고
아시아 대륙과 유럽대륙을
아우르는 땅

일찍이 오스만제국 건설하여
세계를 호령하던 민족
비잔티움 콘스탄티노플 이스탄불 되었네

방탕한 세상이여, 40 주야 대 홍수
방주 흘러 흘러 아라라트에 닿는구나
자 새 출발이요 노아선생
무지개가 반갑잖소?

미인을 얻기 위해
전쟁도 마다하지 않는 사나이
트로이엔 미인 인걸 간 데 없고
커다란 목마 홀로 길손 맞는다

웅장하다 성 소피아 성당
카톨릭 성당에서 이슬람 모스크
그리고 세계인을 위한 박물관
블루 모스크, 술래이마니아 사원
삼총사 이루었네

그랑 바자르, 동서 문물 다 모이고
비잔틴 지하 저수지, 적의 포위 끄덕없네

톱카프 궁전, 돌마바흐체 궁전
그리고 루멜리 성곽아
너희들의 화려 튼튼 그 무슨 소용이냐
술탄의 권세가 칼리프의 권위가 무엇이란 말이냐
그 영욕의 세월
갈라타 타워 말없이 보아 왔다

새로운 터키 케말 파샤 아타튀르크가 앞장섰다
외로운 대한민국 공산침략 웬 말이냐
그대와 함께 세계평화 지키리라

영원한 조국의 별 우리를 비쳐준다
조국 평화 세계평화 우리가 지키리라!

Bridge of Eurasia, Turkey

The land which put together
Asia Continent and Europe Continent
By the Great bridge over the Bosphorus Strait

Having, long ago, established Osman Empire
They once dictated the whole world.
From Byzantium, thru Constantinople to Istanbul, now

World full of sins, Great Flood for forty days and nights
Noah's ark arrived at Mt. Ararat at last
Well, fresh start, now, Sir Noah
How happy are you to see the rainbow?

To get the fairest
He was willing to face the war
The fairest and the bravest aren't seen in Troy
It's only the big wooden horse that meets me

How grand, Aya Sophia
From Catholic Cathedral thru Islamic Mosque to Museum, now
For world travellers
It became a member of trios
Together with Blue Mosque and Sleimanya Mosque

Grand Bazaar where all products over the world gather
Byzantine Yerebatan Saray, no worry even at the surrounding enemy

Topkapi Palace, Dolmabahc Palace, And Rumeli Castle,
What for, your splendor and stronghold
What for, Sultan's power and Kalif's authority?
Galata Tower have watched its glory and shame in silence

For New Turkey did Ataturk Kemal Pasha lead
Why the communists invade the righteous South Korea?
We will defend world peace with you

Our homeland stars above light us, forever
The peace for our fatherland and the world will we defend for ourselves!

카파토키아(Capatocia)

유라시아 두 대륙을 품은 나라

불가리아에서 터키로 국경을 넘자 바로 눈에 띄는 것은 하늘을 찌를 듯이 서 있는 이슬람 첨탑인 미나레트이다. 종교가 일상의 삶보다 우선인 이슬람 국가에 들어선 실감이 난다. 나그네의 발길은 이제 한때 인류 문명의 중심지였고 오스만 튀르크라는 대제국을 이루었던 그리고 만주벌판에서 우리와 이웃하며 살던 사람들의 땅에 들어섰다. 터키는 영토가 유럽과 아시아에 걸쳐 있다. 전 국토의 97%가 서아시아의 아나톨리아 반도에 있고 3%가 유럽에 있다. 유럽 쪽 땅을 트라키아, 아시아 쪽 땅을 아나톨리아라 부른다. 이곳은 돌궐족이 오기 훨씬 이전부터 유럽인들이 그리스, 로마제국, 비잔티움 제국을 세우고 살았던 곳이다. 이 땅에는 8,500년 전 신석기 시대부터 사람들이

살았다고 한다. 4,000년 전에는 인류 최초로 철기를 사용했던 히타이트 문명이 앙카라 일대에서 일어났던 곳이기도 하다. 이후 그리스 로마인들이 들어와 에게해 연안을 중심으로 도시를 만들고 번영했다. 로마 제국이 동서로 분열되었을 때는 동로마 제국이 이곳에서 1,000년의 영화를 누렸다.

에디르네에 들어서자 저 멀리서부터 하늘로 치솟은 수많은 미나레트가 보이기 시작한다. 이곳에서 서울에서 응원하러 온 장대섭씨 부부를 만나니 감회가 새롭다. 네덜란드의 헤이그를 출발한지 82일째 3,000km를 넘게 달려와 터키 땅을 밟은 것이다. 많이 달려왔지만 아직도 초반이다. 달려가야 할

길이 더 많이 남았다.

이제 나그네의 여정 중에 기독교 문화권을 다 지나 이슬람 문화권에 들어섰다. 터키와 이란 그리고 투르크메니스탄, 우즈베키스탄, 키르기스스탄을 지나서 중국에 들어가서도 신장 위구르 지역까지 거의 전 일정의 절반 정도를 이슬람 문화권을 통과하게 되어 있다. 전 세계 57개국 17억 인구가 이슬람인인데도 그들에 대하여 잘 알지 못하는 내 자신이 부끄럽다. 나의 평화마라톤과 평화와 평등의 종교 이슬람이 만나서 펼쳐놓을 이야기보따리가 나 자신도 궁금해진다. 서구가 만들어 놓았던 왜곡의 시각이 아니라 아무런 편견 없이, 아무런 사전지식이 있을 리 없는 내가 직접 보고 듣고 마주친 사실들을 날것 그대로의 문화적 현상을 독자들과 나누고 싶다.

몸 상태가 최고조에 이르는 날이면 몸이 아스팔트 위를 통통 튀는 느낌을 받는다. 오늘이 그런 날이다. 어제는 그렇게 피곤이 몰려오면서 비 맞은 진흙 벽돌처럼 무너져 내리는데 오늘은 이렇게 산뜻하고 활력이 넘친다. 가진이네 가족이 소피아에서 진하게 끓여 공수해온 사골국을 배불리 먹었을 뿐인데 말이다. 통칭 지중해라고 부르지만 내가 지나는 길은 흑해와 에게 해를 보스포러스 해협으로 이어주는 마르마라 해이다. 이렇게 육신이 최고의 움직임을 보일 때 비록 나는 선천적인 음악적인 자질이나 음감은 없어도 달릴 때 내 두 다리로 전해오는 율동적인 리듬 위에 내 몸을 맡긴다. 공원이나 숲길이나 강변을 달릴 때 들려오는 새소리, 바람소리, 물소리는 그리 깊은 음악적인 자질을 요구하지도 않으면서 최고의 리듬감을 내게 선사한다. 지중해의 풍요로운 햇살이 나의 발길을 유혹하여 이끌고 마르마라 해의 파도소리와 갈매기 소리가 나의 발걸음 소리에 화음을 넣어주고 있다. 나는 달릴 때 언제나 박자에 맞추어 움직이고 어떤 알 수 없는 지휘자의 손끝을 예민하게 응시하게 됨을 느낀다. '터키 행진곡'이란 피아노곡은 모차르트가 작곡한 곡이지만 모든 군대행진곡의 원조는 오스만 튀르크 군대의 행진곡에서 영향을 받았다고 한다. 오스만 튀르크군의 군대행진곡의 장엄하고 경쾌하고 위용 있는 행진곡이 울려오면 적들은 싸움을 하기도 전에 미리 겁먹고 도망가기 바빴다고 한다.

드디어 아시아의 땅끝 마을 위스크다르에 도착했다. 우리에게는 위스크다르라는 노래로 친숙한 지명이다. 실크로드'의 종착지이다. 상상만 해도 광활한 사막에서 희미하게 들려오는 낙타방울 소리가 아련하게 가슴을 두드리며 상상력을 자극한다. 그 낙타가 다니던 길은 지금은 고속도로가 되었고 낙타의 등대신 화물트럭과 화물선이 그 일을 하고 있다. 오랜 세월 실크로드는 터번을 둘러쓴 행상과 낙타들의 행렬과 함께 사랑과 전설과 모험이 펼쳐지는 신비로운 땅이며, 어린이들에게는 신비로운 동화의 대상이며, 청년들에게는 아련한 동경의 대상이었다. 이 길을 통하여 비단과 도자기 등 인간의 손으로 만들어진 물건들은 물론 종교, 예술, 학문, 전쟁과 사랑 등 정신적 유산뿐 아니라 동식물도 이동하였고, 심지어 역병까지 이동하였다. 이익을 남겨 보다 나은 삶을 꾸려갈 수 있다면 비단 뿐만 아니라 도자기, 유리와 보석 등 지구 이쪽에서는 흔하지만 저쪽에서는 귀한 것들을 찾아 실어 날랐다. 보다 나은 삶을 위해서는 물건만 필요한 것이 아니었다. 문화가 오고가며 첨단 유행도 오고갔다.

이제 여기서 통일흥부가족과 작별을 하게 되었다. 세르비아 국경을 넘어와서 처음 만난 날이 11월 1일이었으니 한 달이다. 한 달 동안 많이 힘이 되어주었다. 그동안 많이 의지했는데 이제 다시 홀로서기를 하려면 한동안 무척 힘들 것 같다. 아쉬운 작별일수록 작별의 순간은 짧고 단호하게 끝낼 필요가 있었다. 만났다 헤어지는 것도 사람의 일이니 다시 한 번 처음 떠날 때의 결연한 의지를 다져본다.

소아시아는 흑해, 마르마라해, 에게해, 지중해 등에 둘러싸인 반도로 터키 영토의 97%를 차지한다. 아나톨리아라고도 한다. 아나톨리아의 어원은 그리스 어로 '태양이 떠오르는 곳', '동방의 땅'이라는 의미의 '아나톨레'이다. 카라반사라이는 옛날 대상들과 낙타들이 먹고 자며 쉬어가던 곳이다. 낙타가 하루 동안 걸을 수 있는 거리가 약 45km이니 그 거리마다 쉬는 공간과 목욕탕, 시장 등의 편의 시설이 있었다. 내가 지금 이동하는 거리와 낙타의 이동거리가 일치하는 것도 재미있다. 낙타걸음으로 평화의 벨트를 달린다. 그 옛날 수천 마리의 낙타가 함께 먼지구름을 일으키며 행진했지만, 난 지금 트레일러 트럭이 일으키는 먼지들 뒤집어쓰며 홀로 달리고 있다.

마라톤과 역사기행, 사랑과 모험, 평화운동까지의 결합에 처음에는 어색했던 분들도 이제 3개월여 나와 함께 마음으로 동행하면서 많이 이제는 익숙해졌으리라 생각한다. 구석구석 다 돌아보지 못하는 아쉬움과, 달리면서 만난 이 놀라운 세상을 피곤한 몸으로 다 적어내지 못하는 아쉬움은 늘 클 수밖

에 없다. 문명의 배꼽 아나톨리아 반도, 오감만족 신비로움과 놀라움으로 가득한 터키, 땅 속에 묻혀있는 것이 대지 위에 서있는 것보다 많은 전설의 나라를 지금 달리고 있다.

사카리아에서 흑해 연안에 처음 도착한 도시는 카라수이다. 거기까지 비를 맞고 54km를 달렸다. 비가 오면서 기온이 갑자기 많이 떨어졌다. 카라수에 도착하자 가로수가 야자수인 것을 보고 이곳의 기후가 아열대 기후라 생각하고 안도의 한숨을 쉬었다. 그리나 그 다음날 악차코차까지 가는 동안에 하루 종일 눈비를 맞고 달렸으니 그야말로 동장군의 기습을 받았다. 단단하다고 믿던 나의 몸도 동장군 앞에서는 속일 수 없는 환갑의 몸에 불과했다. 결국 굴루찌에 와서 이틀을 감기몸살로 쉬어가는 창피한 일을 당하고 말았다.

흑해는 다른 바다에 비해 염도가 절반 밖에 되지 않는다. 외해와의 교류가 적으니 산소의 양이 절대 부족하여 서식하는 생물체가 제한적이다. 바닥에는 죽은 박테리아가 쌓여 황화수소를 발생시키는데 이것이 바닷물을 검게 만든다고 한다. 그러나 내가 보는 흑해가 검게 보이질 않으니 터키어로 카라데니즈(karadeniz) 라는 말이 검은 바다라는 의미이기도 하지만 kara는 북쪽을 의미하기도 한다고 한다. 어제는 사복경찰이 나를 세우고 이것저것 물어보더니 오늘은 정복경찰이 또 불시검문을 한다. 그래도 다행히 고압적으로 대하진 않는다. 터키가 역동적으로 발전하고 있는 나라이지만 정정이 불안한 것이 이런 사소한 일에서 엿보여 씁쓸하다.

아침에 코줄루에서 출발할 때는 맑은 날씨였지만 일기예보로는 오후에 비가 내리는 것으로 되어있다. 이렇게 맑은 날씨에 어떻게 비가 오나 싶을 정도로 맑은 하늘이었는데 오후가 되니 비바람이 몰아치고 먹구름이 몰려오면서 기온도 뚝 떨어진다. 비를 맞으며 유모차를 밀며 유라시아를 달리는 내 모습이 죽장에 삿갓 쓰고 삼천리를 유랑하는 김삿갓의 모습과 겹쳐진다. 파도의 웅얼거리는 소리를 들으며 비 내리는 흑해의 해안 길을 달리면서 김민기의 '친구'를 흥얼거린다 : "검푸른 바닷가에 비가 내리면/ 어디가 하늘이고 어디가 물이요." 홀로 길 위에 나선지 100일이 어제로 지났다. 친구들도 보고 싶고 가족도 그리워진다. 노래 가사가 다 끝나기 전에 책갈피 속에 꽂아둔 은행잎 같은 첫사랑도 스쳐 지나간다. 추억들은 내 발걸음보다 훨씬 빠른 속도로 스치고 지나간다. 뒤돌아보면 먼 길을 왔지만 앞으로 갈 길은 더 멀다. 우리나라 사람들에게 백은 완전 숫자이다. 기도도 100일은 해야 정성이 하늘을 감읍시킬 수 있다고 믿었다. 이제 100일이 지났으므로 대책 없이 나선 길 같았던 나의 여정도 안정된 궤도에 올라섰다고 말할 수 있다. 어느덧 터키에서도 깊숙이 들어와 있다. 터키를 사랑하는 마음은 더 깊어지고, 터키를 더 알고 싶은 갈증도 더해간다. 이제 평화의 시대에 국경의 의미가 나날이 퇴색되고 서로의 문화와 삶을 이해해야 할 필요성이 더욱 커진다.

남자도 가슴 저 깊은 곳에 켜켜이 쌓인 슬픔 같은 것이 있다. 살면서 어쩔 수 없이 쌓인 나쁜 기운들도 있다. 그것들을 어디론가 멀리 가서 다 쏟아 붓고 빈자리에 새롭고 활기찬 기운을 담아내는 시간이 필요하다. 위로받는 시간이 필요하다. 60세의 나이에도 꿈이나 희망이 필요하기 때문이다. 그러니 이쯤해서 나의 이번 여정이 전적으로 통일에 대한 열정이나 평화를 갈망하는 간절한 마음에서 이 한 몸 불사르겠다는 심정으로 시작한 것만은 아니라는 것을 고백해야 한다. 고속열차처럼 쉼 없이 달려온 인생, 삶에도 쉼표는 필요하고 정거장도 필요하다. 큰 세상을 만나보고 스스로를 돌아보고 완전히 새로운 삶을 설계하고 싶었다. 중년 이후의 삶에 있어서는 경쟁의 논리가 아니라 즐기면서 자기가 원하는 일을 하는 것이 중요하다. 그러면서 사회에 공헌도 할 수 있으면 더욱더 좋을 것이다. 지극히 개인적인 욕구에서 시작한 것이 이번 여정이므로 지나치게 나를 영웅시하는 것은 부끄럽고 낯간지러운 일이다.

그렇게 내딛은 발걸음 중에 통일을 만나고 평화를 만나서 동행을 하게 된 것은 큰 행운이다. 여행은 누구와 동행하느냐에 따라 많은 것이 바뀌고 변화한다. 나의 여정이 처음 계획보다 나도 놀랄 정도로 좋게 바뀌었다. 나의 동반자들은 나를 새사람으로 만들어 놓았다. 노는 입으로 염불을 한다는 말이 있다. 기왕에 하는 일 없이 노는 입으로 염불을 해서 해탈을 이룬다면 그것은 최상의 시나리오가 된다. 기왕에 아주 멀리 떠나서 쏟아붓고 싶은 내 안의 오물 같은 감정을 안고 길을 나서서 평화통일의 필요성을 스스로에게 각인시키면서 또 남과 북 모든 시민들과 세계인들과 공유를 하면 그것도 아름다운 일이겠다. 나는 지금 나도 놀라울 정도로 통일운동가 평화운동가로 변화되어가고 있다. 오늘은 아침부터 비가 내린다. 나는 들개에게 다시 물릴 각오를 하고 손에 들었던 쇠파이프를 던져버렸다.

가끔 GPS가 작동하지 않아 내가 어디에 있는지 어디로 가야하는지 모를 때 극도로 불안하다. 그렇게 샅샅이 내면을 바라보고 내가 누구인가 답을 얻으면 마음의 평화가 올 것이다. 여행이란 단순히 풍광을 즐기는 것이 아니다. 땅 위의 습기가 올라가 구름이 되듯이 자연의 경이로움을 바라보며 의식과 무의식 속으로 스며든 상상력으로 구름처럼 무궁무진한 조화를 부리는 가슴 떨리는 체험을 하는 것이다. 오늘날에도 이 실크로드를 따라 오고갈 보물들은 수도 없이 많다. 그 중에 최고는 평화이다. 이제 이 길은 평화가 넘나들면서 세계는 안정되고 그야말로 국가 간의 장벽은 무너지고 여권이나 비자가 필요 없는 지구촌 시대가 도래할 것이다. 군비는 사상 유래 없이 축소되어 사람들은 더 풍요로워질 것이고 여유로워질 것이고 문화는 더욱더 꽃 피울 것이다.

이스탄불은 과거에 대한 향수와 미래에 대한 희망이 서양과 동양이 공존하는 것처럼 독특하게 조화를 이루는 도시이다. 토인비는 이곳을 "인류 문명의 살아있는 거대한 박물관"이라고 했다. 이곳에는 히타이트, 아시리아 같은 고대 오리엔트 문명에서부터 그리스, 로마 문명과 비잔틴, 이슬람이 서로 만나 싸우며 영향을 주며 공존하고 있다. 보스포러스 해협과 골든 혼에 햇살이 비출 때 물결의 반짝임과 하늘을 찌를 듯 높게 솟아있는 수많은 모스크의 미나레트와 왕궁과 해안가에 빼곡히 들어선 멋진 가옥들이 동화적으로 아련한 분위기를 연출하고 있었다. 이스탄불은 확실히 동화적인 요소가 많았다. 시장에는 알라딘의 요술램프에서 갓 나온듯한 진귀한 물건들이 값싸게 팔리고 있었고 식당에서 나오는 냄새는 자극적이어서 입맛을 돋우기에 부족하지 않았다.

또 한편, 이스탄불은 아침 햇살처럼 찬란하고 신비하고 역사적이며 용광로처럼 무엇이든 녹여내서 새로운 것을 탄생시킬 것 같다. 동서양의 대륙을 다 포용한 유일한 도시는 말 그대로 동서양의 인종과 문화와 역사와 먹거리로 풍성하다. 그런 도시를 달리는 기분은 양탄자를 탄 왕자가 새로운 요술의 세계로 여행하는 기분이었다. 초겨울 아시아 쪽에서 떠오르는 해가 높은 첨탑을 물들일 때면 이슬람 전통과 현대가 하나가 되어 이스탄불을 더 이스탄불답게 만들었다. 이곳은 지금까지 지나온 모든 도시의 기이함과 새로움, 놀라움과 환상, 다양성을 품어 안았다. 내가 두 개의 대륙에 걸쳐있는 하나의 도시 이스탄불에서 본 것은 태양은 아시아 쪽에서 떠왔다는 것이다. "태양, 그대 고발하는 불꽃이여! 태양, 그대 징벌하는 불꽃이여! 태양, 그대 희망하는 불꽃이여!"

두 남자의 흑해 사랑

흑해 연안의 항구도시이며 셀주크조 후예인 잔다르(Jandar) 공국의 수도이기도 했던 시노프를 향해 달려갈 때는 헤이그를 출발해서 4,000km를 돌파하는 날이다. 그날 드디어 서울에서 지원군이 왔다. 님 만나듯이 반가워서 공항까지 달려가고 싶었다. 마음이 그렇게 쏠리는 것은 다 이유가 있는 것이다. 김창준 처장은 1년 전부터 이 평화마라톤을 함께 준비하고 제일 많은 시간을 할애해서 최선의 도움을 주는 사람이고, 송인엽 교수는 만난 지는 얼마 되지 않지만 처음 이 계획을 듣는 순간부터 발 벗고 나서서 도와주고 있다.

세계를 정복한 알렉산드로스 대왕이 원하는 것을 공손히 묻자, "아무 것도

필요 없으니 다만 햇빛을 가리지 말고 한 발짝만 비키시오!"라고 했다는 디오게네스가 이곳 출신이다. 나는 개에 물리는 사고가 일어난 이후부터 개에 대한 트라우마가 생겼는데 "개처럼 살자."고 부르짖은 견유학파의 대표적인 철학자가 이곳 출신인 것도 재미있다. 그는 가짜 돈을 만들었다는 이유로 고향인 시노프에서 쫓겨나 아테네로 가서 안티스테네스의 제자가 된다. 그는 아테네의 아크로폴리스에서 커다란 항아리를 집으로 삼아 개처럼 살면서 사람들에게 개처럼 살라고, 그러면 행복해진다고 설파하였다. 그는 인간의 본능을 짓누르는 문화나 풍습은 모두 잘못된 것이라고 했다. 자연은 우리를 아무것도 없이 살 수 있도록 창조했으므로 단순하고 순수하게 살아야 행복하다고 말했다.

그러니 무술년 황금개띠의 해에 개처럼 살아보자! 오늘 아침에도 개들 때문에 머리가 쭈뼛쭈뼛 서고 다리는 후덜덜 떨리는 일이 세 번 정도 있었다. 지금까지 무수히 많이 개들과 실랑이를 했지만 오늘의 위험 같은 정도의 공포를 느껴보지는 못했다. 캉갈이라는 종류의 개는 터키의 고유종으로 양치기 개이며 덩치가 늑대보다 커서 늑대를 덩치로 덮쳐서 제압하여 잡는다고 하여 늑대 잡는 개로 알려져 있는 개다. 이런 어마 무시한 개들이 대여섯 마리 떼거리로 몰려들어 으르렁거리는 데에야 웬만한 간담을 가진 사람은 그 공포를 감당하기 힘들다. 쇠파이프로도 해결이 안 되고 어떤 사람의 조언처럼 시위용 스프레이로도 해결될 것 같지도 않았다. 이 개들의 천국 터키구간의 난제를 송인엽 교수가 와서 해결해 주었다. 지원 차량을 내 뒤에 바싹 붙이고 따라와서 만약의 경우에는 차에 올라타서 위급한 상황을 피하면 되었다. 나는 이제 개처럼 욕심 없이, 이 순간을 만족하며, 아무 부끄러움 없이 그저 개처럼 달리기만 하면 되었다.

남북이 함께 손을 잡고 동북아가 평화공존의 시대에 들어선다면, 바로 미국과 중국 그리고 유럽공동체에 버금가는 경제성장축을 이룰 수 있게 된다고 한다. 이때 한반도는 용의 입에 물린 여의주의 역할을 하게 될 것이라는 믿음이 언제부턴가 생겼다. 그런 희망이 나의 마라톤을 평화마라톤으로 미화하려고 하는 나의 행동에 정당성을 부여한다. 한반도에는 지금 상서로운 기운이 몰려오고 있다. 극과 극의 모순을 극복하고 모든 이질적인 것들이 손을 잡는 강강수월래의 융합된 최고의 가치를 창출하는 희망의 빛이 한반도로부터 뻗어 나오고 있다. 그러니 동맹의 이름으로 상서로운 기운을 막는 사드배치나 군사훈련을 중단하기를 바란다. "아무 것도 필요 없으니 다만 햇빛을 가리지 말고 한 발짝만 비키시오!"

내가 10일 만에 하루를 쉬며 휴식을 위해 늦잠을 즐기는 사이 결기와 배짱 두둑한 송인엽 교수님은 삼순주 청사에 찾아가 주지사를 면담하고 내가 한반도의 평화통일을 위해 달리는 이야기를 소개한 모양이다. 한참 꿀잠을 즐기고 있는데 방으로 와서 얼른 세수만 하고 옷 입고 호텔로비로 나오라는 것이다. 로비에는 삼순 문화관광국장이 통역을 대동하고 직접 찾아와서 바로 방송사에 인터뷰하러 가자고 한다. 나는 잠도 덜 깬 상태에서 방송국으로 송교수님과 함께 가서 한반도 통일이 세계평화에 꼭 필요한 것임을 역설하고 왔다. 크리스마스, 연말연시를 터키에서 지내며 기독교와 이슬람의 화해와 이해도 세계평화를 위해서 한반도의 평화통일만큼 중요한 것임을 다시 한

번 마음에 새긴다.

피곤의 무게는 상상을 초월하는 것이다. 몸은 언제나 천근만근이나 되었다. 그러나 천근만근도보다도 무거운 것이 있으니 바로 눈꺼풀이다. 아침마다 눈꺼풀을 들어 올리는 일은 올림픽 역도경기의 인상, 용상 경기를 치르듯이 곤욕을 치르곤 한다. 호텔에서 제공하는 조식을 먹고 소화도 시키기 전에 길을 나선다. 한 4km 정도 걸으며 예열을 시키고 나면 이제 몸은 그 무게를 덜기 시작한다. 그렇게 무게를 덜어낸들 하루 42.195km를 달리는 일은 막장일보다도 더 힘든 일이다. 무게를 덜어낸 몸으로 한참을 달리다보면 나의 몸과 마음은 용광로처럼 들끓는다. 광부가 그 깊은 곳에서 반짝이는 금을 캐듯 달리며 사람들 마음속에서 반짝이는 평화의 마음을 캐내는 일도 가치 있는 일이겠다.

이제 길 떠난 지 4달이 지났고 4,000여km를 지나고 여덟 나라째 달리고 있다. 사실 이 여정은 내게 첫사랑처럼 어느 날 느닷없이 찾아왔다. 준비된 사람에게나 그렇지 않은 사람에게나 사랑은 어느 순간 벼락처럼 떨어져 내린다. 느닷없이 들이닥쳐 애틋하고 그리운 마음이 요동을 친다. 사랑은 그 어떤 두려움도 벗어던지게 하는 마약성이 강한 것이다. 한번 그리워하는 마음이 생기고는 유라시아를 만나지 않고는 어쩔 수 없는 상사병에 빠져서 시름시름 앓기 시작했다. 나는 사랑을 위해서 모든 것을 던진 사랑의 화신이 되었다. 수많은 민족과 국가가 명명하며 역사와 문명을 만들어내던 길을 달리며 그 길 위에서 만나는 자연과 인간과 질펀하게 사랑과 교감을 나누며 꿈인들 온 인류가 소통하고 화합하여 만들어내는 새로운 문명 세계를 그리는 일은 나로서는 대단한 일이다. 나는 우리가 밤일 때 낮인 곳으로 단숨에 비행기를 타고 날아왔다. 그리고는 이곳이 밤일 때 낮인 곳을 향하여 그 꿈을 꾸며 가장 원시적인 방법으로 끝없이 달려가고 있다.

지금의 한국은 세계 많은 국가들 중에서 가장 모범적이고 역동적이며 성공한 나라로 평가받는다. 그럼에도 불구하고 우리나라는 진정한 광복의 축복을 누리지 못하고 있다. 자주적인 평화통일을 이루지 못하고는 우리가 안고 있는 정치, 사회적인 갈등을 해결할 수 없다. 분단은 우리가 앓고 있는 지병과 같은 것이다. 지병을 치료하지 않고는 건강을 회복하지 못하는 것과 같다. 육지로부터 뻗은 산줄기가 바다로 뻗어나간 곶과 바다가 육지로 파고든 만이 끝없이 반복되며 터키의 국기의 초승달 모양이 끝없이 이어진다. 그 매혹적인 고선이 만들어낸 해변 흑해연안을 원 없이 달려본다. 나는 바다를 좋아하긴 한다. 나는 사랑에 마음졸여할 줄도 안다. 푸른 물결을 사랑하고 그 물결이 파도가 되어 하얀 이를 드러내고 웃을 때면 나도 이빨을 드러내고 환성을 지르고 싶기도 하다. 달리며 큰 호흡을 하면서 푸른 하늘과 바다를 보면 무엇인가 꽉 차오르는 충만함을 가진다. 달리며 왼쪽을 바라보면 바다풍경은 유화처럼 색상이 또렷하고 오른쪽을 바라보면 구름이 산허리에 걸친 산맥의 모습이 수묵화의 농담처럼 아련하다. 흑해연안은 터키의 면적 1/6을 차지하는 산악지대이기도 하다. 태백산맥처럼 거친 산들이 계속 이어진다.

흑해연안을 달려서 가는 남자와 운전을 하고 가는 남자는 하루 이동하는 거리가 같아서 그런지 흑해를 사랑하는 마음도 같다. 달려서 가는 남자는 내성적이라 흑해에 발을 담그기는커녕 손 한 번 잡아보지 못하고 일정한 거리를 두며 마음으로 그리워하며 사랑을 키워가고 있는데, 운전을 하고 가는 남자는 오는 날부터 차도르 속 이슬람 여인의 속살처럼 그 깊고 은근한 물에 손을 씻고 발을 담그더니 며칠 전에 날씨가 15도까지 올라간 날은 밤이슬을 맞고 나가더니 아예 몸을 담갔다고 한다. 내 사랑은 언제나 이런 것이었다. 늘 멀리서 바라보며 애태우며 가슴앓이만 한다. 가슴에 담아둔 사랑은 오래간다. 난 아직도 첫사랑을 가슴에 안고 산다. 그 이루지 못한 사랑이 변하여 유라시아도 되고, 평화통일도 되고, 마라톤도 되고, 흑해도 되고, 이국의 낯선 여인도 되고, 글쓰기도 되어 내게 끝없는 영감과 열정과 도전정신을 선사해주었으니 뭐 그리 억울할 것도 없다. 덕분에 나는 깊은 슬픔과 고뇌와 절망을 뚫고 솟아오르는 영혼의 노래를 부를 줄 알게 되었다. 절절한 아픔이 양념이 잘 배어난 묵은지처럼 곰삭아 나오기 시작했다. 그러니 나는 나의 이런 사랑법을 이제 와서 바꿀 필요도 느끼지 못한다.

송인엽 교수님이 나의 마라톤 지원차량을 운전하러 와서 나의 사랑 흑해를 나보다 더 사랑하여 운전보다는 흑해와 사랑에 빠져있는 것은 불만이지만 그동안 혼자 달리느라 가슴이 휑했는데 운전도해주고 워낙 말하는 것을 좋아해서 쉴 새 없이 말을 붙여주어 고맙기도 하다. 피곤할 때는 빨리 끝내주기를 기다리다 그래도 아니면 그의 말을 끊기도 한다. 지나가다 흑해의 전경이 바라다 보이는 리조트 호텔에 들어갔다. 그는 어디를 가던 바다가 바라보이는 방을 달라고 요구한다, 우리는 전망이 좋은 호텔식당에서 처음으로 스테이크를 주문하고 맥주도 한잔 시켰다. 흑해의 밤바다를 바라보며 입은 먹느라 마시느라 이야기를 하느라 바빴다. 음식물과 맥주는 밀물처럼 안으로 흘러들었고 생각과 말은 썰물처럼 밖으로 나왔다. 가끔 들어가는 음식물과 나가는 말이 입안에서 충돌을 일으켜 밖으로 튕겨져 나오기도 했다.

그러면서도 송 교수님은 전화기를 잡고 트라브존 주지사 면담과 방송국 인터뷰를 성사시키려 여기저기 전화를 거느라 분주하다. 그는 정말 에너지와 열정이 넘치는 아이와 같고 사명의식에 찬 외교관이다. 마라톤에서는 사랑처럼 한 걸음도 빼먹거나 건너뛸 수도 없고 누가 대신 뛰어줄 수도 없다. 그러나 어깨를 나란히 하고 같이 뛰는 발걸음은 훨씬 가볍다. 머나먼 여행길에 도반이 있는 것만으로도 힘은 덜어진다. 가슴의 주파수만 맞추면 우리는 엄청난 에너지를 사람들로부터 공급받을 수 있다. 지금 난 공중급유기로부터 급유를 받은 전투기처럼 전투력이 살아난다. 남자의 향기는 한 여자에게 바치는 지고지순하고 헌신적인 사랑을 할 때 나는 향기일 수도 있다. 그러나 진정한 남자의 향기는 땀 냄새 푹푹 풍기는 비릿한 물 좋은 생선 같은 역동적인 냄새이다. 그것은 후각적인 냄새와는 다른 것이다. 남자에게서는 마음으로 통하는 향기가 날 때가 있다. 믿음직한 냄새! 신뢰가 가는 냄새가 있다. 금방 식상하지 않고 아련하게 취해가는 아로마 향기 같은 것 말이다. 그래서 남자의 향기는 살만큼 살아서 세월이 덧입혀져야 제 향이 나는지도 모른다.

지금은 소프트웨어의 시대이고 가장 소프트웨어적인 것은 사람이다. 사람 중에서도 나, 내가 가장 나다울 때 더 넓고 큰 인연을 만나 조화를 이루며 발전하는 것이다. 이 세상에서 가장 혼란스런 일은 내가 누구인지 모르는 데서 비롯된다. 자신의 맛과 색깔 그리고 향기를 갖는 것은 타인을 발견하는 것과 다름이 아니다. 그렇게 자신과 타자가 서로의 향기에 취해 소통을 할 때 사회는 더욱 건강하고 행복해진다. 연말연시 가족과 소중한 시간을 나누는 시간을 할애해서 먼 길 달려와서 힘들고 궂은 일 마다하지 않고 후배의 짜증까지 잘 받아주는 송인엽 교수님께 이글을 통해서 감사의 인사를 대신한다. 사랑의 고백도 할 줄 몰라 짝사랑으로 세월을 낭비하던 사람은 감사인사도 직접 전하지 못해 이렇게 글로 적어본다.

달리는 그 절대의 침묵 속에서 큰 호흡으로 마음을 어루만진다. 일정한 속도로 반복운동을 하는 두 다리의 움직임 속에서 절대자를 부르는 경건한 의식을 치른다. 달리기는 내게 끝없이 밀려오는 고통 속에서 자기 삶의 주인이 되고자 하는 간절한 염원을 담은 처절한 의식이다. 달리기는 내가 신에게 바치는 최고의 제천의식이다. 이제 나는 달리면서 평화통일이라는 간절한 염원을 하나 더 얹었다. 덤으로 더 얹은 것이 이제 나의 모든 것이 되어버리고 말았다.

트라브존을 지나자 저 바다 멀리 지난 번 동계올림픽 개최지였던 소치가 보이는 듯도 하다. 이제 곧 있을 평창 동계올림픽을 계기로 남북 간에 이곳 흑해의 날씨처럼 훈풍이 불어오고 있으니 내 발걸음은 더욱 탄력을 받는다. 다향 가득 실은 바닷바람을 가르며 달리는 나의 마라톤에는 리듬이 절로 생겨난다. 뛰는 발걸음에 리듬이 있고 숨쉬기에 일정한 리듬이 있다. 심장박동

소리에 환희의 리듬이 있다. 달리면서 상쾌해진 선율을 길 위에 오선지를 삼아 두 다리로 악장을 적어내며 뛰는 것도 멋진 일이다. 이렇게 탄력을 받으면 한동안 나의 달리기는 어떤 음악적 리듬을 타면서 춤사위에 가까워진다. 이쯤 되면 발길은 해변의 대지와 정분을 나누느라 정신이 없어진다. 나는 흑해 연안을 달리면서 마치 파도 위를 뛰는 것 같은 가뿐함을 느낀다. 신이 바람이 되어 내 몸으로 들어와 공명하는 최고의 음악소리가 들리는 듯할 때는 분명 신내림의 무아의 지경에 빠진다. 대지 위에 펼쳐지는 나의 신명나는 춤에 대지도 즐겁게 반응한다. 아침 햇살을 받은 대지도 밤새 움츠렸던 몸을 기지개를 펴기 시작할 때 내 발길이 통통 통 두드려주면 대지도 움찔움찔하는 느낌이 발바닥에 그대로 전달된다. 태양과 나 그리고 대지가 하나가 되는 합일의 환희를 맛본다. 나무처럼 우리의 삶도 대지에 뿌리를 두고 사람들과의 교분을 수분으로 삼고, 그 사랑을 태양의 온기로 삼아 광합성작용을 하면서 이 땅 위에서 생장하며 번식하며 살아가는 것이다

고대 실크로드의 중요한 도시이기도 한 트라브존에서 리제에 이르는 지역은 세계 최고의 차 생산지이다. 흑해를 마주본 산비탈은 온통 차밭이다. 이란 비자를 받기 위해 송 교수님과 같이 이란 총영사관에 갔다. 다행히 영사가 한국에 근무한 경력이 있어 나는 쉽게 비자를 받았다. 시간이 아까워 햄버거를 택시 안에서 먹으면서 모텔에 와서 달콤한 단잠을 자고 있는데 송 교수님에게서 전화가 4시에 왔다. 그는 벌써 트라브존 주청사를 방문하여 총국장을 만나 우리의 유라시아 평화마라톤을 홍보하고 악차아밧 시장을 소개받

은 모양이다. 그 악차아밧 시장이 나를 만나보고 싶어 하니 세수만 하고 급히 나오라고 한다. 나는 시장이 아니라 문재인 대통령 면담이라도 나의 오랜만의 꿀낮잠을 방해받고 싶지 않아서 끊고 그대로 잤다. 그런데 다시 6시쯤 송 교수님이 방문을 열고 들어와 저녁은 어차피 먹어야 하니 일어나서 시장과 같이 저녁을 먹자고 한다. 나는 사실 저녁이고 뭐고 다 귀찮았지만 송 교수님을 따라 나섰다.

인구 12만의 휴양도시 악차아밧 시장은 늘씬한 키에 말수가 별로 없고 점잖은 중년신사였다. 그는 5년 임기의 시장직을 다섯 번이나 선출된 5선의 시장이다. 우린 시장의 차를 타고 악차아밧 코프테시로 유명한 바닷가 식당으로 갔다. 이 음식은 이 지방의 향토음식으로 트라브존을 알리는데 혁혁한 공을 세운 음식의 '홍보대사' 역할을 톡톡히 했다고 한다. 조금 후에 시장님 사모

님도 동쪽 끝에서 온 조금은 이상했을 손님들과 합석을 했다. 통역을 하는 보좌관은 그들은 가족과 함께 한국드라마를 자주 본다고 한다. 전화 통화로 인사한 그의 아내는 꽤 많은 한국말 단어를 알고 있었으니 문화의 힘이 그 어떤 무기의 힘보다 크다는 것을 느낄 수 있었다. 그의 설명에 따르면 이 일대는 홍차와 헤이즐넛의 세계적인 산지이며 여름이면 유럽인들도 많이 찾지만 특히 아랍인들이 많이 찾는 휴양지라고 한다.

그루지야의 국경이 가까워오자 저 멀리 동북쪽 바다 건너 웨딩드레스처럼 곱고 아련한 하얀 빛깔의 코카서스 산맥이 펼쳐져 보인다. 영어로는 코카서스, 러시아어로는 캅카스라 불리며 동양과 서양을 가르며 흑해에서 카스피해까지 뻗어나가는 장대한 산맥이다. 이 지역에는 소위 코카서스 3국으로 불리는 조지아, 아르메니아, 아제르바이잔이 자리한다. 터키 국경을 넘어와서 서에서 동으로 달린지 51일 만에 그루지야로 들어간다. 연상의 여인에게 첫사랑에 빠진 소년처럼 나는 터키의 매력에 푹 빠지고 압도당했다. 진한 아쉬움을 뒤로한 채 터키의 마지막 도시 사르프에서 송 교수님과 잠시 헤어졌다. 지난 경험으로 보아 사람만 출입국수속을 밟는 것보다 차량출입국수속이 더 까다로워 차를 먼저 출발시키고 나는 송 교수님을 뒤따라가기로 하였다. 우리는 터키 출입국관리소에서 어떤 일이 벌어질지를 그때는 까맣게 모르고 있었다.

09 조지아

Georgia

〈국기〉 〈국장〉

하얀색 바탕에 빨간색 성 게오르기우스의 십자가와 빨간색 예루살렘 십자가

두 마리의 사자가 왕관을 호위

〈국가 개관〉

조지아는 동유럽의 국가로, 북쪽은 러시아, 남쪽은 터키와 아제르바이잔, 남동쪽은 아르메니아와 국경을 접하고 있다. 수도는 트빌리시이다. 1936년 소비에트 연방을 구성하던 공화국의 하나인 그루지야 소비에트 사회주의 공화국을 이루고 있다가, 1991년 4월 9일 독립하였다. 현재 조지아의 영역 안에는 친러 성향으로 이 나라에서 독립하려고 하는 압하스와 남오세티야가 포함되어 있으며, 이 지역들은 러시아로부터 독립을 승인받았을 뿐 대다수 국가들로부터 독립 국가로 인정받지 못하고 있다. 소비에트 연방의 공산당 서기장으로 1952년까지 30년간 국가 원수였던 스탈린(본명: 이오세브 주가슈빌리)이 조지아 출신이다.

Georgia in the Caucasus region of Eurasia is located at the crossroads of Western Asia and Eastern Europe. It is bounded to the west by the Black Sea, to the north by Russia, to the south by Turkey and Armenia, and to the southeast by Azerbaijan. The capital and largest city is Tbilisi. The sovereign state of Georgia is a unitary semi-presidential republic, with the government elected through a representative democracy. Georgia is a member of the United Nations, the Council of Europe, and the GUAM Organization for Democracy and Economic Development. It contains two de facto independent regions, Abkhazia and South Ossetia, which gained very limited international recognition after the 2008 Russo-Georgian War.

- **국명** : 조지아(Georgia)
- **수도** : 트빌리시(Tbilisi)
- **면적** : 69,700㎢
- **인구** : 3,850,000명
- **국민소득** : US$4,562달러
- **언어** : 조지아어(Georgian)
- **독립일** : April 9, 1991

신화의 나라, 조지아

카프카스 산맥 남쪽에
흑해를 서쪽에 끼고

항상
하이얀 구름
머리에 이고

와인을 마시며
길손과 따뜻한 정감으로
신의 사자로 반가이 맞이하는 곳

투르크 페르시아 소비에트
더 이상은 아니 돼요
여기는 조지아공화국이요

인간에게 불을
미리 생각하는 이
헤라클레스와 떠났어도

독수리는 산위를 여전히 날고
하늘에 맞닿은 위용
그대로다 카즈베기산

게르게티 츠민다 사메바 사원은
그대로 보고 있다

병풍처럼 펼쳐진 산맥 아래

빨간 지붕이 옹기종기
시그나기 마을

사랑이 평화가 그리운 이
예로 오시오

동그란 자갈에 부딪혀
예쁜 소리 잔잔한 파도
그리고 푸른 물결

너를 왜 검다 하는지
나그네는 바투미에서 멍멍해진다

우리는 노래한다
타마다를 외치며 타비수우플레바스 디데바!

건배의 잔을 높이 들어라!!
우리는 자유를 찬양하리라!!!

Mystic Land, Georgia

At the south of Mts Caucus
Holding Black Sea to the west

White clouds above heads
Always

Sipping wine
Talking warmly with strangers
Treating them as guests from God

Hey, Turks, Persia, Soviets
No more here, please
This is Georgia Republic, forever

Handing fire to human-beings
Prometheus already left
Helped by Heracles

Still, eagles fly over mountains
How grand, the sky-penetrating Kazbeg
You are there as you've ever been

It's Gergeti Chminda Sameba
They've watched here as it's ever been

Under the picturesque mountains
Red roofs here and there
It's Village Signagi, isn't it

Hey, you
Who are dreaming of love and peace
Never hesitate to come here

Hitting round pebbles
Pretty voices, murmuring ripples
And blue waves

Why you are called "Black Sea"
At Batumi
Foolish Traveller becomes blank

Shouting "Tamada"
We sing sing and sing
"Tavisuplebas Dideba!"

Raise your toast high
We glorify freedom freedom and freedom!!!

비단길 위에 평화의 수를 놓다

조지아는 지정학적 특성으로 예로부터 다채로운 문화가 교류를 하고 여러 민족의 격전지가 되었던 유라시아 역사의 주 무대가 되었던 곳이지만 우리들에게는 낯설기만 한 곳이다. 고대 그리스인들이 세계를 떠받쳤던 기둥이라고 믿었던 코카서스. 다만 우리는 이곳을 세상을 창조한 신들이 자신들이 살기 위해서 예비해둔 땅이라고만 알고 있을 뿐이다. 어려서부터 코카서스의 신비로운 풍광을 연모해왔을 뿐 막상 짐을 꾸려 여행하기에는 아직도 먼 나라이기만 했고, 나의 이번 일정에도 원래 들어있지 않은, 어찌 보면 신들의 선물처럼 내게 주어진 일정이 되어버렸다.

나는 일단 국경을 넘어오자 빵 몇 조각을 사고 숙소를 수소문하여 찾았다.

송 교수님은 밤 열시쯤에야 차를 터키 세관에 놓고 국경을 걸어 넘어왔다. 다음 날 아침에 차를 찾으러 다시 터키세관으로 갔고 나는 미국 샌디에이고에서 지원차량 운전을 위해 오는 박호진(오손도손) 씨를 만나러 무거운 배낭을 메고 바투미 센트럴 역까지 걸어갔다. 그의 가방 속에는 그분의 어머니가 정성껏 담근 김치와 고추장, 열흘을 푹 고았다는 도가니, 삼겹살까지 있었다. 그것은 단순한 음식이 아니라 평화통일의 절절한 염원이 녹아 있는 음식이었다. 나는 호텔 주방을 잠시 빌리고 박호진 씨는 요리해서 오랜만에 배불리 맛있게 먹었다. 송 교수님은 터키 세관에 붙들려 고생하고 이날도 밤 11시에야 겨우 우리와 합류했다. 이제 나의 유라시아 평화대장정의 진용이 완벽히 갖춰졌다. 운전과 요리에 달인인 박호진, 홍보와 분위기 메이커 송인엽 두 양 날개가 있으니, 거기에 서울에 수백의 후원자와 8천만의 응원자 그리고 70억명의 관람자가 있지 아니한가~~~? 나는 룰루랄라 달리기만 하면 되는 것이다. 평화의 노래를 부르며 통일의 춤을 추며~~~아~~~나는 진정 행복한 사나이다.

올림픽 경기는 신을 위한 행사였다. 그리스인들은 프로메테우스의 업적을 기리기 위해 경기장에 불을 피운다. 이것이 성화의 시작이다. 올림픽 성화는 엄숙하고 평화로운 불이다. 성화는 신이 선사한 불이지만 사람들의 손에서 손으로 마음에서 마음으로 전해지니 인간의 불이기도 하다. 평창올림픽의 성화가 봉송되는 동안 얼어붙었던 남북의 관계를 녹이는 뜨거운 소식들이 희망처럼 들려온다. 수만 년 인류 역사에서 한 번도 제대로 누려보지 못한 유라시아를 뒤덮는 평화가 진정 신들의 소유라면, 1만 6천km를 달려서라도 평화의 횃불을 훔쳐오고 싶었다. 나는 진정 어둠을 몰아내고 더러운 것을 정화시키며 평화를 불러오는 불을 숭배한다. 그것이 우리의 빛이자 생명이요 희망이기 때문이다. 나는 올림픽 성화를 봉송하는 마음으로 가슴 속에 평화의 불씨를 안고 세상에 온갖 폭력이 종식되고 평화와 화합이 이루어지기를 간절히 염원하면서 달리고 있다.

바투미, 그리스어로 '깊은 항구'라는 뜻이다. 이곳은 아자르 자치공화국의 수도이며 아주 오래 전부터 동서 문명의 교차로였다. 바투미의 시장이 사람들로 붐비고 흥청망청 거릴 때 동서양은 더욱 가까웠다. 이곳은 예로부터 동서양의 문물이 오고 가던 그 어느 곳보다 활발한 삶의 터전이었다. 그리스 신화 속 마녀 메데아가 이아손원정대에게 황금양털을 건넸다는 신화가 이 광장에는 살아서 숨 쉬고 있다. 황금양털을 찾아 나선 이아손과 아르고호의 모험담은 고대 신화의 대표적인 이야기 중의 하나이다.

어제 마친 지점에서 시작하여 바투미 시내를 가로질러 달리기 시작했다. 300년 동안 오스만터키의 지배로 다른 조지아지역과 달리 회교도로 개종했던 지역이어서 아직도 시내 곳곳에 모스크가 많이 남아 있다. 터키어를 알아듣는 사람들이 많다. 내가 터키어를 구사했다고 생각하진 마시라! 터키에서 인터뷰한 내용을 보여주면 사람들이 알아본다는 이야기다. 겨울이 긴 그루지야는 터키에서 건너온 야채들이 시장을 채운다. 계속되는 터키의 침략 속에도 자신들만의 조지아 정교를 지키고 그곳을 중심으로 자신들 고유의 문화를 지키고 살아왔다.

바투미 시내를 벗어나서 산을 하나 넘고 터널을 지나자 송어양식장이 눈에 들어와 송어 한 마리를 사서 즉석에서 박호진 씨가 매운탕을 제대로 끓여낸다. 조지아의 송어와 한국고추장의 만남은 치명적인 입맛을 우리에게 선사했다. 고국의 입맛에 영양까지 공급받은 나는 힘차게 흑해와의 마지막 인연을 멋지게 장식하면서 달리고 있는데 아자르 자치공화국의 교육, 문화, 체육부 장관이 보낸 비서관이 우리 일행을 찾아왔다. 그녀는 우리 일행이 바투미를 통과한다는 송 교수의 서신을 받고, 바투미 고급 호텔에 연락했으나 우리를 거기서 찾지 못하고 이렇게 뒤쫓아 왔다면서, 교육부 장관 면담과 방송국 인터뷰가 있으니 같이 가자고 요청한다. 코불레티를 지나서 38.5km를 달린 지점이었다. 우리 일행은 그 지점에서 일정을 마쳤다. 나는 교육부 장관과의 면담에서 우리의 세계평화와 한반도평화통일을 염원하는 유라시아

평화마라톤의 의의와 중요성을 이야기 했다. 송 교수는 한국이 개도국에서 원조공여국으로 발전한 것과 한국과 조지아는 평화를 사랑하는 국가라고 강조하여 큰 공감을 받았다.

우리는 지난 밤 묵었던 호텔에서 다시 여장을 풀었다. 다음날 아침 일찍 아침 식사를 마치고 출발하려고 하니 비가 주룩주룩 내린다. 어차피 내일쯤 하루 쉬어야겠다고 생각했는데 핑계 김에 잘됐다. 다시 짐을 풀고 늦잠을 즐기고 있는데 아자라 방송국에서 연락이 왔다고 송 교수님이 전한다. 그는 정말 집요한 외교관답게 평화마라톤 홍보에 혼신을 다한다. 그렇게 열정적인 사람은 흔치 않다. 내일이 그루지야의 구정 명절인데 아침 생방송에 나와서 우리의 유라시아 달리는 이야기를 방송하자는 제의가 왔단다. 그루지야의 제일 큰 명절날 아침 황금시간대에 우리의 평화통일 이야기를 전하는 것은 좋은 일이고 큰 기회이지만 그러면 하루 더 지체하는 것이 부담스러워 아쉽지만 나는 거절하고 말았다. 거절하고 돌아서니 일정을 맞추는 것도 중요하지만 이번 평화마라톤의 목적이 세계인들에게 한반도의 평화통일의 중요성을 알리고 지지를 받는 것인데 하는 아쉬움이 남아, 송 교수에게 부탁하여 방송국에 다시 전화를 하여 생방송 출연을 약속하였다. 평화가 중요한 건 그루지야도 더하면 더했지 우리에게 뒤지지 않는다. 유사 이래 끊임없이 외세의 침입을 받아왔고 얼마 전에도 러시아와의 전쟁에서 국토의 일부를 점령당했으니 말이다. 새해 첫날 '평화 이야기'를 듣는 것이야말로 그들에게 큰 덕담이 될 것이다. 다음 날 아침에 송 교수님, 박호진씨와 나는 아자라 방송국 구정맞이 생방송에 나가 30여분 동안, 우리의 대장정과 한-조지아 관계의 중요성에 대하여 설명했다.

코카서스 산맥의 두꺼운 산 주름 속을 맨몸으로 달릴 때 낯선 나그네의 발길이 탐탁지 않은 듯 바람은 거셌다. 그러지 않아도 그 장엄하고 경이로운 자태 앞에 무릎이 절로 꺾이고 고개가 숙여지는데 내 작고 가녀린 몸은 코카서스의 바람 앞에서 몸서리를 치며 다시 한 번 고개를 숙이고 말았다. 나만 이 대지 위에서 고개를 숙인 것이 아니다. 산자락의 풀들도 경건하게 고개를 숙였고 그 풀을 뜯는 소와 말도 모두 고개를 숙였다. 1월의 길은 어디를 가도 황량하겠지만 코카서스 산맥을 넘어 트빌리시로 가는 이 길은 세상을 등지고 구도의 길을 떠나는 구도자의 길처럼 황량하다. 바람기 많은 내 마음은 그루지야 국경을 넘기 전 저 멀리 보이는 눈 덮인 코카서스를 보는 순간 바람이 들어 흥분을 가라앉힐 수 없었는데 그 심연 깊숙이 들어갈수록 들려오는 대자연의 거친 숨소리에 내 숨소리가 멎을 만큼 정신이 몽롱해졌다.

길은 리오나 강 하류에서 시작했고 저 멀리 보이는 설산까지 그 물길을 따라 길이 나 있다. 물은 스스로 나아갈 길을 만들었다. 강물은 흐르고 인간의 길은 강물을 따라 뻗어 있었다. 그저 낮은 곳을 향하여 합리적으로 길을 만들었기 때문에 옛날 길들은 물길을 따라 생겨났고 물길 그 자체가 지금의 고속도로 역할을 했다고 한다. 그 길이 비단길이요, 문명이 오고가던 길이다. 나는 그 비단길 위에 나의 영롱한 땀방울을 흘리며 평화의 수를 한 땀 한 땀 정성스레 놓아가며 달리고 있다. 이 길은 이제 평화의 길, 사랑의 길, 희망의 길이 되어야 한다. 나는 이 길을 '빛두렁길'이라고 부르고 싶다. 이 산맥만 넘으면 광활한 유라시아대륙이 펼쳐질 것이다. 거기서 동물과 새들은 물길을 따라 이동하였고 사람들은 동물을 따라 이동하였다. 우기가 되면 풀이 돋아나고 동물들은 그 풀이 돋아나는 길을 따라 수백에서 수천 킬로를 이동하였고 사람들은 동물을 따라 이동하였다. 그 길을 따라 구름도 흐르고 바람도 흐르고 비단도 흐르고 사랑도 흐르고 문명도 흘렀다. 그 길 옆에는 들판도 형성되어서 인간들의 허기진 배를 채워주었다.

흑해의 해안 길을 벗어나서는 숙소 찾는 일이 만만치 않다. 철 지난 바닷가에는 그래도 가끔 찾는 손님이라도 있는 모양인데 내륙의 호텔은 거의 영업을 하지 않는다. 샘트레시아에서 어렵사리 찾은 호스텔은 침대는 여섯 개가 놓여 있지만 대학생들 MT가면 40명도 더 잘 수 있는 넓은 방이었다. 그 넓은 방에 달랑 전기스토브 하나 놓여 있었다. 주인 아주머니에게 추우니 전기스토브 하나 더 갖다 달라고 사정을 하였지만 소용없었다. 10리라를 더 준다고 하니 마지못해 하나 더 가져왔다. 셋이 자는 침대 한가운데 전기스토브 두 개를 놓으니 추위는 가시는 듯 했다. 박호진 씨는 저녁식사 후에 바로 잠들어 버리고, 송 교수님은 12시까지 현지 신문사와 정부 관청에 평화마라톤 홍보하는 일에 여념이 없다. 사단이 일어난 것은 한 2시쯤 되어서였던 것 같다. 방안에 폭탄이 터지는 소리가 나니 나와 박호진 씨는 동시에 벌떡 일어났다. 전기가 누전되어 불이 타고 있었다. 짧은 순간 당황했지만 수건으로 화재를 진압했다. 방 안에는 순식간에 전선이 탄 냄새가 자욱했다. 창문을 열고 연기를 빼야 했지만 추위에 떨며 밤을 지새워야하는 걱정에 선뜻 문을 못 열고 시간이 흐르고 있는데 송 교수님은 그 매운 연기 속에서도 샘나도록 꿀잠을 잔다.

거의 뜬 눈으로 밤을 새워 피로가 가시지 않았지만 다시 기지개를 펴고 달리기 시작하니 몸이 가뿐했다. 아침 기온은 쌀쌀하다. 강 위에서 물안개가 피어오르고 내 입에서도 용의 입에서 구름이 뿜어져 나오듯 안개가 새어나온다. 뽀얀 안개너울이 승무를 추듯 너울거린다. 강 건너 마을에서 아침안개를 타고 들려오는 소 울음소리가 우렁차다. 산과 강에 메아리쳐 울려오는 새 목청 고르는 소리도 경쾌하고 달아오르기 시작한 내 몸, 내 발자국 소리도 경쾌하다. 내 마음은 더할 수 없이 평화롭다. 잠을 설치고도 다음 날 쿠타이시까지 42.195km를 잘 달렸다.

이날은 다행히 달리기를 마치고 금방 공원 안에 있는 호텔을 금방 찾았다. 데스크에는 여대생이 앉아 있었는데 호텔 주방을 빌려서 있는 김치와 햄, 돼지고기에 라면사리까지 넣고 부대찌개를 끓였다. 이 아가씨에게 같이 저녁을 먹자고 하니 아마 교대시간이 되어서 편했던지 우리 식탁에 함께 앉았다. 그

러더니 송 교수님이 하는 대로 밥에다 부대찌개를 말아서 맛있다며 한 그릇 뚝딱 비운다. 그루지야에 들어와서 처음으로 그 좋다는 그루지야 와인으로 반주를 하고 예쁜 조지아 처녀와 이야기하니 코카서스의 밤은 아름다웠다.

이곳에 오는 사람들에게 보르조미 광천수와 와인은 꼭 권하고 싶다. 저 언덕의 침엽수 가지의 떨림 사이로 코카서스의 설경이 한눈에 보인다. 순간 나의 가슴이 멎어버리고 말았다. 코카서스가 내게 준 선물은 경외로운 떨림이었다. 떨리는 눈길 넘어 보이는 설산의 떨림이 지금껏 내가보지 못한 신비한 떨림이 되어서 내 눈에 들어왔다. 그것은 먼 옛날 해수욕장에서 흘깃흘깃 나를 보는 그 여학생의 눈 떨림 같은 것이었다. 그때도 나의 가슴은 멈춰버렸었다. 지금 이름도 얼굴조차도 기억할 수 없지만 그때의 떨림은 아직도 가끔씩 전해져 온다.

사실 청춘의 그 떨림은 평생을 우려먹는 곰탕과 같은 것이다. 삶이 허기질 때마다 우려먹을 곰탕 같은 추억이 있다는 것은 큰 힘이다. 한반도의 자주적이고 평화로운 통일이야말로 우리 민족의 세세토록 우려먹을 곰탕 같은 것이다. 나의 발걸음은 그 곰탕을 끓이는 군불 때기 같은 것이다. 곰탕은 오래오래 고아야 제 맛을 내기 때문에 내 발걸음의 길이가 1만6천km이니, 14개월을 고아서라도 꼭 진한 국물을 우려내고 싶었다. 누구라도 삶이 허기질 때 한 그릇 간단하게 먹고 배를 채울 수 있는 곰탕 같은 평화!…

열심히 땀을 흘리며 코카서스의 내리막길을 달리고 있는데 땀을 뻘뻘 흘리며 달리는 나를 본 식당아저씨가 손짓으로 나를 불러 차 한 잔 하고 가라고 한다. 방금 전에 휴식 시간을 가져서 쉴 시간은 아니지만 부르는 손짓이 사뭇 진지해서 발걸음을 멈추고 식당 안으로 들어갔다. 들어가니 따끈한 차도 내왔지만 포도주도 한 잔 가득히 따라준다. 그루지야에는 "당신이 나의 적이면 칼을 받고 나의 친구면 와인을 받으라!"라는 속담이 있다. 그는 우리를 친구로 생각했으므로 와인을 따랐고 나도 친구로 받아들였으므로 한 잔을 단숨에 비웠다.

이 지역 출신인 스탈린이 소련이라는 거대한 제국을 완성했다면 미하일 고르바초프와 함께 페레스트로이카를 주도했고 소련 붕괴를 맞이했던 외무장관 셰바드르나제가 또한 그루지야 출신이며 그는 그루지야의 초대 대통령에 취임하여 재선에 성공하기도 했다. 이 두 인물이 모두 그루지야 출신이라는 사실은 참으로 역설적이다. 러시아의 역사에서도 그렇지만 그루지야의 현대사에서 스탈린과 셰바르드나제는 빼놓을 수 없는 인물들이다. 그리고 그루지야 출신으로 설명만 조금 붙이면 우리가 잘 알 만한 사람이 한 사람 더 있으니 그 이름은 니코 피로스마니이다.

그는 평범한 사람들의 일상을 그린 그루지야의 화가이다. 피로스마니는 무명으로 젊은 시절을 보내다가 결국 가난과 질병 속에서 죽음을 맞이한 비운의 화가였다. 부잣집 하인, 철도 노동자 등의 일을 하면서 그림에 대한 사랑을 버리지 못하고 간판을 그리고 남은 페인트로 그림을 그렸던 사람, 생전에는 인정을 받지 못해 평생 가난한 화가였던 그는 죽고 나서야 인정받아 그림은 비싸게 팔리고 헌정시가 바쳐지고 노래가 만들어지고 영화가 만들어졌

다. 마가리타라는 프랑스 출신의 여배우를 남몰래 사랑한 그는 그 여배우가 장미를 좋아한다는 사실을 알게 되었다. 그는 자신의 모든 것을 팔아 그녀에게 백만 송이 장미로 여배우의 집 앞을 장식한다. 하지만 여배우가 자신의 정원에 꽃 바다를 이룬 백만 송이 장미를 누가 선물했는지도 모른 채 밤기차를 타고 순회공연을 떠나버렸다. 이 비운의 화가의 사랑은 거기까지였다. 트빌리시에는 유난히 꽃가게가 많다. 어머니가 그루지야인이었던 러시아 시인 안드레이 보즈네센스키가 가사를 쓰고 국민가수 알라 푸가초바가 불렀던 '백만 송이 장미'는 이렇듯 가슴 아픈 사연을 담고 있다.

그루지야인들이 걸어온 역사와 삶도 이렇듯 순결하고 비극적이어서 백만 가지 사연을 다 담은 듯하다. 그 깊은 사연이 그루지야의 포도주에 담겨서 포도주 맛도 순결하고 비극적이며 치명적인 맛을 담았나보다. 성경에 노아가 포도나무를 심고 포도주를 마셨다는 구절이 있는데, 이는 기원전 6,000년 전 수메르의 점토판에 기록되어 있는 내용이기도 하다. 이에 따르면 와인의 역사는 기원전 6,000년경부터 시작됐다는 이야기이다. 그런데 노아가 포도나무를 심은 지역이 아라랏산 근처이며, 아라랏산은 흑해와 카스피 해 사이 소아시아 지역에 있다. 그루지야의 지정학적 위치와 일치한다. 그루지야인들은 자신들의 땅을 포도나무의 원산지라고 주장하는데 어느 정도 근거가 있는 셈이다.

트빌리시에서 밤차로 작별의 인사도 못하고 떠난 사람은 또 있다. 한 달 넘게 같이 지내며 내게 백만 송이 장미와 백만 개의 가시를 함께 주고 송 교수님이 갑자기 무엇이 급해졌는지 기차표를 끊으러 가더니 거기서 시간이 많이 지체해서 갈 때 작별의 인사도 못하고 떠났다. 우리 일행은 트리빌리 시청에서 보내 온 차를 타고 시청사를 방문하여 총국장과 면담을 하고, 나는 호텔로 돌아왔고, 송 교수님은 바쿠행 밤 기차표를 구입하러 중앙역으로 갔었다. 내가 지나게 될 투르크메니스탄과 우즈베키스탄을 들러서 사전 정지작업을 하신다고는 했는데 이렇게 갑작스런 이별이 될 줄은 몰랐다. 여덟 시에 기차는 떠났다. 오늘은 선한길 교수님이 오셨는데 이별과 작별은 언제나 동시에 이루어지나보다. "바쿠행 기차는 여덟 시에 떠나네 / 그해 1월은 영원히 기억 속에 남으리 / 내 기억 속에 남으리 …" 트빌리시의 올드타운과 뉴타운을 가로지르는 무츠바리 강을 연결하는 다리는 이태리 건축가 미켈 데 루치가 설계한 자유의 다리이다. 자유의 다리를 지나며 평화의 길을 설계하는 나그네의 어깨 위에 설산을 비추고 튕겨 나온 정오의 햇살이 정답게 내려앉는다.

다음 날 트빌리시를 벗어나자 바로 대초원지대로 들어선다. 삼림지대와 사막의 중간지점에 나타나는 이런 스텝지역에는 수목은 없고 비가 내리는 봄철에는 풀이 무성하게 자라지만 여름철 건기에는 말라죽어 불모지로 변한다. 양떼들이 곳곳에서 풀을 뜯고 있다. 양떼들 사이에는 목동이 하나나 둘이 항상 있다. 대개의 경우 한 사람의 목동이 하루 종일 양들과 함께 시간을 보낸다. 드넓은 벌판에서 목동은 작대기 하나 들고 하루 종일 소일한다. 무료한 목동은 그 작대기로 돌멩이를 때려 저만큼 있는 토끼 구멍에 집어넣기를 시도한다. 그것이 골프가 되었다. 이들은 끝없는 벌판에서 파란 하늘을 보며 대부분의 시간 동안 몽상에 젖을 것이다. 하늘에서 선녀가 구름을 타고 내려온다든지, 알퐁스 도데의 '별'의 이야기처럼 주인집 딸이 점심을 싸가지고 와서 돌아가다가 불어난 물에 개울을 건너지 못하고 되돌아와 함께 밤새도록 별을 헤며 행복한 시간을 보낸다. 그러다 이렇게 비바람이 부는 날 초자연적인 존재를 만나는 일들은 다반사로 일어날 것이다.

내가 이런 악천후 속에 달리는 일이 일상이 되었지만 아직도 두려움을 벗어던지지 못하듯이 양치기들도 바람이 세차게 불거나 눈비가 온종일 내리며 갑자기 어두워질 때 두려움에 떨었을 것이다. 그때 사랑스런 그녀는 아름다운 소녀의 모습을 하고 나타난다. 잠시 모습만 보여주고 사라져가는 그녀를 소리를 부르며 쫓아가서 세우려 하면 그녀는 나무가 되어버린다. 또는 그녀가 가져다 준 맛있는 점심을 정신없이 먹다보면 흙을 먹고 있다. 양떼들이 평화롭게 풀을 뜯는 벌판 한가운데로 뛰어들고 싶은 욕망을 억누르며 달리

고 있는데 마침 바로 길 옆에서 양떼들과 함께 있는 목동을 만났다. 반갑게 인사를 나누고 악수를 나누는데 양처럼 순한 눈을 가진 그에게서 양 특유의 냄새가 풍겨온다. 양떼들을 자세히 보면 그 무리 속에 몇 마리의 염소가 섞여 있다. 염소란 놈은 질투가 심해서 자기 외에 다른 놈들이 사이좋게 붙어 지내는 꼴을 못 본다고 한다. 둘이 사이좋게 붙어 있으면 무슨 수를 써서라도 그 사이로 비집고 들어가 떼어놓는 일로 자신의 존재 이유로 삼는다. 그들은 양털이 손상되는 것을 막기 위해서 염소를 함께 키우는 것이다.

드디어 조지아가 끝나고 아제르바이잔과의 국경이다. 아제르바이잔 출입국사무소는 한산하였지만 군인들이 입국절차를 담당하고 있었다.

10
아제르바이잔
Azerbaijan

<국기>

파랑색은 투르크유산, 적색은 민주주의 발전, 녹색은 이슬람문명을 상징

<국장>

영속하는 불을 가진 땅을 의미하는 불이 중앙에, 아래에 오크와 밀이 그려져 있음

<국가 개관>

아제르바이잔은 코카서스에 있는 투르크계 공화국으로 수도는 바쿠, 공용어는 아제르바이잔어이다. 동쪽은 카스피 해, 북쪽은 러시아, 서쪽은 조지아와 아르메니아, 남쪽은 이란과 접경한다. 아르메니아의 남서쪽에는 고립영토인 나히체반이 있다. 터키의 지배를 받았으나 러시아－터키전쟁 결과 러시아에 편입되고 1922년 소련에 가입했다. 1991년 독립, 1993년 CIS에 가입했다. 국토 3면이 산지이고, 중앙은 저지이다. 산지에는 강수량이 있으나 중앙 저지는 건조하여 스텝지대를 이루고 동남쪽의 평야는 아열대 기후이다. 주민은 아제르바이잔인 90%, 러시아인 3%, 아르메니아인 2%, 다게스탄인 3%이다. 카스피 해의 원유 등 자원부국이며 관개로 면화·쌀·담배 등이 재배된다.

The Republic of Azerbaijan is the largest country in the Caucasus region located at the crossroads of Western Asia and Eastern Europe. The Azerbaijan Democratic Republic was established in 1918, but was incorporated into the Soviet Union in 1922. Azerbaijan regained independence in 1991. During the War with Armenia it occupied Nagorno-Karabakh. On 1 January 2012, the country started a two-year term as a non-permanent member of UN Security Council.

- **국명** : 아제르바이잔(Republic of Azerbaijan)
- **수도** : 바쿠(Baku)
- **면적** : 86,600㎢
- **인구** : 9,989,000명
- **국민소득** : US$5,830달러
- **언어** : 아제르바이잔어(Azerbijani)
- **독립일** : 1991.10.18

불의 땅, 아제르바이잔

코카서스 산맥 동쪽으로 달려
카스피해로 내려가는 곳
예로부터 가스가 여기저기 분출되는 땅
불의 나라, 아제르바이잔이여

선조의 옛 터전 아지크 동굴
구석기 신석기 청동기 지나
아라즈 강변에 농경문화 꽃 피우네

코브스탄 암각화
6천 2백여 점 노천에 널려 있네
1만 2천년 견뎌 왔네

9세기 메데스인 조로아스터교 신봉하네
아타샤하 신전
오늘도 훨훨 불길 타오르고
원유부국 불의 나라 알려주네

11세기 슈르반사 왕궁
회의장 침실 기도실 목욕탕
아제르 건축의 진주로구나
유네스코 세계문화 알아주네

남녘의 터키 북녘의 러시아
다 물리치고
1991년 독립을 이루었네

바람의 도시 바쿠
카스피해 원유 업고
세계인의 주목 받네

우리의 삼색기를 들어 올리자
영원하라
불의 나라여 영광스러운 땅, 아제르바이잔이여!

Land of Fire, Azerbaijan

Mts Caucasus runs down to the east
Leading to the Caspian Sea
Where gas has sprouted everywhere from long ago
Land of Fire, Azerbaijan

Cave Azik where ancestors used to live
Thru paleolithic, neolithic and bronze age
At River Araz did they bloom agriculture civilization

Petroglyphs in Gobustan
6200 pieces being on the open spot
For 12000 years did they endure

Medes respect zoroastrianism in the 9th century
Atashaha Altar
Full with fire flames still today
It's rich with crude oil, land of fire

Shurubansa Palace of the 11th century
Conference rooms, chambers, Prayer Rooms, bathrooms…
The pearl of Azerian buildings
UNESCO also recognizes its beauty

Go back all foreigners

Especially, Turkey in the south and Russia in the north
They finally got independence in 1991

City of wind, Baku
So abundant with oil crude at the Caspian
All the world are focusing at Baku

Let's lift up our red-white-green flag
Be forever
The glorious land, Nation of Fire, Azerbaijan!

카라반사라이에서 문화강국을 꿈꾸며

조지아에서 아제르바이잔으로 넘어오는 국경은 한산하였지만 군인들이 입국절차를 담당하고 있었다. 그 순간 내 뇌리를 떠오르는 것이 '독재국가'였다. 어렵사리 수속을 마치고 나오니 앞에서 우리를 맞는 것은 거대한 철문과 별로 호감이 가지 않는 얼굴의 거대한 초상화였다. 철문은 문안으로 들어가면 다시 볼 일이 없겠지만 저 초상화는 시시때때로 내 시야에 나타나리라 생각하니 결코 기분좋은 기억만 남기지 않겠구나하는 걱정이 앞선다. 당연한 말이겠지만 한 조사에 의하면 사회의 정의로움과 주민의 행복지수는 비례한다고 한다. 사람들은 다른 사람의 눈을 의식하지 않고 스스로 정당하고 당당하게 느낄 때 훨씬 행복하다.

날씨는 며칠째 우중충하게 가는 비가 내리고 있고 사람들의 표정도 우울해 보인다. 입은 옷의 색상도 대부분 검정색 계통의 옷으로 어두웠고 사는 집들도 생기를 찾아보기 힘들었다. 이 나라 어느 곳이라도 지하 3m만 파면 석유가 나온다는 산유국의 풍요로움은 찾을 수 없고 허름한 집들과 연식이 오래된 자동차들이 찌든 삶을 말해주고 있었다. 시커먼 연기를 내뿜고 달리는 자동차로 내 기관지는 몸살을 앓을 지경인데 검문소를 나오다 본 그 비호감의 사내의 초상화가 또 나타나 야릇한 표정으로 나를 보고 있다. 사실 저런 비호감의 사내와 여자를 국내에서도 뉴스 때마다 봐온 나였지만 그래도 적응이 안 된다.

인구 9백만 명, 크지는 않지만 아제르바이잔은 참으로 독특하고 다양한 나라이다. 아시아인도, 이란인도, 터키인도 아닌 사람들의 생김새가 우선 오묘하다. 우울하며 경직된 모습 속에 감춰진 자유를 갈망하는 내면이 나그네에게 묘한 분위기를 금새 느끼게 한다. 반사막에 가까운 스텝지역에서 생산되는 기름은 아제르바이잔 국가경제의 큰 원동력이 될 것인데 사람들의 삶을 기름지게 하지 않은 것 같다. 19세기 후반의 제정 러시아를 살찌우기에 안성맞춤의 지역이었고, 이후 구 소련연방에 편입되어 1991년 독립할 때까지 그 착취는 계속되어왔다.

그렇게 원하던 독립을 이루어냈지만 아제르바이잔 국민들은 정의로운 사회를 이루어내지 못하고 있는 것 같다. 아제르바이잔 전 역사를 통해 독립을 유지한 것은 통틀어 100년이 채 안 된다고 하니 이 나라 민족의 수난의 역사가 나그네의 가슴을 먹먹하게 만든다. 아제르바이잔도 우리와 같이 역사의 참혹한 상처를 안고 있는 나라이다. 우리와 동병상련의 아픔이 있으니 그것이 1,300만에 이르는 이산가족이다. 오스만제국과 제정 러시아와의 게임에 의해 아제르바이잔은 나눠졌다. 아제르바이잔 남쪽 지역은 지금의 이란 지역에, 현재의 아제르바이잔 지역은 러시아가 갈라먹음으로써 나라는 두 동강이 나고 이산가족이 생겼다. 언제나 강대국들의 이권문제로 약소국들이 희생되는 처절한 생태계가 지구의 역사에서 반복되고 있는 것이다. 그러고 보니 아제르바이잔도 분단국이나 다름 아니었다. 지금도 카스피해를 둘러싸고 있는 중앙아시아와 코카서스 나라들을 상대로 미국과 서방, 러시아와 중국이 자국의 이해를 위해 호시탐탐 기회를 엿보고 있다.

양치기 중에서 가장 성공한 인물은 칭기즈칸과 다윗 왕이다. 늘 양을 돌보며 몽상에 잠겨있던 이들이 큰일을 해낼 수 있던 원동력은 열정이다. 몽상 속에 그려지던 일들이 뜨거운 열정을 만나면 안개 속에 갇혀 있던 희미한 강 풍광이 드러나듯 화려한 자태를 드러내는 것이다. 그들의 기개와 지략은 양을 돌보는 따스한 마음과 그 마음에 드넓은 들판을 품고 눈에는 푸른 하늘을 담은 데서 오지 않았을까 생각한다. 실제로 서양이나 중동 쪽의 동화에는 목동이 왕이 되는 이야기는 수도 없이 많다. 나그네는 아제르바이잔에시 드넓은 초원을 달리며 김광석의 '광야에서'를 흥얼거린다.

어제 우리가 찾아낸 호텔의 이름은 캐러번사라이이다. 그 옛날 캐러번들이 묵어가던 캐러번사라이와 연관이 있는지 모르지만 그 캐러번들이 지나다니던 그 길에서 만난 그 이름만으로 감격스러웠다. 사라이는 터키어로 궁전이니 그야말로 대상들의 궁전인 셈이다. 캐러번사라이에서는 캐러번들을 왕처럼 대접하며 철저히 보호해주었다. 도적들로부터 안전을 지키기 위해 담도 높이 쌓고, 좋은 음식과 휴식을 취하도록 스파도 있었다.

실크로드는 하나의 길이 아니다. 실크로 대변되는 문화가 동서로 오고가며 인류역사에 생기를 불어넣어주는 동맥과 같은 길이다. 그 길이 지금은 사상과 이념, 국가이익이라는 장벽에 막혀서 동맥경화에 걸려있는 것이다. 간자는 아제르바이잔의 제 2의 도시이다. 일정상 이 나라의 수도 바쿠를 통과하지 않으니 간자는 아제르바이잔에서 내가 만나는 가장 큰 도시이다. 사실 간자는 엊그제 이미 지나간 곳이다. 그 간자를 지나서 한참 가다가 엊그제는 호텔을 찾아다니다 노인 요양원 같은 데서 잤는데 어제는 지도상에는 예블락에 호텔이 여러 개 표시되어 있었는데 비수기라 그런지 모두 영업을 하지 않아 한참 헤매고 다니다 할 수 없이 다시 향한 것이 간자이다.

서양의 로미오와 줄리엣과 우리의 춘향전처럼 아랍과 무슬림 세계에 전해 내려오는 '라이라와 마즈눈'의 비극적인 사랑이야기는 유명하다. 예로부터전해 내려오는 그 이야기에 문학적인 영혼을 불어넣은 사람은 아제르바이잔 사람들이 그렇게 존경하며 신과 동급 취급을 하는 시성 나자미이다. 그는 12세기 페르시아 통치기에 살아서 보통 이란의 시인이라고 아는 사람들이 많지만 아제르바이잔의 간자에서 태어나 간자를 벗어난 적이 없는 사람이라고 한다.

여기에 나오는 주인공 남녀는 좋은 집안에서 태어나 남 부러울 것 없이 자라며 사랑을 키워온 두 사람이지만 시적 재능을 타고난 주인공 까이스가 연인 라일라에게 바치는 연시를 썼다. 그런데 그것이 그 집안의 명예를 훼손시켰다는 이유로 청혼은 거절당하고 라일라는 부모에 의하여 다른 남자와 결혼하고, 까이스는 상사병에 걸려 발광을 하며 사람들에게 마즈눈(광인) 으로 불리며 라일라의 환영을 쫓아 사막을 헤매고 찾아다닌다.

라일라는 연인에 대한 흠모의 정과 남편에 대한 충절 사이에 홀로 괴로워하다 결국 몸이 쇠약해져서 죽고만다. 마즈눈도 못 이룬 사랑의 마음을 시로읊으면서 라일라의 죽음의 길을 따른다.

대문호는 어느 날 갑자기 하늘에서 내려오지 않는다. 시민들의 문학적인 삶 속에 그 뿌리를 박고 자라나기 때문이다. 외세의 침탈을 받아가면서도 사라지지 않고 살아남아 이리도 당당히 나라를 다시 세운 저력은 바로 문화에 있다. 그들 역사의 대부분을 나라 없이 살아왔지만 이들이 어려운 시간 살아낸 힘은 그들이 나라를 잃을망정 기필코 지켜낸 문화에서 나오는 것이다. 나라가 없어도 유구한 꿋꿋이 지켜온 그들의 고유한 문화가 없었다면 어디에서 그들의 정체성을 찾을 수 있을까?

아제르바이잔은 일찍부터 이집트 문명이나 메소포타미아 문명 같은 고대 문명뿐 아니라 그리스 로마 문명, 페르시아 문명, 그리고 몽골과 터키, 최근

에는 러시아의 지배를 받으며 그 영향을 받은 문명의 교차 지역이다. 종교도 초기 기독교와 배화교나 이슬람교 등 수많은 종교가 이곳을 지나갔다. 그럼에도 이 작은 나라가 자기 언어와 문화의 정체성을 꿋꿋이 지켜가며 당당하게 살아가고 있는 것은 영국 사람들이 인도와도 바꾸지 않겠다고 하던 셰익스피어보다 자랑스러운 나자미 같은 시성이 있었기 때문이지 않을까 생각한다. 아르메니아인들은 자신들만의 고유한 언어를 가지고 있다는 자부심이 대단하다. 그 문자와 발음 구조에는 어디에서도 찾아볼 수 없는 원시적 정체성이 있다. 이들은 자기 문화에 대한 옹골찬 자부심과 자기 것을 지키려는 부단한 노력을 끝없이 해왔다.

오늘날 달리면서 만나는 코카서스의 아제르바이잔인들의 꿋꿋함과 당당함의 원천은 문화이다. 그러나 그렇게 소중하게 여기는 문화에도 씁쓸하고 아쉬움이 남는 것이 있으니 그저 눈 맞춤만으로도 만족하는 나그네인데 거리에 여자 구경하기가 힘들다는 불만이다. 거리에는 우중한 색상의 우울한 모습의 남자들뿐이었다. 세계는 지금 정보기술의 급격한 발달과 촘촘한 인터넷망으로 문화의개방과 교류가 활발하게 이루어지고 있다. 서로 다른 문화가 서로 소통하고 교류하는 것은 세계 평화를 이루어내고 풍요로운 세상을 만들어가는 중요한 과정이다. 하지만 문화교류는 서로의 다름을 기꺼이 받아들이고 존중하며 다문화의 공존을 전제로 해야 한다. 세계화라는 이름으로 미국식 민주주의와 자본주의의 가치관, 미국식 문화를 일방적으로 주입하는 방식은 재고되어야 한다. 문화의 교류와 수호 사이에 어려운 방정식은 우리가 함께 평화의 교류를 하면서 풀어야할 숙제들이다. 문화적 주체성

을 가지고 다양한 문화의 전통을 이어가는 것은 중요한 일이다.

오늘날 몇몇 나라들, 특히 이슬람 국가들은 외래문화를 극단적으로 배척하는 방식으로 자신들의 전통을 이어가려고 하는 것도 거칠게 압도적으로 밀어닥치는 미국문화에 대한 반감에서 연유한 것이 아닌가 생각한다. 점심을 먹으러 들어간 식당의 TV에서 흘러나오는 음악의 배경화면이 한국 드라마인 것이 나그네의 기분을 좋게 만든다. 거기다 구멍가게에서 간식거리를 사려다 손에 잡힌 것이 초코파이였다. 이 비단길이 이제는 유라시아 횡단열차를 타고 드라마의 길이 되고, 풍물놀이의 길이 되고, 김치의 길이 되고, 초코파이의 길이 되고, 신라면의 길이 되고 아모레 화장품의 길이 되기를 나그네는 꿈꾼다.

나는 백범 김구 선생을 생각할 때마다 감탄하는 것이 그의 문화에 대한 혜안이다. 20세기 산업사회의 낙오자로 제국주의의 먹잇감으로 국권을 상실했을때 그가 풍찬노숙風餐露宿을 하면서 꿈꾼 것이 다시는 식민지의 나락으로 떨어지지 않을 강력한 군사력이 아니라 '문화가 융성한 나라'였다. 그는 분명 문화가 꽃피우는 평화의 세기가 올 것을 예견한 것이다. 그는 '나의 소원'에서 고백한다.

"나는 우리나라가 세계에서 가장 아름다운 나라가 되기를 원한다. 가장 부강한 나라가 되기를 원하는 것은 아니다. 내가 남의 침략에 가슴이 아팠으니, 내 나라가 남을 침략하는 것을 원하지 않는다. 우리의 부富는 우리의 생활을 풍족히 할 만하고, 우리의 힘은 남의 침략을 막을 만하면 족하다. 오직 한없이 가지고 싶은 것은 높은 문화의 힘이다. 문화의 힘은 우리 자신을 행복하게 하고, 나아가서 남에게 행복을 주기 때문이다."

모든 것이 다 순탄하게 풀렸으면 내가 지금 이렇게 자유를 품에 안고 맘껏 유라시아대륙을 달릴 수 있을까? 내 인생이 살찌고 풍요로웠다면 평화가 그렇게 소중한지 알았을까? 그래서 내 스스로가 그 어느 때보다 강건하다는 것을 느꼈을까? 이렇게 고통스럽지만 가치 있는 발걸음을 옮기고 있었을까? 위기 속에서 작은 것이라도 건지려 바동거렸으면 나는 또 언제까지 바둥거리며 살아가고 있을까? 나는 지금의 나를 나의 전부라고 생각하지 않았기 때문에 감추어진 80%를 찾아 나섰다. 익숙하고 편안한 것을 떠나 새롭고 낯선 것을 찾아 나섰다. 달리면서 생각의 깊이는 깊어질 것이고, 달리면서 나의 활동영역은 넓어질 것이다. 달리면서 우주를 덮고도 남는 본래의 마음을 되찾아 진정한 자유인이 되어가고 있는 것이다. 삶에 한기와 바람이 분다고 느껴질 때 나는 오히려 그 한가운데 홀연히 뛰어들어 고통과 외로움 속에서 달리며 절망과 환희를 반복하면서 거듭나기를 시도한다.

아제르바이잔의 내륙은 거칠고 황량한 광야가 끝없이 펼쳐진다. 산유국의 도로답지 않게 포장도 되지 않은 길을 먼지와 매연을 뒤집어쓰며 달린다. 중년의 위기에 빠졌을 때 모든 무게를 내려놓고 위기와 정면으로 마주서니 위기는 내게 새 세상을 열어주었다. 위기와 정면으로 마주볼 때 위기는 경이로운 날개가 되어주어서 이렇게 새 세상을 날게 해주었다. 때로 앞이 안 보이고 뜻대로 되지 않을 때 불편함과 외로움과 고통 속에 스스로를 유배 보내 대자연이 주는 삶의 이치를 깨달으면서 강인해지는 생활이 필요하다. 세상의 모든 아름답고 귀한 것은 고통 속에서 태어난다.

이 나라는 모든 메르세데스 벤츠가 노년을 보내는 나라 같다. 내가 가 본 그 어느 나라보다 메르세데스 벤츠가 많이 굴러다닌다. 본고장인 독일 그리고 미국보다도 더 많이 보인다. 3, 40년은 족히 됐을 차들이 시커먼 매연을 뿜고 지나간다. 거의 폐차시키는 차들을 헐값에 사와 고쳐서 쓰고 있는 것 같다. 그래서 간혹 마을이 보이면 구멍가게보다 자동차 정비소가 더 많다. 매일 끼니 때마다 식당을 찾는데 애를 먹지만 자동차 고치는 곳을 찾기는 쉽다. 먼지와 매연 속에 지평선만이 저 멀리 아득하게 펼쳐져 보인다.

간혹 풀을 뜯는 양떼들과 소떼들 사이로 목동이 보일 뿐이다. 끝없이 달리다

간혹 길과 길이 만나는 삼거리나 사거리가 나오면 조그만 가게나 과일 행상들 그리고 정육점이 보인다. 여기서는 길거리에서 소나 양을 도축해서 그 자리에서 판다. 사료는 당연히 먹이지 않고 풀만 먹여 방목해서 키워 냉동도 시키지 않고 바로 그 자리에서 파니 몸에는 좋을 듯한데 고기가 질기다.

역설적이지만 위기 속에 지금 우리가 겪고 있는 진정한 평화의 꽃이 아름답고 무성하게 피어나 평화의 꽃 원산지가 될 것 같다. 창밖에 내다보이는 밤하늘이 유난히 맑다. 맑은 밤하늘에 기울기 시작하는 보름달이 애처롭게 빛난다. 저 달이 다 기울고 나면 정월 초하루가 된다. 객지에서 설을 맞이할 생각을 하니 심난하다. 그러면서도 한편 나의 가슴은 초야의 밤을 기다리는 꼬마 신랑처럼 마구 두근거리고 있다. 신부의 속살을 상상하는 것만으로도 최고의 흥분이 유지된다. 한반도에 봄처럼 평화가 찾아와 철조망은 흔적도 없이 사라져버리고 외국군대의 군인들은 모두 자기 고향을 찾아 오랫동안 떨어졌던 애인과 진한 키스를 하는 상상만으로도 최고의 흥분상태가 된다.

15일 동안 600km를 달려 아제르바이잔이 끝나고 2018년 2월 9일 이란 국경에 도착했다. 선 교수는 이란 비자가 미비된 것으로 밝혀져, 그것을 해결하려 1박 2일을 노력했지만 하는 수 없이 바쿠를 경유해 귀국길에 오르고 나만 김태형 학생이 기다리는 이란으로 들어갔다.

터키
타브리즈
카스피해
노우 샤르
테헤란
마슈하드
바흐타란
콤
아라크
이라크
데즈풀
이스파한
비르잔드
아프가니스탄
야즈드
아바단
케르만
부시르
쉬라즈
자헤단
아살루예
파키스탄
반다르에아바스
바레인
차바하르
카타르

11 이란 Iran

〈국기〉 〈국장〉

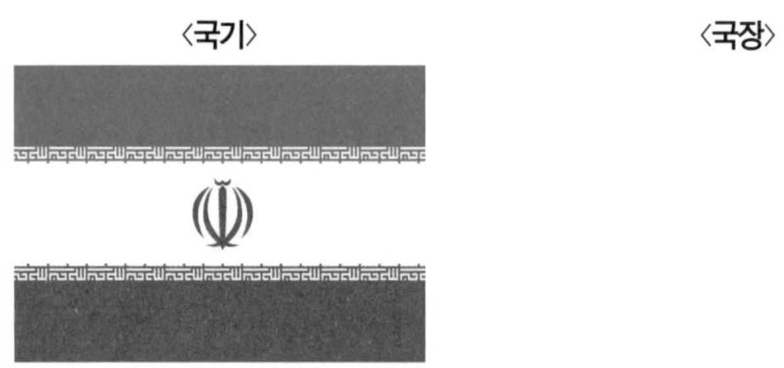

1906년에 삼색기가 사용된 후, 1979년 혁명 후, 'Allahu akbar'('God is great') 가 녹색과 빨강줄에 새겨짐.

La Ilaha Illa Allah(There is only one God and that is 'Allah') 를 칼모양으로 형상화

〈국가 개관〉

아라비아반도와 인도대륙 사이에 있는 나라로, 남쪽으로 페르시아만(灣) 연안에 접해있다. 1918년 페르시아-영국조약으로 영국보호령이 되었고, 1935년 국호를 이란(아리아인의 나라) 으로 바꾸었다. 1979년 4월 1일 반정부 이슬람혁명을 주도한 호메이니가 이슬람공화국을 수립하였다. 다민족국가로서, 1970년대에 팔레비 국왕이 중동지역 패권 장악을 위해 추진했던 핵무기 개발이 1990년대 이후 다시 본격화되자 이를 막으려는 미국·이스라엘 등의 국제사회와 갈등을 빚고 있다. 행정구역은 30개주(ostan) .

The Islamic Republic of Iran, kwon as Persia, in Western Asia, is bordered to the northwest by Armenia and the Republic of Azerbaijan, to the north by the Caspian Sea, to the northeast by Turkmenistan, to the east by Afghanistan and Pakistan, to the south by the Persian Gulf and the Gulf of Oman, and to the west by Turkey and Iraq. The country's central location in Eurasia and Western Asia, and its proximity to the Strait of Hormuz, give it geostrategic importance. Tehran is the country's capital and largest city, as well as its leading economic and cultural center.

- **국명** : 이란(Iran)
- **면적** : 1,648,195㎢
- **국민소득** : US$5,800달러
- **국경일** : April 1, 1979
- **수도** : 테헤란(Tehran)
- **인구** : 81,700,000명
- **언어** : 페르시아어(Persian)

튤립 장미 석류의 땅, 페르시아 제국, 이란

유라시아프리카 한복판에 자리 잡아
북에 카스피해 남에 페르시아만 거느렸다

예부터 아리아족 이주하여
페르시아제국 건설하고
세계를 호령하였다

높구나, 엘보르즈산맥의 다마반드산 5,771m
머리에는 항상 흰 모자, 이란 고원 굽어본다
알렉산더 몽골 오스만튀르크 슬라브 앵글로
그 야욕 지켜봤다

시라즈, 13세기 수피즘 대문호 사디의 고향
아름다운 장미가 그대의 시원이요
50년 세계여행에서 만난 친구들의 이야기라는 듯
포도주에 취해 그저 빙긋 웃는 노시인
호슈크강 고성따라 저만치 간다

튤립, 장미 그리고 석류는 이 땅이 최고
카스피해 남쪽 람사르 습지를 와본 적 있소
물새 철새 보호하여 후손에게 남겨 주소

태양이 떠오르는 이 강토에
밤이 되면 초승달 빛난다

소리쳐라, 알라후 아크바르
알라는 위대하다

자유와 정의가 넘치는 땅
이란의 주권은 영원하여라!

튤립 장미 그리고 석류의 땅
옛 이름 페르시안 제국이여
그대 이름 바로 아리아인의 땅 이란이어라

Land of Tulips Roses Pomegranates, Persian Empire, Iran

At the very center of Eurasiafrica
You are holding
Caspian Sea to north and Persian Gulp to south

Long long time ago did Arians immigrated here
Established Persian Empire
Commanding the world

How high, Mt Damavand of 5771m
You Overlook down Iran Plateau putting at white cap always
Having watched the desire of
Alexander, Mongolians, Osman Turks, Slaves and Anglos

Shiraz, Sadi's hometown, the great sufism poet in the 13th century
Pretty roses are your poetic resource?
As if saying it is about the story of his friend
Who returned from 50years' world travelling
Old poet who said nothing, just drinking wine with a smile
Walks away along the old castle at the River Hoshook bank

As for tulips, roses and pomegranates, ours are best in the world
Have ever been to Swamp Ramsar to north, Caspian Sea?
Preserve waterfowls and migrants for our offsprings

Over this land where the sun rises in the morning
Does the crescent beam at early night

Shout "Allahhu Akbar"
Allah is greatest

Land full of freedom and justice
Be forever, Iran's sovereignty !

Land of Tulips, Roses and Pomegranates
Persian Empire
Your name is the very Iran, the Land of Arians!

극단은 극단을 부른다

이란으로 넘어오는 길은 길고도 험난했다. 그러니까 내 말은 길이 멀고 험난했다는 것이 아니라 절차가 복잡하고 지난하였다는 뜻이다. 사실 어제 선교수의 비자 때문에 하루를 허비했는데 이번엔 차량 등록에 내 이름으로 되지 않아서 몇 시간을 허비하다가 겨우 국경에서 기다리는 김태형 학생을 만났다. 거기다 자동차 보험료를 한 달간 800달러를 달라고 해서 내가 거의 미친 듯이 당신들 미쳤냐고 소리를 지르니 600달러 내라고 한다. 200달러를 그 자리에서 깎아서 기분이 좋아야 할 것 같은데 아직도 왠지 삥땅 뜯긴 기분이다. 이렇게 국경 넘는 일이 어려울 때마다 나는 평화통일이 된 조국을 자유롭게 왕래하는 것이 꿈이지만 또한 국경 없는 세상을 꿈꾸어본다.

내가 가고 있는 이 실크로드는 과거의 길이고 미래의 길이겠지만 현재의 길은 아니다. 첨예한 국가이기주의로 이 길은 현재 동맥경화에 걸려있다. 금방 양탄자를 타고 하늘을 나는 페르시아 왕자로 떠오르는, 귀에는 가깝고 눈에는 먼 나라 이란. 중동은 언젠가부터 서구의 눈으로 바라봐서 우리에게 가장 오해가 많고 편견의 먼지에 뒤덮인 곳이다. 거기다 세계에서 북한과 함께 미국에 맞장뜨는 유이(唯二)한 나라이다. 미국에 맞장뜨면서 코피 흘리는 일반 시민들의 삶이 국경에서부터 적나라하게 보이는 듯해서 애처롭고 슬프다.

태영이가 내가 뛰는 일에만 집중하게 운전도 잘 해주고 잘 보필하겠다고 하는 말에 괜히 눈시울이 감돈다. 아침도 시원치 않게 먹어서 숙소에 들어오자

마자 김치에 생선 사온 것을 넣고 끓인 희한한 찌개를 끓여서 같이 배부르게 먹었다.

메소포타미아 문명과 이집트 문명을 거쳐서 페르시아 제국 그리고 오스만 제국이 한 시대를 풍미하고 바로 갈등과 전쟁이 난무하고 그 대부분은 산유국으로 오일머니를 거머쥔 현대사만이 우리가 아는 중동 역사의 전부이다. 그러나 이 지역이야말로 문명의 시원으로 인간의 지적 유산과 문화를 발전시켜 인류역사에 지대한 영향을 끼친 곳이다. 곡물의 재배와 가축의 사육이라는 혁명적인 삶이 여기에서 시작하여 이를 주변 세계에 전해주었다.

카스피 해가 남쪽으로 내달리다 이란을 동서로 가로지르는 엘브르즈 산맥에 막혀 더는 나아가지 못하는 곳이 지금 내가 달리고 있는 카스피 해 연안이다.

거대한 엘브르즈 산맥은 카스피 해만 막고 서 있는 것이 아니다. 사람들의 왕래도 막고 비구름도 막아서서 엘브르즈 산맥 저 남쪽은 카비르 사막, 루트 사막 등 황폐한 사막이 되고 만다. 황폐한 사막 뒤에는 언제나 거대한 산맥이 풍요의 비구름을 가로막고 서 있다. 미국의 모하비 사막 뒤에는 록키 산맥이 버티고 있고, 중국의 타클라마칸 사막 뒤에는 텐산 산맥이 길을 막고 있다. 미국과 러시아, 중국 등은 거대한 산맥과 같은 세력이다. 그들은 '인권'과 '세계평화'를 내세우지만 결국 '자국의 이익이 우선'이라는 명제 아래 다른 모든 것은 다 집어삼킬 수 있는 괴물이 되어갔다. 거대한 산맥 뒤에 황폐한 사막이 생기듯이 거대한 세력 뒤에는 황폐한 식민 국가들의 삶이 있다. 아직 나의 여정은 반도 지나지 않았지만 지금까지 달려온 거의 대부분의 나라들에 이 거대한 세력들의 검은 그림자가 짙게 드리워져 있는 것을 볼 수 있었다.

이란이라는 이름은 '아리안의 땅(Land of the Aryans)'이라는 의미의 현대 페르시아어다. 이란인의 조상은 고대 게르만족의 일부가 북유럽에서 추위를 피해 남쪽으로 대이동한 아리안족의 일파이다. 종교는 주변 아랍국과 마찬가지로 이슬람이지만 그들은 이슬람 내에서도 소수파인 시아파의 종주국을 자처한다.

미국에 의해서 악의 축으로 낙인찍힌 이란을 달리며 악의 그림자마저도 지워버릴 이 사람들의 환한 미소의 환대를 받는 것은 내게 짜릿한 기쁨을 선사한다. 지나가다 차를 멈추고 음료수를 건네주기도 하고 차를 마시고 가라고 불러 세우기도 하고 사진촬영도 같이 하자고 한다. 나는 거짓말 하나 안 보태고 지금은 한류스타 부럽지 않다. 그러나 한편 눈에 보이는 그들의 삶은 녹녹해 보이질 않는다. 세계 제2의 산유국이 경제제재로 만신창이가 된 거다. 이란을 달리며 나는 경제제재야말로 반인륜적이며 반 인권적이란 걸 실감하게 되었다. 맘에 들지 않는 정권 제거하려고 시민들을 인질로 잡는 것이다. 거대한 산맥이 풍요의 비구름은 막아서지만 봄기운마저 막아서지는 못한다. 제 아무리 강대국들이 거대한 산맥처럼 막아선들 지금 한반도에 도도하게 흘러들어오는 상서러운 평화의 봄기운을 막아서지는 못할 것이다.

나와의 동행은 일방적이고 불평등하기까지 한 것이다. 내가 앞만 보고 달릴 수 있게 모든 편리를 제공할 수 있는 사람이라는 전제 조건이 붙었기 때문이다. 그런데 김태형이라는 고려대 학생이 이 불평등한 조건을 고스란히 떠안고 고맙게도 서울에서 먼 이란 이곳까지 날아왔다. 내가 시속 7km 정도로 달리니 7km 속도로 차를 운전하며 복잡한 길을 바짝 뒤따르는 일은 쉬운 일이 결코 아니다. 새벽 일찍 일어나 반찬 없는 밥 해먹으며 설거지하고 미리 지도를 보고 앞길을 인도하기도 하며 끝날 때쯤 되면 호텔 잡는 일까지 만만치 않는 일을 이 애송이가 만만치 않은 벽창호 맘에 들게 해낸다. 나는 사실 매일 좁고 복잡한 자동차 길을 달리기 때문에 늘 엄청난 스트레스 속에 달린다. 때로 엄청난 속도로 달리는 차가 살갗을 스치듯이 위험천만하게 지나가기도 한다. 지원 차량은 내게 생명줄 같은 것이다. 잠수부가 바다 속을 잠수할 때 산소를 공급해주는 생명줄, 산악인이 암벽을 등반할 때 의지하는 그 생명줄 같은 것이다. 달리다 보면 목이 언제 마를지 모르고, 언제 체온이 떨어지고 또 올라갈지 모른다. 시시때때로 음료수를 마시고 옷을 벗었다 입었다 하며 잠시 배가 고픈가 싶으면 금방 당이 떨어져서 현기증이 나서 앞이 노래지기도 한다. 땀에 젖은 신발과 양말도 수시로 갈아 신어야 발 건강을 유지할 수 있다. 더 무서운 건 들개들이 언제 나타나 으르렁거리며 달려들지 모른다. 지원차량이 바싹 쫓아와야 하는 이유다.

페르시아 카펫과 시詩

오늘 한 여자가 차를 세워 말을 걸다가 조금 더 가서 자기 집 앞에 차를 세우고 기다리더니 집에 들어가서 차를 한잔 하고 가라고 한다. 차를 같이 마신다는 것은 언제나 차를 마시는 것보다 훨씬 많은 의미를 내포한다. 집안에 초청하는 것은 차도르 속의 여인의 모습처럼 베일에 싸인 이란인들의 삶에 대한 궁금증을 풀어주는 실마리다. 그녀가 커피를 준비하는 동안 둘러본 집안은 깨끗이 정돈되어 있었다. 창문의 커튼 사이로는 카스피의 햇살이 살며시 들어오고 그 옆 벽 정면에는 오래된 카펫이 액자에 담아져 걸려 있다. 그 아래 재작년에 작고한 그의 남편과 가족사진 그리고 그녀의 젊은 날의 사진이 세워져 있었다. 느닷없이 초청받아 집에 들어간 내가 그녀에게 할 수 있는

유일한 선물은 립서비스뿐이었다. “당신은 그레이스 켈리처럼 생기셨어요.” 그는 정말 큰 선물을 받은 어린아이처럼 좋아했다.

벽에 걸린 카펫은 그녀의 할아버지의 할아버지로부터 전해져오는 가보家寶라고 했다. 페르시아의 공예품 중 세계적으로 가장 유명한 것이 카펫이다. 유목생활을 하던 사람들에게 카펫은 생활필수품이다. 천막 바닥에 깔기도 하고 벽에 걸어 햇빛을 가리고 바람을 막기도 한다. 양털을 이용해서 만들어 실용적인 목적으로 사용하던 카펫은 장인들의 정성과 땀을 더하면서 예술적 작품으로까지 승화하였다. 카펫은 필요할 경우 금과 같이 팔거나 거래할 수 있는 가치 있는 자산이다. 이란에서는 신부의 결혼 예물로 카펫 한두 장을 지참하는 것이 관례이다. 이란에서 만드는 카펫은 예로부터 품질이 좋고 다양한 무늬의 정교함으로 인해 많은 사람들로부터 사랑을 받고 있다. 페르시안 카펫에는 아라베스크라고 불리는 기하학적 무늬와 현란한 꽃무늬가 대부분이다. 그리고 요즈음에는 정밀화나 풍경화 등을 그린 벽걸이용 카펫도 많다. 기계로 짠 것보다는 한 올 한 올 정성을 다해 손으로 짠 카펫이 높은 가격으로 팔리며 진정한 카펫은 사람들이 많이 밟을수록 오히려 선명한 색상이 나타날 수 있다고 한다. 이란에서는 곱게 늙어가는 여자를 "당신은 카샨의 카펫과 같군요!"라고 한다. 카샨은 정교한 비단 카펫 산지로 유명한 곳이다. 카샨의 여인들은 대부분 카펫을 짜는 명인들인데 그들은 카펫처럼 세상 풍파와 역경에도 카샨의 카펫처럼 변함없는 내면의 아름다움을 유지하고 있다고 한다. 사산조 페르시아의 국제적 수출품이었던 카펫은 실크로드를 통해 중국 한나라까지 팔려갔다. 처음에 양털로만 짜던 페르시아 카펫은 중국의 실크를 만나 또 한 번 화려한 변신을 한다. 양털과 실크가 만나 최고급 카펫을 만들어내듯 문화와 문화가 만나면 상충하는 것이 서로 충돌하기보다는 서로 시너지 효과를 주는 것이 더 많다.

이란 여자들의 히잡 쓰는 모양새를 보며 우리 고교시절 모자 쓰는 모양새를 떠올렸다. 당시 범생이들은 이마까지 모자를 당겨서 반듯하게 쓰고 다니고, 불량기가 있을수록 모자가 뒤로 젖혀지게 쓰고 다녔다. 아마 나도 모자를 뒷머리의 2/3 정도에 걸치고 다닌 것으로 기억이 된다. 이란 여자들의 히잡이 꼭 그렇다. 젊고 멋쟁이일수록 히잡은 뒤로 젖혀져 있다. 그것 때문에 부모들에게 잔소리를 듣는다고 한다. 광활한 사막은 약육강식의 세계이다. 그들은 오랜 세월 다른 부족과의 전쟁 속에서 삶을 이어왔다. 유목민들은 찾아오는 손님을 환대하지만 사람이 가장 무서운 존재이기도 하다. 여자와 아이들은 다른 부족에게 노출되지 않는 것이 최선의 사고 예방책이었을 것이다. 히잡, 차도르, 부르카 등은 이런 배경에서 자연스럽게 생겨난 전통이다.

페르시아의 자존심은 그들의 문학에서 꽃을 피운다. 식민 치하의 불과 한두 세기 동안 페르시아의 시인들은 걸작을 쏟아놓는다. 그들은 자기들만의 소중한 언어로 자기들의 역사와 삶과 사랑을 카펫처럼 포근하게 일상에 깔아놓는다. 이란인들의 집에는 최소한 두 권의 책이 있는데 하나는 '쿠란'이고 하나는 '허페즈 시선집'이다. 그들은 일상 속에서 쿠란을 암송하고 시를 암송하여 보통의 시민들은 시 몇 수는 줄줄 암송한다고 한다. 여기 이란인이 4대 시성으로 여기는 루미의 시 '봄의 과수원으로 오세요!'라는 시 한 편 있다. "봄의 과수원으로 오세요. / 꽃과 술과 촛불이 있어요. / 당신이 안 오시면 이것들이 무슨 소용이겠어요. / 당신이 안 오신다면/ 이것들이 다 무슨 소용이겠어요."

이슬람에서는 음악과 미술이 종교에 도움이 되지 않는다고 여긴다. 이슬람 혁명 이후 학교 교과과정에 음악과 미술은 빠졌다. 예술의 그 많은 빈 공간을 시가 차지해버렸다. 이란 사람들에게 시는 자존심이고 겉치레이고 멋이고 낭만이다. 페르시아의 시는 카펫과 함께 실크로드를 타고 유라시아에 퍼져나갔다.

테헤란의 밤

이제 길 떠나온 지도 6개월이 지났다. 이때쯤이면 고향과 가족, 친구들을 향한 지독한 향수가 묵은지처럼 곰삭아간다. 카스피해의 파도는 이렇게 미칠 듯이 밀려오는 그리움에 비하면 참 점잖고 온순한 편이다. 그렇게 시리도록 가슴을 파고드는 그리움도 매순간 변화하는 눈의 즐거움과 매일 만나는 새로운 인연으로 위안을 얻는다. 우리의 발걸음을 멈추게 하는 것은 거대한 장벽이 아니다. 우리 앞에 놓인 높은 산이 아니라, 신발 속의 작은 모래알이 발걸음을 중단시킨다. 나는 달리면서 수도 없이 산발을 털어낸다. 지원차량의 엔진 오일이 자꾸 샌다. 정비소에 들어가서 고치려고 물어보니 이 차는 테헤란에 가서야 고칠 수 있다고 한다. 그래서 예정에 없던 테헤란에 들려야 했다.

테헤란에서 내 친구 영국이의 이란 친구의 생일 파티에 초대받아 나는 평화마라톤 이야기도 하고 'Love me tender'도 불렀다. 그리 멀 것 같았던 테헤란이 이웃처럼 가까이 느껴지는 시간이 빠르게 흘러갔다. 처음엔 10시쯤에는 작별인사를 하고 미리 나오려고 갔는데 10시나 되어서야 식사가 나오고 저녁식사가 끝나자 생일케이크 자르는 순서가 있었다. 시간은 11시가 넘었고 내가 마시던 와인 병은 비었다. 다른 사람들은 아직도 한창 흥겨워할 때 우리는 다음 날 달리기 일정 때문에 양해를 구하고 먼저 자리에서 일어났다. 테헤란 밤하늘에 휘영청 떠 있는 보름달이 낯설지 않다. 테헤란에는 서울의 거리가 있고 서울에는 '테헤란로'가 있다. 1973년 팔라비왕의 한국 공식방문을 기념해 강남을 가로지르는 도로를 테헤란로라고 명명했다. 테헤란의 서울로는 3km에 이르는 남과 북을 가로지르는 중요 도로이다. 유라시아대륙을 가로지르며 달리는 평화마라톤이 몸은 고되기는 해도 이렇게 중간 중간 우정과 사랑이 싹트기도 하고 평화의 담론을 펼치기도 하며 거리의 간격을 마음으로 좁히는 보람으로 거친 그리움을 잠재운다.

네카를 지나니 이제는 그 거대한 엘부르즈 산맥의 기세도 다하고 낮은 산 가득히 유채꽃 향연이 펼쳐졌다. 생동하는 봄의 대지에 노랑의 물결이 일렁이니 가슴에 감동이 피어난다. 감동은 스위치가 되어 심장을 요동치게 하고, 요동치는 심장은 마음 속 아주 깊은 곳에서 흐르는 활력의 원천을 찾아 철철 뿜어 올리는 모터가 된다. 활력의 생수는 몸과 영혼을 깨끗하게 정화시키고 영양을 공급하는 젖줄 역할을 한다. 마음 속 깊숙한 곳에서 끌어올려진 활력의 생수는 육신과 영혼을 넘나들며 의욕으로, 자신감으로, 독특한 창의력으로 열매를 맺는다.

12
투르크메니스탄
Turkmenistan

〈국기〉

초록색은 이슬람교의 전통과 숭고함, 빨강의 융단무늬는 아랍문화의 전통과 이에 대한 계승, 초승달과 5개의 별은 이슬람교 국가임을 뜻한다

〈국장〉

초승달은 밝은 미래, 카펫은 전통·정치·사회·문화·종교, 아할테케(Akhal- Teke)말은 자긍심, 밀 이삭은 손님을 접대하던 관습을 의미

〈국가 개관〉

투르크메니스탄은 중앙아시아 남단에 있으며, 이란, 아프가니스탄, 카자흐스탄, 우즈베키스탄, 카스피 해에 접해 있는 이슬람 공화국이다. 1990년 8월 주권 선언을 하고 1992년 3월 독립국가연합에 가입하였다. 옛 소련 독립국 중 유일하게 계획경제체제 하에 있다. 국토의 90%가 사막이다. 날씨가 극도로 건조하고 혹서가 계속된다. 민족구성은 투르크멘인 85%로 다수를 차지한다. 천연자원은 석유, 천연가스, 유황 등이다. 동부에서 남부를 잇는 카라쿰 운하는 아무다리야강의 물을 카스피해까지 인도하는 세계에서 가장 긴(전장 1,400km) 주행(舟行) 관개운하이다.

The Republic of Turkmenistan in Central Asia, is bordered by Kazakhstan to the northwest, Uzbekistan to the north and east, Afghanistan to the southeast, Iran to the south and southwest, and the Caspian Sea to the west. Turkmenistan has been at the crossroads of civilizations for centuries. In medieval times, Merv was one of the great cities of the Islamic world and an important stop on the Silk Road, a caravan route used for trade with China until the mid-15th century. Turkmenistan possesses the world's sixth largest reserves of natural gas resources.

- **국명** : 투르크메니스탄(the Republic of Turkmenistan)
- **수도** : 아쉬하바트(Ashgabat)
- **면적** : 491,210 square km
- **인구** : 5,760,000 명
- **국민소득** : US$7,657달러
- **언어** : 투르크멘어(Turkmen)
- **독립일** : Oct 27, 1991

사랑의 땅, 투르크메니스탄이여

아시아 대륙 한 중간에
아무다리야강 남쪽에
카스피해 동편에
코페트닥 산맥 북녘에

카라쿰 사막 펼쳐지고
세계최장 운하가 흐르고
또 흘러 사천리

오아시스 따라
염소 양 길러
하늘 보고 사는 사람들

그 옛날
아나우에 농경문화 이뤘다

거리마다
건물마다
모두가 하얗게
정말 하얗게
농촌엔 햐얀 목화꽃 활짝 펴
강줄기 바닷길 잇었는데

사랑의 마을엔
일곱 빛 무지개 뜨는데

석유 찾아 나섰다
지옥의 문 찾았다
세계가 놀란다

미움은 싫어
다툼은 더욱 싫어
우리는 영세중립국
세계 속에 평화의 깃발 올려라

내 영혼을 자유로운 조국에
부르자 사랑의 노래
평화의 노래~~~!!!

Land of Love, Oh, Turkmenistan

At the very center of Asia
To the south of River Amudarya
To the east of Caspian Sea
To the north of Mts. Kopetdag

Desert Karakum stretches wide
The world longest canal runs through it
Yes, runs and runs long 1,500km

Look at the innocent people along oases
Raising goats and sheep
Watching up sky

Long long time ago
They flowered the old Anowe agriculture

Every building
Every street
White white white
So white

Cottons are all fully blooming in white
River forgets the way to the sea

How pretty the seven colored rainbow

Over the town of love, Ashgabat

They started to find the oil crude
They found the Way to Hell
Look at it, everybody was surprised

No more hatred
No more dispute
We are a permanently neutral state
Hoist up our flag of peace

My soul to my fatherland of freedom
Sing our song of love
Sing, sing and Sing our song of peace~~~!!!

혜초의 길, 마르코폴로의 길 그리고 나의 길

오늘도 나사가 다 풀어진 기계조각 같이 힘 빠진 육신을 불굴의 의지로 추슬러 또 길을 나선다. 마리로 향하는 길이다. 그 옛날 혜초 선배, 마르코 폴로 선배 그리고 칭기즈칸이 지나간 길이다. 그 옛 선배들도 마리로 향하면서 가물가물 꺼져가는 생명을 혼신의 힘으로 붙잡았을 것이다. 조금만 더 가면 오아시스가 나온다는 희망이 그 원천이다. 희망이 있는 한 우리는 다시 힘을 낼 수 있다.

마리는 중앙아시아에서 가장 큰 카라쿰 사막에 있는 오아시스이다. 실크로드 교역 중심지로 다양한 사람들이 오고갔고 여기서 종교, 정치, 문화, 경제,

사랑이 뒤섞였다. 마리야말로 물질적, 정신적, 지리적으로 실크로드의 중심이며 과거 유라시아 광역생활권의 중심지였다. 실제로 몽골제국 때는 유럽에서 북경까지 촘촘하게 만들어진 역참제를 이용하여 3개월이면 주파했다고 하니 과거 세계는 지금보다 더 글로벌하고 다이내믹한 세계였다는 것을 알 수 있다.

닫힘과 막힘이 없는 대지 위를 끝없이 달리면 생각과 상상력도 막힘이 없다. 두 팔이 저절로 벌려지며 심연을 향해 깊이깊이 숨을 들이쉬게 된다. 맑고 깨끗한 공기만으로도 내 번민과 좌절은 다 씻기어 나가고 성스럽고 순결한 큰 호흡을 하게 된다. 이 때쯤이면 황량한 벌판에 세차게 부는 바람과 내가 닮았다는 생각이 든다. 번뇌와 망상을 다 내려놓고, 이 벌판의 유일한 벗 바람과 마주하면 오랜 연인처럼 편안함을 느낀다. 바람은 나보다 더 자유로워

지평선 저 너머를 수도 없이 왔다 갔다 하면서 초원의 풀과 그 풀을 뜯는 생명에 지대한 힘을 불어넣는다. 바람은 언제나 바람둥이처럼 온 세상만물과 사랑을 나누고는 내게 시치미를 뗀다. 나는 그런 바람을 사랑할 줄 안다.

나는 이곳에서 혜초 선배와 마르코 폴로 선배, 칭기즈칸과 시공을 초월한 조우를 아주 오래 전부터 꿈꿔왔다. 이들이야말로 유라시아가 배출한 슈퍼스타이기 때문이다. 이들과 원탁에 마주 앉아 유라시아 광역생활권과 유라시아의 평화에 대하여 격의 없는 대화를 나누고 싶었다. 내 안에는 오랫동안 숨죽여 혜초와 마르코 폴로, 칭기즈칸이 살고 있었다. 그 거물들을 다 가슴에 품고 숨죽이고 사느라고 내가 그간 얼마나 고생했는지 모른다.

나는 혜초 선배와 영매를 이루러 달리면서 독경을 수없이 암송한다.

"가자, 가자, 피안으로 가자, 우리 함께 피안으로 가자, 피안에 도달하였네. 아! 깨달음이여 영원하라!" 이렇게 끝없이 독경을 하면 당시 약관 20에 해로를 통해 천축국으로 들어갔다가 4년간의 여정을 마치고 이 길로 돌아갔을 청년 배낭여행자 혜초와 격한 만남의 시간을 가질 것 같다. 때로 바람을 타고 목탁소리가 어디선가 들려오기도 한다. 그 소리에 내가 지금 그러하듯이 이 막막하고 먹먹한 환경에 젊은 혜초도 두려워하면서도 가슴 떨렸을 그의 심장 박동소리가 배어난다. 도로가 이렇게 잘 깔린 지금도 먹고 자는 곳을 찾는 일이 이렇게 힘든데 그 옛날은 어떠했을까? 이 길 자체가 생사를 넘나드는 순례자의 의지를 시험하는 험로였으리라! 아마도 대상들의 무리와 동행을 했을 것이다. 불교의 본산에서 보고 듣고 공부해서 온 세상에 광명을 펼치겠다는 의지가 젊은 혜초의 발걸음에 힘과 용기를 주었을 것이다.

그 옛날 인도로 법의 보배를 찾아 나서는 길은 멀고도 험난했다. 어쩌면 해탈의 경지에 이르는 것보다 더 어려울지도 모른다. 구법의 길을 나선 대부분의 승려들은 생불이 되는 대신 사막에서 해골이 되었다. 후배 스님들은 앞서 길을 떠난 스님들의 해골을 보면서 이정표 삼아 두려운 발길을 옮겨야 했다.

베네치아의 무역상인 마테오 폴로와 니콜로 폴로 형제는 콘스탄티노플의 정세가 불안해질 것을 내다보고 모든 재산을 정리하여 중국으로 떠나기를 결심했다. 그리고 마침내 몽골 제국의 수도 카라코룸에 이르렀다. 쿠빌라이 칸을 알현한 이들은 종교를 논하다 교황의 서신과 토론을 벌일 그리스도교

사제 백 명을 데려올 것을 약속하고 고국으로 돌아왔다. 이들은 백 명의 토론자를 데려오지는 못했지만 열일곱 살의 니콜로의 아들 마르코와 함께 몽골로 돌아왔다.

몽골인들은 이들을 환대했고 서방과 교류에 관심이 많은 쿠빌라이는 소년 마르코를 총애했다. 그들은 쿠빌라이를 따라 제국의 수도, 북경으로 갔다. 중국에 17년을 체류한 이들은 칸에게 고국으로 돌아가게 해달라고 간청했다.

실크로드 여행가로는 단연 최고의 여행가로 명성을 얻은 이는 마르코 폴로이다. 그는 고국으로 돌아가 동부지중해 무역권을 두고 제노바군과 전쟁을 벌일 때 베네치아 해군에 참전한다. 전투를 벌이다 포로가 되어 감옥에 갇히는 신세가 된다. 무료한 감옥 생활 중에 마르코 폴로가 들려주는 뻥을 가미한 동방의 신비스런 이야기는 단연 최고 인기였다. 운 좋게 여기서 만난 제노아 작가 루스티첼로는 마르코가 들려주는 '동방견문록'이란 책으로 출판했다. 출판되자마자 이 이야기는 선풍적인 인기를 끌었다. 마르코 폴로의 동방견문록은 쿠빌라이가 제위에 있던 시대상을 묘사하고 있다,

메르브는 마리와 이웃한 도시이다. 이곳은 11~12세기 셀주크투르크의 수도였을 때 가장 전성기였지만 1221년 이곳에 침입한 징스기 칸에 의해 도시는 완전히 파괴되었고 이후에는 화려한 역사를 뒤로하고 공허한 폐허로 남게 되었다. 징기스 칸은 가장 잔인하게 이 도시를 폐허로 만들었다.

내 안에서 "나는 누구인가?"하고 끊임없이 질문을 던지게 해준 자는 혜초였

다. 내게 "인과 연에 따라 생겨나고 없어지므로 일체는 공空하다."고 가르쳐 주기도 하고 "법은 곧 우주에 가득 찬 진리 그 자체이다. 만유의 생명력이고 자비력인 까닭에 광명과 다르지 않다."고 가르쳐 주기도 한다.

유라시아에 가면 세상 모든 미녀와 사랑을 나눌 수 있다고 뻥을 친 자는 마르코 폴로였다. 평생 후회하지 않을 진기한 것으로 가득찼다고 나를 유혹한 자도 그였다. 칭기즈 칸은 내게 유라시아를 가슴으로 품는 법을 가르쳐주었다. 그는 자신이 핏빛으로 물들였던 곳에 평화의 불빛으로 가득 채워주길 참회하며 갈구하였다.

나는 이들과 모래바람 휘날리는 황량한 카라쿰 사막 한복판에서 만나 유라시아 광역생활권에 대하여 가슴을 맞대고 대화를 하려 땀을 뻘뻘 흘리며 신들린 듯 달리고 있다. 사랑하는 가족과 함께 아침에 유라시아 특급열차로 달려와 점심은 이곳 마리나 우즈베키스탄 부하라쯤에서 먹고 저녁은 베네치아의 아름다운 전경을 내려다보며 와인을 곁들인 식사를 하면서 아주 소소한 이야기를 나누고 싶다.

아무다리야강의 눈물

나는 사막에서 한없이 작아지는 것을 알게 되었다. 작아진 나는 대자연에 녹아들기 더없이 좋아진다. 이곳에서는 번뇌, 망상, 탐욕과 노여움이 일어나지 않으니 자연스럽게 마음의 수양이 된다. 그러다 '도인이 뭐 별건가!' 하는 자만심이 든다. 그것마저도 금방 다스릴 줄 알게 되었다. 바람처럼, 바람에 날리는 모래먼지처럼, 하늘 아래 끝없이 펴지는 야생화 향기처럼 발걸음도 그저 바람에 얹어 본다. 나는 하늘과 땅, 모래와 관목, 바람과 침묵, 소와 양, 낙타와 이름 모를 새들. 도마뱀과 개미 등 이 대자연의 모든 정령들과 하나가 되는 경건한 의식을 치른다.

천지영기 아심정(天地靈氣 我心定 천기기운 나의기운 마음으로 하나 되어)

만사여의 아심통(萬事如意 我心通 세상만사 여의롭게 내 마음에 통한다네)

천지여아 동일체(天地與我 同一體 천지는 나, 나도 천지 한 몸으로 감응되어)

아여천지 동심정(我與天地 同心正 내 마음이 천지마음 하나 되어 바른 마음)

원불교의 주문인데 이 카라쿰 사막에서 대자연과 하나 되고 고통을 이겨내며 달리기 딱 좋은 주문이어서 나는 끝없이 이 주문을 외우며 힘든 발걸음을 옮긴다.

투르크메니스탄의 마지막 도시 투르크메나바트를 지나고 아무다리아 강을 건너는 나그네 발걸음은 바빠졌다. 몸과 마음은 지쳐있었고 한 시라도 빨리 이곳을 벗어나고 싶었다. 외부와 차단된 폐쇄된 환경이 사람을 거의 질식시킬 지경이었고, 경찰들이 감시하는 눈초리도 부담스러웠다.

아무다리야강은 유라시아를 제패하고자 하는 영웅들이 필시 건너야했던 강이다. 그 옛날 알렉산드로스 대왕이 이 강에 피 묻은 칼을 씻었다. 징기스칸도 이 강에 칼을 씻었다. 오스만 제국의 셀렘 1세도 그랬다. 그 강을 건너며 내려다 본 모습은 처량하다 못해 참담했다. 푸른 하늘 아래 적토 빛 물을 힘차게 흘려보내던 강은 바닥을 다 드러낸 채 슬픈 모습으로 흘러가고 있었다. 저 멀리 양떼를 몰고 가는 목동의 발걸음도 왠지 쓸쓸해 보인다.

아무다리야강은 텐샨산맥에서 발원해서 힌두쿠시 산맥을 빠져나와 아랄해로 들어가는 강이다. 눈 녹은 물이 불어나는 봄이면 갑작스런 홍수가 나기도 했던 강이다. 지금은 주변 사막지역 면화 밭으로 들어가는 관개용수로 물을 다 빼앗겼다. 다리를 건너며 내려다 본 이 강은 바닥이 다 드러날 지경이다. 이렇게 힘을 다 뺀 강은 더 이상 아랄 해로 들어가지 못하고 중간의 사막에서 사라져버리고 만다. 아무다리야강물을 받아들이지 못하는 아랄 해는 염도가 높아져 더 이상 생명이 살 수 없는 죽음의 바다가 되었고 그나마 물은 말라 금세기 최고의 환경문제가 되고 말았다.

아무다리야강과 사르다리야강 유역은 예로부터 과수원과 견과류 나무, 포도밭, 목화밭으로 울창하고 비옥한 땅이었다. 이곳은 황폐한 사막과 비옥한 땅, 아열대 계곡과 눈 덮인 산맥이 결합되어 복합적이고 다양한 자연이 존재한다. 봄이 가고 여름이 오는 즈음이면 광활한 대지에 흰 목화 꽃이 만발한다. 그때쯤이면 미인들이 많다는 이 지역 여인들의 목화 따는 손길이 바빠진다. 실 잣는 여인의 가녀린 손끝에서 나오는 면사는 하늘과 땅, 신과 인간을 연결하는 우주 근원의 끈이다. 날실과 씨실이 만나고 헤어지기를 반복하며 만들어내는 직물은 삶의 해답이 담겨 있는 듯 오묘하다.

무슨 이유에서인지 털을 벗어내고 추위에 떨어야했던 인류에게 목화는 오래 전부터 가장 중요한 직물 재료 중 하나였다. 세계 최고 품질을 자랑하는 인도의 면직물은 일찍부터 먼 지역으로 수출되던 상품이었다. 면제품은 전 세계에서 가장 많이 옷의 재료로 사용되는 소재다. 작물 중 가장 많은 화학비료를 사용하는 작물이어서 언제나 환경문제가 대두되기도 한다. 이 목화 농사가 미국 흑인 노예무역의 시발점이 되기도 했다.

투르크메니스탄은 들어가기도 힘들었지만 나오기도 힘들었다. 공무원들은 느렸지만 꼼꼼했다. 짐을 다시 샅샅이 뒤졌다. 이곳 수속을 어렵사리 마치고 우즈베키스탄으로 국경을 넘는 기분은 천국의 문을 향하는 기분이었다.

13

우즈베키스탄

Uzbekistan

<국기>

하늘색은 하늘과 생명의 물, 백색은 평화와 조화, 초록은 자연의 생명력, 적색 줄은 생명을 의미하는 인체의 혈관, 12개의 별은 우즈벡 문화 속 12개의 별을 상징함

<국장>

문양은 소비에트연방시 사용한 문양에서 비롯, 우즈벡의 대표적인 농산물인 목화와 밀, 이슬람을 상징하는 초승날과 별이 그려져 있음

<국가 개관>

우즈베키스탄은 예로부터 비단길(Silk Road) 의 중앙에 위치하여 동과 서의 문물을 전하는 요충지로 문화가 발달하였다. 특히 14세기 말에는 티무르 왕이 중앙아를 통일하였으며 그의 손자인 울르베그 왕 재위 시에는 천문, 과학, 문학이 크게 융성하였다. 1991년 9월 1일 소련연방으로부터 분리 독립한 이후 우리나라와 관계를 돈독히 하여 대우자동차, 대우방직, 갑을방직, 대우 은행, 타쉬켄트 골프장이 우즈벡 산업의 중추를 이루고 있다. 특히 스탈린에 의해 1937년에 연해주에서 강제 이주된 고려인이 25만 명이 거주하고 있고, 국제협력단(KOICA)의 활발한 활동으로 주요 대학에서는 한국어과가 설치되었다.

The Republic of Uzbekistan is the doubly landlocked country in Central Asia. It was incorporated into the Russia in 19th century, and in 1924 became a constituent republic of the Soviet Union. It became independent on 31 August 1991. Its economy relies mainly on cotton, gold, uranium, and natural gas. Koren language departments are in main Universities for 200,00 Korea ethnics and local people with cooperation of KOICA since 1994.

- **국명** : 우즈베키스탄(the Republic of Uzbekistan)
- **수도** : 타슈켄트(Tashkent)
- **면적** : 448,978 square km
- **인구** : 33,124,000 명
- **국민소득** : US$1,527달러
- **언어** : 우즈벡어(Uzbek)
- **독립일** : 1991.8.31

비단길의 중심, 우즈베키스탄이여!

비단길 한가운데 우뚝 서
동과 서의 문물 다 이어 주었네
문화를 꽃피웠네

티무르 말탄 기상
중앙아 호령하네
울르베그 천문대 하늘을 꿰뚫네

나보이 맑은 정신
역사에 내몰린 한 많은 고려인
친구로 받아줬네

면화 하얀 꽃 세계의 옷 되고
아랄해 죽게 하나?

침간산이여
아무다리야강이여
시르다리야강이여

그대들
아랄해 다시 웃게 하는 날

다시 한 번
동과 서 그 중앙에
우뚝 서리라

온 누리 찬란히 비추리라!

Oh, Uzbekistan, the Very Center of Silk Road

You, Uzbekistan,
Standing high at the very center of Silk Road
Connecting the civilizations of East and West
Bloomed the beautiful culture flowers

King Timur's valiant spirit on the horse
Holds sway over the whole Central Asia
King Ullugbek at his sky tower has a full insight into astronomy

Navoy's pure spirit accepted
As true friends and brothers
The afflicted Koreans who were drifted by the hard history

The white cotton flowers for world's clothes
Nearly kill the Aral Sea?

Mountain Chimgan,
River Amudarya,
Oh, River Sirdarya

The day when you all will liven again
The Aral Sea which is about to gasp

Once again
You, Uzbekistan!
Will stand high at the very center of the East and the West

You will light all the world brilliantly!

2,500년 고도 부하라, 푸른 도시 사마르칸트

어렵사리 국경을 넘어 아랏이라는 국경마을에 도착했다. 호텔도 구하고 휴대폰의 유심카드도 사야 했다. 환전소에서 달러를 바꿔야 해서 번화한 마을 사거리, 택시들이 줄지어 서있는 곳에 차를 세웠다. 그때 바로 한 사나이가 유창한 한국말로 "안녕하세요!" 인사를 하며 다가왔다. 그러더니 금방 몇 사람 더 한국말을 유창하게 하며 다가왔다. 놀라웠다. 아주 작은 마을인데 한국말을 하는 사람들이 이렇게 많다니! 그들은 부산에서 일했고 거제에서도 일했다고 했다. 그들과 잠깐 이야기를 나누고 있는데 진짜 한국사람 둘이 지나가다 차를 세웠다. 이들은 이곳 현지의 가스액화시설 건설현장에 파견 나온 사람들이었다. 이들의 도움으로 먼저 유심카드부터 사서 한국과 소통하

고 우리 입국사실을 알렸다. 환전을 하고 그들이 장기 투숙하는 호텔로 이동했다. 그곳에서 현지인 아주머니가 준비한 한국식 저녁을 함께 먹고 여장을 풀었다.

우즈베키스탄은 그야말로 인종전시장이다. 주로 몽골, 투르크계와 이란계의 혼혈이지만 현재 125개 민족이 공존한다. 원래 인도아리안계 언어를 사용하는 백인종이 살던 우즈베키스탄은 9~10세기 알타이어계 언어를 사용하는 황인종이 들어오면서 인종 지도가 한층 복잡해졌다. 구소련 스탈린 통치 시절, 정치적인 이유로 고려인, 체첸인, 유대인, 타타르인이 우즈베키스탄에 집단 이주하면서 민족 다양성에 더해졌다. 중앙아시아를 개간하기 위해. 민족 간 결집을 막기 위해 여러 민족들은 다양한 지역으로 보내졌다. 고려인도 약 18만 명 정도 정착한 것으로 추산된다.

우즈베키스탄은 유라시아의 교통 중심지이며 문화, 역사, 정치적으로도 중요한 위치를 차지하고 있는 지역이다. 세계를 제패하려는 자 이곳을 지나갔고, 거상이 되려는 자 이곳을 지나갔다. 또 깨달음을 얻고자 하는 자도 이곳을 지나갔다. 이곳은 인도에서 시작한 불교가 중국, 한국으로 건너가는 연결고리에 있어, 종교 및 다양한 문화의 전파과정을 보여주는 중요한 곳이기도 하다.

나의 유라시아평화마라톤도 이제 거의 반환점을 향해 달리고 있다. 이 평화마라톤의 중요한 변곡점을 이룰 아무다리야 강을 건너면서 이 강이 다시 살아나 도도히 아랄 해를 향해 흘러가는 생명의 강이 되기를 희망한다. 옛 영웅들이 피 묻은 칼을 씻던 강이 분쟁을 일으켜 자신과 자신이 속한 작은 집단의 이득을 얻으려는 자들의 마음을 씻는 평화의 강이 되기를 간절히 빌어본다.

나의 발걸음은 매일 42.195km씩 평양과 서울에 가까워지고 있다. 그럴수록 한반도 봄소식도 가까이 들린다. 벚꽃이 활짝 만개했다고 하고, 평화의 봄소식도 꽃처럼 피어나고 있다. 아마도 유라시아를 달리면서 사람들 가슴 속에 있는 '평화의 마음'을 엮어내는 일이 하늘에 상달된 모양이다. 그러나 봄에는 심술궂은 바람을 견디어 내야한다. 워싱턴에도 벚꽃 소식이 들려오지만 난데없이 겨울 코트를 입고 등장한 매파 3인방 움직임이 꽃샘추위처럼 매섭고 을씨년스럽게 느껴진다.

2,500년 고도 부하라로 가는 길에도 이름 모를 이국정취가 흠뻑 담긴 꽃이 피었다. 그 향기는 나그네의 정신을 몽롱하게 한다. 제멋대로 지저귀는 새소리도 천상 화음을 이룬다. 그 길을 달리는 나에게 동반자가 생겼다. 저 뒤에서 당나귀를 모는 마부가 당나귀 궁둥이를 열심히 채찍질해 달리는 내 앞을 쏜살같이 지나간다. 한참 아무 생각 없이 내 속도를 유지하며 달리다보니 아까 내 앞을 지나간 당나귀가 바로 앞에 보인다. 열심히 쫓아가서 다가가니 또 마부가 당나귀 엉덩짝을 연신 두들긴다. 당나귀 엉덩이에 화재가 나지 않을까 걱정이 될 정도였다. 그러나 당나귀는 힘이 달리는지 맞으면서도 속도를 내지 못한다. 이제 마부도 어쩔 수 없는 표정을 지으며 멋쩍어 한다. 이래서 나와 당나귀의 동행은 한동안 이어졌다. 무표정한 마부와 쫑긋한 당나귀 귀를 힐끗힐끗 쳐다보며 달리는 길은 지루하지 않아서 좋았다.

당나귀와 헤어지고 나니 하굣길 호기심 많은 아이들이 내 달리는 모습을 보고 우르르 몰려와서 함께 달려준다. 아이들은 초원 염소새끼처럼 힘이 넘쳐나 내 주위를 이리저리 껑충껑충 뛰면서 달린다. 봄의 생명력과 아이들의 활기가 서로 증폭작용을 하면서 싱그러운 기운이 그대로 내게 전달되어 온다. 도시 전체가 지붕 없는 박물관이라는 부하라로 가는 길에서 아이들과 달리다 보니 타임머신을 탄 기분이다. 과거에 찬란했던 도시를 향해 달리면서 마음은 아이들과 함께 유라시아 실크로드가 광역생활권이 되는 미래로 달려간다.

드디어 부하라에 들어섰다. 도시에 들어섰을 때 천년이 넘는 성곽 옆에서는 철없는 아이들이 공을 차며 뛰노는 모습이 눈에 띈다. 그 아이들 옆으로 나그

네의 혼을 사로잡을 문양과 색상의 도자기나 수공예품을 파는 기념품 가게들이 즐비하다. 부하라에는 몇 박 며칠 밤새고 들어도 질리지 않는 수많은 전설과 노래들이 있다고 한다.

일찍이 매슈 아널드는 사마르칸트와 부하라를 '여름이면 태양이 파미르 고원의 눈을 녹여 홍수가 지는 그곳'이라고 노래했다. 마르코 폴로는 그의 동방견문록에서 부하라를 위품 있고 거대하며 페르시아 전역에서 가장 빼어난 도시라고 묘사했다. 부하라에서 그의 아버지 니콜로와 그의 삼촌 마테오는 3년간 머무르다 쿠빌라이 칸의 사신을 만나 함께 중국으로 건너가게 된다.

부하라는 아주 오랜 옛날부터 서방과 동방을 잇는 실크로드의 중요한 오아시스 역할을 했다. 중국, 인도, 페르시아, 러시아의 진귀한 물건들이 이곳으로 쏟아져 들어왔고 이곳에서 나갔다. 중국인들은 비단과 공단, 사향 등을 가져왔고 인도인들은 생면을 가져와서 비단을 가져갔다. 페르시아인들은 이곳에 카펫, 모직물, 유리 그릇, 투르크메니스탄 말을 가지고 왔다. 이 말은 한혈마라고도 불리고 천리마라고도 부르는 중국이 탐내는 명품종 말이다. 러시아인들은 이곳에 야생동물 가죽이나 말굴레, 안장 등을 가져오고 생면과 비단들을 싣고 가면 아주 기분 좋은 거래가 된다. 대형 우물을 갖춘 라비하우스는 대상들에게 휴식처를 제공했다. 타키라고 불리는 시장에는 낙타가 드나들 수 있도록 문이 사람 키 두 배가 넘게 만들었다.

중앙아시아 실크로드 가운데 여행자들에게 가장 유혹적 도시는 예나 지금이나 사마르칸트이다. 이 도시 지배자는 수없이 바뀌었다. 이 도시는 여행자뿐만 아니라 세상을 제패하려는 야심찬 왕들에게도 매혹적인 도시였다. 뿐만 아니라 이야기를 좋아하는 어린아이들에게도 이 도시는 흥미로운 곳이었다. 이야기는 소설이 되고 영화가 되고 드라마가 되고 연극이 되며 오페라가 되고 음악이 된다. 일찍이 영국은 셰스피어를 인도와도 바꾸지 않겠다고 하지 않았던가. 오늘날 잘 만든 만화 캐릭터 하나가 공장 수백 수천 곳에서 생산된 물건 값어치보다 높다는 것은 설명할 필요도 없다. 이야기는 가장 부가가치가 높은 문화상품이 될 수 있다. 온 세상 어린이에게 꿈과 무한한 상상력을 불러일으키는 '아라비안나이트'의 왕국 도성이 자리잡은 곳이 바로 사마르칸트이다.

푸른 도시 사마르칸트를 에메랄드보다 더 영롱한 땀방울을 흘리며 달리는 나그네에게 박수를 보내던 색목인 여인의 오묘한 모습은 아마 영영 잊지 못할 거다. 활짝 웃음 띤 그 얼굴에 푸른 에메랄드빛으로 빛나는 눈동자에 어리던 알 수 없는 그리움 말이다. 뇌쇄적인 푸른빛의 신비감이 잠시 내 영혼을 버뮤다 삼각지대로 떨어뜨리고 말았다. 차를 타고 가면서 한국인이냐고 물어보더니 한참 앞에서 기다리다가 나를 세워 콜라를 내 손에 쥐어주며 자기는 한국의 수원에서 5년 살다가 왔는데 한국을 너무 사랑한다고 말하는 그 사내의 그 푸른 눈빛도 잊지 못할 것이다.

까레이스키와 함께 부르는 '우리의 소원은 통일'

그 옛날 석국石國이라 부르던 타슈켄트로 들어서는 발걸음은 왠지 모르게 힘이 붙었다. 보석과 보석가공 기술자가 많아 중국인들이 붙여준 이름이다. 습도가 없는 초원의 봄 공기가 상쾌하다. 이곳은 750년 고선지 장군이 한때 점령하고, 이 나라 왕을 사로잡아 당나라 장안까지 데려 갔었던 곳이다. 이렇게 시작한 우리와의 슬픈 인연은 한참 후인 1937년에 까레이스키라 불리는 고려인 이주까지 이어진다. 그리고 또 81년 후 나의 평화마라톤 중간지점으로 내게는 잊지 못할 도시가 되었다. 타슈켄트는 내 여정 절반을 우여곡절 끝에 마치고 새로운 절반을 달리기 시작해야 하는 곳이다.

처음 러시아는 변방인 연해주를 개척하기 위하여 연해주로 이주해오는 한국인들에게 토지도 제공하고 여러 가지 혜택을 주면서 정착하도록 도와주었다. 많은 동포들이 수월하게 연해주에 정착하고 이곳을 중심으로 민족운동도 펼쳐 의병활동의 중심지가 되었다. 그러던 것이 1920년부터 태도가 돌변하기 시작했다. 만주사변으로 일본 팽창을 우려한 소련은 숫자가 많고 단합이 강한 연해주에 살던 까레이스키를 1937년 중일전쟁이 일어나자 그해 10월 중앙아시아로 강제이주 시켰다. 소련 공산당 중앙위원회는 극동 블라디보스토크 거주 한인 강제이주 결정을 내리고 2~3일 내로 갑자기 이동하라는 명령을 내렸다. 스탈린이 동원한 124대의 시베리아 횡단열차의 가축운반 칸과 화물운반 칸에 짐짝처럼 실린 동포들은 11월의 혹한과 배고픔에 시달려야했다. 그들은 그날 그 짐칸에서 얼마나 무섭고 기가 막히고 막막했을까? 상상하는 내 가슴이 금방 먹먹해진다. 까레이스키를 생각하면 잃었던

가족처럼 안타깝고 슬프기도 하지만 또 잘 살아줘서 고맙고 자랑스럽다.

힘없는 나라에 태어난 죄밖에 없는 이들은 이때 우즈베키스탄에 7만 6천 명, 카자흐스탄에 9만 5천 명이 분산 이주되었다. 이들은 다시 다른 중앙아시아 투르크메니스탄, 키르기즈스탄, 그리고 러시아 우크라이나 등으로 옮겨 5대에 걸쳐 거친 삶을 살아가고 있다. 소련정부는 이들에게 한국말 사용을 금지시켰고 거주이전의 자유를 제한하였으나 고려인들은 이곳 우즈벡인들의 따뜻한 환대와 도움으로 토굴과 움막을 짓고 꿋꿋하게 정착해 삶을 이어 나갔다. 그들은 성실하게 사막을 개간하여 논을 만들고 벼농사 등 농작물을 심었다. 이곳은 북위 47도이다. 이곳을 전 세계에서 벼농사가 가능한 가장 북쪽지역으로 바꾸는 기적을 일구었다. 그들이 모여 살던 곳은 까레이스키 콜호즈(한인 집단 농장) 라고 불렸다. 그들은 억척스럽게 살았고, 자식들을 공부시켰다. 소련시절 노력영웅 200명 가운데 120명을 배출시키기도 하였다.

우리는 그들을 잊고 살았으나 그들은 조국을 잊지 않았고, 조국은 둘로 갈라졌지만 그들 기억 속 조국은 언제나 하나였다. 그들이 되돌아 갈 조국도 하나였다. 그러니 조국 통일이 우리보다도 더 절실할 지도 모르겠다. 그 간절한 까레이스키 염원이 내 마라톤 절반의 성공을 열광적으로 축하해주는 이유일 것이다. 까레이스키의 후손들과 우리 교민들 그리고 한국이 좋아서 한국어를 배우는 현지인들 500여 명의 환호는 나 혼자 감당하기에는 너무 과한 것이어서 통일된 조국의 이름으로 받아들였다.

공산주의 소련연방에 속해 있다가 독립해서도 독재자의 통제를 받던 우즈

베키스탄에서 정부 공식행사가 아닌데도 시민들이 500여 명이나 모여 경찰 사이드카 호위를 받으며 가두 행진하는 경우는 거의 없었다고 한다. 그래서 고려인 이민역사에도 길이 남을 일이라고 한다. 북과 꽹과리 장단에 맞춘 신명나는 한민족 행진이 타슈켄트 도심 한복판에서 진행되는 장면은 한국에서 취재를 위해서 날아온 KBS 취재팀과 우즈벡 공영 TV가 카메라에 고스란히 담았다.

그랜드 미르 호텔 앞에서 시작된 평화행진은 바브로 공원까지 아이들부터 할머니, 할아버지를 아우르는 현지 동포와 고려인들의 평화한마당 열기로 가득 찼다. 중앙아시아 그 척박한 땅에도 우리 고려인이 씨 뿌리고 농사지으며 자리 잡았듯이 평화의 씨도 이 격랑이 몰아치는 시대에도 싹을 피워내고 있다. 이 곳 바브르 공원 한가운데에 80여 년 전 고려인들이 아무 것도 가진 것 없이 한겨울에 내던져지다시피 이곳에 왔을 때 따뜻하게 맞아준 우즈베키스탄 시민들 우정에 감사하는 마음으로 한국정부가 조성한 서울공원이 우아하고 당당한 자태를 뽐내며 자리 잡고 있었다.

가이랏 교육부장관, 송인엽 교수와 내가 선두가 된 평화행진의 끝 지점인 서울공원에는 서울에서 응원 온 분들과 LA의 정연진님, 파리의 임남희님 등이 김봉준 화백이 준비한 '평화의 띠' 준비를 마쳤고, 특히 8,000km를 달려온 내 발을 닦아주는 세족식 행사가 있었다. 한겨레 주주인 김종근님이 특별히 떠온 지리산 계곡물로 송인엽교수님과 LA에서 온 김현숙님이 내 발을 씻겨주었다. 이만 리를 달려온 발의 피로뿐 아니라 몸과 마음의 피로도 한꺼번에 싹 가시는 듯 했다. 분위기는 고조되고 아리랑이 울려 퍼졌고 '우리의 소원은 통일'을 목이 터져라 함께 부르니 금방 눈시울이 적셔졌다. 우리는 통일되었고 하나가 되었다,

나는 머나먼 나라 우즈베키스탄에서 과분한 환영을 받았다. 전직 교육부 장관인 가이랏씨가 호텔까지 찾아와 학생들에게 지금까지 유라시아를 달려온 이야기를 전해달라고 부탁해서 피곤한 몸을 이끌고 두 대학교에 가서 학생들과 나누었던 시간은 내게 소중하고 귀한 추억으로 남을 것이다. 학생들에게 나는 60에 비로소 자리를 박차고 일어나 세계 기록 도전에 나섰으니 이제 20세 전후일 그들에게 당신들의 실패는 실패가 아니라 과정일 뿐이므로 좌절하거나 낙담하지 말라고 조언했다.

나이가 71세이신 가이랏 장관은 이 도시에 들어오는 길에는 나와 함께 10여 km 같이 동반주도 해주고 떠나는 날에는 손으로 한 땀 한 땀 수를 놓은 우즈베키스탄 전통의상을 손수 입혀주면서 몇 번이고 '영웅'으로 불러주었다.

손성일 코이카 소장은 지금 우즈베키스탄은 한국을 배우고 따라잡기에 최선의 노력을 하고 있다고 말했다. 환영행사 때 이참 씨가 나와 악수를 청해서 깜짝 놀라서 물어보았더니 이곳 관광청에서 일한다고 한다. 그가 지난 정부에서 한국관광공사 사장으로 일했던 경험을 배우고자 한 모양이다. 또 이날 행사를 물심양면으로 도와준 세종학교 교장 허선행 님은 26년 전 이곳에 와서 어려운 가운데 한국어 학교를 세웠고, 세계에서 가장 규모가 큰 한국어 학교로 키워놓았다.

이제 세상은 변화의 봄바람이 불어오고 있다. 그 진원지는 한반도다. 그 변화의 흐름은 기존의 냉전적 사고로는 읽어내기 힘든 새로운 바람이다. 보다 넓은 공간과 관념을 아우르는 아주 새로운 시각이 필요하다. 그동안 우리가 집착해왔던 자본논리, 패권경쟁과 냉전질서, 좌파우파 편 가르기 등은 편협한 사고라는 것이 이제 확연히 드러났다. 광대무량한 대륙에 서니 그동안 사소한 이기주의 통념에 갇혀 좁은 공간에서 이유도 모른 채 서로 사랑해야 할 사람끼리 치열하게 싸워온 우매한 우리 모습이 선명하게 보인다. 이제 상식으로 몰상식을 걷어내는 간단한 일만 남았을 뿐이다.

세 남자의 향기

끝없이 펼쳐진 푸른 초원을 보면 가슴이 설렌다. 나는 언제나 사랑에 목말라 하고 사랑에 마음 졸여할 줄 안다. 푸른 풀들이 서로 엉켜 바람에 대지 위를 뒹굴 때면 나도 사랑하는 이와 얼싸안고 환호성을 지르며 푸른 초원을 맘껏 달리고 싶다. 뭉게구름 떠가는 푸른 하늘 저 멀리 아직도 녹지 않은 설산이 아득하게 보이니 뭔가 꽉 차오르는 충만감에 희열까지 느낀다. 카자흐스탄 초원을 달리며 가끔 그윽히 풍겨오는 남자의 향기에 정신 못 차린 때도 있었다는 것을 깨닫는다. 바로 어제와 그제 우즈베키스탄 타슈켄트에서 그랬다.

많은 교민들과 고려인 그리고 한국어를 배우는 현지인들이 분에 넘치게 해준 환영행사의 여운을 안고 어제 달콤한 휴식을 취했다. 그리고 아침에 다시

서울공원에서 출발할 때 한국에서 온 응원단끼리 간단하게 길배웅 행사만 하고 출발하려는데 가이랏 전 교육부 장관이 다시 찾아왔다. 우즈베키스탄인의 명예 상징인 족장 전통의상을 입혀주고 내게 다시 '영웅'이라고 불러주며 나머지 일정도 무사히 마치기를 축원해 주었다.

가이랏 전 교육부 장관은, 송인엽 교수님이 2002년도 우즈베키스탄에서 KOICA 소장으로 재직할 당시 우즈베키스탄 국립 세계언어대학교 총장으로 재직하였다. 송 교수님과 긴밀히 협력하여 KOICA의 지원으로 동대학 한국어과를 개설하여 최고인기 학과로 발전시키고 컴퓨터교육을 강화하는 데 큰 기여를 했다고 한다. 또한 그의 강력한 요청으로 송 교수님은 세계언어대학에서 한국학을 한 학기 강의하기도 했다. 그러한 점을 높이 평가하여 세계언어대학은 2003년, 송 교수님에게 명예문학박사 학위를 수여했고 또한 그의 도움으로 우즈벡TV에 한국어교육을 방영하기도 했다.

그렇게 맺어진 인연은 송 교수님이 우즈베키스탄을 떠난 후, 2005년에는 송 교수의 선배인 ㈜영교 조은상 사장의 후원으로, 그 대학에 컴퓨터교육센터를 설치하였고, 그가 교육부 장관에 임명되고도 계속 이어졌다. 그는 한국이 자원과 자본이 부족한데도 놀라운 경제·문화적 발전을 이룩한 것이 좋은 교육 덕분이라는 것에 주목하고 우즈베키스탄에 한국식 교육시스템을 도입하기 위하여 우리나라를 다섯 번이나 방문했다.

그는 내가 타슈켄트로 들어오던 날 새벽부터 반나절 나와 동반주는 물론 평화행진, 환영 대동 한마당행사, 평화포럼, 길마중 등 2박 3일 동안 우리 평화행사에 모두 참여하는 우정을 보여주었다. 송 교수님과 나에게 3개 대학 특강을 주선하여 학생들에게 한국 발전과 평화마라톤 소식을 전하는 자리를 마련해 주었다. 학생들은 정말 눈을 동그랗게 뜨고 귀를 쫑긋 세우며 열심히 들어주었다.

허선행 세종학당 교장 선생님은 대학에서 국문학을 전공하고 군복무를 마치고 약관의 나이에 한글 해외보급에 신명을 바치겠다는 일념으로 1992년에 우즈베키스탄에 건너왔다. 세종학당에서 한글을 보급하여 지금은 한국어 학당으로는 세계에서 가장 규모가 큰 최고 한글학교로 발전시켰다. 2002년에 송 교수님이 우즈베키스탄에 부임해 갔을 때 KOICA 지원을 요청했으나 KOICA 업무범위에 교민지원은 제외되어 있어, 공적인 지원은 못하고, 사적으로 작은 도움만 주어 항상 마음에 미안함을 가지고 있었다고 한다. 지

금 허선행 교장은 평통지부장으로 조국 평화통일정책에 기여하며, 2011년부터는 문체부로부터 연5천만 원씩 지원받아, 세종학당을 교사 13명, 학생 550명을 가르치는 기관으로 발전시켰다.

그리고 송인엽 교수님은 유라시아대륙횡단 평화마라톤 최고 후원자가 되어, 16,000km 중간지점인 8,000km 돌파 기념행사를 준비하러 KBS특별취재팀과 함께 이곳으로 날아와 멋진 남자들의 멋진 우정을 바탕으로 행사를 성대하게 치루는 데 결정적인 역할을 했다. 송인엽 교수님과 나는 작년 8월 좋은 주말 오후에 뚝섬유원지 걷기 모임에서 처음 만났다. 그 때 내 계획을 이야기하고 네덜란드 헤이그 이준열사 기념관에서 첫 출발한다고 하니 처음 만난 내게 이준열사에 대해서 설명을 해서 사실 첫인상이 잘난 체 많이 하는 사람으로 남아 있었다. 몇 번 만남이 이어질수록 잘난 체 많이 하는 사람이란

인상은 지워지고 그것을 상쇄하고도 남을 묵은지 같은 깊은 맛도 있는 사람으로 내게 다가왔다.

마라톤은 김치와 같다. 땀으로 절이고 매콤한 열정으로 양념을 하고 은근과 끈기로 발효가 되어야 제 맛이 난다. 이렇게 오랫동안 여행을 할 때 제일 생각나는 것이 김치다. 우정도 그런 것이다. 상대방을 배려하는 마음으로 절이고 매콤한 공감대로 양념을 하고 상대방을 배려하고 존경하는 마음으로 어느 정도 시간이 흘러야 발효가 되어 제 맛이 난다.

남자의 향기는 한 여자에게 지고지순하고 헌신적인 사랑을 바칠 때 나는 향기일 수도 있다. 그러나 진정한 남자의 향기는 푸른 초원을 달리는 말에서 나는 조금은 퀴퀴한 역동적 냄새일 것이다. 그것은 후각적 냄새와는 다른 것이다. 남자에게는 마음으로 통하는 향기가 날 때가 있다. 믿음직한 냄새! 신뢰가 배어 있는 냄새다. 금방 식상하지 않고 아련하게 취해가는 초원의 야생화 향기 같은 것 말이다. 그래서 남자의 향기는 살만큼 살아서 세월이 덧입혀져야 제 향이 나는지도 모른다.

지금은 소프트웨어 시대이고 가장 소프트웨어적인 것은 사람이다. 사람 중에서도 나, 내가 가장 나다울 때 더 넓고 큰 인연을 만나 조화를 이루며 발전하는 것이다. 나는 이렇게 초원을 달리고, 대지를 달릴 때 가장 나다운 것을 느낀다. 초원을 달리면서 비로소 물고기가 물 만난 듯 신명나게 달리고 있다. 모든 것을 훌훌 벗어버리고 내가 좋아하는 것, 내 마음이 가는 곳으로 나왔더니 이렇게 빛나고 있다. 지금껏 나는 내가 누구인지 모르고 혼란스럽게

살아왔다는 생각이 든다. 이 세상에서 가장 큰 불행은 내가 누구인지 모르는 데서 비롯된다. 자신의 맛과 색깔 그리고 향기를 갖는 것은 타인을 발견하는 것과 다름이 아니다. 그렇게 자신과 타자가 서로 향기에 취해서 소통할 때 사회는 더욱 건강하고 행복해질 것이다.

서울공원을 출발하여 카자흐스탄 국경까지 가는 길은 송인엽 교수, 〈한겨레 온〉 주주통신원 김종근 씨, 또 파리에서 날아온 임남희 씨가 28km나 되는 길을 함께 뛰어 주었다. 28km란 거리는 훈련되지 않은 사람은 뛰기 힘든 거리다. 다시 시작하는 나의 길 배웅으로 끝까지 함께 해주어 얼마나 고마운지 모른다. 우즈베키스탄 카자흐스탄 국경은 다른 국경보다 통과하는데 비교적 수월했지만 그래도 한나절을 이곳에서 허비하고 말았다. 국경을 넘으니 눈에 보이는 풍광이 지금까지와는 확연히 달랐다.

14

키르키스탄

Kyrgyzstan

〈국기〉

적색은 용맹, 태양은 평화와 풍요를 상징하고, 태양으로부터의 40개의 빛줄기는 40개의 부족을 의미

〈국장〉

밝은 청색은 키르기스스탄의 용맹과 관용을 상징하며, 중앙에는 티안샨산이, 좌우에는 밀과 면화, 아래에는 매가 그려짐

〈국가 개관〉

키르기즈탄은 중앙아시아 내륙에 위치하며 수도는 비쉬케크이다. 13세기 경 몽골, 17~18세기 청나라에 편입됐다. 1936년 소련의 자치공화국이 되었고 1991.8월 독립을 선언하고 12월 CIS에 가입했다. 톈산산맥과 파미르고원 사이의 산악지역으로 기후는 건조하다. 키르기스인이 48%, 러시아인이 26%, 우즈베크인이 12%이다. 이슬람교 75%, 러시아정교 20%이다. 산지의 목초지에서 양의 移牧을 행한다. 귀리, 밀, 사탕무, 담배, 과일 등과 석탄, 천연가스, 수은, 망간, 제분업 등이 있다. 2010. 6월 쿠테타로 집권한 정부와 전 대통령 바키예프의 지지자들의 갈등, 수십 개 민족 사이의 소요가 잇달아, 내전에 가까운 상황이다. 2만 여명의 고려인과 1,000여명의 교민이 살고 있다.

Kyrgyzstan officially the Kyrgyz Republic is located in Central Asia. It is landlocked and mountainous. Its capital is Bishkek. Despite its struggle for political stabilization among ethnic conflict, economic trouble, transitional governments, it maintains a republic. A revolution in April 2010 overthrew President Kurmanbek Bakiyev and resulted in a new constitution and the appointment of an interim government. Elections for the Supreme Chancellor were held in November 2011.

- **국명** : 키르기즈스탄(Kyrgyz Republic)
- **수도** : 비쉬케크(Bishkek)
- **면적** : 199,951㎢
- **인구** : 6,320,000명
- **국민소득** : US$1,337달러
- **언어** : 키르기스어(Kyrgyz)
- **독립일** : 1991.8.31

천산의 나라, 키르기즈스탄

천산산맥 자락에서
파미르고원 바라보며
평화롭게 자리 잡은 땅

젱기쉬산 승리봉 높고 높아 7439m
칸텡리산 나도 높소 6995m
5000m 이하는 덤비지 마라

알틴 아라샨 보기 전에
청정이란 말 쓰지 마라
눈이 맑으니 마음 따라 맑구나

바다인가 호수인가 이쉬클아
동서가 180km 남북은 60km
둘레가 700km가 넘네

선사시대 조상들 무얼 하며 살았나
촌폴아타 암각화
태양과 가축들이 다 알려주네

발효식품 크므스
먹을 사람에게 크므스를
달라는 사람에게 딸을

손님이여 반갑소 으르케세 놉시다

마나스 위용 무섭다
9세기 예니세이 강가에서 위구르족 도망친다
키르기스인 만세

레닌 동상 박물관행
그 자리 자유의 여신상 높이 섰다

우리는 독립국 자유의 나라다
키르기즈스탄공화국이다

Land of Mts TianShan, Kyrgyzstan

At the foot of Mts TianShan
Facing the Pamirs Heights
Land full of peace and tranquility

Jengish Victory Peak so high, being 7439m
Never miss me, Khantngri, I high, too, 6995m
Don't come up, you, who are lower than 5000m.

Never say 'cleanness and purity'
Before you come to Altin Alyasan
Cleanness to eyes, cleanness to soul, too.

Issyk-kul, are you sea or lake?
200km east-west, 80km south-north
More than 700km round

What did ancestors do, long long long ago?
Petroglyphs at Chonpolata
Sun and cattle in them tell us all

Kumus, fermented food
Kumus to the one wishing to eat
Daughter to the one who loves her
Glad, visitor, let's enjoy doing Urkese

How imposing General Manas
Ulghurs run away at Rv Yenisay in the 9th century.
Hurrah, Kirgyzstans, forty tribes!

Lenin Statue to museum
Miss Liberty Statue stands high there

Kirgyzstan is independent, Land of Freedom
We're Kirgyz Republic!

비슈케크에서 받은 자주독립 자금

비가 내린 다음 날, 오월 햇살은 초원의 초록을 더욱 찬란하게 한다. 텅 빈 듯한 대지에 초록빛 희망이 가득하다. 아시아의 알프스라 불리는 키르기즈스탄으로 넘어가는 길이다. 초록 길 위에 양귀비 빨간 꽃이 군락을 이룬다. 전봇줄 위에는 뻐꾸기 한 마리가 청아한 소리로 노래를 한다. 그 소리가 희망으로 가득찬 내 가슴에서 공명하여 천상의 소리가 된다. 8개월 전 나는 길을 떠났고 지금은 맑고 순결한 키르기즈스탄 5월 속에 있다. 소와 말과 양은 초록으로 배를 채우고 지금 한민족은 통일의 희망으로 영혼을 채운다. 초원의 하늘은 아버지 생애처럼 좁지 않고 드넓고 푸르르다. 이곳에 오면 누구든 잃었던 시력을 되찾고 잃었던 희망을 되찾을 것 같다.

그리도 고운 소리로 노래를 하는 뻐꾸기는 사랑을 하고는 작은 새 둥지 알을 몇 개 밀어 떨어뜨리고 그 자리에 몰래 자기 알을 낳는다. 그 작은 새 어미가 자기 새끼를 품어 부화하고 먹이를 먹여 키우게끔 한다. 뻐꾸기 얄미운 짓은 여기서 그치지 않는다. 다른 알보다 일찍 부화한 새끼 뻐꾸기는 다른 알들을 밀어 떨어뜨리고 의붓어미가 물어다주는 먹이를 독점한다. 뻐꾸기 어미는 둥지 근처에서 뻐꾹 뻐꾹 울어대기만 해도 새끼는 키워준 어미를 버리고 진짜 어미를 찾아 가버린다. 뻐꾸기뿐만 아니라 사람 사는 세상에도 얌체 짓을 하는 사람들이 많다. 키르기즈스탄으로 넘어가기 전 카자흐스탄 도시인 메르끼에 숙소를 정했다. 이제 지세는 텐샨 산맥 자락으로 들어서는 길이라 계속 완만하지만 오르막길이다. 바람마저 거세 맞바람을 맞으며 달렸더니 다른 날보다 많이 피곤했다. 그래서 숙소의 문을 잠그지 않고 잠이 들어 도둑이 들어왔다. 내 소중한 자료와 사진이 들어있는 컴퓨터와 소지품을 도둑맞았다. 경찰에 신고했지만, 마가렛 김이 나 대신 피해자 조서 때문에 10여 시간 고생만 하고, 찾을 길은 묘연한 채 영사관에 신고한 후 다음 날부터 나의 여정을 계속했다.

초원의 야생화는 척박한 땅에서도 꽃을 피우고 진한 향기를 내뿜는다. 말발굽 소발굽에 밟혀도 다시 일어나 세대를 이어간다. 이곳 중앙아시아에 이주해온 고려인들은 초원의 야생화보다 더 강인하게 살아남아 한국인 특유의 향을 흩뿌린다. 길을 나서 길 위에서 수 많은 사람들을 만났다. 그 중에서도 키르기즈스탄 비슈케크에서 가장 잊을 수 없는 만남을 가졌다. 키르기즈스탄에도 우리 과거와 현재의 역사가 있다.

이양종씨는 20년 전 몸이 안 좋아 공기 좋고 물 좋고 약초가 많은 이곳에 휴양하러 왔다가 정착해 살고 있다. 그는 한국관광객들을 위한 게스트하우스도 운영하고 건축자재 사업도 하면서 이제는 자리를 잡았다고 한다. 그는 나의 평화마라톤 소식을 듣고 조금이라도 힘을 보태주고 싶어 했다. 자신의 엘림 게스트 하우스에 마음 편하게 있으라 해서 그곳을 거점 삼아 며칠 왔다 갔다 하며 달렸다. 덕분에 엘림에서 잠도 편히 자고 잘 차려주는 밥상으로 영양도 충분히 보충했다. 길 위에서 오래 생활하다 보니 편한 잠자리와 맛있는 음식 주는 사람이 제일 사랑스럽더라! 저녁을 사준 평통위원인 정지성 씨도 여기에서 한식당과 여행사를 하면서 뿌리를 내렸다.

왕산 허위 장군 후손들도 이곳에 정착해 살고 있다. 경상도 구미가 본관인 그들은 거의 백년 전 8,000km를 흘러들어와 이곳에 살고 있고, 나는 서쪽 끝에서 8,000km를 달려와 그들을 만났다. 허 블라디슬라브 씨는 9형제 중 형님 한 분과 누나 한 분만 살아 있다. 그가 맏형님은 16세 때 우즈베키스탄에서 동사했다는 말을 할 때 그의 눈에 눈물이 고였다. 그 한마디가 혹독한 삶을 다 이야기하는 것 같아서 나그네의 눈에도 눈물이 고였다. 다음 날 아침에 카자흐스탄으로 넘어가는 길에 허 블라디슬라브 씨와 그의 조카 허 블라디미르 씨가 배웅해주었다. 블라디미르 씨는 다음 주에 이식쿨 호수에서 열리는 마라톤대회에 처음으로 풀코스 도전을 한다고 한다. 카자흐스탄 국경까지 15km를 나와 어깨를 나란히 하고 달렸다. 독립군 손자와 증손자는 그들 할아버지가 이루지 못한 조국 자주독립의 꿈을 나를 통해서라도 꼭 이루어졌으면 하는 심정으로 나에게 극진했다. 그들은 헤어질 때 선물로 준 휴대폰 케이스에 200달러를 넣어주었다. 마치 독립자금이라도 받은 듯 결연함이 울컥 올라온다.

나는 사실 늘 지나다니던 서울 동대문에서 청량리역에 이르는 왕산로가 왕산 허위 선생을 기리는 길이라는 걸 알지 못했다. 왕산 허위 선생은 구미 태생 조선말 의병장이다. 명성황후가 시해된 후 조직한 13도 의병 연합부대 총군사장으로 대대적인 항일운동을 펼쳐 왜적의 간담을 서늘케 한 인물이다. 안중근 의사는 후일 "우리 2천만 동포에게 허위 선생과 같은 나라 사랑하는 마음과 용맹의 기상이 있었던들 오늘날 같은 국치의 굴욕은 받지 않았을 것이다."고 그를 흠모하였다. 왕산 허위 가문은 우당 이회영 가문, 안중근 가문, 최운산 가문, 석주 이상룡 가문과 함께 항일운동 최고 명문 가문 중 하나다. 허위 가문은 충효를 중시하는 가풍 덕분에 그의 4형제와 그의 직계 후손들 그리고 이육사까지 독립운동에 뛰어들 수 있었다. 이육사 모친은 허위의 4촌 허길의 딸이다. 왕산 허위는 성균관 박사와 평리원 수반 판사를 지낸 문관이었다. 을사조약이 체결되자 경기도 포천 등지에서 의병을 모집하여 일

본

군에게 타격을 입혔다. 그는 양주에서 서울탈환작전을 펼치며 일거에 동대문 밖까지 밀고 들어왔지만 역부족이었다. 결국 그는 잡혀 서대문 형무소 1호 사형수가 된다. 그가 형장의 이슬로 사라지면서 남긴 유언이 또 나를 찡하게 만든다. "아버지 장사도 아직 지내지 못했고 국권을 회복하지도 못한 불충과 불효를 지었으니 죽은들 어찌 눈을 감으리오!"

이제 우리는 전쟁을 통해서 우리 영토를 넓힐 수 없다. 그러나 우리 삶의 전

영역을 넓히고 활동 반경을 확장할 수는 있다. 그러니 젊은이들이여, 닭장 안에서 모이가 없다고 한숨짓지 말지어다. 유라시아 한복판에 뛰어들어 바라보니 초원의 풀처럼 기회는 널렸다. 혹여 닭장 속이 답답하면 배낭을 메고 닭장 속을 뛰쳐나오라! 그리고 가벼운 마음으로 세상을 주유하라! 그러면 답을 얻으리라. 우리의 영역은 한없이 확장되리라!

15 카자흐스탄

Kazakhstan

<국기>

하늘색은 영원한 하늘과 단일민족을 의미하고, 중앙에는 태양과 독수리를 표현 왼쪽의 문양은 국가의 전통 문양

<국장>

카작의 'shanyrak' 이미지를 인용한 것으로 전설속의 날개 달린 2마리의 말이 그려져 있음.

<국가 개관>

카자흐스탄공화국은 중앙아시아와 동유럽에 걸쳐 있고 러시아, 카스피해, 투르크메니스탄, 우즈베키스탄, 키르기스스탄, 중국과 접하고 있다. 아홉째로 넓은 나라이자, 가장 큰 내륙국이다. 1850년경에 러시아의 영토가 되었으며, 1925년 카자흐 소비에트 사회주의 자치공화국이 성립되었다. 1991년 12월 16일 독립을 선언하고 1992년 3월, CIS에 가입했다. 광대한 평원국으로 기후는 건조하고 초원·사막이 넓다. 카자흐인이 절반이다. 에너지자원(석탄·석유·수력), 철, 구리, 납, 아연, 금, 니켈, 크롬, 망간, 보크사이트, 인회토 등이 풍부하다. 북부지역은 밀·귀리·보리의 곡창지대이다. 대통령 나자르바예프는 1991년 독립 이후 현재까지 집권하고 있다. 고려인 12만 명이 살고 있다.

The Republic of Kazakhstan in Central Asia, with a small portion west of the Ural(Zhayyq) River in eastern-most Europe is the ninth largest country in the world. The terrain of Kazakhstan includes flat land, taiga, hills, deltas, snow-capped mountains, and deserts. The capital was moved in 1998 from Almaty, Kazakhstan's largest city, to Astana. It declared itself an independent country on Dec 16, 1991, the last Soviet republic to do so.

- **국명** : 카자흐스탄(Republic of Kazakhstan)
- **수도** : 아스타나(Astana)
- **면적** : 2,724,900㎢
- **인구** : 18,312,000명
- **국민소득** : US$10,274달러
- **독립일** : 1991.12.16
- **언어** : 카작어(Kazakh) , 러시아어(Russain)

자원부국, 카자흐스탄

중앙아시아에서 동유럽까지
한반도의 12배
세계에서 가장 큰 내륙국
유목민의 땅, 카자흐스탄이여

땅속에는 석유, 천연가스, 석탄, 수력,
우라늄, 철, 구리, 납, 아연, 금, 은,
텅스텐, 니켈, 크롬,
망간, 보크사이트, 그리고 인회토 …

그것 뿐인가
북부 평야에는 밀 보리 귀리
자원부국 식량강국
세계의 곡창지대일세

알마아라산
좌는 깎아지른 바위 절벽
우는 천 길 낭떠러지
산정에는 옥빛 호수 …

못 잊는다 키기 알라타우 트레킹
앞에는 장엄한 빙하
옆은 가파른 계곡

밑은 격렬한 물살

일리 강변 따라가니
노래한다 사막이
마도르스 부르스인가? 뱃고동소리 애달프다

독립과 자유의 황금 독수리여
금빛 햇살 가르고
풍요와 평화타고 날아라
높이 높이 날아라!

Land of Natural Resources, Kazakhstan

From Central Asia to Eastern Europe
As large as twelve times of Korean Peninsular
The largest landlocked country in the world
Land of nomads, Kazakhstan…

Beneath the earth? Crude, Coal, Gas, Water, Uranium, Steel,
Copper, Lead, Zinc, Gold, Silver, Tungsten, Nickel, Chromium,
Manganese, Bauxite and Apatite…

That's all? Of course, not
Wheat, barley and oat in northern plain
Land blessed with natural resources and grain
Surely, the Granary of the world

Look, Mt Almahla
Sharp cut rocky cliff to the left,
Deep vertical valley to the right
Jade colored lake on its top…

How can I forget, trekking at Kgey Alatau
Grand glacier in front
Sharp cliffs to the left and the right
Fast-flowing current below

Walk along River Ili
It's sand desert that is singing now
It's seamen's blues? How pathetic, the boat gong tune

Golden eagle of independence and liberty,
Through the golden sunshine
Soar high to the sky
With wealth and peace

(Astana)

말[馬]의 나라

카자흐스탄의 초원에서는 장대한 골격의 말들이 한가롭게 풀을 뜯는 모습을 수도 없이 보게 된다. 투르크메니스탄이 낙타의 나라라면 카자흐스탄은 말의 나라이다. 카자흐스탄을 달리면서 초원을 힘차게 달리는 말을 타고 다닐 수 있다는 기발한 생각을 해낸 최초 사람에게 경의를 표한다. 모든 것은 항상 상상에서 시작한다. 따지고 보면 나의 유라시아 평화마라톤도 상상에서 시작했다. 나는 꿈꾸고 상상하며 가능성을 하나하나 점검하며 실행에 옮겼다.

인류문명의 비약적인 발전도 전적으로 상상에서 시작되었다. 기마문화가 얼마나 인류의 삶을 변화시켰는지 유라시아 역사를 공부하면서 깨달았다.

인간은 처음 장대한 골격에 엄청난 속도로 초원을 달리며 폭발적인 힘을 가진 말을 부러운 시선으로 바라보기만 했을 것이다. 바라보며 꿈꾸며 말을 잡을 궁리를 하고 그것을 길들이려 엄청난 대가를 치렀을 것이다. 문명은 말을 타고 전파되고 발전하였다. 말을 탄 자 목동이 되었고, 상인이 되었고, 장군이 되었고, 제왕이 되었다. 말을 길들이는 자에게 부와 명예가 따랐다.

힘이 세지만 싸움을 싫어하며, 자유로운 영혼을 가지고 구속되기를 거부하는 말을 인간에게 순응하고 등을 내어주도록 만든 것은 재갈이었다. 재갈은 인간의 엄청난 발명품이다. 영악한 인간은 말의 두 번째 어금니를 빼거나 갈아서 그 사이에 재갈을 물렸다. 재갈이 가져다주는 엄청난 고통은 인간에게 말 잔등을 얻어 타는 쾌거를 안겨주었다. 그리고 안장을 만들어냈다. 안장이 말의 울퉁불퉁한 척추 위에서 인간을 편안하게 해주었다. 그 다음 등자를 만들어 발을 걸어 안정된 자세를 취하게 되면서 말은 인간 역사의 동반자가 되었다.

인간은 상상하며 그것을 기필코 이루어내는 집념을 가졌다. 인간이 호랑이 등에 올라타는 상상도 했겠지만 호랑이 등에 올라타는 것만큼은 이루어내지 못했다. 그것이 가능했다면 칭기즈 칸도 이루지 못한 세계통일이 벌써 이루어져 지구촌 시대는 훨씬 이전에 시작했고 오히려 지금 세상은 더 평화롭지 않았을까 상상해본다. 호랑이에게 인간은 재갈을 왜 못 물려봤을까? 천하를 제패하는 길인데 왜 안 했을까? 호랑이에게는 재갈로도 해결되지 않는 날카로운 발톱이 있기 때문이다. 인간은 호랑이 등에 올라타는 대신에 자동차를 만들었고 비행기를 만들어내는 역발상을 해냈다.

유라시아 대륙 중앙을 가로지르는 광대한 초원에 살아가는 유목민들은 걸음마를 시작하고는 말 타는 법을 배웠다. 말은 기원전 3,500년경부터 유목민들에 의해 인간의 동반자가 되기 시작했다. 말의 고향은 아메리카 대륙이었다고 한다. 말은 유라시아 대륙으로 건너와 진화를 거듭하면서 초원을 달리는데 알맞게 변화했다. 발가락 대신 발굽이 생겨나고, 다리는 더 길어졌으며, 눈이 커지고 귀는 레이더처럼 돌아가며 후각이 발달하여 위험을 인식하고 빠른 속도로 달아나기 좋다. 겁이 많은 말은 낮에 15분씩 서서 짧은 잠을 자며 다 합쳐도 하루에 서너 시간 밖에 잠을 자지 않는다고 한다. 말은 며칠에 한번 정도 누워서 잠을 잘 뿐이다.

중국 한나라는 흉노와 전쟁을 통해서 보병보다는 기병이 우세하다는 사실을 뼈아프게 깨달았다. 한 무제는 중앙아시아에서 한혈마라는 뼈대가 장대하고 날렵하여 떠있는 구름을 밟고 아득한 하늘을 날을 듯한 말이 있다는 정보를 얻었다. 한 무제는 이 한혈마를 얻기 위해 페르가나로 사신을 보냈다. 그러나 그곳에서 사신들은 난동을 부리고 결국 참수되고 말았다. 그러자 십만 군대를 보내 4년간 전쟁 끝에 기껏 얻은 것이 한혈마 두 마리와 보통 말 3,000마리다. 한혈마를 중국에 처음 소개한 이는 장건이다. 포도를 처음 중국에 소개한 이도 장건이다. 한혈마는 피와 같은 땀을 흘리고 하루에 천리를 달린다고 한다.

인간은 말을 타고, 말 잔등에 짐을 싣고 더 살기 좋은 곳으로 이전했다. 나그네는 130여 개 민족이 어울려 사는 카자흐스탄과 우즈베키스탄을 지나며, 이제 인류는 유라시아 특급열차를 타고 자기 마음에 맞는 나라를 골라 언제라도 유목민처럼 새로운 희망, 새로운 삶을 찾아 정착하는 미래를 상상해본다. 인류는 이제 울타리를 걷어버리고 자기 것을 지키면서도 동화되며 살아가는 것이 옳다. 인류문명의 비약적인 발전도 전적으로 상상에서 시작되었다. 새로운 유목민 시대가 세상을 더 평화롭게 만들 것이다.

10월 대동강 맥주축제를 꿈꾸며

'통일이여! 평화여! 한반도 번영이여! 일원세상이여!'
이렇게 쓰고 보니 이 거룩한 단어에 예의가 아닌 것 같다. 정상들에게 예포로 예의를 표하듯 감탄사를 쏘아 올려 예포를 대신해야겠다.

'아! 통일이여! 오, 평화여! 오, 한반도 번영이여! 오 일원세상이여!'

쓰는 것만으로는 부족하여 나는 초원을 달리며 소리 높여 허공에 외쳤다. '아! 통일이여! 평화여! 한반도 번영이여! 하나된 일원세상이여!' 그러자 이제 이 거룩한 단어들이 생명이 붙어 온 세상에 퍼져나간다.

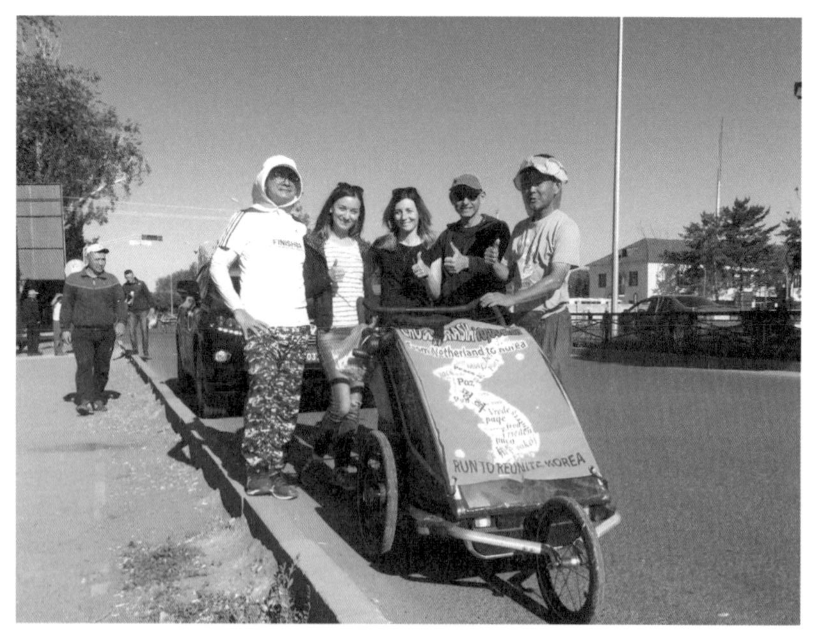

"한반도에 더 이상 전쟁은 없을 것이며 새로운 평화의 시대가 열렸음을 8천만 우리 겨레와 전 세계에 엄숙히 천명한다."며 판문점 선언을 발표할 때 나는 울컥했다. 감격의 파장이 이곳까지 전해오는 듯 오늘따라 초원의 바람은 거셌다. 동쪽에서 불어오는 바람은 동쪽을 향해서 달리는 내게는 시련과 같은 것이지만 발걸음은 신이 났다. 온 우주 기운이 돌고 돌아 상서로운 기운이 한반도에 어리고 있다. 바람이 불어오는 곳은 기대와 소망이 있는 곳을 말하며, 화합과 평화 번영의 길을 의미한다. 오늘 만찬장에서 부른 노래도 '바람이 불어오는 곳.'이었다.

유라시아를 달리며 내가 가장 듣기 싫은 질문은 "당신은 어느 나라 사람이에요?"였다. "나는 한국 사람이에요."라고 답하면 그 다음에 필연적으로 되묻는 "남한 사람? 북한 사람?"이었다. 이쯤 되면 나는 심통이 나서 시비라도 붙고 싶은 사람처럼 네덜란드에서 시작할 때에는 "내가 당신에게 남쪽 네덜란드 사람인지 북쪽 네덜란드 사람인지 안 물어보는데, 당신은 왜 내가 남한 사람인지 북한 사람인지 궁금한데?" 이렇게 되물어서 상대방을 뻘쭘하게 만들곤 한다. 독일에서도 마찬가지다. "내가 당신에게 동독인지 서독인지 안 묻는데 왜 당신은 내게 남한인지 북한인지 물어봐!" 나는 어디를 가든지 남한 사람도 아닌 북한 사람도 아닌 한국 사람이고 싶다.

남북정상회담은 한반도와 동북아뿐만 아니라 세계사에도 중요한 변곡점이 될 것이다. 이번 정상회담을 통하여 남과 북 관계가 얼마나 끈끈한 관계인가를 세계 시민들을 향해 감동적으로 보여주었다. 이제 한반도에는 핵무장도 필요 없고 키리졸브 훈련 같은 대규모 전쟁연습도, 사드도 필요 없다는 것을 과시했다. 비무장지대가 세계적 평화생태공원이 되고, 개성은 동아시아 공장이 되고, 금강산은 세계적 관광 특구가 되고, 황해도 해주가 국제금융 허브로 떠오른다.

부산은 이제 유라시아 특급철도 출발역이 되고, 그 철도를 통하여 서쪽 끝에 있는 섬나라 영국과 동쪽 끝에 있는 섬나라 일본이 연결된다. 그 중심엔 우리나라가 있다. 중국과 일본, 미국의 한 중심에 있는 지정학 위치는 우리가 물류 중심지로 우뚝 설 수 있는 좋은 조건이다. 평양냉면과 전주비빔밥은 맥도날드의 햄버거와 이태리의 파스타를 뛰어넘는 패스트푸드 브랜드가 되어

냉면은 유라시아 미래 맛으로 정착될 것이다.

오늘 2018년 4월 27일은 남북이 대결 상태를 끝내고 평화 시대로 들어가는 역사적인 날이다. 오늘 최고의 압권은 두 정상이 손잡고 몇 십 년이 걸려도 못가는 먼 길을 단숨에 폴짝 뛰어 넘으며 최고 축지법 무공을 보여준 것이다. 아이들 땅따먹기 놀이처럼 유치하게 군사분계선을 두 정상이 손을 잡고 어린아이처럼 천진난만한 표정으로 잠시 넘나드는 장면이었다. 그 철없는 아이들 같은 모습이 파격처럼 세계인들에게 연출되는 장면은 그동안 피 말리는 적대감이 얼마나 덧없고 우스꽝스럽기까지 한지 적나라하게 설명한다.

김 위원장은 "정작 마주치고 보니 북과 남은 역시 서로 갈라져 살 수 없는 한 혈육이며 그 어느 이웃에도 비길 수 없는 동족이란 것을 가슴 뭉클하게 절감하게 됐다. 하루 빨리 온 겨레가 마음 놓고 평화롭게 잘 살아갈 길을 열고 우리 민족의 새로운 미래를 개척해나갈 결심을 안고 나는 오늘 판문점 분리선을 넘어 여기에 왔다."고 일갈했다. '일체유심조一切唯心造'라고 했다. 일체의 모든 것은 마음에 있다는 말이다. 마음을 열고 보니 모두가 사소한 것들인데 왜 우리들은 그토록 모질게 핏대를 올리며 상대방에게 삿대질하고 철천지 원수처럼 싸웠는지 부끄럽기만 하다.

사실 내가 처음 네덜란드의 헤이그에서 출발할 때의 남북관계는 빙하의 얼음장처럼 꽁꽁 얼어붙어서 아무리 오랜 세월이 흘러도 녹지 않을 것 같았다. 나의 달리기는 정치인들이 도저히 풀지 못하는 숙제를 대신해주고픈 심정으

로 시작한 것이었다. 두꺼운 얼음장을 뚫고 싹이 트는 가녀린 새싹이고 싶었다. 그런데 두 정치인이 이 오랜 숙제를 알아서 풀어주니 내 임무는 여기서 끝인 것 같아서 내심 허탈하기도 했다. 늘 상대가 죽어야만 내가 살 것 같은 적대감을 가슴에 품고 살아온 사람들에게 함께 웃으며 손을 잡고 내일을 향해 힘차게 출발하는 날이 이렇게 빨리, 느닷없이 들이닥칠 줄 누군들 알았을까?

고달픈 삶을 살아가는 사람들에게 축제 한마당이 필요하다. 윗마을 갑돌이와 아랫마을 갑순이가 결혼한다는 소식에 마을 사람들은 너도 나도 축복을 해준다. 마을 사람들은 갑돌이와 갑순이 결혼을 빙자하여 한마당 축제의 장을 연다. 마을 사람들에게 때로는 우리는 하나임을 확인하는 광란의 축제가 필요하다. 2002년 한일 월드컵을 통해서 우리는 그것을 스스로 확인했다. 늘 전쟁의 위험 속에서 언제 모든 것이 한 순간 날아갈 수 있다는 불안감은 언제나 삶을 좀먹었다. 그 모질고 서러운 삶을 살아온 우리는 월드컵을 통하여 슬픔과 한을 속 시원히 날려 보냈다. 그 질서정연한 광란의 축제를 세계인들은 넋을 잃고 지켜보기만 했다. 또한 2016년 겨울 무능과 비도덕성의 정권을 비폭력적으로 무너뜨린 질서정연한 대규모 촛불혁명은 또 하나의 축제의 장이었으며 세계인을 또 한 번 놀라게 했다.

이제 내 유라시아횡단 평화마라톤을 통하여 한마당 신명나는 축제가 대동강변 휘휘 늘어진 버드나무 아래서 펼쳐지기를 꿈꾼다. '10월의 대동강 맥주 축제'에 남한 시민 5만, 북한 시민 5만, 재외동포와 세계시민 포함 5만 이렇게 15만 정도 모여서 대동강 맥주와 남한 막걸리를 마시며 떠들며 무박 2일 누구의 손이라도 마주잡고 강강수월래 빙글빙글 돌며 광란의 축제를 벌인다. 2002년 월드컵 때를 능가하는 '질서정연한 광란의 축제', 그건 우리가 잘할 수 있는 최고의 덕목이 아닌가?

이렇게 이념과 사상을 뛰어넘는 만남과 섞임 속에 철조망으로 그어놓은 휴전선보다 더 강팍한 마음의 선을 지워버리는 거다. 남과 북을 갈라놓은 휴전선보다도 우리들 마음에 그어진 선을 넘기가 더 어려울 수가 있다. 마음으로 그어진 선은 지나간 옛사랑의 이름을 지우는 것보다 더 어렵다고 한다. 그런들 15만이 서로 손을 잡고 빙글빙글 돌고 돌다보면 조금씩 지워지지 않을까? 그렇게 마음의 선을 지우고 나면 우리 8,000만 동포 모두는 세상에서 가장 먼 길, 70년 이상 분단의 선을 훌쩍 뛰어넘는 축지법의 고수가 될 것이다. 아마 통 큰 모습을 보이기를 좋아하는 그분은 "유라시아를 품은 사람이 쫀쫀하게 15만이 뭡네까? 50만씩 150만으로 합시다."라고 되치는 기분 좋은 상상을 또 해본다.

RUSSIA
KAZAKHSTAN
ASTANA
Barnaul
Qaraghandy (Karaganda)
Lake Baikal
Irkutsk
Ulan-Ude
Chita
Khabarovsk
Hailar
Lake Balkhash
ULAANBAATAR
MONGOLIA
Harbin
Vladivostok
Hunchun
Changchun
Karamay
Almaty
BISHKEK
KYRGYZSTAN
Ürümqi
Shenyang
NORTH KOREA
PYONGYANG
Korla
Kashi
Hohhot
BEIJING
Dalian
SEOUL
SOUTH KOREA
Tianjin
TAJ.
PAK.
Hotan
Yinchuan
Taiyuan
Shijiazhuang
Yellow Sea
Jinan
Qingdao
Lianyungang
Golmud
Xining
Lanzhou
Xi'an
Zhengzhou
NEW DELHI
Hefei
Nanjing
Shanghai
Hangzhou
East China Sea
Chengdu
Wuhan
Lhasa
NEPAL
BHUTAN
Chongqing
Nanchang
INDIA
KATHMANDU
THIMPHU
Changsha
Ledo
INDIA
Guiyang
Fuzhou
Taipei
Myitkyina
Xiamen
Taiwan
Kunming
Guangzhou
Kaohsiung
Shenzhen
Nanning
Macau S.A.R.
Hong Kong Special Administrative Region
Philippine Sea
Mandalay
HANOI
BURMA
Zhanjiang
Haikou
Hainan Dao
Gulf of Tonkin
LAOS
Nay Pyi Taw (administrative capital)
Chiang Mai
VIENTIANE
Luzon
South China Sea
PHILIPPINES
MANILA
RANGOON
THAILAND
VIETNAM
PARACEL ISLANDS
BANGKOK
CAMBODIA
Andaman Sea
Mindoro
Panay
Boundary representation is not necessarily authoritative.

16
중국
China

<〈국기〉

적색 바탕은 혁명을, 큰 별 하나와 작은 별 4개는 중국공산당을 중심으로 한 단결을 상징

〈국장〉

국기와 동일한 의미의 적색과 별을 배치하고 원형 테두리는 쌀과 밀로 농부를 아래 톱니바퀴는 산업노동자를 의미

〈국가 개관〉

중화인민공화국(중국) 은 동아시아에 있으며 세계 최대의 인구와 넓은 국토 때문에 중국대륙이라 부르기도 한다. 대한민국, 일본, 조선민주주의인민공화국, 몽골과 함께 동아시아를 이루고 있다. 1949년 국공 내전에서 중국 국민당을 몰아낸 중국 공산당이 건국하였다. 건국 이후 대약진 운동과 문화 대혁명을 거친 뒤, 덩샤오핑의 지도로 개혁개방을 시행하면서 2010년 일본을 추월하고 국내 총생산 기준으로 세계 2위를 기록했다. 56개 민족 중 한족이 92%를 차지하는 다민족 국가이다. 지형은 서고동저로 동쪽에 화베이평원과 둥베이평원이 있고, 서쪽에 티베트고원, 톈산산맥 등의 험준한 산지다. 중국에서 가장 높은 곳은 티베트에 위치한 에베레스트 산(주무랑마봉)으로 8,850m이다.

The People's Republic of China(PRC)is located in East Asia. The Republic of China(ROC), founded in 1911 after the overthrow of the Qing dynasty, ruled China until 1949. In 1949, the Communist defeated the nationalist and established the People's Republic of China in Beijing on Oct 1, 1949, while the nationalist relocated the ROC government to Taipei. PRC has been a permanent member of UN Security Council since 1971 when it replaced ROC.

- **국명** : 중국(People's Republic of China)
- **수도** : 베이징(Beijing)
- **면적** : 9,596,961㎢
- **인구** : 1,405,320,000명
- **국민소득** : US$10,087달러
- **언어** : 중국어(Chinese)
- **독립일** : 1912.1.1

만리장성의 나라, 중화인민공화국

황하문명 하은주가 꽃 피우고
진나라 만리장성 중국기틀 이뤘네
한수당송원명청 유구역사이로세

산동성 태산의 옥황봉인가
시황제 한무제 광무제 하늘에 아뢴다
천상은 그대의 것 천하는 내 것이요

티벳 고원 카일라스산 수미산인가
사천왕 지나서 제석천님을 그 누가 만나랴
수정인가 남근인가 순례객만 찾아오네

쓰촨 아미산 보현보살 거니네
산 밑의 낙산대불 코 길이만 20자
고맙소, 장강 수해 막고 있네

안휘성 황산인가? 오악이 도망간다
연화봉 천도봉 사이 광명정, 69봉 엎드렸네
운해속에 기송, 괴석, 더욱 기괴 신묘타
지친 몸 온천욕 산신령이 따로 없다

천하를 태평케 바쁘다 공자 선생
내가 나비인가 나비가 내인가

물소 타고 떠나며 빙긋 웃는 노자여
역사에 대한 불같은 사명
궁형 모욕 이겨내고
중국역사 지켰네 사마천 태사공이여

의용군의 충성 속에 모택동의 대장정
인민의 박수 속에 등소평의 개혁 개방
일본아 물렀거라 미국아 게 섰거라

세계 속에 우뚝 선 중국인이여
조어도는 그대 땅, 잘 찾아오소.
남사군도 이어도 이웃 땅 다투지 마소

이웃과 오순도순
얼마나 아름다운가
대인의 풍모

Land of the Great Wall, P.R. China

HuangHe Civilization flows to Xia, Shang and Zhu Dynasity
Qin Dynasty laid the base for nation, having built the Great Wall
Since then, Han Sue Tang Song Won Mying and Ching Dy, How long your history?

Is it God Peak at Thaishan in Santung
QinShiHuangDi, other founding emperors declare to the sky
Heaven is yours, this world is mine

Is this Mt Kailas or SumeiShan at Tibet?
Who can meet King God thru the four Devas?
Cystal or man's symbol? Only pilgrimages walk around SumeiShan

Climb Mt EmeiShan, meet St Bohyunbosal there
Leshan Dafo's nose only is longer than 6m
How thankful, he prevents the flood from River Yantz

Forget any other mountain, I'm Mt. HuangShan.
How outstanding Peak KwangMyoungJung standing above 69peaks
Pines, rocks, how more pretty are they in the cloud?
How fresh, bathing in the hot springs after a long climb

How busy, Confucius, to keep world in peace
I am a butterfly, or a butterfly me?
Laotzu is leaving on a buffalo, smiling a soundless smile

Fiery sense of mission for keeping history
Through the insult severer than death
It's Sima Qian that records Chinese history

Mao's great march with volunteers
Deng's 'Reform and Open' with people
Japan, clear the road, we'll catch US

Hello, you Chinese, standing high in the world
Pinnacle Islands are yours, please get them back well
Spratly and Lieodo are neighbor's, Never fight with them

How good you are as a gentleman
Keeping friends with neighbors

사막에 비가 내리면

발을 디디면 먼지가 구름처럼 올라오는 메마른 대지를 끝없이 달린다. 우리는 이 푸석푸석한 대지 위에 살을 부비며 살면서 서로에게 먼지가 될지언정 비처럼 촉촉하게 스미지 못한다. 늘 단비를 그리워하며, 가슴에 젖어드는 비를 맞아보지 못하고 메마르게 살아간다. 가슴엔 아주 오래 꽃을 피우지 못했다. 아니 어쩌면 한 번도 꽃을 피워보지 못했다.

실크로드! 그 이름과 역사만으로도 나그네에게 묘한 설렘과 도전과 모험을 떠올리게 하는 길이다. 지난날 실크로드에서 방울 소리에 먼지 일으키며 지나다니던 카라반의 긴 행렬은 더 이상 찾을 길이 없지만, 비단을 싣고 사막 밤하늘 별을 보며 긴 여행을 떠나는 그들 발자취를 더듬으며 달리는 길에는

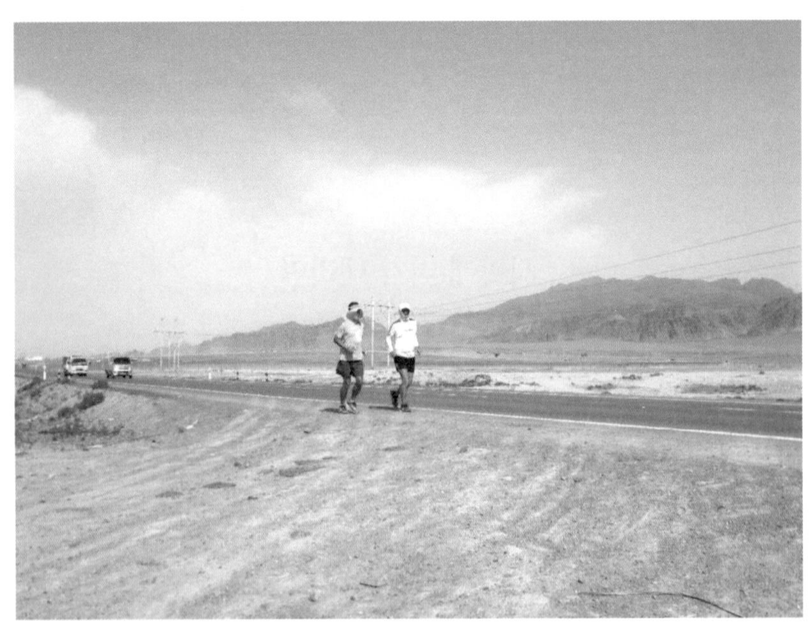

그들 숨결이 생생하게 남아 있다. 어쩌면 나그네에게 아름다움이란 절경의 산세나 계곡, 기암괴석에만 있지 않고 영감을 불러일으키는 환경에 있을 수도 있겠다.

사막은 한발이라는 여신이 지배하는 세상인 것 같다. 한발의 다른 이름은 가뭄이다. 중국 신화에는 푸른 옷을 입은 아름다운 여신으로 등장한다. 이 여신은 황제와 치우가 맞붙었던 탁록의 전투 때 황제의 부름을 받고 천계에서 지상으로 내려온다. 치우가 풍백과 우사를 시켜 일으켰던 폭풍우를 강력한 빛과 열 로 날려 보내고 황제를 도와 승리 일등공신이 된다. 그녀는 이 싸움에서 지나치게 힘을 쓴 탓에 다시 천계로 돌아갈 수 없었다. 그로부터 지상에는 심각한 가뭄이 들게 됐다. 그녀의 이름이 한발이다. 물론 이 치우는 우리 붉은악마의 상징이다.

황량한 사막에 추적추적 비가 내린다. 바리쿤을 향해 산길을 넘고 있을 때였다. 해발 2천m가 넘는 이곳은 바람이 아주 심한 곳이다. 어느 곳이나 성질이 다른 두 기압이 만나면 바람이 심하게 분다. 투루판의 더운 공기와 바리쿤의 시원한 공기가 만나 일어나는 바람이 맞바람이 되어 고단한 발걸음을 더욱 고단하게 만든다. 지금껏 사막에서 만난 비라야 '호랑이 시집가는 비' 정도였는데, 바람과 함께 몰아치는 비 때문에 앞으로 헤쳐 나가기가 만만치 않다. 우비를 찾아 입었지만 갑자기 떨어진 기온을 감당할 수 없어 옷을 찾아 안에 덧입었다.

비가 내리자 메마른 대지 위에서 환희의 함성이 들리는 듯하다. 시들어가던 풀들이 어깨를 활짝 벌려 꽃봉오리를 피워내고, 한가로이 노니는 야생 낙타와 말과 소, 양들이 즐거워 춤을 추는 듯하다. 어디서 왔는지 새들이 짹짹 날아든 다. 물을 머금은 초목이 없는 사막에 큰비가 오면 홍수가 나기 쉽다. 조금 대지를 적시는가 싶으면 바로 물줄기가 콸콸 쏟아져 내린다. 사막에서 비가 내리면 바싹 긴장하지 않으면 안 되는 이유다.

중국인들에게 상상 속 동물인 용은 구름과 바람을 일으키고 천둥, 번개를 자유자재로 부려 비를 내리는 신통력이 있다. 농사를 짓던 중국인들이 최고로 치는 인생의 네 가지 기쁨이 있다. 그 첫째가 오랜 가뭄 끝에 만나는 단비다. 두 번 째가 머나먼 타향에서 친구와 오랜만의 재회다. 세 번째가 신혼 첫날

방에서 타오르는 촛불이고, 그 다음이 과거에 급제했을 때이다.

연일 계속되는 사막 열기 속에 기진맥진한 내게 하늘이 용을 보내주어 비를 뿌려주니 내게는 첫 번째 큰 기쁨이 된다, 외로움 속에 달리는 사막에서 맞는 단비가 오랜 친구 같이 다정하게 느껴지니 그 또한 기쁨이다. 비에 젖어 생기 가 돋는 대지가 첫날밤 새색시처럼 아득하니 이 또한 내게 큰 기쁨이다. 이 길을 달리며 평범하고 찌질하던 내 삶이 평화 마라토너로 거듭났으니 어찌 과거에 급제한 것에 비하겠는가?

투루판에서 하미로 가는 길로서 바리쿤을 거쳐 가는 길을 택했다. 투루판이 해수면보다 낮은 도시라면 바리쿤은 해발 2천m가 넘는 고산지대 초원이다. 주위 다른 도시들이 다 열사의 더운 바람으로 숨이 꽉꽉 막힐 때도 이곳만은 시원한 바람이 분다. 어떤 이는 하늘 아래 가장 아름다운 곳으로 꼽는다. 저 멀리 보이는 바리쿤 호수를 끼고 펼쳐지는 초원은 그 푸름만으로도 눈이 부시다. 이곳에서는 내가 그렇게 무겁게 느꼈던 절망의 무게가 얼마나 가벼운지, 그렇게 작게 보았던 희망의 크기가 얼마나 큰지 극명하게 보인다.

바리쿤은 동톈산 분지에 자리잡은 마치 영화 사운드 오브 뮤직에서 보았음직한 호반의 초원 도시이다. 한때 양과 조랑말 천국이었다. 포류국浦類國이 있었다는 한 대漢代나 명대明代에는 서몽골 천막이 호수를 빙 둘러 싸여 있었고, 한때 4만 마리 군마를 공급했다던 청대淸代토성은 지금 도심 한가운데 무너진 채 자리하고 있다.

나는 사막을 달리면서 태양과 달리기 경주를 한다는 생각을 한다. 태양이 저쪽 동쪽 끝에서 떠오르기 시작할 무렵 시작하고, 태양이 기승을 부리는 한낮 더위 가 시작되기 전에 끝마치려 열심히 달린다. 내가 하루에 마시는 물은 중국 전 설에 나오는 과보가 지는 태양과 달리기 시합을 하면서 마신 물과 거의 비슷할 정도로 많다. 그야말로 마시고는 가도 짊어지고는 갈 수 없을 만큼의 물을 마셔댄다.

중국에는 태양과 달리기 경주를 하는 거인 과보 이야기가 전해져 온다. 그는 지는 태양을 쫓아가 보겠다는 마음으로 열심히 달렸다. 천리를 달린 그는 태양 이 지는 우곡이라는 곳까지 달렸지만 갈증이 나기 시작했다. 그는 황하와 위수 물을 다 마셔버렸다. 그 물은 거인 과보에게는 접시 물에 지나지 않았다. 갈증 이 가시지 않은 그는 북쪽 바이칼 호수의 물을 마시기 위해 달려가다 너무나 지쳐 쓰러져 죽었다. 그가 죽은 자리는 커다란 복숭아나무 숲이 되었다 한다. 상상력이 풍부한 중국인들마저 관련지어 상상하지 못하지만 거기가 바로 무릉도원이 아닐까 생각한다.

태양을 쫓아 달리다 목이 타 죽은 자리에 생겨난 복숭아나무 숲. 나의 태양은 평화이다. 평화를 쫓아서 지금 열심히 달려가고 있다. 만약 황하 물이 다 말라 없어졌다는 소리가 들리거든 내가 다 마시고 평양을 향해 달려가는 줄 알아라! 나는 결코 과보처럼 쓰러지지 않는다.

만리장성, 그 경계를 넘다

만리장성도 벽돌 한 장에서 시작되었다고 한다. 나의 유라시아 평화마라톤이 그렇다. 한걸음부터 시작한 것이 벌써 만 천여km를 치달려 왔다. 마침내 다툼과 고립을 넘어 소통과 화합이 화려하게 꽃을 피워낸 '위대한 길' 실크로드 첫 관문 자위관을 만났다. 이 길에서 동서양 문명과 문화가 만나서 소통하고 자극하며 보다 나은 세계를 만들어왔다. 수많은 민족과 국가가 이 길 위에서 명멸하며 역사와 문명을 만들어내며 끊어질 듯하다가도 끊임없는 생명력으로 되살아났다.

자위관은 미지의 세계로 나아가는 첫 관문이자 외부 세계로부터 중화를 지키는 최전방이며 만리장성 서단 제 1관문이다. 만리장성의 서쪽 시발점이

며, 이곳을 지나면 장에, 우웨이, 란저우, 시안에 도착하게 된다. 이곳에 들어서면 드디어 목숨을 걸고 유럽에다 비단을 팔고 오는 왕서방들의 위험과 고통은 끝이 난다. 이제 일확천금 꿈이 현실이 되는 행복한 여행으로 바뀌게 된다. 나의 끝없는 발걸음도 이제 끝이 보이기 시작하고 이 지상 최대의 마라톤 전위예술도 멋진 피날레를 준비하여야 한다.

아직도 갈 길이 멀지만 화석연료를 사용하지 않고 오로지 내 두 다리 근육의 힘으로 유라시아대륙을 달려서 횡단하겠다는 나의 꿈도 현실이 되어가는 행복한 여행으로 바뀌고 있다. 만리장성은 중국인들의 두려움의 상징이었다. 중국인들은 모든 걸 다 바쳐 성을 쌓았다고 할 수 있다. 이 거대한 장벽은 인류 최대 토목공사라 불리며, 중국의 상징이요 중국인들 자긍심의 중심에 있다. 만리장성은 순수한 방어 목적 외에도 중화와 비중화를 구분 짓는 의식의 경계선이었다.

그 경계선이 내게는 꿈과 현실의 경계선이 돼주었다. 흙을 다져 쌓은 무너진 토성 경계를 넘는 발걸음이 잠시 멈칫한다. 수천 년 동안 수많은 전투가 벌어졌을 것이란 생각이 미치자 피비린내가 진동하는 것 같다. 나는 이 경계선을 넘으면서 분단 경계를 넘는 경계인을 꿈꾼다. 마음으로 '세계평화 인류공영'을 외쳐본다. 동으로 동으로 달려가는 길, 고개를 돌려 뒤를 바라보니 긴 그림자는 서쪽으로 뻗어있다. 평화의 한류가 이제 이 경계를 다시 넘어 서쪽으로 뻗어갈 그 길이다.

남북으로 기차 레일처럼 뻗어가던 두 산이 이곳에서 좁아진다. 내 짧은 안목으로도 군사적 요충지로 탁월하겠다는 생각이 든다. 자위관은 자위 산 서쪽 기슭에 자리하고 있다. 성루 건물이 웅장해 천하제일웅관으로 불린다. 자위관은 만리장성 성문 중 가장 완벽하게 보존되었다고 한다. 한 변이 170미터인 이 건물은 명나라 초기에 지어졌다고 하는데 전설에 의하면 이것을 설계한 건축가가 얼마나 정확했는지 예상되는 벽돌보다 한 장 더 준비했는데 다 짓고 나니 벽돌 한 장이 남았다고 한다.

인류문명의 위대한 유산 만리장성을 생각하면 역사의 이중성과 대면하게 된다. 이 성을 축조할 때 동원했던 수많은 사람들의 피와 눈물과 고통이 담겨 있다. 중국 전설 중 가장 잘 알려진 맹강녀의 전설은 바로 만리장성을 무대로 한 것이다. 만리장성은 고대 중국인들 공동묘지라는 말도 나온다. 맹강녀 남편 완치량도 그 성 아래 묻힌 것으로 전설은 이야기하고 있다.

장성은 언제부터 지어졌는지 애매한 건축물이다. 춘추전국시대부터 유목민들 침입을 막기 위해 지어진 것을 진시황이 연결한 것이다. 자위관 내에는 관우 사당이 있다. 극한의 더위와 추위가 공존하는 이곳은 언제 적이 기습공격을 해올지 모른다. 그 두려움에 맞서기 위해 성벽 위 병사들은 관우 장군에 의지했을 것이다. 중국 사람들이 가장 좋아하는 두 사람은 공자와 관우라고 한다. 두 사람 다 죽어 신의 반열에 올랐다. 두 사람을 위해 사당을 짓고 모신다. 특히 관우는 재물의 신으로 떠받든다.

중국 사람들은 관우를 참 좋아한다. 서슬이 퍼런 문화혁명 때에도 관우 사당은 손대지 않았다. 어지러운 세상을 구하기 위해 유비, 관우, 장비 세 사람이 도원의 결의를 한다. 이후 세 사람 모두 의협심의 상징이 되지만 그 중에서도 관우가 의협심의 대표적인 인물로 꼽히는 이유는 초지일관된 삶을 살았기 때문이다. 그는 언제나 고통받는 약자 편에 섰고 의형제이자 주군인 유비를 위하여 변함없는 충성과 의리를 보여주었다. 그는 적이라도 야비하게 상대 허점을 노려 뒤통수를 치지 않았고 자기에게 불리할 지라도 정면승부를 펼쳤다.

불의를 보면 참지 못했고, 권력욕이나 명예욕, 지나치게 사리사욕에 집착하는 자들이나 작은 재주에 취해 우쭐거리는 자들은 적폐세력으로 반드시 응징했다. 그는 은혜를 입으면 반드시 갚았다. 혼란한 세상을 살면서 자신보다는 동료, 동료보다는 백성을 위했고, 어지러운 세상을 바로잡아 평화로운 세상을 만들겠다는 뜻을 세우고 그 뜻을 위해 평생을 바쳤다.

관우는 죽어서 신이 되었다. 그가 신이 될 수 있었던 이유는 어느 시대이건

다른 이름으로 존재하며 백성들의 피를 빨아먹는 기득권층, 권력자, 대재벌들이 있기 때문이다. 그들은 백성들의 탄식과 원성을 뒤로 하고 사리사욕을 취하는 현실에 백성들은 관우 같은 지도자가 나타나기를 기도하며 관우 사당을 짓기 시작해 중국에는 관우 사당이 공자사당보다 더 많다. 우리나라에도 명나라 때 세워진 관우 사당이 있다. 동대문의 동묘에도 있고 여러 곳의 사찰에 있다.

관우가 신으로 추대된 것은 대체로 당나라 중기 이후였다고 한다. 국가적 위기 상황이 있을 때마다 정치적으로 이용되며 구국의 영웅을 갈구하는 민중 심리를 이용해 관우 지위는 올라가고 마침내 호국신으로 내세워 관왕묘를 짓고 국가 주도로 관우를 우상화하였다. 그러던 것이 무신과 재물신은 물론 질병과 고통으로부터의 구원, 악귀를 쫓는 일까지 관우에게 의지하게 되었다.

관우는 조인의 궁노수가 쏜 화살을 오른팔에 맞아 당대 최고의 명의 화타에게 치료를 받는 장면은 삼국지 최고 명장면이다. 화살에는 독약이 묻어 있다. 독은 뼈까지 빠르게 스며들었다. 생명이 위급한 상황이 되자 부하장수들이 당대 최고 명의 화타를 수소문해 모셔왔다. 관우는 마량과 바둑을 계속 두는 가운데 화타는 관우 팔에 칼을 대어 가죽과 살을 갈랐다. 관우는 눈 하나 깜박 안하고 술 몇 잔 마시며 두던 바둑을 계속 두었다.

뼈가 드러나도록 살을 가르고 보니 뼈가 이미 시퍼렇게 변했다. 화타가 칼로 뼈를 긁어내는 소리가 주위의 모든 사람에게 들릴 정도였지만 관우는 눈 하나 깜박하지 않는다. 오히려 곁에 있던 모든 이들 얼굴이 하얗게 질렸어도 관우는 술을 마시고 고기를 먹으며 마량과 농담을 주고받으며 수술이 끝날 때까지 두던 바둑을 계속했다. 당대의 대가인 한 사람 화타는 관우 내공에 감탄하고 또 다른 한 사람 관우는 화타 의술에 감동한다.

관우의 청룡언월도의 언월은 반달이나 상현달을 의미하고, 관우 상징이기도 했지만 의협과 정의 상징이기도 했다. 폭이 넓은 검신에 용모양이 새겨져 청룡언월도라고 했다. 유비 군대는 이 청룡언월도를 든 관우가 앞장 서는 것만으로도 힘이 나고 사기가 충천했다. 나도 이 청령언월도를 보며 지금도 백성들 피를 빨며 자신들 이익만 찾는 기득권세력과 권력자 대재벌을 멋지게 응징하는 관우가 필요하다고 생각한다.

나는 이제, 단순한 마라토너가 아니라 지상최대 전위예술의 예술가로서 어떻게 멋진 피날레를 장식할 것인가? 만리장성을 넘으며 상념에 빠졌다. 평화의 불길을 어떻게 이 유라시아 대륙에 확산시킬까!

황허, 불그스름한 황금빛 강물

황하가 하늘로부터 떨어져 동해로 가나니, 만리 강물은 가슴 한복판으로 쏟아져 들어온다. "黃河落盡走東海, 萬里寫入襟懷間"는 이백李白의 '증배십사贈裴十四'를 읊조린다. 이백이 이 시를 황허의 어디쯤에서 보고 지었는지 모르지만 오늘 내가 닝샤후이족 자치구 사파토우의 절벽 위에서 바라본 모습과 비슷한 곳에서 바라보고 이 시상이 떠올랐을지 싶다. 지금 내게도 이 시상이 머리에 떨어졌는데 한 발 늦었다. 한 발이 아니라 늦어도 너무 늦었다.

누렇다기보다 오히려 불그스름한 황금빛의 강물은 아직 상류라 거대한 모습을 보이지는 않지만 14억 중국인을 낳아서 키우고 먹여 살리는 웅혼한 기상이 피부로 스며든다. 빠른 속도로 흐르는 강의 모습에서 승천하려는 한

마리의 웅혼한 황룡이 보인다. 이 강이 중국의 역사를 일구어 왔고 문명을 잉태하였고 예술혼을 키워왔다. 삶이든 역사든 결국 흘러간다. 붉은 토사를 품에 안은 고달픈 황허는 수없이 꺾어지고 부서지고 휘돌지만 점점 더 넓어져서 바다로 흘러간다.

이 강이 내려다보이는 언덕에 오르기 전에 길거리에 수박을 파는 행상이 보인다. 어제 사파토우란 황허강변의 민박 마을에서 숙박을 하고 저녁을 먹으면서 아침 겸 점심으로 먹을 볶음밥을 싸달라고 했는데 바쁘다고 저녁 9시까지 해준다더니 안 해주어서 우리가 5시 40분쯤에는 나가야 하니 아침 일찍 해달라고 했는데 아침에도 안 해놓았다. 결국 아침은 컵라면으로 해결하고 출발하였는데 중간에 식당이 없어서 굶을 처지였다. 다행히 우유와 빵 소시지가 있어서 점심도 그걸로 때웠다.

수박을 잘라서 파는 것이 있으면 사려고 했는데 잘라서는 안 판다고 한다. 아무리 날씨가 더워도 혼자서 큰 수박 한 통을 잘라서 다 먹을 수는 없어서 발길을 돌리려는데 내 행색을 보고 뭐하는 사람이냐고 묻더니 작은 수박 한 통을 먹으라고 건네준다. 수박으로 목의 갈증과 인정의 갈증을 해결한 덕분에 36도의 날씨에 언덕을 거뜬히 올라선다. 한국은 요즘 39도 40도를 오간다니 36도의 온도는 피서 온 것쯤으로 여겨진다.

중국은 지정학적 이유로 늘 우리의 역사와 함께 때로 피터지게 싸우며 때로 도움을 주고받으며 공존해 왔다. 그래서 비슷한 것이 많은 것 같기도 하고 달라도 너무 다른 것 같기도 하다. 친숙하기도 하고, 어색하기도 하고, 한편 밉기도 하고 정겹기도 하다. 그러나 중국 국경에 들어서부터 두 달 보름이 지난 지금까지 호기심의 문은 닫히질 않는다. 다 알 것 같으면서도 낯선 나라가 중국이다. 황허가 펼쳐져 나간 지금부터가 본격적인 중국의 모습을 보일 테니 이제 제대로 중국을 탐험할 것이다.

더 알고 싶어서 사람들에게 다가가면 사람들은 멍하니 아무 표정 없이 쳐다보기만 한다. 속마음이야 그렇지 않겠지만 달려서 스쳐지나가는 내게는 그들이 참 무뚝뚝하고 정이 없어 보인다. 16개국을 지나오면서 많은 사람과 만나서 짧은 시간이지만 정을 나누어 왔지만 여기서는 기회를 만들 수가 없는 것이 아쉽고 답답하다. 내가 중국어라도 더 배워 왔으면 나을 것을 그러질 못했다.

황허의 길이는 5,464km에 이르며 서로는 칭하이 성에서 발원하여 쓰촨, 간쑤, 닝샤자치구 등을 돌아 내몽골, 산시, 샨시, 허난, 산동을 거치는 그야말로 대장정을 마치고 황해로 흘러든다. 황허는 세계에서도 유래를 찾아보기 어려울 정도로 강물에 진흙의 함유량이 많다고 한다. 오죽하면 강이 흘러드는 바다의 이름을 강에서 이름을 따 황해가 되었을까. 황허는 흘러내리는 토사에 의해서 화베이평야의 대부분을 형성한 만큼, '물 1말에 진흙 6되'라고 할 정도이다.

황허는 중국인들에게 삶의 공간을 제공하기도 하지만 사람의 힘으로는 어쩔 수 없는 난폭한 폭군이 되기도 한다. 비옥한 곡창지대인 화베이 평원을 제공하지만 물에 황토가 유입돼 퇴적물이 쌓여 강바닥이 평지보다 높은 천정천天井川을 형성하여 홍수의 피해가 크고 유로가 자주 변경된다. 평균 27년에 한 번씩 물길이 바뀐다고 한다. 상류부터 하류까지 경사도가 심해 배가 다니기에 부적합하다.

우임금이 중국 역사상 최초의 왕권을 확립할 수 있었던 것도 바로 이 황허의 치수에 성공할 수 있었기 때문이다. 거의 밀가루처럼 부드러운 흙이 수천만 년에 걸쳐 퇴적되었기에 토양이 부드럽고 영양분이 많아 힘들이지 않고 농사를 지어서 풍성한 수확을 얻으니 중국인들은 범람의 위험을 감수하고서라도 이곳에 삶의 뿌리를 내리고 재난과 싸우며 자자손손 이어온 것이다.

나는 이태백의 시에 한 구절 더 보탠다. 황하가 하늘로부터 떨어져 동해로 가나니, 만 리 강물은 가슴 한복판으로 쏟아져 들어오고, 그 강물은 내 가슴에서 황금빛 평화의 물결로 일렁인다. 어려움과 7월의 무더위를 뚫고 이제

간쑤성을 지나 닝샤후이족자치구로 들어왔다. 이곳에 들어서자마자 문명을 낳고 역사와 문화를 꽃피운 중국의 어머니 강 황허와 격한 만남을 가졌다. 이제부터 중국의 어머니 황허강이 중국인들에게 선물한 풍요로움을 만나볼 수 있는 기대감으로 가슴이 부풀어 오른다.

압록강 앞에 서서

백두가 외로운 눈물 흘리니
두만이요 압록이로세
두 줄기 눈물 한반도 감싸 안고
한라로 한라로 흐르네

남몰래 띄워 보낸 애타는 사연들
슬픔 품어 안고 흐르는 강 압록
내 젖은 마음도 강물에 뚝뚝 떨군다
유라시아를 달려온 지친 내 두 발 담가
마지막 남은 온기를 더한다

보라! 푸른 안개를 헤치고

백두에서 시작하여 한라까지
달려가는 저 도도한 흐름을!

뜨거운 민족의 열망
찬란한 아침햇살로 솟아
희망의 물결로 퍼져 오르니

이 땅의 모든 강물이여
한라에서 뭉쳐 함께 우렁찬
새 평화의 시대를 노래하자!

한라에서 다시 대륙으로 박차고 나가자!
함께 손잡고 두런두런 흐르며
온 세상을 적시는 거대한 물결이 되자꾸나!

발길이 압록강에 닿자 가슴이 강물처럼 일렁인다. 800km를 흘러온 강물도 이리 일렁이는데 1만 4천여 km를 달려온 가슴이 어찌 수런수런 일렁임이 없을쏘냐? 감격의 눈물이 강물되어 흐른다. 그동안 유라시아를 달리며 농축되어온 언어들이 금방 시가 된다.

오늘 끊어진 압록강 철교를 향하여 달리는 길은 맑고 청명한 전형적 가을날이다. 서울에서 이곳까지 응원 온 평마사 상임대표 이장희 교수와 김성곤 전 의원을 비롯해 송인엽 교수, 연삼흠 회장과 박민서 사장, 어제 길맞이 행사

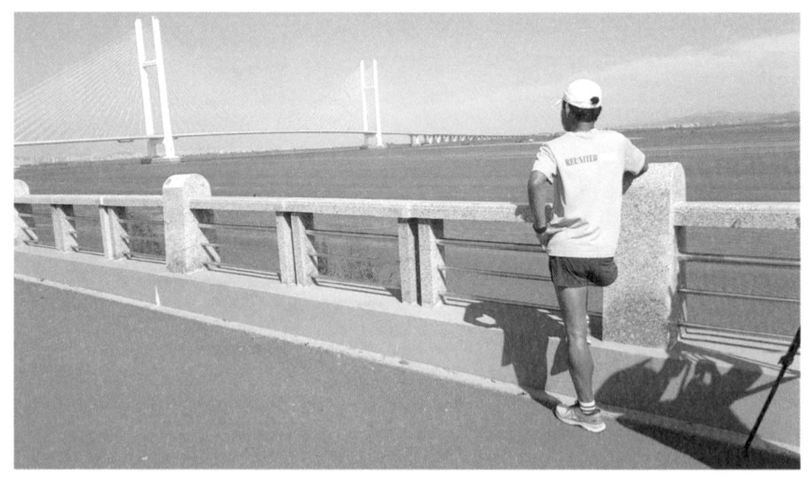

를 총지휘한 김봉준 화백, 이대수 목사, 원불교 최서윤 교무 외 4명을 포함해서 경기도청에서 오후석 체육문화 국장 등 14명의 응원단까지 와주어, 약 30명이 함께 중국공안이 긴장하지 않도록 조용하게 평화행진을 했다. KBS에서는 이 모든 장면을 꼼꼼하게 촬영했다.

압록강 하구를 따라 황금평 옆을 따라 달리려던 계획은 공안이 민감한 지역이라 극구 제동을 걸어 우회로를 선택했다. 황금평에서 북과 중국은 개울 하나를 두고 국경이 갈라져 있다. 황금평의 원래 이름은 황금초였는데 오래 전 김일성이 벼가 누렇게 익을 때 찾아와 "황금평야구먼"이라고 말하면서 '황금평'이 되었다고 한다. 이곳은 북한의 좋은 노동력에 중국의 자본과 기술을 결합해 황금평을 제2의 개성공단으로 개발하겠다는 야심찬 계획이었으나 안타깝게 무산되었다.

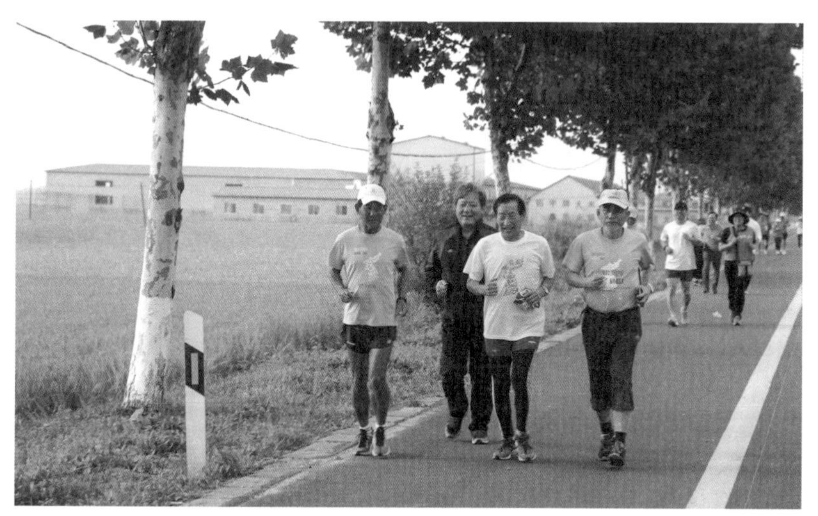

우리들은 공안을 자극하지 않는 한도 내에서 경쾌하고 힘차게 발걸음을 내딛었다. 눈앞에 압록강이 펼쳐지자 감격이 가슴 깊은 곳에서 용솟음쳐 올라온다. 눌려왔던 환호성이 굳게 다문 입에서 저절로 터져 나온다. 민족의 비원을 안고 유장하게 흐르는 강이다. 할머니와 아버지가 그토록 그리워하던 반쪽 조국이다. 바로 저기를 건너기 위하여 지난 401일 동안 나의 모든 것을 불태우며 달려왔다. 썰물이 빠져나가서 더 가까이 보이는 강 저 건너에 황금빛 들판이 눈 안에 손을 뻗으면 잡힐 듯 들어온다.

갈매기도 이쪽저쪽 날아다니고 물고기도 이쪽저쪽 헤엄쳐 다닌다. 우리들은 서로 손을 잡고 한쪽 발을 들고 기러기 떼 지어 날아가는 자세를 취하며 어쩔 수 없는 안타까움을 표한다. 안타까움이라기보다는 간절한 기원을 올리는 제천의식에 더 가까운 행위 같았다. 이곳에 함께한 모든 사람들이 다 자유로이 가보고 싶은 고향 같은 땅이다. 압록鴨綠이란 말은 압록강 물빛이 오리머리 빛과 같이 푸른 색깔을 하고 있다고 하여 이름을 붙였다 한다. 조선 시대 문인 강희맹은 "학 나는 들 저문 산은 푸르러 눈썹 같고 압록강 가을 물은 쪽빛보다 더 진하네."라고 노래하였다.

푸르러서 더 슬픈 강 압록을 따라 조금 더 가면 단둥과 신의주를 잇는 다리가 현대식으로 잘 지어져 있다. 무슨 이유인지 모르지만 지어진지 4년이 넘었는데도 개통되지 않았다고 한다. 다리로 만들어졌어도 다리 역할을 다하지 못하는 다리가 나를 슬프게 한다. 조금 더 달려가면 6·25 때 미군 폭격으로 끊어진 압록강 철교가 더 나를 슬프게 한다. 그 끊어진 슬픈 다리를 상품화한 30위엔 입장료가 또 나를 슬프게 한다. 사회주의 나라에서 자본주의보다 더 한 상술이 통곡하도록 나를 슬프게 한다. 그곳에서 대여받은 한복을 입고 웃고 사진 찍는 중국인들의 모습이 그나마 나를 위로한다.

그 슬픈 끊어진 다리 위에서 마지막 인터뷰를 하자는 KBS 제의를 받아들였다. 왜 유라시아 대륙을 달려 여기까지 뛰어왔느냐는 질문에 나는 '할아버지 성묘를 하고 싶었다'고 답했다. 길이라는 것이 없던 길도 한 사람이 다니고 열 사람이 다니고 이어서 다니면 길이 난다. 나 같은 소시민의 성묘길이 열리고 그 길을 통해서 아이들이 수학여행을 가고 젊은이들이 신혼여행을 다니면 통일의 길이 될 것이라는 취지로 답을 했다.

그날 뉴스는 '강명구 마라토너 방북 무산'으로 헤드라인이 나갔고, 내가 달리는 목적이 할아버지 성묘가 목적이었다고 나갔다. 나는 아무렇지도 않은

데 나를 응원해주던 많은 사람들이 뉴스를 보고 분노했다. 보는 관점에 따라 시각이 이렇게 다를 수 있구나 생각했다. 바로 입북허가가 나오지 않았다고 바로 '입북 무산'이라는 헤드라인을 뽑은 데스크도 무리가 있었지만 그렇다고 흥분할 것도 없었다. 조금 기다리다 그 입북허가를 받아 그 뉴스가 오보라는 것을 보여주면 그만이었다.

문제는 내 마라톤의 목적이 '할아버지 성묘가 전부인가 아닌가'였다. 짧은 시간 내에 압축 보도하는 뉴스 특성상 그렇게 보도할 수 있었다고 받아들였는데 많은 시민들이 기레기 언론 운운하며 내 마라톤의 의미를 축소 보도했다고 흥분했다. 심지어는 내게 "지금 강명구 님이 북한 성묘를 위해서 달린 것입니까?"라고 공개적으로 항의 질의를 하는 사람도 있었다.

지금 우리 조국은 초인이 나타나 앞장서 평화와 통일을 장엄하게 외치며 73년간 분단된 고통을 일시에 해결해 줄 수 있기를 간절히 바라는 상황인지도 모른다. 그러나 나 같은 소시민이 할 수 있는 일이란 고작 달리는 것 밖에 할 수 없었다. 그저 끊임없이 비가 오나 눈이 오나, 사막의 태양이 살점을 녹여 버릴 것 같은 더위에도, 산맥을 넘을 때 살을 에는 눈보라에도 달리는 것 밖에 할 수 없었다. 그렇게 달려서 사람들 마음을 얻어 평화와 통일에 대한 무관심을 관심으로 돌려놓는 일, 그것 밖에 할 수 없었다.

그것 밖에 할 수 없었던 내가 그것으로 사람들의 뜨거운 관심을 받게 되었다. 이제 내 달리기가 국회대정부질문에도 제기될 정도로 뜨거운 이슈가 된 것도 나로서는 대단한 일이다. 이제 내 달리기가 단순히 나만의 달리기가 아닌 것만은 확실하다. 모든 강물의 물줄기는 자기가 의도하던 의도하지 않던 장엄한 물줄기로 변한다. 나의 성묘길이 그럴 것이다. 내 달리기에 많은 사람들의 염원이 더해져서 장엄한 평화 통일의 물결로 넘실대고 있는 것을 나는 이번 논쟁을 통해서 보고 있다.

나의 평화마라톤은 이미 나의 달리기를 넘어서서 많은 사람들이 마음으로 함께 달리는 평화마라톤이 되었다. 그러니 내 마라톤이 어떤 이에게는 성묘길이요, 어떤 이에게는 새 삶을 개척하는 희망의 길이요, 또 어떤 이에게는 넓은 세상으로 뻗어나가는 관문이요 평화의 길이며 통일의 길이니 내게 이 평화마라톤의 의미가 무엇이든 큰 의미도 없어졌다. 각자의 마음에 통일을 꿈꾸는 그 자체가 중요할 뿐이다.

굳이 내 입으로 내달리기가 목숨 내걸고 조국의 평화통일과 인류공영의 초석이 되고자 결연한 의지를 갖고 달리기를 시작했노라고 떠벌이지 않아도 시냇물이 큰 물줄기를 찾아가듯 그렇게 자연스럽게 흘러가고 있으니 내게 "지금 강명구 님이 북한 성묘를 위해서 달린 것입니까?"라는 질문은 맞지 않다. 이 길은 때로는 성묘길이요, 아버지와의 화해의 길이요, 나 자신을 찾아 나선 구도의 길이요, 세상 구경 한 번 멋지게 하는 여행길이요, 온갖 위험과 고통을 이겨내는 모험이며, 몸으로 표현하는 최대의 전위예술이며 최고의 유희이기도 하다.

유라시아 경계를 다 넘어 그 넓은 세계를 품은 나를 편협한 사상이나 작은 언어의 경계 안에 가두려 하지 마라! 나는 이제 남과 북도, 좌도 우도 마음껏

넘나드는 자유인이다. 이제 우리도 그런 사람 하나쯤 있어도 흔들리지 않을 만큼 안정적이고 강한 나라가 되었다. 끊어진 철교 앞에서 기차도 아닌 나의 달리기는 일단 멈추었다. 1만 6천km 중에 1만 5천여km를 달려왔지만 여기서 멈추면 나의 달리기는 절반의 성공이다. 저 철교를 건너 신의주 찍고, 평양 찍고, 판문점으로 넘어가야 완전한 성공이 되는 것이다. 나는 최선을 다했다. 이제는 진인사대천명盡人事待天命의 심정으로 이곳에서 기다리는 수밖에 없다. 다행히 여기저기서 좋은 신호들이 온다. 기다리는 동안 우리 항일운동 유적지와 우리 민족정기가 시작된 백두산 천지 등을 답사해야겠다.

중국 대륙을 달리며

(어머니)

슬픔에 옳고 그름이 없다. 눈물만큼 순수하고 빛나는 것이 어디 있으랴~~~! 눈물을 흘리고 닦으려 하니 또 눈물이 난다. 어머니를 생각하면 숭고한 삶을 살다간 분만큼이나 눈물이 난다. 내게는 어머니만큼 숭고한 사람은 없다. 작년 이맘때쯤 길을 나설 때 어머니 때문에 발길이 무거웠다. 늙고 힘없는 어머니를 홀로 두고 떠나는 마음이 아팠다. 내가 나가 있는 동안 어찌 될까 늘 노심초사했다. 이제 같이할 시간이 얼마 남지 않는 것 같아 마음이 아프다. 왜 나는 좀 더 일찍 철이 들지 못했을까? 내가 돌아올 때까지 만이라도 아무 일 없기를 늘 기도했다(2018.8.2.).

(농부)

세상의 이치가 다 그렇듯이 대지 또한 인간에게 언제나 땀 흘린 만큼 소출을 내어주지는 않는다. 홍수와 가뭄, 메뚜기 떼의 습격 같은 해충의 피해 등 천재지변이 시시때때로 몰아치지만 그런 하늘의 심술을 인내로 감내하고 나면 다시 대지는 풍성한 열매를 내어준다. 농부는 언제나 최선을 다하면서 부족함을 자각하며 겸손해하며 하늘을 경외하고 늘 감사한 생활을 한다.

농부의 마음과 깊은 교감을 나눈 내게 폭염과 고열 따위는 이제 큰 장애가 못 되었다. 사실 심각한 고려 없이 뛰어든 길인지도 모르지만, 하고 싶은 건 못 참는 성격이 이 길로 나를 내몰았지만 일단 길 위에 뛰어든 이상 나는 살아서 완주를 해야 한다는 본능적 몸부림이 나를 야생의 표범처럼 강하게 만들어 가고 있다. 이질 설사로 밤새도록 물 설사로 다 쏟아내고 아침 점심 만두 한 개 계란 프라이로 때우고 저녁 한 끼 제대로 먹고도 다음날 42.2km를 거뜬히 뛰었다(2018.8.8.).

(일대일로)

시진핑이 일대일로에 애착을 보이는 이유는 중국의 신 성장 동력을 확보하기 위한 '중국판 마샬 플랜'이 될 수 있다는 것이다. 미국은 제 2차 세계대전 이후 궁핍해진 유럽경제를 살리기 위해 4년간 16개 국가에 130억 달러를 쏟아 부어 유럽경제를 회복시켰다. 미국의 달러화는 이때 세계의 패권을 잡았다. 중국은 일대일로를 통하여 동남아와 중앙아시아 지역의 인프라 건설과 자금투자를 바탕으로 위안화의 국제화를 이루고자 한다. 아무튼 왕후닝이라는 천재 책사가 만든 국가전략, 일대일로에 의해서 지금 중국은 크게 변하고 있는 것이다.

시진핑은 꿈을 이야기한다. 아태꿈(亞太夢) 과 함께 유라시아 꿈(亞歐夢) 을 이야기한다. 그는 꿈을 말하면서 구체적인 실천방안도 말한다. 그러나 문제는 일대일로를 중국의 새로운 패권 추구로 보고 경계하는 나라가 적지 않다는 것이다. 나도 그것이 아니라 일대일로가 유라시아 평화시대를 활짝 여는 큰 길이 되기를 간절히 바란다(2018.8.15.).

(집으로 가는 길)

세상에서 가장 먼 길을 택해 아버지의 고향집으로 가는 길에 "집으로 가는 길'이라는 영화가 다시 되새김질 되는 이유는 무엇일까? 남북한이 갈라진 기형적인 구조 아래서 여지없이 짓밟혀버린 우리의 전통적 가치와 헤어져 살아야 했던 수많은 숭고한 사람들이 떠오른다. 전통 가치와 의미가 철저하게 유린되었던 문화혁명을 겪은 중국인들에게 장이모우 감독은 옛 전통의 가치, 숭고한 사랑의 의미, 참 교육의 고귀함을 이 영화를 통해 다시 생각하게 해주는 감동을 주었다.

나는 아버지가 첫사랑을 느끼고 가슴 졸여하며 걸었던 그 길 위에 떨어진 낙엽을 밟으며 따라가 보고 싶었다. 그 길 위에 소주를 부어가며 아버지와 화해를 하고, 아버지와 나의 못 이룬 첫사랑을 같이 놓아주는 의식을 치루고 싶다. 내 못 이룬 첫사랑의 꿈을 보상받으려 내 아버지를 평생 짓눌렀던 아버지의 첫사랑의 흔적을 찾아 4만 리 길을 나선 것은 오이디프스적 콤플렉스에서 시작된 무의식의 발로였을 것이다(2018.8.21.).

(알을 깨고 나올 때)

내가 진정 두려운 것은 느리게 가는 것이 아니라 멈춰 서는 것이다. 나는 언제나 제자리에 있는 것을 발견할 때마다 내 자신에 분노해왔다. 무엇보다도 내 자신에 대한 분노가 나를 길 위에 나서게 하였다. 길 위를 달리는 시간, 오직 심장 박동 소리만 들리는 이 순간, 내 안의 연탄불 같은 뜨거움이 밖으로 분출되고 내가 살아있음을 확인한다, 푸르붉은 뜨거움이 나의 하루하루를 .온전히 지배한다는 일은 경이로운 일이다.

밖이 어디든 이제는 부화를 해야겠다고 생각했다. 나는 너무 오래 알 속에 갇혀 있었다. 사람들은 나보고 더 준비해서 떠나라고 했지만 나는 박차고 길 위로 나섰다. 알 속에 안주할 때가 있고 알을 깨고 나올 때가 있다. 알 속이 편하기는 하지만 알 속에서는 아무 일도 할 수 없다. 뒤뚱뒤뚱 그렇게 느리게 멈추지 않고 달리다 보니 어느덧 내 발자국이 찍어낸 그 점들이 나를 놀라게 하고 사람들을 놀라게 하고 있다. 자동차로도 이 거리를 달려본 사람은 그리 많지 않을 것이다.

이제 한국이 그럴 때이다. 껍질 안에서 숙성할 때가 있고 그 껍질을 깨고 나올 때가 있다. 미국이라는 두꺼운 알 껍질을 스스로 깨고 나올 때이다. 제때 껍질을 깨고 나오지 못한 알은 썩어버린다. 껍질 속에 머물러 있는 한 한 발자국도 앞으로 나아가지 못한다(2018.8.28.).

(사랑의 강)

사람과 사람이 만나 서로 좋아지면 두 사람 사이에 사랑의 강이 흐르고 남과 북이 만나 서로 이해의 폭을 넓히며 그리워하면 그 사이에 평화의 물길이 트인다. 그 물길을 따라 온갖 생명이 자라고 번성하게 되는 것이다. 내가 기필코 압록강을 넘어 평양을 거쳐 광화문으로 들어가는 일은 나쁜 피 한 방울 뽑아 우리나라의 울혈을 풀어주는 일이기 때문이다(2018.9.2.).

(신명)

2002년 월드컵 때 우리 안에 있는 그 놀라운 '신명'에 우리도 놀라고 세계인들도 놀랐었다. 오늘 문 대통령을 열렬히 환영하는 여명거리와 능라도 경기장의 저 인파들의 '신명'을 보고 깜짝 놀랐다. 어느 나라에서도 보지 못했던 그때의 신명과 어쩌면 그렇게 똑 같을까. 저런 뜨거운 에너지를 가진 사람들이 함께 새 평화시대를 열어젖힐 그 사람들이다. 남과 북이 손을 마주잡고 보니 그 손 위에 우리끼리 새 길을 열어가겠다는 배짱이 얹어졌다. 우리는 한번 한다면 하는 결기가 생겨난다(2018.9.21.).

(성묫길에 평화가)

70여 년간 남북 무장군인 백만여 명이 철통같이 지켜낸 안시성보다도 더 견고한 저 삼팔선을 뚫고서 성묘 갈 길은 도저히 없었다. 그래서 1만6천km나 되는 우회로를 생각해냈다. 그것만으로도 나의 성묘 길을 보장할 수가 없었다. 그래서 '남북평화통일'이니 세계 평화'란 간판을 활용했다. 그러니 그것이 잘못된 것이라면 죗값을 단단히 치루겠다. 하지만 이렇게 힘들게 먼 길을 오는 동안 기적같이 평화가 내 길동무를 해주었다. 평화가 내 발걸음에 보조를 맞추어 행진하여 주었다.

내가 성묘를 다녀오고 또 누군가가 성묘를 다녀올 수 있다면, 추석 하루만이라도 성묘 길을 열어준다면. 그 길은 성묘 길이 되고, 그 길은 수학여행 길이 되고, 또 신혼 여행길이었다가 자유왕래길이 될 것이니 내가 '남북평화통일'이니 '세계 평화'란 간판을 도용한 것을 나무라지 말고 앞으로도 계속 사용할 수 있게 허가해 주었으면 좋겠다. 그리고 내가 평화운동가로 행세를 하더라도 크게 나무라지 말고 용기를 주었으면 좋겠다. 다만 열사니 초인이니 이런 말은 나에게 어울리지 않으니 피해주었으면 하는 바램이다. 중국의 동해안 길을 따라 달리는 길에 가을바람이 넉넉해서 달리기에 더없이 좋다 (2018.9.25.).

(마지막 구슬 하나 …)

뛰는 것이 목표가 아니고 몸을 길거리에 내달리게 함으로써 통일의 염원을 만방에 알리는 것이었다. 뛰는 것을 통해 나와 우리 모두의 소망을 한데 모아보자는 것이었다. 동아시아가 앞장서는 평화 시대를 활짝 열기 위해서 아시아적 세계관으로 세계를 직접 몸으로 경험해볼 필요가 있었다. 역사의 필연성과 희망의 간극을 좀 더 선명하게 보려면 맨몸의 부딪침이 소중하다.
진주 목걸이를 꿰고 지나가는 가는 실가닥처럼 보석 같은 작은 평화의 마음을 꿰고 싶었다.
이제 마지막 구슬을 하나 더 꿰면 보석이 될 터인데 보석 하나가 뗑그르르

굴러서 그만 장롱 밑으로 들어간 형국이다. 그 구슬이야 어디 갔겠냐마는 찾는데 시간이 걸릴 것 같다. 기다리는 답답한 마음 안고 아무 대답 없는 압록강변을 서성이기 이십여 일째, 조상들에게 대답을 듣기 위해 항일유적지와 고구려 유적지 답사 마라톤을 하기로 결심하였다(2018.11.6.).

제3장

달려야 할 한 나라 두 이야기

– 1,000km –

1. 고려(조선, 한국)
   - 1-1. 조선민주주의 인민공화국
   - 1-2. 대한민국

1

고려
(조선 한국)

Huadian
Tumen
RUSSIA
Baishan
Songjiang
Meihekou
Khasan
Musan
Najin
Tonghua
Paektu-san
2,744 m (9,003 ft)
Ch'ongjin
Hyesan
Ji'an
Manp'o
Kanggye
Kimch'aek
Dandong
Huich'on
Sinuiju
Kusong
NORTH
Sinp'o
Yongbyon
Hamhung
Kaech'on
Sunch'on
Sojoson-man
Tongjoson-man
P'yongsong
PYONGYANG
Wonsan
Korea Bay
KOREA
Nampo
Demarcation Line and Demilitarized Zone
East Sea
(Sea of Japan)
Sariwon
Ich'on
P'yonggang
Changyon
Northern Limit Line
Baengnyeongdo
Daecheongdo
Haeju
Cheorwon
Ongjin
Kaesong
Munsan
Chuncheon
Gangneung
Daeyeonpyeongdo
(Yongp'yong-do)
Incheon
SEOUL
Ulleungdo
Gyeonggiman
Suwon
Wonju
Dokdo
SOUTH
Cheonan
Cheongju
Andong
Daejon
KOREA
Pohang
Gunsan
Jeonju
Daegu
Yellow Sea
Ulsan
Changwon
JAPAN
Gwangju
Masan
Busan
Mokpo
Geojedo
Strait
Yeosu
Western Channel
Tsushima
Hiroshima
Jindo
Yamaguchi
Korea
Eastern Channel
(Tsushima Strait)
Jeju-haehyop
(Jeju Strait)
Kitakyushu
Boundary representation is not necessarily authoritative.
0 50 100 Kilometers
0 50 100 Miles
Jeju
Fukuoka
Jeju-do
Sasebo
Kyushu
40
35
125

〈국기〉

고려기 : 흰색 바탕은 백의의 한민족, 파랑색은 평화와 번영, 한반도 지도는 통일을 상징.

〈통일염원〉

2000.6.15, 한반도 분단 이후 남북정상(김–김) 이 만난 첫 번째 회담. 6.15 공동선언 : 1. 통일문제의 자주적 해결, 2. 통일 방안에 공통성이 있음을 인정하고 통일을 지향, 3. 경제협력을 통하여 민족경제를 균형적으로 발전. 2007.10.4. 두 번째 남북정상회담(노–김)

〈국가 개관〉

한국(韓國) 또는 조선(朝鮮), 코리아(Korea)는 동아시아에 위치하고, 현대사에서는 한반도의 대한민국과 조선민주주의인민공화국을 통틀어 이르는 말이다. 근대사에서 한국은 고종이 수립한 대한제국을 일컫는 말이었다. 넓은 의미로 한국과 조선은 고조선 이후 한반도에 설립된 여러 한민족의 국가를 통칭하는 말이다. 한국의 강역은 현재 한반도와 그 부속도서를 포함한다. 역사적으로 본래 한민족의 영역은 만주와 연해주의 일부를 포함하였다. 12세기 초 발해 부흥운동이 실패로 끝나면서 만주 일대의 영토를 상실하였다. 그러나 19세기~20세기 초에 많은 조선인들이 간도 등 만주, 연해주로 이주하였다. 지리적 조건으로 대륙 문화와 해양 문화의 영향을 모두 받았다.

Korea is a region in East Asia; since 1945 it has been divided into two distinct sovereign states: North Korea and South Korea. Located on the Korean Peninsula, Korea is bordered by China to the northwest, Russia to the northeast, and neighbours Japan to the east by the Korea Strait and the East Sea. Korea emerged as a singular political entity in 676 AD, after centuries of conflict among the Three Kingdoms of Korea, which were unified as Unified Silla to the south and Balhae to the north.

- **국명** : 고려(Korea or Joseon)
- **수도** : 서울 평양
- **면적** : 220,750㎢
- **인구** : 78,000,000명
- **국민소득** : US$22,000달러
- **언어** : 한국어(Korean)
- **독립일** : 1945.8.15

오, 고려여!

하늘 열려 단군왕검 큰 뜻을 품고
신시 박달나무 아래 눈을 감는다

호돌아 곰순아 마늘 먹어라
쑥도 먹어라
석 달 열흘 햇빛 보지 말아라

그래 땅이 사람이다
사람이 하늘이다
하늘 땅 이로우면 사람이 태평하고
사람이 이로우면 천하가 태평하다

달리고 뛰어라, 저 땅 끝까지
박차고 나아가라, 저 바다 끝까지
솟구쳐 올라라, 저 하늘 끝까지

대륙의 동쪽 끝
백두산 정기 뻗어 태백 이루고
금강 설악 지리로 한라에 닿네

경상 울릉 성인봉 편히 쉬어요
외로이 나 홀로 섬 동쪽 지켜요

오늘은 하늘 열린 4353주년!

천 번 만 번, 그래 억번 하고도 한번을 더 가자
435300004353주년이 저기에 있다
홍익인간 님의 뜻
서로 사랑 우리 뜻

너와 나 손잡고
노래하며 춤 추자
덩실 덩실 더덩-실
더덩실 덩-실…

온 누리에 빛난다
오, 고려여, 우리 사랑 코리아…!!!

국조 단군왕검

Oh, Korea…

Sky is opened
King DanGun closes his eyes under a birch with a great ambition
Hey, tiger and bear, eat garlics
Wormwood, too
Do not see the sun for 100 days

Yes, the earth is man
Man is the sky
If sky and earth are peaceful, so is man
If man is happy, all world is peaceful

Run and rush up to the end of the earth
Sail forward up to the end of the sea
Soar high up to the end of the sky

Situated at the eastern end of the continent
Mt. Baekdu stretches to Taebaek
Gumgang, Seolak, Jiri and Halla at last

Have a full rest, GyoungSang, WooLung and Peak SungInBong
I, Lone Islet, guard the east of the nation

Today is the 4353th anniversary
May my nation be glorious

Beyond 43520004353th year and forever!
Devotion to the welfare of mankind or HongIkInGan is thy will,
Loving each other is our will

Let's sing and dance, you and I,
Hand in hand, to our full satisfaction

DeongSil DeongSil DeoDeong-Sil
DeoDeongSil Deong-Sil

How splendid, Korea
My love, Korea~~!!!

1-1

조선민주주의인민공화국

Democratic People's Republic of Korea

〈국기〉

남홍색공화국기: 푸른 폭은 평화, 붉은 폭은 사회주의 혁명정신, 하얀색은 국가주권의 고결성과 광명, 하얀 원은 음양 사상, 붉은 별은 사회주의 건설을 상징

〈국장〉

빨간 별은 혁명의 영광을, 벼 이삭은 농업과 인민을, 댐과 수력 발전소, 철탑은 공업과 노동을 의미. 백두산은 혁명의 성지로 신성히 여기는 산

〈국가 개관〉

조선민주주의인민공화국은 동아시아의 한반도 북부에 위치하며 90%가 산지이고, 수도는 평양이다. 남쪽으로 대한민국과, 북쪽으로 중화인민공화국 및 러시아와 접하고 있다. 공용어는 조선어이며, 평양말과 같은 서북 방언에 기초한 문화어를 표준어로 삼고 있다. 주체사상은 1972년 사회주의헌법 개정에서 최초로 등장하였고, 1992년 4월 헌법 개정 때 소비에트 연방의 기초가 되는 마르크스-레닌주의를 삭제하고 그 자리를 대신하게 되면서 독자적인 사회주의 체계를 마련했다. 1998년 사회주의헌법 개정 때 공산주의 문구를 전부 삭제하고 국방위원장의 권한을 대폭 강화하여 국방위원장이 국가의 실권자임을 명시했다.

The Democratic People's Republic of Korea(DPRK) in East Asia, constituted the northern part of the Korean Peninsula. To the north and northwest, it is bordered by China and Russia along the Amlok or the Yalu and Tumen rivers. It is bordered to the south by the Republic of Korea, with the fortified Korean Demilitarized Zone(DMZ) separating the two. But, DPRK, like its southern counterpart, claims to be the legitimate government of the entire peninsula and adjacent islands. Both North Korea and South Korea became members of the United Nations in 1991.

- **국명** : 조선인민민주공화국(Democratic People's Republic of Korea)
- **수도** : 평양(Pyongyangl)
- **인구** : 25,568,000명
- **언어** : 조선어(Korean)
- **면적** : 120,540㎢
- **국민소득** : US$1,355달러
- **독립일** : 1948.9.9

오, 백두 조선이여!

마천령 장백 부딪쳐 솟구치니
2750 장군봉, 민족성산 백두산

일찍이 환웅이 신시를 열고
한민족 터를 잡아
단군조선 우뚝 섰네

오늘의 조선민주주의인민공화국
온 누리에 빛나네

그 정기 뻗어내려 낭림 태백 차령
그리고 소백과 노령, 백두대간 이루고
금강 설악 넘어지리 천왕 닿았네

장군봉 병사봉 16봉 거느렸다, 하늘 연못
서로는 송화강 내 만주 적시고
북으로 두만강
남으로 압록강
배달민족 역사 흐른다

비룡폭포 백두폭포 힘차게 낙하하니
비류직하칠천척
여산폭포 저만치 물러선다

한라와 이별한 지 어-어언 75년
우리 형제 만나는 날
목 놓아 울리라
땅도 울리라 하늘도 울리라

그리고 웃으리라 춤추리라
하늘도 땅도 춤추리라

세계평화 인류공영
지구촌에 가득하고

자유 평등 홍익인간
세세토록 이루리라!

Oh, Baekdu Joseon!

Mountains of Macheonryong and Jangbaek collide and rise up
That's General Peak of 2750m, Mt Baekdu, National Holy Mountain

Earlier Hwanwoong opened Sinsi or a new place
Korean nationals set up here the territory
Dangun Joseon stood high

Today Democratic People's Republic of Korea or DPRK
How shining it is all over the world

The spirit stretches to Nangrim, Taebaek, Charyoung
And Sobaek, Noryoung and forms Baekdudaegan or Korea's Great Spine
And reaches to Jiri over Gumgang and Seolak Mountain

How majestic 16 peaks around Pond Sky-earthor cheonji
Songhwa River to the west moistens Manchuria
Duman Rivern to the north
Yalu River to the south
They flow the history of Korea

How grand Baekdu Falls
It's 7,000m that waters fall right down there
It overwhelms Yeosan Falls

I've been separated from Mt. Halla for, uh, 75 years

The day we, brothers, wll meet each other
I will cry aloud
The earth will cry, and so will the sky

And I will laugh and dance
The sky and the earth will dance, too

World peace and common prosperity
Those are abundant in the world

Freedom, equality, and devotion to the welfare
They will be done forever~~~

• **백두산** : 함경도 삼지연군과 중국 지린성 연변 조선족 자치주에 걸쳐 있는 화산으로 높이는 2,750m임.

대동강

낭림산맥 고지에서 발원하여
평안지방 고루 적시고
천리를 달려
평양을 휘감는다

산지 구릉지 기름진 평야
풍부한 지하자원
구석기 전부터
한민족 터를 잡았다

열수 패수 왕성강은 옛 이름
여러 물줄기 하나 되어 흐르니
대동강 되었네

대대로
길손에겐 정취를
젊은이에겐 낭만을 불어주누나

을밀대 모란봉은 연인들 놀이터
부벽루 연광정은 시인 묵객 사교터
능라도 양각도 두로섬 벽지도
그리고 봉래도는 평양시민 소풍터

시방
천리마운동 샛별보기에 바쁜 형제들
일년에 한 번 가볼 수 있나

그나마
남쪽 오천만은 꿈에나 가고…

대동강수 서해로 말없이 흘러
한강수 만나서 하나 되는데…

금강산

태백산맥 내려 지른
1,638 금강 비로

눈 씻고 쳐다보니
아득타 만이천봉
굽이마다 폭포요
신묘타 기암절벽

백화 금강, 성록 봉래, 홍엽 풍악
그리고 바위 개골산
철마다 이름 각각
풍경도 각각

내금강, 숲 계곡마다 절이요
외금강, 기암 폭포마다 사연이요
해금강, 총석정 해안절벽 거친 파도 어울렸다

옛적엔 금강산도 식후경
배점에 와 올려보니
나는야 백일 굶어도 식전경이다

말 많은 세상사 다 내려놓고
일생을 너의 품에…

마의태자 부럽소
수많은 시인 묵객 너를 노래했건만…
이두와 소삼부자 오늘에 부른단들…
어찌 너를 다 노래할 건가

가까이 있어도 만날 길 없는
쌍둥이 형 설악 보고파
상봉의 날 그리며
눈물짓는 너

비로 영랑 옥녀 일출 월출 관음봉에
흰 구름 한가히 걸쳐 있는데…

오늘도
금강산은 말이 없다.

개마고원

동은 마천령산맥 운총강계곡
서는 낭림산맥
남은 함경산맥
북은 압록강
평균 높이 1,340 개마고원아

백만년 전 백두산 분출하여
드넓다 용암대지 한반도 지붕

백산 연화산 북수백산 대암산
그리고 두운봉 차일봉 고산준령 많다만
이곳에선 그저 그저 구릉산일뿐…

고구려 힘찬 기상 휘날렸건만
잃어버린 칠백년
윤덕 종서 사군육진 개척
되찾아 왔다

삼수갑산 품어
한번 가면 못 올 데로 여겨졌지만
장진강 부전강 허천강 있어
뗏목 수운 편리하여

압록강 신의주로 통하고

아름다운 인공호 사람들 찾고
풍부한 수력발전산업 이끈다

아 개마고원아

한반도 허리 이어지는 날
토끼 노루 많아
스라소니 표범 호랑이 노는 땅

맨 먼저 너를 찾아 달려가리라!

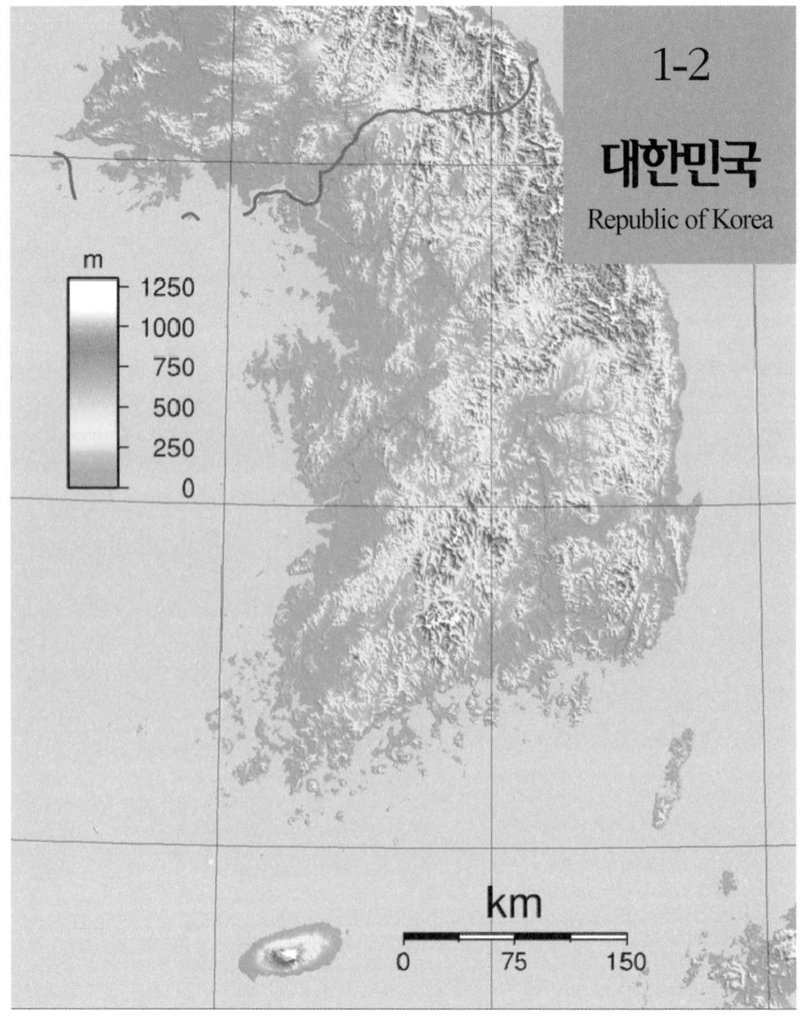
1-2
대한민국
Republic of Korea
m
1250
1000
750
500
250
0
km
0
75
150

〈국기〉

흰색 바탕은 밝음과 순수, 평화를 상징. 태극 문양은 음(파랑) 과 양(빨강) 의 조화를, 4괘는 건괘(乾卦) –하늘, 곤괘(坤卦) –땅, 감괘(坎卦) –물, 이괘(離卦) –불을 상징

〈국장〉

태극문양을 무궁화 꽃잎이 감싸고 있는 형태로, 외국에 발송하는 국가적 중요문서, 1급 이상 공무원의 임명장, 훈장 및 대통령 표창장, 재외공관의 건물 등에 폭넓게 사용

〈국가 개관〉

대한민국은 동아시아의 한반도 남반부에 자리잡고 있으며, 서쪽으로 황해를 넘어 중국, 동쪽으로 동해를 넘어 일본, 북쪽은 북한과 군사적으로 대치중이다. 수도는 서울이다. 한국 전쟁 이후 한강의 기적이라 불리는 경제적 발전과 민주주의를 이루어냈다. 1960년 1인당 국내총생산은 아프리카의 우간다와 비슷한 수준이었지만, 2018년 기준으로 1인당 GDP는 $32,775, 우간다의 36배로 성장하였다. 또, 2018년 기준으로 명목 국내총생산은 세계에서 11번째로 크며, 세계은행의 고소득 국가로, IMF에서 선진 경제국(Advanced economies)으로 분류하였고 세계 주요 국가들의 모임인 경제협력개발기구(OECD), 개발 원조 위원회(DAC)의 회원국이다. 북한과 같이 1991년에 유엔에 가입하였다.

The Republic of Korea is located at the southern part of Korean Peninsular of East Asia, it faces China over Yellow Sea, Japan over East Sea, and neighbors to North Korea which is in military confrontation. Seoul is its capital. Korea achieved remarkable economic development called as 'River Han's Miracle' after Korean War. IMF classified Korea as advanced economies. Korea is a member of UN, OECD, APEC, G20 and DAC.

- **국명** : 대한민국(Republic of Korea)
- **면적** : 100,363㎢
- **국민소득** : US$32,775달러
- **독립일** : 1945.8.15
- **수도** : 서울(Seoul)
- **인구** : 51,536,606명
- **언어** : 한국어(Korean)

오, 대-한민국이여!

동해에는 울릉도 독도가 있고
서해에는 연평도 백령도라네
남해에는 제주도 마라도, 어? 이어도도 있고
북에는 두만강 위화도 있네

백두에서 야호 한라에서 야야호
묘향산 칠보산아
다시 보자 금강산아
설악산 태백산아
모이자 지리산에

한강물 솟구쳐 서울을 뚫고
대동강물 굽이쳐 평양 휘감아
황해에서 서로 만나 하나가 되네

무궁화 지고 피는 삼천리 강토
우리는 다 하나다 단군의 후예
홍익인간 높은 뜻, 사람이 하늘이다

다 같이 참 살자, 사람이 주인
다 같이 사랑하자, 사랑이 행복

나아가자, 5대양 6대주로

동서남북 하나가 되어!
내일을 향해!
평화와 번영을 향해!

오! 대-한민국, 단군의 자손 !!!

Oh, Ko-rea!

In the East Sea are EulLong Island and DokDo,
In the West Sea are YeonPyoung Island and BaekRyoungDo
In the South Sea are Jeju Island, Marado, of course, Iieodo, too
In the north are River Tuman and WiHwaDo

Yaho! at Mt Baekdu, Yayaho! at Mt Halla
Mt Myohyang, Mt Chilbo,
Let's see again Mt Gumgang-Diamond
Mt. SeolAk, Mt Taebaek
Let's meet together at Mt Jiri

River Han flows penetrating Seoul
River DaeDong winds its way rounding Pyongyang
The two waters meet and become one at the Yellow Sea

The Beautiful Land of 1,500km for the Roses of Sharon
We are all one, King Dangun's descendants, alike
So high-spirited is HongIkInGan/ 'Devotion to the welfare of mankind'
Yes, man is the sky!

Let's live wellbeing, all together, man is first
Let's love, all together, love is happiness

We are marching to the Five Oceans and the Six Continents

Being one from the east, the west, the south and the north,
For the bright tomorrow
For the world peace and prosperity

Oh! Ko-rea, King DanGun's offsprings !!!

한강 한강, 우리의 한강

금강 태백에서 흐르고 흘러
두물머리에서 서로 만나
부둥켜안고
섞어서 섞여서 함께 간다

천이백리 아리수길
서해로 간다

일찍이 한민족 터를 잡아서
찬란한 문화 꽃피우고
나를 차지한 자 천하를 호령한다

때로는 한민족 애환을 싣고
결국은 대한민국 꿈을 이룬다
북녘의 형제들아 함께 이루자

독도에 떠오른 해
설악 금강 백두 한라 비칠 때
서울은 바쁘다 내일을 위해

남산에 달 오를 때
나오라 이곳으로
부르자 사랑노래 평화의 노래

일천만 서울시민 손잡고 걸어보자
팔천만 배달민족 우리는 하나다
칠십억 세계시민 인류공영 외쳐보자

한민족 젖줄 한강 만세!
우리나라 만만세!!
지구촌 만만만세!!!

오늘도 한강은 서해로 흐른다.

설악산

정녕 꽃보다 녹음보다 눈이 더 고운가
단풍보다도?
나는 묻는다 너에게

기암괴석 신록청정 찬란화용
오색단풍 태고설경… 그리고 절세가경
세상의 모든 말이 부족하구나

너를 만날 때마다 나는 가슴이 뛴다
봄 갈 여름 결 언제나 항상 …

금강보다 너를 더 사랑한 울산 바위야
신선이 등천한 비선대야
구천은하 대승폭포야
누가 너희 중 미스 설악 진이냐

내설악인가 외설악인가 마등령아
천불동 용아장성 공룡능선 화채봉아
대청 중청 끝청 귀때기청 그리고 관모봉아
누가 너희 중 대표선수냐?

오늘도 나는 꿈꾼다
손꼽는다 준비한다

너와의 만남을

동해에 떠오른 해
독도 대청 첫 비칠 때

나는 기도한다

조국통일을 위해
세계평화 인류공영을 위해
그리고 너와 나의 사랑을 위해

나는 오늘도 너를 찾아 나선다

• **설악산**雪嶽山 : 태백산맥에서 가장 높은 1,708m 높이의 산. 북녘 땅 금강산과 쌍벽을 이루는 세계적 명산.

독도

한반도의 첫둥이
푸른 바다에 늠름한 그대 모습

동도 서도 가제바위 김바위
삼형제굴바위 한반도 바위…
아흔한 개 지체가 통째로 천연기념물이다

돌올쿠나 최고봉 169 대한봉
갖은 파도에도 그대로…
오늘도 의연하다

누가 그대를 막둥이라 하였나
조국의 햇살을 맨 먼저 받아

그 정기 울릉 동생에 터 팔고
대청에, 천왕봉에, 백록담에 백령도에
차례로 전해준다

아, 삼천리반도 금수강산 이뤘다

오천년 역사 속에
삼봉도 우산도 가지도 요도 돌섬 석도
내 이름도 많았다

나 무엇이든
외로이 동쪽 지켜

내 형제 단잠 자니
나 힘들지 않다

오늘도 저 태양
저기
찬란히 솟아오른다

이어도

마라도에서 남서쪽으로 149km
중국 동도에서 247km
일본 조도에서 276km

북위 32도 07분 동경 125도 10분
최고 높이 -4.6m
수중 암초 이어도 파랑도라네

1900년 영국 상선 스코트라호
제 이름 붙였네

중국 사람 소암초 쑤옌자오라 부르지만
조선 것인 줄 알고 있네

예부터 제주어민 이 섬 보면 못 돌아와
이어도사나 불렀네

이엿사나 이어도 사나
우리 배는 잘도 간다
솔솔 가는 건 소나무 배여
어서가자 어서가
이엿사나 이어도 사나

새천년에 우뚝섰다
이어도 종합해양과학기지
헬리콥터 뜨고 내리네

여름이면 태풍 열댓 개
본토보다 예닐곱 시간 먼저 알고
대비하라 일러주네

형님들 누나들
외로운 막내에게 엽서 한 장 주세요
내 주소는 '제주도 서귀포시 대정읍 가파리 이어도'
잊지 않았죠?

이어도는 오늘도 기다립니다

진안고원

소백과 노령사이 고위평탄면
가로세로 오십 리 평균 고도 만여 척
호남의 지붕

동편에는 민주지산 대덕산 그리고 덕유산
서편에는 대둔산 만덕산 그리고 운장산
뼁 둘러 있고

섬진강 금강 만경강 흘러
호남벌을 살찌우니
나라가 넉넉하다

금 은 구리 아연 많아
옛적엔 백제와 신라가 다투던 땅

배추 무 조 콩 머루
무공해 고랭지 작물
우리 밥상 풍성하고

인삼 담배 더덕 표고 가꾸니
도시생활 부럽잖다

하늘땅 소통의 길

진안고원 둘레길에
청춘남녀 사랑 여물고

할버머니 아빠마 아들딸
손잡고 4대가 걸어간다
가족건강 화목은 예서 물어라

민주지산 덕유산 사이로
달 떠오르면

올곧은 사람들아 여기 모이자
부르자 사랑노래 평화의 노래

참으로 평안하고 넉넉한 진안고원이다

연길 – 우수리스크행 버스 안에서의 작은 통일

초겨울 북방의 나라 러시아의 국경을 넘는 버스의 창문을 뚫고 따뜻한 햇살이 눈부시게 쏟아져 들어온다. 한국에서는 이미 수명을 다해 사망신고가 내려졌을 버스가 이곳에서 환생해서 한국의 학원광고가 그대로 남아있는 채 패어진 도로를 달리는 모습이 낯설다. 국경을 통과하고 끝없이 펼쳐진 갈대 우거진 벌판을 달릴 때 버스 안에서는 영혼의 끝자락을 살짝살짝 건드리는 듯한 러시아음악이 감미롭게 흘러나온다.

단둥에서 압록강을 끝내 건너지 못하고 발걸음을 돌리는 마음이 착잡하다. 분단의 나라에서 태어나 그곳의 뒤틀린 환경에서 자라고 나이 들어간 사람에게는 슬픔과 허망함은 오히려 친숙한 것이다. 나는 에둘러 그리움을 찾아 나선다 했고, 할아버지 성묫길이라 했고, 아버지와 화해의 길이라고 했고, 고행의 수도 길이라 했다. 또 세상을 만나보는 여행길이라 했지만 혁명의 기가 흐르고 항일 무장투쟁의 본거지인 만주벌판을 순례하고 이제 다시 연해주로 넘어가면서 내 몸 깊은 곳에서 끓는 혁명가의 피가 솟구치는 것을 느낀다.

가족사와 국가의 역사란 언제나 얽히고설키게 마련이다. 블라디보스토크로 향하는 버스에 몸을 실은 나는 핏속에 흐르는 GPS 자동항법장치에 의해서 모강을 찾아가는 연어처럼 뭔가 모를 힘에 의해 빨려 들어가는 아득한 느낌을 받는다. 이곳은 우리나라 최초의 신식 군인이었던 증조부가 김옥균 등의 갑신혁명에 실패하자 망명해 있던 곳이다.

할아버지는 자신의 아버지를 찾아 블라디보스토크로 왔다가 가는 길에 황해도의 송림에서 할머니를 만나 정착하고 그곳에서 해방되기 전에 돌아가셨다. 그 후 할머니가 시집간 딸 하나 남겨두고 아들 5형제들 손에 잡고, 등에 업고 내려오셔서 영영 되돌아가지 못하고 통한의 세월을 살다 돌아가셨다. 남북한과 러시아의 삼각협력을 통해서 동북아 공동번영의 전진기지가 될 연해주는 1863년 함경도 농민 13가구가 이주하면서 이주의 역사가 시작된 곳이기도 하다.

1905년 을사늑약 체결 전후부터는 수많은 애국지사들이 망명하여 항일의 중심지로 떠오른 곳이기도 하다. 특히 우수리스크는 내가 유라시아 마라톤을 시작한 이준열사 기념관과 관계가 있다. 이준, 이위종과 함께 헤이그 특사이자 대한광복군 정부 대통령 이상설이 활동한 무대이기도 했다. 안중근은 현재의 크라스노스트에서 12명의 비밀 결사체 '동의 단지회'를 조직하여 왼손 무명지를 끊고 '대한독립大韓獨立'이라고 썼다.

단둥에서 연길까지는 고속열차를 타고 연길에서 하룻밤을 잔 후 아침 7시에 우수리스크행 버스를 탔다. 버스에는 약 20여 명이 탔다. 훈춘에서 한 번 멈췄는데 옛날에는 러시아 보따리 장사들이 많았는데 지금은 거의 없다고 한다. 바로 옆 건너편에는 아까 버스표를 살 때 도움을 준 조선족 여자가 앉았고 사람이 많지 않았으므로 듬성듬성 앉았다. 중국 국경을 넘을 때 버스에서 각자 자기 짐을 가지고 내려서 짐 검사를 받았지만 간단한 수속으로 끝났다.

러시아 국경에 들어가서 입국카드를 적고 있는데 북한 사람이 난감한 표정으로 다가와서 영어 글자를 모르는데 대신 적어달라고 한다. 내 손에는 북한 여권이 들려져 있었다. '1959년 생, 김명국' 여권번호 등을 적고 국가이름을 적는 난에서 여권에 새겨진 국가명을 바로 찾지 못하고 "국가 이름이 뭐죠?" 하고 묻는 촌극을 벌였다. 그 사람은 당연이 어리둥절한 표정으로 "조선이요."하고 대답하고 난 "그것 말고요!" 하며 내 것의 'Republic of Korea'를 보여주고는 곧 그의 여권에서 국가명을 발견하였다. DPR Korea'.

크라스키노에서 중국 단체여행객으로 보이는 일행과 러시아인 몇 명이 내리고 나니 이젠 버스에는 한민족 혈통의 사람만 6명이 남았다. 나와 중국에서 청바지 공장을 한다는 젊은 사람이 남쪽이고 여자 한 명과 남자 두 명이 북쪽 사람이고 우수리스크에 사업차 자주 간다는 조선족 한 명. 시계를 보니 점심시간도 되어서 나는 준비해간 초코파이 한 상자를 열어서 "이것 좀 드세요!"하고 두 개씩 나누어 주니 다들 괜찮다고 손사래를 치더니 내가 이거 남쪽 과자니 "맛 좀 보세요!"하고 말하니 마지못한 척 받아든다.

10시간 정도 가는 6명이 탄 좁은 버스 안에도 알 수 없는 38선은 있어서 서로 말을 섞지 않는다. 나는 일어서서 인사를 하고 내 소개를 간단히 하면서 유라시아 횡단 마라톤을 소개하였다. 금방 젊은 남쪽 사람은 인터넷으로 나를 검색하더니 "와, 대단하세요!" 한다. 조금 전 내가 입국카드를 대신 작성해주었던 김명국씨가 "정말입네까? 그걸 어떻게 증명합네까?"하고 묻는다. 나는 네 손목에 찬 GPS시계를 보여주며 이것을 스마트 폰에 연결하면 지도에 내가 뛴 거리, 시간, 날씨 등 모든 정보가 나온다고 설명을 해주니 고개를 끄덕인다.

작은 마을에서 간식도 사고 용변도 볼 수 있게 버스가 멈추었다. 화장실을 찾아갔다가 난처한 상황이 벌어졌다. 15루블을 내야하는데 환전을 못해 러시아 돈이 하나도 없다. 다시 나오면서 "화장실에 돈을 받네요. 어디 으슥한 곳이라도 찾아야겠어요."하며 투덜거렸더니 지금껏 굳은 표정으로 앉아 있던 북쪽 사람이 "이리 따라오시라요!"하며 돈을 대신 내주어서 용변을 아주 특별하게 시원하게 보았다. '통일 용변'의 시원함은 가슴까지 시원했다.

내리면서 북쪽 여자도 내게 "꼭 평양 거쳐서 서울로 달려가시길 빌겠습네다."하며 응원의 말을 남기고 간다. 이렇게 남과 북이 만나 많은 작은 통일을 이루어내어 큰 통일을 만들어 가면 좋겠다.

나는 어쩌면 돈키호테보다도 더 무모하게 뚜벅뚜벅 달리면서 유라시아 실크로드의 동맥경화에 걸린 어혈을 풀어주고 평화의 시대, 상생 공영의 혁명을 꿈꾸었다. 나는 넘어지고 깨지고 길을 잃고 헤맬 때마다 더 결기를 다졌다. 이 일은 포기할 수도 없고 새 세상이 빨리 오지 않는다고 좌절하지도 않을 것이다. 함께해주고 마음모아 주는 사람이 하나라도 있다면 나는 그 길을 묵묵히 달려갈 것이다. 언제나 슬픔과 허망함에서 더 큰 희망과 용기가 나온다.

MK, 유라시아 평화마라토너

비단길 달리는 평화의 사나이
그을린 얼굴에 땀방울 송골송골
이스탄불 지나서 테헤란 타쉬켄트
천산산맥 넘었다 압록강을 건너라
내일도 달려라 고지를 향하여
너와 나 환호하면 그것이 평화

유라시아 달리는 통일의 사나이
발자국 내딛는 걸음걸음에
주름진 얼굴에 아바이 첫사랑이
대동강 을밀대에 한 번 가리라
오늘도 달려라 그곳을 향하여
너와 나 오고가면 그것이 통일

MK, Peace Marathoner Running Eurasia

What a man of peace running the silk road
Look at his tanned face full of sweats
Pass Istanbul, Tehran and Tashkent, too
Climb Mts Tienshan and jump over the Yalu River
Run today, too, to the goal
You and I hail and rejoice, then it's Peace!!!

What a man of unification running Eurasia
Look at his step and step
Dreaming dad's first love in his wrinkled face
I will surely go to Eulmil Pavilion at the Daedong River
Run tomorrow, too, to the ideal
You and I go and come, then it's Unification!!!

경향신문 2018.7.4. 원익선 원광대 교무

❖ 평화마라토너 강명구의 꿈

원익선

무명의 마라토너가 서유럽에서 한반도까지 평화의 폭풍을 몰아오고 있다. 평화마라토너 강명구다. 작년 8월 그는 내게 "헤이그에서 출발해 판문점을 넘어서 오겠다. 내년 가을쯤 이 땅에 평화와 통일의 바람이 불 것이다"라고 예언했다. 이 말을 듣고 나는 북한과 미국이 곧 전쟁을 일으킬 것처럼 으르렁대는 이 판국에 과연 평화라는 말이 나올 수 있을까, 하고 반신반의했다. 그런데 9월 1일 그가 네덜란드 헤이그를 출발해 독일, 체코, 오스트리아, 헝가리, 세르비아, 터키를 달리고 중앙아시아로 진격할 즈음 신기하게도 한반도에 데탕트가 시작됐다. 평창 동계올림픽을 계기로 남북, 북·미 정상회담이 이뤄지고, 온 국민이 흥분을 가라앉힌 지금 적어도 이 땅의 평화는 기정사실로 받아들여지고 있다.

현재 그는 스스로 기획한 16,000㎞ 전 구간 중 1만㎞를 300일을 넘기며 주파하고 있다. 지금은 천산산맥 남로와 고비사막을 가로지르며 둔황으로 향하고 있다. 온갖 수난을 겪으며, 16개국 중 마지막 나라에 입국한 것이다. 이미 미대륙 5,200㎞를 '남북평화통일' 배너를 단 유모차를 밀며 뛰었고, 작년 6월에는 '사드철회와 평화협정을 위한 평화마라톤'을 뛰었다. 실향민 아들인 그는 할머니와 아버지의 슬픔을 등에 지고 뛰고 있다. 그리고 유라시아에서 만나는 시민들과 동포들에게 한반도 평화의 메시지를 전하고 있다. 평범한 이웃인 그는 왜 이런 극한의 방식으로 평화를 갈구하고 호소하는 것일까.

강명구는 혼자 달린다고 하지 않는다. 별과 바람과 달과 해와 세계의 평화를 원하는 모든 민중들과 함께 달린다고 한다. 또한 달리기로 세계 최고의 대서사시를 쓰는 전위 예술가가 되겠다고 한다. 그런데 그가 구간을 살펴보니 실크로드와 겹친다. 그 길은 동서 문명이 넘나들던 길이다. 말과 낙타를 이끌고 동서를 횡단하며 양대 문명을 소통시킨 그 길이다. 한반도의 평화를 국지적으로 보지 않고, 인류 문명의 대화와 소통으로 보고 있는 것이다. 그의 셔츠에는 한반도 지도와 '평화통일'이라는 말이 다양한 언어로 쓰여져 있다. 신앙이 되어버린 마라톤에서 그는 대자연과 우주를 향한 자유와 해방을 맛보며, 자신도 놀라울 정도로 평화와 통일운동가로 변화되고 있다고 한다.

그는 달리면서 유라시아의 역사와 문화 속에 깃든 국가와 권력의 무상함, 영토 야욕과 전쟁의 비참함, 민중들의 노예 같은 삶을 속속들이 들여다보며 비판적 성찰을 하고 있다. 이 평화마라톤을 자신의 몸이 음표가 되어 고통과 환희의 음계를 자유자재로 넘나들며, 사람들의 가슴속에 깃든 사랑의 열정과 평화의 염원을 모아 연주하는 신세계 교향곡에 비유한다. 고통과 즐거움, 불확실과 확실성, 보수와 진보를 인류의 가치 속에 화해시킨다고 한다. 때로는 곳곳의 전설과 동화가 같은 몸에 다양한 옷을 입은 것으로 보고, 그 전파 과정에서 인류가 서로 공유하며 꿈꾸어온 내면의 평화를 발견한다. 때로는 인류가 오래전부터 여권과 비자 없이도 자유롭게 터를 잡고 살았던 거주이전의 자유인 천부인권에 대한 향수를 낯선 사람을 환대하는 모습에서 발견하기도 한다. 평화의 한류 전도사를 자처하는 그는 영화 〈포레스트 검프〉의 주인공으로 앞만 보고 달리는 톰 행크스의 얼굴 같아 보이기도 하고, 애마 로시난테를 타고 풍차를 향해 돌격하는 돈키호테의 모습 같기도 하다. 그러나 이 땅의 고뇌를 짊어지고 뛰는 엄연한 한국인의 표정이다. 조부모·부모 세대가 해결하지 못해 대물림된 분단의 현실을, 하늘과 땅과 세계인들의 힘을 모아 해결하겠다는 의지로 뛰고 있다. 어쩌면 그는 개미 쳇바퀴 같은 일상을 살아가는 우리의 꿈을 대신 꾸고 있는 것이리라. 우리도 뛰고 싶다. 분단의 모순으로 상처받은 온몸의 아픔을 딛고, 일제강점기 손기정이 분노를 에너지 삼아 눈물 흘리며 뛰었듯이 전 세계를 향해 뛰고 싶다.

그는 마케도니아군, 로마군, 고트족, 훈족, 몽골군, 그리고 오스만 튀르크군이 피비린내 나는 싸움을 위해 달렸을 불가리아를 뛰며, 한편으로는 예수의 제자들이 평화의 복음을 전파하고 다녔듯이 여행객과 장사꾼들과 이민자들이 언제나 자유롭게 오가는 평화의 길이 되길 기도한다. 그리고 실크로드를 통해 다양한 보물이 오갔지만 가장 큰 보물은 평화라고 한다. 지금 달리는 길은 불법의 유통로다. 신심 깊은 불교인들은 한 걸음 건너 해골을 밟고 인도에서 불타의 경전을 구해왔다. 목숨을 건 구법행은 오직 인간의 마음에 평화를 심기 위해서였다. 강명구는 길 위에서 한반도의 평화라는 구도행각을 하고 있는 것이다. 판문점을 넘는 순간, 그의 꿈은 우리 모두의 현실이 되어 있으리라.

KBS 9시 뉴스 2018.4.21.

"목표는 北 거쳐 서울로!" 두 발로 유라시아 횡단한 사나이

[앵커] 유럽에서 한반도까지 무려 만 육천km나 되는 먼 거리를 오롯이 두 발로 뛰어서 횡단하는데 도전한 사람이 있습니다. 남북 평화 통일을 외치며 북한 땅을 거쳐서 서울로 오는 것이 목표라고 하는데요. 마라톤 선수에게도 벅찰 것 같은 이 여정을 마칠 수 있을까요? 여정의 절반을 통과한 강명구 씨를 우즈베키스탄에서 한반도 특별취재팀 정연욱 기자가 만났습니다.

[리포트 : 정연욱기자] 검게 그을린 남성이 홀로 국도변을 달립니다. 올해 62살인 강명구 씨, 지난해 9월 1일 네덜란드에서 시작한 유라시아 횡단 마라톤을 8개월 째 이어가고 있습니다. 동유럽과 터키, 이란을 거쳐 현재 중앙아시아를 통과 중이고, 중국을 횡단한 뒤 북한을 통과해 서울까지, 만 6천km를 뛰는 게 목표입니다. 이 대장정에 나선 이유, 직접 북한 땅을 뛰며 평화의 사절이 되고 싶다는 것입니다.

[강명구/유라시아 횡단 마라토너] : "평양을 달려서 넘어간다는 것은 아무도 이루지 못한 것이고, 그러자면 뭔가 특별한 일을 하고 싶었어요." 비가 오나 눈이 오나, 매일 7시간 가량 40여km 안팎을 뛰어왔고, 열흘에 하루씩 쉰다는 원칙을 지키고 있습니다. 외로운 여정이었지만, 국내외 언론에 소개되면서 응원 행렬도 생겼습니다.

[강명구/유라시아 횡단 마라토너] : "적어도 이것을 즐길 줄 알게 됐어요. 많은 사람들과 만나는 것도 즐기고 매순간 바뀌는 자연환경도 즐기고…" 강 씨를 알아보고 관심을 보이는 현지인들도 늘고 있습니다.

[디잠불/타슈켄트 주민] : "뛰시는 걸 보고 너무 기분이 좋아졌어요. 저도 달리기를 좋아하니까요." 우즈베키스탄 수도 타슈켄트에서 목표의 절반을 달성했습니다. 우즈벡

교민들 뿐 아니라 현지인들까지 강 씨의 8천km 돌파 성공을 축하하기 위해 한 데 모였습니다. 평화통일을 염원하는 강 씨의 여정을 응원하고 지지하고자 2km 가량을 함께 걷고 있습니다. 지금 속도를 유지한다면 오는 10월 말쯤 중국과 북한 접경인 단둥에 도착합니다. 신체의 한계를 극복하며 보낸 평화의 메시지로, 돌아가신 아버지의 북녘 고향 땅을 달리기를 간절히 소망하고 있습니다.

[강명구/유라시아 횡단 마라토너] : "북한 국경까지 무사하게 건강하게 갈 수 있느냐 없느냐는 걱정하지만, 북한이 문을 열어줄까 안 열어줄까는 한 번도 걱정한 적이 없어요."

한 걸음 한 걸음 내딛으며 8천 킬로미터를 달려온 자신처럼, 강씨는 남북이 끈기 있게 대화하며 평화를 이뤄내기를 희망하고 있습니다. KBS 정연욱입니다.

NEWSROH, 대표기자 로창현(18.10.18)

'통일떠돌이' 강명구 입북의지 활활

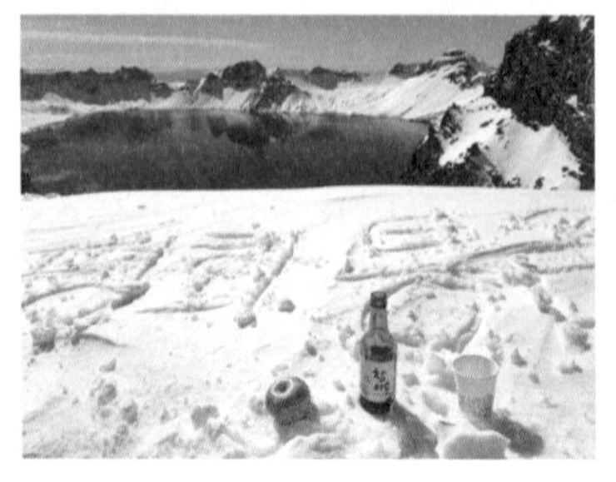

"나는야 통일떠돌이. 북녘의 문을 열어주세요." 유라시아평화 마라토너 강명구 마라톤 작가가 북녘 산하 진입을 애타게 기다리고 있다. 지난 6일 북중 국경지대인 단둥에 도착한 그는 북측의 입경 허가가 나지 않아 11일째 대기 중이다. 지난 해 9월 1일 네덜란드 헤이그를 떠나 13개월 넘게 16개국 1만 5천km의 대장정을 달린 그가 압록강 너머 신의주가 보이는 단둥에서 마지막 진통을 겪고 있다. 강명구 마라토너의 시민후원단체인 평마사(강명구 유라시아 평화마라톤을 함께 하는 사람들) 는 지난 여름부터 민화협을 통해 신의주와 평양을 판문점으로 내려갈 수 있도록 협조를 요청해왔다. 그러나 올 초부터 남북, 북미정상회담 등 격변의 한반도 이슈로 인해 민간교류가 후순위로 밀리면서 진전 없이 시간이 흘러갔다. 최근엔 남북 고위급 회담에 참석한 관계자를 통해 강명구 마라토너가 종단할 수 있도록 협조를 당부했으나 여전히 감감 무소식이다. 지난 11일엔 송영길 의원이 국회 국정감사에서 정식으로 강명구 마라토너 문제를 제기했다. 송 의원은 조명균 통일부 장관에게 "단둥에 있는 강명구 평화마라토너가 달려서 서울로 오겠다는 의사를 전달했다. 제가 직접 조평통 이선권

위원장에게 부탁했고 긍정적 발언도 있었는데 지금 어떻게 진행되고 있나?"고 물었다. 다시 한 번 정식으로 강명구 선수가 북측을 통해 남쪽 지역으로 올 수 있도록 협조해 달라고 요청했고, 북한이 상부에 보고 후에 답을 주기로 했다. 어제(10.10) 가 북한 기념일이었기 때문에 오늘이나 내일 쯤 북한의 반응이 올 것으로 예상하고 있다"고 답변했다. 그러나 일주일이 지난 현재까지 북측에서는 아무런 입장이 나오지 않고 있다. 이에 국내에서는 청와대 홈페이지에 평화마라토너 강명구 마라토너가 입국 승인을 받을 수 있도록 많은 시민들이 청원에 참여해 달라는 긴급 캠페인이 전개되고 있다. 청원문은 "강명구 평화마라토너가 남북의 평화통일을 기원하며 400일 간 달려 북-중 경계인 단둥에 도착해 입경허락을 내주기만을 애타게 기다리고 있다. 송영길 의원이 나서서 정부측과 북측에 지원을 요청했으나 북측에서는 아직 답이 없다"고 지적했다. 청원문은 "중국땅에서 서성이고 있을 강명구씨가 북녘땅을 밟고 평양, 판문점을 거쳐 광화문으로 들어올 수 있도록 시민 여러분들께서 도와달라"고 호소했다. 강명구 마라토너는 입경 허락을 기다리는 동안 백두산으로 이동, 눈 덮인 천지에 올라 산신제를 지내며 유라시아횡단마라톤의 성공을 간절히 기원하기도 했다. 당시 그는 "눈 위에 작대기로 '평화통일'이라 쓰고 천지 신령께 소주 한잔과 4배를 올리고 조국의 평화통일과 평양 찍고 판문점 거쳐 넘어갈 수 있도록 빌었다"고 전했다. 강명구 마라토너는 "단둥에서 수풍댐까지 90km 올라가며 마음 시린 북녘 땅을 젖은 눈동자로 바라본다. 중국쪽 산은 숲이 우거졌는데 북녘의 산은 민둥산이고 가끔씩 보이는 버스 지나간 자리에 일어나는 먼지가 일고 있다"고 안타까움을 표했다. 그는 "단둥에서 멈추고 고국으로 돌아갔다가 입북허가가 나오면 돌아와 다시 뛰는 것은 생각조차 하지 않는다. 발걸음을 멈추는 순간 나의 달리기는 과거형이 되고 사람들의 기억 속에서 금방 잊혀지고 말 것이다. 이제 막 힘을 받던 나비들의 날갯짓도 동력을 잃을 것이다. 나의 달리기는 끝날 때까지 현재진행형이 되어야 한다. 내가 이곳에 머물러 있는 자체가 남북당국에 압박이 될 것이기 때문이다"라고 목소리를 높였다. "북한을 통과하지 않고는 고국으로 돌아가지 않겠습니다. 다음 주까지 방북허가가 나오지 않으면 장기전이 될

압록강 상류(압록개울 건너편이 혜산),2018.10. 10)

가능성이 있다며, 그것도 각오하고 있습니다. 그 여정이 지금까지 달려온 여정보다 더 멀고 험할지라도 '통일 떠돌이'가 되는 것도 그리 나쁘지 않을 것 같습니다"고 단단한 각오를 피력했다.

오마이 뉴스 2018년 12월 6일

두 다리로 유라시아 달려 온 강명구

그가 오늘(11월 30일), 서부전선 아랫마을 헤이리에 닿았습니다. 14개월 동안 16개국 1만 4천 500km의 유라시아를 오직 두 다리의 육신으로 달려 도착한 것입니다. 평화마라토너 강명구입니다. 지난 해 9월 1일 네덜란드 헤이그(덴하그 Den Haag) 이준 열사 기념관(Yi Jun Peace Museum) 을 출발했습니다. 1907년 을사늑약의 부당함을 알리기 위해 고종황제의 밀지密旨를 받아 '제2차 만국평화회의'에 참석했던 이준 열사가 순국하신 그 장소를 출발점으로 삼았지만 더 정확히는 하루 전날 그러니까 8월 31일 유럽 대륙의 서쪽 땅끝인 헤이그 해변에서 출발해 그곳에 도착했습니다. 당시 헤이리에는 밤마다 대남확성기방송이 웅웅거렸습니다. 2016년 1월 북의 4차 핵실험에 따른 대응으로 대북확성기방송이 재개되어 남북 간의 상호 확성기방송의 경쟁이 치열했습니다. 매일 귓전을 울리는 성능 좋은 확성기에서 내뱉는 선전방송 소리는 우리가 사는 곳이 얼마나 긴장의 땅인가를 상기시켜 주었지요. 그런 엄혹한 시간이 계속되는 중에도 강명구는 단신으로 자주적이고 평화로운 통일의 기운을 모으기 위해 유라시아를 뛰어서 횡단하고 있었습니다. 그는 어떤 권력도 갖지 못한 우리와 같은 갑남을녀의 한 사람입니다. 일제의 침탈을 세계에 알리기 위해 헤이그를 방문하는 것이 전부였던 그때처럼, 강명구는 오직 자신의 육신으로 유라시아를 횡단하는 것이 남북의 평화통일만이 답이라는 것을 환기시킬 수 있겠다고 생각했습니다. 매일 풀코스 마라톤 거리인 42.2km를 달렸습니다. 네덜란드, 독일, 체코, 오스트리아, 헝가리, 세르비아, 불가리아. 그를 따르는 것은 스스로 밀며 뛰어야 하는 텐트와 옷 등 사물을 담은

75kg 상당의 유모차 뿐이었습니다. 그의 고투가 알려지자 후원자들이 생겼습니다. 터키에서부터는 그의 옆에 짐을 받아 실은 자동차가 뒤따랐습니다. 다시 조지아, 아제르바이잔, 이란, 투르크메니스탄, 우즈베키스탄, 타지키스탄, 키르키즈스탄, 중국으로 매일 동진을 멈추지 않았습니다. 그 사이 기적 같은 일이 벌어졌습니다. 남북정상이 마주하는 일이, 그리고 북미정상이 마주하는 일이 벌어진 것입니다. 휴전에서 종전, 정전협정에서 평화협정, 완전한 비핵화 협상 국면으로 전환되었습니다. 올해 4월 말부터 헤이리에도 더 이상 대남확성기방송이 들리지 않았습니다. 그러나 압록강을 건너 북한을 달려 판문점을 통해 서울로 들어오고자 했던 그의 목표는 단둥(丹東) 에서 막혔습니다. 40여 일 간 입북허가를 기다렸지만 결국 응답이 없었습니다. 중국비자는 만료가 다가오고 메아리 없는 요청에 대한 응답을 무작정 기다리고 있을 수만은 없었습니다. 강명구는 결국 압록강을 건너지 못하고 이준 열사가 일제의 눈을 피해 헤이그행의 출발지로 삼았던 블라디보스토크로 방향을 바꿀 수밖에 없었습니다. 11월 15일 동해항으로 입국한 그는 다시 두 다리로 백두대간을 넘었습니다. 고성, 인제, 양구, 화천, 철원, 연천을 지나 11월 31일 파주에 닿았고 12월 1일 임진각 망배단에서의 평화문화제 '불어라 평화의 바람'이라는 이름의 환영행사로 미완의 유라시아 횡단을 마쳤습니다. 11월 31일, 임진각까지의 마지막 구간을 남겨둔 마지막 날, 헤이리에서 달리는 것만으로 평화와 통일을 향한 변화와 행동을 이끌어낸 평화마라토너 강명구 님을 만났습니다.

'One Korea'를 위해 달린 1만 4,500km

- 2017년 9월 1일 오전 9시가 이 평화마라톤의 처음 출발이신가요?

"공식적으로는 그렇지만 그 전날 저 혼자 유럽대륙의 가장 서쪽 바다에서 이준 열사 기념관까지 뛰어왔어요."

- 출발 후 날짜를 세면서 뛰신 거지요? 내일 종착지를 앞둔 오늘까지 총 며칠이 걸린 거지요?

"사실 오늘까지는 의미가 없을 것 같고, 압록강 철교까지가 총 401일 걸렸어요."

- 단둥의 압록강까지 달린 거리가 총 몇 km였습니까?

"약 1만 4,300km 정도였습니다."

- 그 철교를 건너면 북한의 신의주일 텐데 그때까지도 북한의 초청장을 받지 못했습니

다. 그전에 입북을 위해 어떤 노력을 해오셨나요?

"6개월 전부터 본격적으로 노력을 해왔습니다. 베이징에 도착했을 무렵에는 이미 북한 초청장이 나와 있을 것이라고 기대했어요. 북한 통과는 제가 출발지부터 공표한 일이었는데 실제적인 진행은 비밀로 다루어져야 된다는 의견이었어요. 지나놓고 보니 그것이 옳았는가는 의문입니다. 공개적으로 집단의 지성과 지혜를 모아서 진행했더라면 혹시 어떤 결과가 있었을지…그 창구는 남측 민화협(민족화해협력범국민협의회) 을 통하는 것이었습니다. 하지만 현재 북한과의 접촉을 원하는 수천, 수만 건일지도 모르는 것의 하나로 제 건도 들어가 있었던 거지요. 특별케이스로 다루어지길 원했지만 전달이 되었는지조차 확실하지 않게 된 것입니다. 북경을 떠나 선양에 도착했을 때도 아무 소식이 없어서 선양에서 북한대사관에 찾아갔어요. 보초에게 사정을 얘기했더니 잠시 뒤에 다시 오라 했습니다. 다시 방문했더니 안으로 안내해서 직원을 만났습니다. 아무것도 모른다는 거예요. 자신이 할 수 있는 일은 아무것도 없고... 내가 남북통일을 위해서 1만 4천km, 16개국을 통과해서 여기까지 뛰어왔는데 우리나라를 왜 못 가느냐고 따지듯 말했습니다. 내 눈에는 나도 모르게 눈물이 가득 담겼어요. 그는 지시가 내려온 게 없다고 말했어요. 그럼 당신이 역으로 보고는 할 수 있지 않느냐, 보고 좀 해달라고 말했습니다. 그분이 알았다고 말했어요. 또한 통일부 국정감사에서 송영길 의원께서 북한통과 건에 대해 대정부 질문을 했었고 통일부 장관은 조평통(조국평화통일위원회)하고 접촉하고 있다는 답변을 했습니다. 어느 시점부터는 민화협 차원이 아니라 정부 차원에서 접촉을 하고 있었던 것은 맞아요.

- 향후 미완의 구간을 완성하는 노력을 계속해 나가실 거지요?

"그래야지요. 2018년 4월 27일 열린 남북정상회담 1주년에 맞추어 다시 시도를 해볼 예정입니다. 그때가 되면 남북문제가 되었든, 북미문제가 되었든 어느 정도 가닥이 잡히지 않을까 싶습니다.

- 초반에는 유모차를 밀면서 달리셨고 나중에는 선생님을 돕는 차량이 붙었지요?

"터키 중반까지 유모차를 밀고 왔습니다. 그 후에는 고맙게도 후원자들의 도움을 받았습니다. 그러나 중국에 차를 가지고 들어가는 것이 무척 어렵더라고요. 세금을 5백만 원 정도를 물어야 하고 국제운전면허증이 아닌, 중국면허증이 있어야 했어요. 그래서 중국으로 그 차를 가지고 들어가지 못했습니다."

- 여정 중에 페이스북에 글을 쓰셨는데 글 솜씨도 뛰어나더군요?

"대체로 달릴 때는 아무 생각이 없어요. 몇 문장 정도 생각이 나면 뛰다가 메모를 해놓습니다. 그것에 살을 붙이는 정도입니다."

- 차량이 뒤따르지 않았던 터키까지는 숙소 이동이 불가능하셨을 텐데…

"지금은 그날 뛸 구간이 끝나면 숙소까지 차량 이동이 가능했지만 그전에는 숙소가 나올 때까지 뛰어야 했어요. 그래서 어떤 날은 60~70km를 넘게 뛰기도 했습니다."+−−*

-(울트라마라토너 마숙현) 미국 횡단하실 때는 밤새 뛰기도 했지요?

"새벽까지 뛰기도 했지요. 숙소가 없는 구간에서는…"

- 특별하게 선생님을 반겼던 나라가 있었나요?

"거의 모든 나라가 그랬어요. 독일과 중국 사람들이 무뚝뚝했지만 모든 나라에서 차를 대접하면서 친구 먹자고 하곤 했어요."

- 선생님의 티셔츠나 유모차의 배너 설명을 보고 더 반겼던 걸까요?

"제가 특별해서가 아니라 낯선 사람을 모두 반겨요. 유목인들에게 나그네에게 차 한 잔 대접하는 것은 전통이었고 저도 하루에 몇 차례나 그런 대접을 받았어요. 제가 뛰는 목적을 설명하면 더욱 반가워했고요. 어떤 곳에서는 호텔비를 받지 않거나 저녁 스테이크를 마음대로 먹도록 하기도 하고요."

- 선생님을 취재하고자 했던 경우도 많았을 것 같은데…

"참 많았지요. 조지아에서는 아침 생방송에 출연하기도 하고."

- 취재진은 주로 무엇을 물어보던가요?

"최고의 한류스타는 김정은이더라고요. 김정은 모르는 사람은 아무도 없었어요. 넘버투가 방탄소년단이에요. 제가 한국 사람인 것을 알면 김정은에 대해 물어보아요." BTS에 대해 물어보는 사람들은 주로 젊은 사람들이었고 이란에서는 주몽의 송일국이 넘버원이었어요. 대장금의 이영애보다 더 인기가 있었어요. 거의 모든 국민이 주몽을 시청한 듯싶어요. 인기 있는 드라마는 시청률이 90%를 넘어간답니다."

- 민간인이 아니라 지방정부에서 공식적으로 선생님을 반긴 경우도 있나요?

"이란의 바볼(Babol) 을 지나갈 때였어요. 시청에 한 번 들려주길 원했어요. 몇 시가 좋으냐고 물으니 9시에 업무를 시작한다고 그때가 좋겠다는 거예요. 저는 7시에 출발해서 불가능하다고 했더니 그럼 7시에 만나자는 겁니다. 7시에 갔더니 시장과 공무원들이 일렬로 도열해 저를 맞아주는 겁니다. 그 도시의 상징이 오렌지인데 평화를 뜻한대요. 평화를 위해 달리는 당신이 우리 도시를 지나가줘서 너무 고맙다며 신문 기사와 기념패를 주었습니다."

"우즈베키스탄의 수도, 타슈켄트에서는 시민 500여 명과 함께 시내 번화가를 달렸어요. 제가 평화를 선창하면 통일을 후창하면서… 도전정신에 대한 강의까지 요청해서 타슈켄트의 2곳은 제가, 편도 4시간 자동차길인 사마르칸트에서의 강의는 저를 동행하신 송인엽 교수님이 대신 다녀오셨어요."

- 내일 마지막 일정은?

"마정초등학교에서 임진각까지 마지막 구간을 참석자들과 함께 평화의 행진을 하고 망배단에서 경기도청과 평마연이 마련한 환영행사와 DMZ생태관광지원센터에서의 축하행사가 예정되어 있습니다."

그는 북한 구간을 달리는 일을 결코 포기할 수 없다고, 또한 새 세상이 빨리 오지 않는다고 좌절하지도 않을 것이라고 말합니다. 그가 포기하지 않는 한 이 평화마라톤은 실패가 아닌 것입니다. 그는 16개국 유라시아를 횡단해 오고도 북한을 종주하지 못한 허망함을 두고 이렇게 말합니다.

"희망은 언제나 슬픔과 허망함에서 나옵니다."

서울신문 2019.7.24.

평화로 나아가는 사람, 강명구 "폭염 속 40㎞씩 뛰어 평화 앞당긴다면"

24일 천안을 출발하기 전 강명구 평화마라토너가 일정을 함께 관리 운영하고 있는 송인엽 교수와 함께

24일 아침 천안을 떠나 이제 서울 광화문이 코앞이다. 천안시청~수원 경기도청(61㎞), 다음날 경기도청~성남시청(28㎞), 26일 성남시청~광화문광장(32㎞) 기자회견 및 문화제, 27일 광화문광장 출정식 후 일산호수공원까지(24㎞), 28일 일산역~문산역 경의선 열차로 이동한 뒤 임진각까지 내달린다.

지난7일 제주 강정마을을 출발한 지 17째인 23일 천안에 이르렀다. 오전8시 조금 넘어 청주시청을 출발해 오후3시쯤 천안시청에 도착했다. 천안에 도착할 즈음 섭씨 32도였지만 습도가 무려 89%로 체감온도는 39도였다.

남부 지방에 머무르던 장마와 빗줄기를 뚫고, 중부 지방을 뒤덮은 후텁지근한 폭염을 뚫고 평화 마라토너 강명구(62) 씨는 오늘도 달린다. 정전협정 66주년인 27일 광화문 문화제를 지낸 뒤 다음날 임진각까지 내달려 정전협정을 대체하는 '평화협정 촉구 국민 대행진'의 마침표를 찍는다. 서울신문 평화연구소가 연재할 '평화로 나아가는 사람들' 시리즈의 첫 회로 소개하기에 매일 40㎞ 남짓을 내달리며 소금땀을 흘리는 그만큼 어울리는 사람이 있을까 싶어 23일 오후 전화로 인터뷰했다.

Q. 왜 달리나?: 달리는 일 밖에 할 수 없어서다. 지난 2017년 9월 1일 네덜란드 헤이그를 출발해 유라시아 대륙을 동진東進해 16개국 1만 4500㎞를 달려 지난해 10월 초 단둥에 이르러 북한 진입을 꿈꿨으나 실패한 뒤 러시아 블라디보스토크를 배로 떠나 강원 동해에 입항한 뒤 임진각까지 내달렸던 그다. 강씨는 전화 통화를 통해 "제주부터 이곳 천안까지 늘 사람들이 환영해주고 환송해준다. 처음에는 아무 것도 준비 못한 상태에서 출발했는데 달리고 있으면 여기저기 의지와 뜻이 모여 평화와 통일을 바라는 마음을 보태준다"고 흔감해 했다. 미국에서 여러 사업을 하다 나이 쉰 넘어 귀국하기 전 미국 대륙을 뛰어서 횡단했던 그다.

Q. 많이 힘들겠다 : 어제(22일) 와 오늘(23일) 정말 힘들었다. 오늘 청주~천안 구간은 51㎞였는데 42.2㎞만 달리고 나머지는 차로 이동했다. 하루 42.2㎞ 이상은 달리지 말자고 (일정과 운용 등을 상의하는) 송인엽 교수와 운영의 묘를 살리고 있다. 오늘은 근육이 슬리는 현상이 특히 심해 테이핑을 한 것이 너덜너덜해져 힘들었다.

Q. 유라시아 횡단 마지막 일정으로 동해~임진각을 뛰었을 때와 이번에 제주에서 북상한 일정에 달라진 점이 있나 : 헤이그를 떠났을 때는 금방 전쟁이라도 일어날 것 같은 절망적인 상황이었지만 터키쯤 왔을 때 김정은 위원장이 평창동계올림픽에 참가하겠다고 밝혀 기쁨과 희망을 안고 뛰었으며 중앙아시아를 지나며 판문점 남북 정상회담과 싱가포르 북미 정상회담 소식들을 들었다. 금방이라도 잘 될 것 같다가도 냉각되고, 그런 일이 반복돼 왔다. 이번 이벤트도 기획할 때는 도무지 잘 풀릴 것 같지 않다가도 준비 막바지 단계에 판문점 북미 정상회담이 성사돼 희망을 키우더니 또 소강 국면에 들어갔다. 그런 것에 일희일비할 수 없는 일인 것 같다. 역시 유라시아 횡단의 마침표는 광화문이 아니라, 북한 지역 통과일 수 밖에 없다.

Q. 그래도 조금 달라진 일은 없나. 기억에 남는 장면이나 사람은? : 매일 운전자가 번갈아 지원 차량을 운전해준다. 쉽지 않은 일이다. 매일 도착지에 적게는 20~30명, 많게는 100여명 넘게 미리 나와 환영해준다. 한우를 사주시는 분도 있고 복숭아 한 상자를 선뜻

건네시는 분도 있다. 카카오톡 단톡 방에는 폭염 속에서도 연일 강행군을 이어가는 날 걱정하고 성원하는 분들이 많다. 미국에서 밤잠을 설치며 응원하는 분도 있다. 김안수 선생님이 올해 일흔 셋인가 되시는데 순천에서부터 전주까지 함께 달려주셔서 기억에 많이 남는다. 전주~논산 구간은 동호회 활동으로 친숙한 전마련(전국마라톤연맹) 회원 50명이 시종 비를 맞으며 함께 달려줘 큰 힘이 됐다. 그분들 중에 여든 살을 넘긴 분도 계셨다.

Q. 서울 광화문에서 27일 문화제를 하게 된다 : 장소는 민주평화통일자문회의의 도움을 얻어 구했는데 1000만원이 없어 문화제를 포기할까도 했지만 평화와 통일을 갈구하는 시민들이 한땀 한땀 정성을 보태 만들어가고 있다. 그래서 나도 용기를 얻는다. 내 자신이 뭐 거창한 일이나 생각, 실천적 전략을 구사할 역량은 없고 유일하게 주어진 탈렌트가 달리기니 그 탈랜트를 평화와 통일 운동하는 데 쓰자는 마음가짐을 되새길 따름이다.

Q. 28일 임진각까지 완주하면 앞으로의 계획은? : 유라시아 횡단을 떠나기 전 치아가 좋지 않았는데 임플란트 시술을 받고는 떠날 수가 없는 노릇이었다. 그래서 다녀온 뒤에 치아 일곱 개를 뽑았다. 그런데도 남들이 더 젊어진 것 같다고 그런다. 나도 그렇게 느낀다. 며칠 체력을 회복한 뒤 민주당 이인영 원내대표 등이 참여하는 DMZ 걷기 이벤트(27~8월 4일) 에 합류할 생각이다. 앞으로 평화와 통일을 염원하는 곳에 내 탈렌트가 필요하면 달려가 도울 생각이다.(임병선 평화연구소 사무국장 bsnim@seoul.co.kr)

전북얼쑤 2016년 7월호

세계를 누비며 인류공영을 위해 살아온

세계가 우리를 부른다
국제개발협력가, 송인엽 교수

우리나라의 국제개발원조 기관인 '한국국제협력단(코이카:KOICA) '의 창립멤버이자, 8개국의 소장을 역임한 송인엽(63) 한국교원대 교수는 빈곤을 겪고 있는 나라에서 아픔을 함께하며 봉사의 현장에 늘 앞장서온 인물입니다. 지구촌 곳곳에서 일어나는 일들에 관심을 갖고 참여할 것을 강조하는 그가 고향 전라북도의 추억을 담담히 풀어냈습니다.

청춘, 그 뜨거운 울림

학기가 끝나가는 6월 한국교원대의 강의실. 수염 희끗한 교수님의 털털한 입담에 강의실은 학생들의 웃음소리로 가득 채워졌습니다. "오늘 여러분에게 마지막 과제를 내겠어요. 과제 기간은 '평생'입니다. 이 시를 듣고 앞으로 '세계'라는 무대에서 여러분이 인류공영을 위해 해야 할 일이 무엇인지 생각해보는 거예요." 이어 교수는 자작시 '코리아, 손잡고 하나가 되어'와 사무엘 울만의 '청춘'이라는 시를 낭송했습니다. 유쾌한 에너지와 함께, 젊은이들에게 울림 있는 메시지를 전달하는 그는, 바로 송인엽 전 KOICA 소장이었습니다.

KOICA는 내 운명

"우리나라는 식민지배와 전쟁의 참상을 딛고 한 세대 만에 눈부신 성장을 해왔습니다. 국제무대에서 선진국 대열에 서서 어엿한 원조공여국이 되었지요. 우리가 받았던 원조를 베풀 때가 된 것이죠. KOICA는 그런 취지 아래 국제개발원조를 효과적으로 수행하기 위해 설립된 외교부 산하 무상원조 기관입니다." 송 교수는 KOICA 창립 이후 30여 년 동안 분쟁지역과 개도국을 돌아다니며 병원, 학교 등을 짓고 피폐해진 그들의 삶을 변화시키기 위해 노력해 왔습니다. 하지만 분쟁지역, 재난지역, 지구촌 오지에서 생활하며 일하기란 쉽지만은 않았는데요. "마음 자세 문제이죠. 이게 내가 선택한 일이고, 나라와 지구촌을 위한 보람찬 일이었기에 열심히 일했습니다." 2010년 대규모 지진으로 전 국토가 황폐해진 아이티에 자원해 근무했던 그는 모기에 귀를 물려 귀 한쪽이 부어올랐습니다. 풍토병의 위험에도 불구하고 복구활동에 매진했던 그는 치료시기를 놓쳐 지금도 귀 한쪽이 퉁퉁 부어 있는데요. 그는 귀를 만지작거리며 "이 짝귀는 오지 근무에 대한 훈장처럼 남아 있다"며 너털웃음을 지었습니다. 송 교수는 현재 그간의 경험을 바탕으로 활발한 저술활동과 함께 전국의 대학과 기관에 강사로 초빙되어 청년들의 해외 봉사정신, 글로벌 마인드 함양에 앞장서고 있습니다. 또, "요즘 각 대학에서 국제협력에 대한 관심이 많다"며 대학에 '국제협력(ODA) 최고위 과정'을 개설해 분야 전문가들과 국제협력의 필요성과 방향에 대해 함께 토론하고 연구하고 전파하고 싶은 소망을 피력했습니다.

2008년 에티오피아 산골 식수개발사업 현장

눈에 선한 고향의 정경

송 교수는 김제 금구의 모악산이 보이는 불로리에서 태어났습니다. 모악산을 동네 뒷산처럼 오르내렸다는 그는 지금도 봄이면 진달래 만발한 모악산이 눈에 선하다며 어린 시절 추억을 하나둘 꺼냈는데요. "초등학교 4학년 때 친구와 모악산에 오른 후 금산사에서 내려오던 중 막아놓았던 개울둑을 발로 쳐 금을 내놓았지요. 한참 내려오다 정지된 물레방아가 있어 무심히 올랐지요. 그때 개울둑에서 새어나온 물이 흘러와 움직이

아이티에서 콜레라 약품지원 담화문 발표

기 시작한 거예요. 놀라 재빨리 뛰어내려 부상은 입지 않았죠. 그때의 시간이 멈춘 듯했던 아름다운 정경을 잊을 수가 없네요. 하하." 그는 박경리 선생의 '토지'를 읽을 때마다, 용이와 구천 그리고 길상이의 지리산 이야기에서 주인공인 양 빠져들고 고향의 아련한 풍경이 떠오른다며 만면에 미소를 띠었습니다.
얼마 전 모교인 전주고와 전북 고교에 그의 저서를 기증하고 특강을 진행하기도 했던 그는 마지막으로 고향에 대한 애정어린 메시지를 남겼는데요. "전라북도는 예부터 묵향이 은은히 피어오르고 판소리가 울려 '얼쑤, 얼쑤' 신명이 절로 나는 고장이죠. 타지와 외국을 떠돌아도 기린의 높은 봉란, 한벽당의 아침 안개, 선운산의 동백, 무주구천동의 33계곡, 내장산의 단풍, 변산 쌍선봉의 낙조, 군산 하구둑의 가창오리 군무를 한시도 잊은 적이 없습니다. 저를 낳고 성장시킨 고향과 전북도민 모두를 사랑합니다." 세계를 무대로 한국인의 얼을 전파하는 영원한 '청년' 송인엽. 그의 세상을 향한 가슴 뛰는 인생 제2막은 이제 막 시작되었습니다.

한겨레 2013.4.2.

(시론) 코이카의 꿈
우리나라의 무상원조 전담기관인 국제협력단(KOICA)이 창립된 지 4.1일로 23년이 된다. 그동안 12,000명이 넘는 봉사단원을 파견했고 우리 특유의 개발경험을 개도국에 전하는 등 제 몫을 다하며 어느덧 늠름한 청년이 되었다. 분단된 개도국이 세계가 놀라도록 서울 올림픽을 성공리에 치른 직후 우리 정부는 우리도 세계의 빈곤 등 여러 문제를 해결하는 데 동참하기 위하여 2년여의 준비 작업을 거쳐 1991.4.1일 국제협력단을 창설하였다.
우리는 경제협력개발기구(OECD)의 선진국 클럽이라 불리는 개발원조위원회(DAC)에 2009년 11월 25일에 가입하여 명실상부한 원조공여국이 되었으나 다른 선진국에 비해 적은 규모의 원조를 하고 있다. 그래서 정부에서 2015년까지 국민총생산액(GNI) 대비 공적 개발 원조 비율을 0.25%까지 높이겠다고 여러 차례 밝혔다. 2013년도 우리 실적이 0.13% 정도인 것을 고려하면 획기적이라고 볼 수 있으나, 그 목표도 개발원조위원회

송인엽
한국교원대학교 교수

회원국 평균 0.35%에도 크게 못 미친다. 참고로 유엔이 권고하는 공적 개발원조 규모는 국민총생산액의 0.7%다. 우리나라가 국민총생산액 세계 15위 경제력에 걸맞은 국제적 책임과 역할을 수행하기 위해서는 최소한 우리가 제시한 목표를 달성해야 한다.

국제협력단은 그동안 학교가 멀어 3시간 넘게 걸어 다니던 산골 어린이에게 우리의 자금으로 학교를, 물 한 통을 긷기 위해 2-3시간 걷는 오지의 아낙네를 위하여 관정을, 직업이 없는 청소년들을 위하여 기술훈련센타와 IT 훈련센타를……Korea의 이름으로 그러한 일들을 개도국에서 수행하면서 산골소년과 아낙네로부터 대통령에 이르기까지 새마을 정신, 한국의 혼과 문화를 그리고 우정을 전달하며 그들의 친구가 되었다. 그 과정에 우리의 귀중한 세금이 쓰였지만 세계시민으로써 우리의 역할을 다하며 개도국 발전에 기여했고 나라의 격을 높였다. 이제 헌헌장부가 된 국제협력단이 해야 할 일은 많다. 아직도 지구촌에 만연하고 있는 가난과 질병 퇴치, 여성 개발, 환경 보존과 기후변화대응 등 범지구적 이슈 해결, 유무상 원조의 통합, 우리만이 할 수 있는 한국어와 태권도 보급, 직원의 역량개발과 처우개선으로 업무효율성 제고 등…… 얼마전 방영된 MBC의 '코이카의 꿈'이 말해 주듯 협력단이 수행하는 일이 이제 코이카를 넘어 코리아의 꿈이 되었으며 모든 개도국의 간절한 소망이 되었고 우리나라의 책무가 되었다. 나는 지구촌 곳곳에서 오늘도 구슬땀을 흘리고 있는 우리의 봉사단원들과 함께 다음 노래를 힘차게 부르고 싶다.

코리아, 손을 잡고서 하나가 되어

사랑의 손을 뻗자 세계를 향해, 아픔을 같이 하니 모두가 친구!
밝은 세상 인류번영 내일을 위해, 오늘도 구슬땀 흘린다.
사랑의 맘을 열자 이웃을 향해, 기쁨을 같이하니 모두가 형제!
열린 세상 세계평화 미래를 위해, 오늘도 나아간다 하나가 되어
동방의 맑은 빛 대한민국, 코리아! 세계와 함께 뛴다 대한민국, 코리아!

충남일보 2018.4.3.

창립 27주년 '코이카', 이제 다시 출발이다

미세먼지가 우리의 하늘을 덮었다. 그래도 만물을 소생시키는 4월이다. 그리고 4월 1일은 세계의 친구 한국국제협력단(코이카)의 27주년 창립일이다. 돌이켜보면 국제협력단의 창립은 대한민국 발전의 상징이며, 현대 세계사가 특기하고 자랑할 만한 쾌거라 아니할 수 없다.

왜냐하면 우리나라는 일본 제국주의, 2차 세계대전, 그리고 미소가 대치하는 냉전주의의 가장 큰 피해자였고 부존자원도 빈약하였지만 우리 부모님들의 남다른 교육열로 인적자원개발에 성공하여 최빈국에서 1세대 만에 가난과 독재를 극복하고 수원국에서 개도국의 경제사회 발전을 지원하는 원조공여국으로 탈바꿈하여 모든 개도국발전의 본보기가 되었기 때문이다.

1991년 4월 1일 코이카 창립할 때에는 예산이 170억 원, 봉사단 파견규모 연 37명, 개도국 연수생초청도 300명에 불과하여 원조공여국이라고 내세우기가 부끄러웠지만 이제는 예산이 8500억 원, 봉사단 파견이 2500명, 연수생 초청이 5000명을 상회하며 중견 원조공여국으로 성장하였다. 1996년에는 경제협력개발기구(OECD)에 가입하였고 2010년에는 가입조건이 가장 까다로운 개발원조위원회(DAC)의 정식 회원국이 되어 국제사회에서 선진국으로 인정받고 2011년에는 부산에서 세계개발협력총회를 개최하는 등 원조 공여국 중에서도 오피니언 리더로 자리매김하였다.

이러한 코이카의 성장은 우리 국민 모두의 노력으로 국가경제가 성장하였고 우리가 그동안 국제사회로부터 받았던 원조를 갚을 때가 되었다는 우리 국민의 높은 도덕적 수준과 협력단 직원들의 노력이 있었기에 가능한 일이었다. 그러나 이러한 코이카의 성장에 순풍과 아름다운 일만 있었던 것은 아니다.

코이카는 2015년부터 소위 최순실에 의한 국정농단의 중심에 서는 불운을 겪었다. 당시 외교부 장관은 ODA업무를 가장 잘 수행할 적임자를 적법하게 선정하여 대통령에게 추천할 법적 책임과 권한이 있는데도 ODA업무와 전혀 무관한 최순실의 사람을 대통령에게 추천하여 소중한 국가예산이 낭비되도록 함은 물론, 협력단 임원추천위원장을 통해 동 위원회에 부당한 지시를 하여 부적격한 인사가 추천되도록 직권 남용함으로써 협력단 이사장직에 희망을 갖고 준비한 응시자의 정당한 기회를 송두리째 박탈한 폭거와 협력단 직원의 자존심을 짓밟은 만행을 저질렀다. 사필귀정이라 2016.11월부터 민심은 촛불을 밝혀 대통령을 탄핵하고 최의 사람들을 쫓아냈다.

이제 이 강산에 봄이 왔고 전 정부의 적폐청산이 진행되고 있어 협력단도 최의 사람 이 물러나, 27주년을 맞아 심기일전할 때가 되었다. 협력단의 새 출발은 수장이 바뀌고 직원들의 마음가짐 다짐만으로 끝나서는 아니 된다. 선진 공여기관으로 거듭나야 된다. 그러기 위해서는 양적 질적으로 발전적인 변화가 있어야 된다. 우선 공적개발원조(ODA) 규모가 확대되어야 한다.

1961년 UN총회 결의가 GNP대비 0.7%이고, 선진국 평균 비율이 0.35%임을 감안하여야 한다. 우리나라는 2015년도까지는 0.2%까지 확대하겠다고 국제사회에 2009년도에 여러 차례 약속하고 DAC에 가입하였다. 2015년 이후 우리 규모는 0.15%에 머물러 있다. 우리가 우리의 경제 규모에 걸맞고 국제사회에 책임 있는 역할을 하기 위해서는 우리가 약속한 0.2%까지는 단기에 이루어야 하고 중장기적으로는 OECD 평균으로는 확대해야 된다. 또한 원조의 내용도 개도국의 어려운 형편과 세계적 추세를 반영하여 유상원조 를 철폐하고 전액 무상원조로 전환해야 된다.

이제 우리나라의 경제성장과 민주체제 확립은 우리의 자랑을 넘어서 모든 개도국의 교훈과 꿈이 되고 세계의 자산이 되었다. 이를 이웃나라와 공유하여 지구촌 인류공영에 이바지할 때 우리는 세계의 친구라고 당당하게 말할 수 있고 모든 나라들은 우리의 평화통일 정책을 지지하게 되고 우리의 통일도 가까워질 것이다. 국제협력단 창립 27주년을 맞아 인류공영에 매진하는 코이카에 격려와 애정을 보낸다.

〈송인엽 한국교원대학교 초빙교수〉

통일의 길이다

남과 북 갈라져 칠십오년 피눈물 길
우리가 달리니 통일의 길이다
부둥켜 안아보자 너와 나 형제다
헤이그에서 이스탄불 평양 찍고 서울로

하나된 코리아 인류공영 앞장선다
세계는 하나다 푸른 별 우리 지구촌

Unification Road

Korea divided, South and North, 75 years of bitter tears
You and I running all through, now it's Unification Road
Let's hug chest to chest, we're brothers
From Hague, Istanbul, Pyongyang to Seoul

Thank you, One Korea, you lead common prosperity
World is only just one, Green Planet, Global Village!

RUSSIA
UNITED STATES
INDONESIA
Antarctica

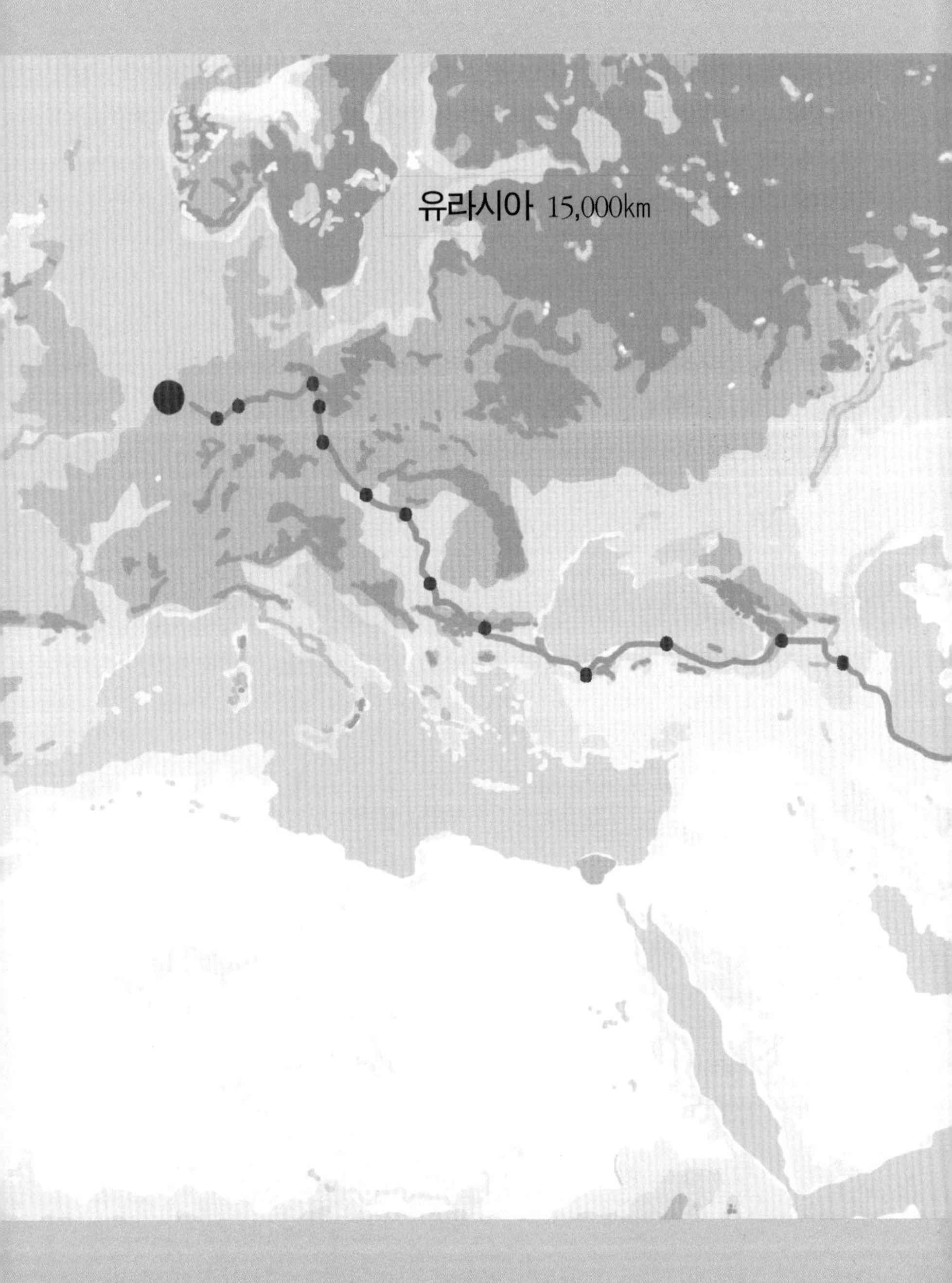
유라시아 15,000km